김기림의 시론과 수사학

김기림의 시론과 수사학

이 도서의 국립중앙도서관 출판시도서목록(CIP)은
e-CIP 홈페이지(http://www.nl.go.kr/cip.php)에서 이용하실 수 있습니다.
(CIP제어번호 : CIP2007003521)

The Poetics & Rhetonic of Kim Ki-Rim

김기림의 시론과 수사학

이 미 순

푸른사상

□ 머리말

이 책은 필자가 수사학의 방법에 기초하여 김기림의 시론을 연구한 논문들을 묶은 것이다. 김기림은 한국 근대시사에서 처음으로 뚜렷한 방법론을 가지고 시를 제작한 시인이자 시론가이다. 이 과정에서 그는 일련의 수사학을 전개하였다. 그런데 이제까지 김기림에 대한 많은 연구 업적이 축적되었음에도 불구하고 그의 수사학에 대한 연구는 소략하다. 시의 기술을 강조한 김기림에게 수사학은 빠질 수 없는, 필수적인 항목이었다. 이에 필자는 김기림이 논의한 수사학에 대한 자료들을 찾아 고찰하고 이를 시론과 관련지어 연구하였다.

이 책은 기왕에 발표한 논문들을 엮어서 낸 것이기 때문에 전체적으로 통일성을 갖추지 못하고 있다. 책으로 다시 편집하는 과정에서 상당한 부분을 수정하고 덧붙여 씀으로서 이러한 문제들을 고쳐나가고자 하였다. 그러나 논의 과정에서 상충되는 부분도 있을 수 있고 다소 유사한 표현이 나타나는 부분도 있을 수 있다. 다만 김기림의 수사학에 대한 논의들을 시간의 순서에 따라 배열하여 이러한 결함을 보완하고자 하였다.

필자는 시를 본격적으로 연구하기 시작하면서부터 현실과 언어, 내용과 형식의 관계를 온전히 설명해 줄 수 있는 방법을 찾았다. 그러나 많은 시간이 흘러 이러한 관계에 대해 만족스러운 답을 주는 이론, 규범으로서의 책 같은 것은 없다는 것을 깨달았다. 구조나 총체성 등을 시에서 찾는다는 것은 생의 약동하는 측면을 억압하는 것으로 통하고, 현실을 온전히 담아내지도 못하다는 것을 어렴풋이 짐작하게 되었다. 이미지를 사유하는 방법 혹은 표면을 사유하는 방법이 최선이 아닐까?

이러한 혼란 가운데 김기림의 시론을 다시 보게 된 것은 필자에게는 너무나 다행스러운 일이었다. 1980년대에 대학을 다니던 당시 필자는 김기림을 경박한 모더니스트이거나 내용과 형식의 도식적인 이분법을 제시하는 시론가 정도로 인식하고 있었다. 그 후 간간히 김기림에 대한 연구들을 접하면서 현실에 대한 탐색을 보여준 그의 또 다른 면모도 알게 되었다. 그러나 의문은 여전히 남았다. 김기림은 현실과 언어, 내용과 형식을 어떻게 관련짓고 근대에 대한 미학적 대응을 해 나간 것일까 하는 질문이 그것이다. 적어도 이즈음에서 필자는 김기림의 수사학이 어떠한 문제를 일부 해결해 줄 수 있는 것처럼 생각하였다. 김기림의 수사학을 연구하는 것은 곧 필자가 시를 연구하면서 가졌던 문제를 해결하는 과정이기도 하였다.

그런데 막상 이렇게 책으로 내려고 할 때 또 다른, 무수한 김기림이 떠오르는 것은 어찌된 일일까? 제대로 되지 않은 글을 세상에 발표했을 때의 압박감과 부끄러움을 이미 경험한 터라 두려움이 앞선다. 그러나 빛의 조명에 따라 웃는 얼굴로도, 슬픈 얼굴로도, 엄숙한 얼굴로도 나타나는 마애석불을 떠올리면서, 다시 용기를 내어본다. 이후 다른 연구자들이 새로운 논의의 장을 마련하는 데 이 책이 보탬이 된다면, 그것으로 필자는 이 책을 낸 의미를 발견할 수 있을 것이다.

이 책을 내기까지 많은 분들의 도움을 받았다. 서울대학교의 은사님들, 그 분들의 가르침과 격려, 질책이 없었다면 이 정도의 글쓰기도 가능하지 않았을 것이다. 선배님들과 동학들과 함께 한 시간들은 이 책 속에 켜켜이 쌓여 있다. 자유롭게 연구할 수 있도록 배려해 주신 충북대학교 국어교육과의 선생님들, 신선한 지적 자극을 준 '소요유'의 동료들, 논문 쓰기에 도움을 주고 위안을 준 나경희, 이선옥에게도 고마움을 전하고 싶다. 책을 내어 준 한봉숙 사장님과 편집부원들에게 감사드린다. 늘 지켜봐주시고 도움을 주시는 부모님, 시부모님, 이모님에게도 감사드리며 사랑과 자유를 함께 주는 남편과 아이들에게도 고마움을 표한다.

2007년 11월

이미순

● 머리말

1장 서론

김기림은 1930년대 초부터 '제작으로서의 시'를 내세우면서 시의 '기술'을 강조한다. 이것은 1930년대 조선의 변화된 환경, 즉 기형적이나마 소비도시로서의 변모를 갖추어가고 있던 경성을 근거로 새로운 근대성에 대한 성찰에서 나온 것이다. 그가 말하는 기술은 근대기술매체를 시에 적극 활용하는 일과 언어의 미학적 가공을 시도하는 것을 말한다. 김기림은 인공적 자연으로서의 근대문명의 산물들을 시에 적극 수용함으로써 근대성의 미학을 추구하였다. 그리고 문학 자료의 미적 가공과 언어의 세련성을 추구하면서 기술을 강조하는데, 수사학은 그 대표적인 방법이다.

1930년대 전반기에 김기림은 이미지를 형성하는 방식으로서 은유에 초점을 두고 수사학을 전개한다. 그는 이미지즘 시론을 전개하면서 은유론을 제시한다. 이 시기 그는 '수단으로서의 지성'에 의거하여 이미지를 제작하는 일을 근대시가 일차적으로 달성해야 하는 일로 규정한다. 당시 그는 기술의 진보는 곧 근대문명의 진보로 연결될 수 있다는 환상에 사로 잡혀 있었고, 근대문명의 명랑성을 추구한다.

그러나 1930년대 중반을 전후하여 김기림은 풍자론을 제시하는데, 이것은 근대에 대한 변화된 인식에 바탕을 두고 있다. 이 시기에 김기림은 '수단으로서의 지성'으로 표현한 도구적 이성의 한계를 인식하고 '비판의 정신'을 지향한다. 그리고 풍자론을 제시하면서 새로운 시의 방향으로 풍자 문학을 제시한다. 「기상도」는 이러한 풍자론에 바탕을 둔 텍스트인데 여기에는 알레고리적 글쓰기가 나타나고 있다.

사실 1930년대 김기림의 시에 지배적으로 나타나는 수사학은 은유가 아니라 알레고리이다. 그는 당시 흄, 엘리어트 등 신고전주의 이론의 영향을 받으면서 은유론을 전개하고 있었지만, 다른 한편으로는 알레고리를 지향하고 있었다. 이것은 그가 근대기술매체, 특히 영화에 적극 관심을 보이고 이에 기초한 새로운 시의 제작방법을 모색한 데 따른 현상이다. 1930년대 경성이라는, '경험'이 아니라 '체험'이 지배적이 된 환경 속에서 김기림은 자연스럽게 알레고리적 글쓰기를 보여준다. 『태양의 풍속』에 나타나는 '군중'의 이미지들도 근대 소비도시에 대한 자각에서 나온 것이며, 시작 초기부터 보여주었던 '군중'에 대한 논의도 계급의 의미를 지니는 것이 아니라 영화, 신문, 라디오 등 근대기술매체에 대한 관심에서 나온 것이다.

알레고리에 대한 지향은 김기림의 시론에도 나타난다. 1930년대 초, 김기림은 시의 언어에 대한 자의식을 보이면서 인공어를 시의 언어로 제시하는데, 이 때 이미 기상, 몽타주 등 알레고리적 언어에 관심을 보인다. 그리고 상징의 정신능력인 '상상력'이 아니라 알레고리의 정신능력인 '공상'에 기초한 이미지 결합 방식을 신호한다. 해방 후에도 그는 근대기술매체를 활용하는 문제에 관심을 가지고 이 과정에서 알레고리와 몽타주 이론을 자세하게 소개하기도 한다. 그가 현실을 드러내는 방식으로 알레고리를 지향하면서도 이를 표면에 내세우지 않았던 것은 당시의 문학 이론에서 유기적 통일성이 강조되고, 은유가 수사학의 중심에 있었던 것과 깊은 관련이 있는 것으로 보인다.

해방을 전후로 김기림은 더 이상 알레고리적 언어관을 보이지 않는다. 해방 전 그는 인공어에 대한 관심 속에서 '말'이 아니라 '글'을 우위에 두고 언어의 뜻·소리·모양의 결합, 배치에 지대한 관심을 보이지만 해방 후에는 글보다 말을 우위에 두고 의미의 전달에 논의의 초점을 둔다. 이것은 새로운 국가 건설을 맞아 언문일치체를 지향하는 노력에서 나온 것이다. 물론 그의 언문일치체를 위한 논의나 우리말 운동은 당시의 시대 상황을 고려할 때, 나름대로 의미를 지니는 것이지만 이 시기의 언어론은 근대적인 언어관의 관점에서 보면 종전의 논의에 비해 다소 후퇴한 것이라 할 수 있다.

『문장론신강』에서 김기림은 민주 사회를 달성하기 위한 기본적인 토대를 마련하기 위해 의사소통의 수사학을 전개한다. 여기서 그는 수사학의 목표를 사람과 사람 사이의 명확한 의미 전달을 목표로 삼고 논의를 전개하는데, 이것은 도식적으로 보았을 때 시민적 언어관에 근거한 것이다. 그러나 이 때에도 그는 근대기술매체를 시에 활용하는 문제에 많은 장을 할애하는데 그 상당 부분은 정치적 선전을 위한 것이다.

김기림의 시론에서 수사학은 그의 시론을 해명하는 유일한 것은 아니지만, 중요한 참조 사항인 것은 분명하다. 김기림의 시론이 변화할 때마다 수사학은 함께 변모하였고 김기림의 수사학은 그의 시론의 최고 정점에 놓여 있었다. 김기림은 유동적인 현실과 언어, 그리고 수사학을 모두 인식하면서 당대의 시론이 제시할 수 있었던 최대한의 깊이를 보여준다.

이하의 각 장에서는 김기림이 시론과 관련하여 수사학을 어떻게 전개하고 있는지, 이에 따라 수사학의 성격은 어떻게 변모하는지, 언어관은 어떻게 달라지는지 구체적으로 살펴보고자 한다.

이 책에서 기본 텍스트로 삼은 것은 김학동이 펴낸『김기림 전집』(심설당, 1988) 2권부터 6권까지이다. 다만 김학동이 펴낸 책이 김기림이 당시 발표한 내용과 다른 경우에는 윤여탁이 펴낸『김기림 문학비평』(푸른사상, 2002)을 참조하였다. 참고로 김기림의 글이 발표된 당시의 서지 사항도 각주에 제시하였다. 이 경우, 페이지와 날짜는 게재된 글 전체의 것으로 기재하였다. 시의 경우는 김기림이 1930년대에 펴낸『태양의 풍속』(학예사, 1939)과『기상도』(장문사, 1936)를 참조하였다. 본문에서 김기림,『김기림 전집」, 심설당, 1988은 모두『전집』으로 표기하기로 한다.

2장 김기림의 은유론에 대한 일 고찰

1. 서론

한국 근대시사에서 수사학에 대한 논의는 시론과 관련하여 빈번하게 논의되어 왔다. 1920년대 근대시 형성 과정에서의 '상징', 1930년대 이미지즘 시론에서의 '은유', 그리고 1930년대 프로 시론과 모더니즘 시론에서의 '풍자', 1930년대 후반 서정시 논의에서의 '상징' 등은 모두 당대적 맥락에서 중요한 의미를 함축하고 있었다. 1990년대 후반 들어 논의되었던 신서정시와 해체시 논의에서도 은유와 환유는 중요한 개념으로 떠올랐다.

물론 어떤 한 시인의 시, 혹은 한 유파의 시가 모두 하나의 수사법으로 이루어진다고 할 수는 없다. 야콥슨에 의해 모든 수사법을 대표하는 것으로 정리되고 라캉에 의해 새롭게 정의된 은유와 환유조차 상보적 관계를 맺고 있기 때문이다. 하나의 시 안에도 여러 가지 수사법이 함께 작용할 수 있다. 그러나 야콥슨이 은유와 환유를 시와 산문, 모더니즘과 리얼리즘 등으로 관련지은 이래 많은 이들이 수사법을 문학의 세계관, 문예사조, 장르 등과 결부시켜 논의해왔다. 한국의 시인과 비평가들 역시 시론에서 수사법을 항상 거론해왔고, 그 수사법을 자기 식으로 해석해왔다. 가령 상징만 하더라도 20년대에 '神秘의 換意', '거짓된 환영'으로 이해된 경우[1]와 30년대에 오장환이 논의한 상징은 다른 의미를 지니고 있다. 풍자의 경우도 1930년대 프로 시인들이 말하는 풍자와 '조소'를 중심으로 이해한 김기림의 풍자, 그리고 1960년대 김수영이 파악한 풍자가 각기 다른 의미를 가지고 있는 것이다.

김기림의 시론에서 수사학은 큰 비중을 차지한다. 그는 '질서'를 중심에 둔 문학을 추구하였는데, 그 질서는 언어로 형상화하는 과정 속에서 완성된다.

> 문학에 있어서 무릇 언어로써 형상화해가는 과정이라는 것 자체가 한 막연한 상태에서 명료한 상태로 옮아가는 과정이며 형태가 잡히지 않은 것에서 모양을 갖추어 가는 길이며 혼돈에서 질서로 정돈되어 가는 길이다.[2]

이와 같이 김기림은 문학에서 언어로 형상화해가는 과정을 혼돈에

---

1) 이것은 상징주의 시론에서 무엇보다 '상징'을 중요하게 언급하였다는 것을 의미하며 실제 상징주의 시인들이 상징으로만 시를 썼다는 것을 뜻하지는 않는다. 황석우는 상징주의의 요체인 상징적 분위기를 유지하고자 은유법을 주로 사용하였고 (김재홍, 「한국 현대시 형성고」, 《현대문학》 1976. 11) 황석우는 다양한 은유 구조에 의해 시적 형상화를 지향하였다. 이에 대한 자세한 논의는 김영철, 『한국근대시론고』, 형설출판사, 1988, p.267 참조.
2) 김기림, 『문학개론』, 신문화연구소, 1949, 『전집』 3, p.18.

서 질서로 정돈되어 가는 길이라고 주장하고 있다. 이러한 '질서'에 대한 강조는 특히 그의 은유론에서 구체적인 의미를 확보한다. 김기림의 은유론은 그의 시론 전반에 걸쳐 나타나는데, 크게 해방 전과 이후의 그것으로 구별할 수 있다. 김기림의 시론에서 은유가 가상 강조되는 시기는 이미지즘 시론을 전개할 때이다. 김기림은 1930년대에 이미지즘 시론을 전개하면서 이미지 형성 방식으로 '메타포어'를 내세운다. 해방 후 그는 '은유'를 '비유'로 지칭하면서 그 기능에 대해 새롭게 인식한다.

이제까지 김기림의 은유론에 대해서는 시론을 다루면서 부분적으로 연구하였다. 김기림의 시론을 고찰하면서 언급하거나[3] 김기림의 시론과 엘리어트의 그것을 비교하는 과정에서 거론하였다.[4] 김기림의 수사학을 전반적으로 고찰한 글에서도 김기림의 은유에 대해 논의하였으나 부분적인 논의에 그쳤다.[5] 이 장에서는 김기림의 은유론을 그의 시론과의 관련 아래 자세히 고찰하고자 한다.

---

[3] 오세영은 김기림 시학의 많은 부분을 차지하고 있는 은유가 언어학에 토대한 것이라고 지적하였다. 이에 대한 자세한 논의는 오세영, 「과학으로서의 시학과 새로운 시」, 『한국현대시인연구』, 월인, 2003 참조.
[4] 김준환, 「영미 모더니즘 시와 한국 모더니즘 시 비교 연구」, 『비평과 이론』 8권 1호, 2003, 봄.
[5] 이 책 10장 참조.

2. 이미지즘 시론과 은유론

1) 이미지즘 시론과 은유

김기림은 1930년대 초부터 이미지즘 시론을 전개하면서 '메타포어', 즉 은유를 내세운다. 이것은 1920년대 상징주의 시론에서 '상징'을 중심에 둔 것6)과 뚜렷이 구별되는 현상이다. 이 시기에 김기림은 은유를 '메타포어'로 지칭하면서 논의를 해나간다. 김기림의 초기 시론은 종전의 상징주의 시와 프로 시에 대한 대타의식에서 형성된다. 그런데 시론에 관한 한 그는 무엇보다 상징주의 시론을 염두에 두고 '상징'을 중심으로 한 상징주의 시론의 극복을 우선 과제로 내세운다.

> 지금까지 우리 선배와 동료가 수입한 외국의 시와 시론의 대부분이 상징파 혹은 그 이전이었으므로 그들이 영향을 받고 薰陶된 것도 역시 주로는 상징주의였던 까닭에 그리고 우리들이 교육을 받던 대학이나 전문학교의 문과도 역시 대체로 이 정도를 벗어나지 못한 까닭에 오늘의 시단에 미만한 것은 대개는 상징주의적 시론과 감상태도다. 이 선을 넘어서 현대의 수준에까지 우리(독자나 시인)를 이끌어 올리는 것은 부득이 우리 자신의 노력과 감성에 기대할 밖에 없다.7)

우리 선배와 동료가 수입한 외국의 시와 시론의 대부분이 상징파 혹은 그 이전의 것이어서 대부분의 시인과 독자들이 그 영향에서 벗

---

6) 이에 대해 자세한 논의는 박현수, 「1920년대 상징의 탄생과 숭고한 '애인'」, 『한국현대문학연구』 18집, 2005 참조.
7) 김기림, 「현대시의 발견」, 《조선일보》 1934. 7. 12~7. 22, 『전집』 2, p.321.

어나지 못하였다는 게 김기림의 판단이다. 그러므로 그는 상징주의 시론과 감상 태도를 극복하고 현대의 수준으로 시인과 독자를 끌어 올려야 한다고 주장한다. 김기림이 상징주의 시론과 감상 태도를 비판하고 그 대안으로 제시하는 것은 이미지즘 시론이다.

> 그러나 「시는 감정의 표현」이라는 시론이 시단을 지배하던 동안은 시=서정시라는 독단이 아무 의문 없이 통용되는 편의를 가졌다. 그런데 감정을 대상으로 한 시는 이미 「이마지스트」(寫像派)의 시대에 사멸한 것이라고 생각하였다. 사멸까지는 아니했어도 이미 그 시대를 종결한 것으로 생각해 왔다.[8]

김기림은 감정을 대상으로 한 시 대신 이미지즘 시를 내세운다. 그리고 좁은 의미의 서정시나 감정을 대상으로 삼는 시는 이미지스트의 시대에 사멸, 내지 종결하였다고 한다. 김기림은 1930년대 이미지즘 시에 대해 큰 의미를 부여하면서 '이마지스트(寫像派)의 시대'라는 별도의 시대 설정까지 하고 있다. 이를 통해 이미지즘 시를 이전 시기의 시와 뚜렷하게 구분하고자 한다. 즉 30년대의 전반기에 시단의 젊은 추종자들이 압도적으로 이미지즘 시의 영향 아래 있었던 사실은 이 시기를 한 개의 특이한 역사적 에포크로서 특징짓기에 족하다는 것이다. 여기서 그가 말하는 이미지즘 시는 대체로 정지용, 신석정, 김광균, 장만영 등의 시인들에 의해 주도되고 시단의 주류를 이루었던 시를 말한다.[9] 이러한 생각은 30년대 후반까지 이어진다. 김기림은 "서양에서도 오늘의 문명에 해당한 진정한 의미의 새 문학이

---

8) 김기림, 「시의 회화성」, 《시원》 1934. 5, 『전집』 2, p.103.
9) 김기림은 이들 이미지즘 시들을 주지주의계 시의 계열로 보았다. 이에 대한 자세한 논의는 김용직, 『김기림 ‑ 모더니즘과 시의 길』, 건국대출판부, 1997, p.39.

나온 것은 20세기에 들어선 다음의 일"인데 "문학에 있어서의 20세기는 「이마지스트」에서 시작되었던 것"[10]이라고 한다. 그리고 시적 주체의 '시각'과 시의 회화성을 강조한다.

> 종래에 「사운드」(音)·「센스」(意)만 가지고 있으면 족하던 시는 새로운 속성으로서 「刑」을 획득하였다. 단순히 사람의 귀를 통하여 사람의 혼에 호소하던 시는 새로이 시각의 문을 통하여 사람의 心象에 작용하기 시작했다.[11]

김기림은 '시각'에 중심을 둔 시, 시각이 심상에 작용한 시를 강조하고 여기서 근대시의 연원을 찾는다. 그것은 바로 이미지즘 시이다. 이미지즘 시는 프로 시의 이데올로기 편향성과 낭만주의 시의 감정 배설 경향을 극복하는 방향으로서, 우리 시의 근대성을 확보할 수 있는 길이다. 그런데 이미지즘 시에서 이미지의 형성에는 수사학이 중요한 자리를 차지한다.

> 시는 어떠한 시대에도 자라간다. 그것은 사람과 함께 사는 까닭이다. 시는 한개의 「엑스타시」의 發電體와 같은 것이다. 한개의 「이미지」가 성립한다. 회화의 온갖 수사학은 「이미지」의 「엑스타시」로 향하여 유기적으로 戰慄한다. ……영상을 통하지 않고 추상화한 주관이 직접 독자의 감정에 감염하려고 하는 그러한 경향의 시가 있다. ……그는 항상 卽物主意者가 아니면 아니된다[12]

김기림은 한 개의 이미지가 성립하는 데에는 회화의 온갖 수사학

---

10) 김기림, 「「모더니즘」의 역사적 위치」, 《인문평론》 1939, 10, 『전집』 2, pp.55~6.
11) 김기림, 「상아탑의 비극」, 《동아일보》 1931. 8. 1, 『전집』 2, p.308.
12) 김기림, 「시의 모더니티」, 《신동아》 1933, 7, 『전집』 2, p.80.

이 작동한다고 한다. 여기서 '영상'이란 물론 이미지의 한국말 번역이
며, 즉물주의란 이미지즘을 말하는 것이다.13) 이미지즘 시는 수사학
을 통해서 이루어지며, 그 수사학은 이미지의 엑스타시로 향하여 유
기적으로 전율한다. 그런데 김기림은 이미지즘 시의 수사학으로 '메
타포어'를 내세운다.

> 시에 있어서도 「컴밍스」에 의하여 「케이던스」가 문제가 되었고
> 또는 「이미지」 혹은 「메타포어」가 문제가 되고 다시 「딕슌」이 문제
> 되고 있는 오늘날 大戰 이전의 머리로써 이것을 대하는 것은 그 비
> 평가 자신으로서도 매우 위험한 일이오, 그러니까 대상이 된 불행
> 한 시는 「뮤세」처럼 눈물 속에 피난할 밖에 없을 것이다.14)

그는 시에서 이미지 혹은 메타포어가 문제가 되는 시대와 그렇지
않은 시대를 확연히 구별하고 있다. 그리고 시에서 "「이미지」 혹은
「메타포어」가 문제가 되"는 시대에 이르러서도 이전의 사고 방식으
로 시를 대하는 것은 비평가 자신으로서도 매우 위험한 일이오, 대상
이 된 시 역시 센티멘탈리즘에 갇혀 있는 것이라고 한다. 은유가 이
미지즘 시의 기본 요건으로 부각되는 것도 이러한 맥락 속에 있다.
이러한 논의 과정에서 김기림은 시의 운율적 요소, 압운과 율격 및
운율적 효과 등 시의 운문으로서의 특징을 모두 부정한다.15) 대신 낭
만주의적 언어로부터 어떻게 일탈할 것인가, 그리고 전근대적인 언어

---

13) 오세영, op. cit., p.153.
14) 김기림, 「시평의 재평가」, 《신동아》 1933. 5, 『전집』 2, p.352.
15) 조창환은 김기림이 시의 리듬과 운문의 개념을 혼동하고 있었다고 보고 이를 비
    판한다. 이에 대한 자세한 논의는 조창환, 「포우즈의 시학 – 김기림론」, 『한국시의
    넓이와 깊이』, 국학자료원, 1998, p.193 참조.

의 상태로부터 어떻게 근대적인 언어의 상태로 나아갈 것인가 하는 문제를 모색한다.16) 이미지즘 자체가 명료한 하나의 이미지를 제시하는 데 목적이 있었던 만큼 김기림이 이미지즘 시론을 전개하면서 수사학에 관심을 갖는 것은 극히 자연스럽다. 그런데 김기림은 이미지즘 시의 수사학으로 은유를 제시하고 종래 서정시를 극복하고자 한다.

김기림이 이미지즘 시론을 전개하면서 은유를 강조한 것은 영미 이미지즘 시론의 영향에서 비롯된 것으로 보인다. 영미 모더니즘에서 핵심적인 위치를 차지하는 이미지즘의 원리는 "하나의 이미지란 일순간의 지적이고 정적인 복합체를 표현하는 것"이라는 에즈라 파운드의 말에 집약적으로 드러나 있다. 여기서 이미지는 무의식의 차원이 아니라 정신에 제시되는 것으로 리얼리티와 관련되고 있다.17) 그리고 이미지즘 시에서 은유는 그 자체가 시가 될 정도로 그것의 주요한 구성 요소이다. 흄은 시인이 사물의 정확한 곡선을 얻기 위해서는 인습적인 언어를 피하고 새로운 은유의 덩어리를 사용해야 한다고 주장한다. 은유의 덩어리를 사용하는 시적 기법이 바로 이미지를 창출하는 언어의 기법이라는 것인데, 이것이 흄이 주장하는 이미지즘의 요체이다.18)

흄에 따르면 인간의 지각과 마찬가지로 우리가 사용하는 언어도 처음엔 살아 있는 은유로 시작되지만 거기서 모든 시각적 의미가 서서히 사라져 버리고 일종의 통속어가 되고 만다. 그러나 창조적인 예

---

16) 신범순, 『한국 현대시의 퇴폐와 작은 주체』, 신구문화사, 1998, p.113.

17) Melcom Bradbury · James Mefarlance, *Modernism*, Penguin Books, 1976, p.48.

18) 현영민, 「에즈라 파운드의 이미지스트 시학」, 『영어영문학 연구』 47권 1호, 2003, pp.208~9.

술가는 겉을 둘러싸고 있는 흐름의 베일을 뚫고 내적 흐름 속으로 침투해 들어가 그가 고정시킬 새로운 모양의 것을 가지고 나오는데 그것이 바로 새로운 은유이다. 은유는 사물을 도식화된 형태로 표현하는 인습화된 언어의 한계를 넘어서 인간의 미적 정서를 적절히 표현할 수 있게 한다.[19] 이렇게 은유는 새로운 리얼리티를 확보할 수 있게 하는 수단으로서, 시에서 이미지로 제시된다. 흄이 볼 때, 시각적인 의미는 오로지 은유의 새 그릇에만 담겨질 수 있다. 시인의 임무는 언어에 그것의 본래적 신선함을 회복시켜 사물을 정확하고 구체적으로 제시하는 일이다.[20] 따라서 시인은 은유를 새롭게 창안하는 자라고까지 할 수 있다.

흄과 달리 파운드와 엘리어트는 '정서'를 강조하기도 하는데, 이 정서를 걸러주는 장치는 은유이다.[21] 파운드는 수사학 자체에 대해서는 경멸하였지만 그 역시 은유를 이용하여 독자의 마음에 더욱 더 분명한 이미지를 중첩시킴으로써 미를 창조할 수 있다고 생각하였다.[22] 「시의 매체로서의 한자」의 주석에서 그는 이미지는 "해석적 은유(interpretive metaphor)"로서 객관적 사물이든 주관적 감흥이든 시적 대상을 그것이 아닌 다른 것에 의탁하여 해석한 결과라고 주장하였다.[23] 파운드가 이미지즘 시론을 전개하면서 중국의 표의문자에 관심을 기울인 이유도 은유를 통해 시적 언어를 확보하려는 의도에서 비

---

19) Ibid., p.205.

20) 윤희수, 「수사적 절제의 시학: 파운드, 스티븐슨, 스나이더」, 『영어영문학』 46권 3호, 2000, p.683.

21) 전홍실, 『영미 모더니스트 시학』, 한신문화사, 1990, pp.75~7.

22) 권승혁, 「현대 영미시의 시각화에 대하여」, 『영어영문학 연구』 46권 1호, 2005, p.60.

23) 윤희수, op. cit., p.689.

롯한다. 그는 서구의 사유방식은 추상적 방법과 보편적인 개념을 추구하는 "철학적 토론"에 불과하다고 하면서 중국의 표의문자와 회화적 서법으로부터 "과학적 방법"을 배우자고 주장하였다. 이 역시 한자의 은유적 특성에 주목한 데서 나온 것이다.[24]

이렇게 서구의 이미지즘에서 은유는 아주 중요한 자리를 차지하고 있었는데, 그것은 지적인 작업으로 이해될 수 있는 측면을 지니고 있다. 김기림이 은유론에서 지성을 강조하는 것도 이러한 이미지즘 시론에 영향을 받은 결과라고 할 수 있다. 김기림은 이미지즘의 수사학으로 은유를 제시할 뿐만 아니라 실제비평에서도 은유를 자주 거론한다.

> 그래서 여기서부터 단순과 단조에 대한 착각이 일어났다. 즉 단순은 시작상 지극히 고귀한 미덕이나 그러나 그것은 시 속에 쓰여진 개개의 「이미지」나 「메타포어」가 지극히 명확하고 直裁한 것을 의미하는 것이고 시는 오직 다만 한 개의 「이미지」나 「메타포어」를 가져야 된다는 말은 1 「퍼센트」도 의미하지 않는다. 즉 단조에 빠지는 것을 허락하는 아모러한 관대도 의미하지 않는다.[25]

가령 김기림은 이미지가 지향해야 하는 '단순'에 대해 해명하면서 그것은 시에 나타나는 개개의 이미지나 은유가 지극히 명확하고 직재한 것을 의미하는 것으로서 시는 오직 다만 한 개의 이미지나 은유를 가져야 된다는 말은 아니라고 한다. 그는 은유를 이미지와 거의 대등한 위치에서 언급하고 은유를 이미지 형성의 중요한 원리로 간주한다.

---

24) 권승혁, op. cit., p.60.
25) 김기림, 「각도의 문제」, 《조선일보》 1935. 6. 4, 『전집』 2, p.170.

(1) 그(박재륜―인용자)가 구사하는 「이미지」는 결코 전통적인 것
은 아니었다. 그러한 특이한 「이미지」를 연결하여 빚어내는 그의 「메
타포어」(隱喩)는 자못 함축 많은 사상의 衣紋과 깊이를 가지고 있었
다.26)

(2) 그래서 거기는 「이미지」(영상)의 비약이라든지, 결합에서 오는
美라느니보다는 「메타포어」(은유)의 미가 더욱 뚜렷하게 눈에 뜨인
다. 「가버리는 제비」나 「숨은 薔微」는 아마 이 시인의 청춘·행복,
지나가버린 모든 아름다운 과거의 「메타포어」이며 「마음이 안으로
차는 喪章」은 잃어버린 모든 것, 그리고 분열과 환멸에 느껴우는 일
근대인의 실망의 가장 아름답고 또한 전연 누구의 모방이 아닌 독
창적인 「메타포어」의 미를 가지고 있다고 생각한다. 우리는 또한
이 시를 읽으면서 그 억양이 심한 독특한 「리리시즘」을 느낀다.27)

(3) 이 시(김광섭의 「百合」―인용자)의 첫 절이 빚어내는 환상이
란 상징파를 연상시키는 그런 것이다. … 둘째절의 첫 두 줄이 꾸며
내는 「메타포어」의 「뉴앙스」는 어쩐지 제 1절의 고대적 장치보다는
더 솔직하게 공감된다.28)

김기림은 당시의 시를 비평하면서 '메타포어', 즉 은유가 발현되는
방식과 양태를 중심에 놓고 비평한다. 박재륜의 시를 평하면서는 이
미지를 연결하여 빚어내는 은유에 논의의 초점을 두고 있으며 정지
용의 시를 평하면서는 독창적인 메타포어의 미를 가지고 있다고 하
여 은유가 자아내는 정서에 유의한다. 그런가 하면 김광섭의 시를 분

---

26) 김기림, 「1933년 시단의 회고」, 《조선일보》 1933. 12. 7~12. 13, 『전집』 2, p.64.
27) 김기림, 「현대시의 발전」, 《조선일보》 1934. 7. 12~7. 22, 『전집』 2, p.331.
28) 김기림, 「감각·육체·「리듬」」, 《인문평론》 1940. 2, 『전집』 2, p.379.

석하면서는 상징파의 수사학과 구별되는 것으로서 '메타포어'의 뉘앙스를 강조하기도 한다.

해방 후에도 김기림은 1930년대의 문학을 '메타포어'의 문학으로 규정한다. 김기림은 1930년대 시의 두드러진 경향으로 은유의 수사학을 내세운다.

> 예술주의라는 연막에 가려서라도 그들의 문학을 지켜가려 한 듯하다. 그 문학에는 따라서 내면화와 소극성이라는 시대의 정신적 징후가 짙게 흘렀다. 그러나 그것은 구라파의 예술주의처럼 스스로 취한 길이라느니보다는 차라리 강요된 遁身術인 듯하다. 그것은 현실의 심각한 影像이 唯美的으로 항상 변신을 하고 나타난 「메타포어」의 문학이었다. 그러므로 나는 그것을 일종 擬裝된 예술주의라고 부르고자 하는 것이다.[29]

김기림은 자신이 그간 써온 글을 종합하여 펴낸 『詩論』(백양당, 1947)의 서문에서 1930년대 전반기의 문학을 "현실의 심각한 影像이 唯美的으로 항상 변신을 하고 나타난 「메타포어」의 문학"으로 규정한다. 물론 여기서 "「메타포어」의 문학"이라는 말은 다소 부정적인 의미로 쓰이고 있다. 그것은 "강요된 遁身術"로 이해되기 때문이다. 이것은 1930년대 이후 김기림의 문학관이 다소 변화한 데 따른 것이다. 그럼에도 이 대목에서 우리가 주목하지 않을 수 없는 것은 김기림이 1930년대 문학을 "「메타포어」의 문학"으로 규정했다는 사실이다. 이것은 적어도 김기림에게 1930년대 시는 '메타포어'와 분리하여 논의할 수 없었다는 것을 의미한다.

당시 모더니즘 문학을 은유와 결부시키는 것은 다른 비평가들에

---

29) 김기림, 『시론』 서, 백양당, 1947, 『전집』 2, p.9.

의해서도 지적된 바 있다. 1930년대 중반 임화는 당시 조선문학을 언어 상의 유형에 따라 구분하면서 김기림, 이상, 박태원 등의 문학의 특징을 "은유의 교묘한 구사와 결합"으로 설명한다.[30] 이와 같이 은유를 통해 문학을 이해하는 방식은 당시 문인들에게도 인식되고 있었다.

2) 은유론과 지성의 옹호

김기림은 은유를 이미지의 형성과 관련시키면서 그것을 지성의 작용으로 이해한다. "광범한 어휘 속에서 그의 「엑스타시」를 불러일으킨 「이미지」에 대하여 가장 본질적인 유일한 단어가 가려져서 그 「이미지」를 대표할 것이다. 이 일은 시작상에 있어서 가장 知的인 태도다."[31] 이미지즘 시가 종래 시가 지니고 있었던 감상성을 극복할 수 있는 것도 여기서 비롯한다. 김기림이 '이미지'와 '메타포어'를 내세우면서 전대의 시와 단절을 시도한다고 할 때, 이것은 그가 이것을 모두 지적인 작업으로 이해하였기 때문이다.

은유를 지적인 작업으로 이해하는 것 역시 신고전주의자들의 논의에 따른 것이다. 흄에 의하면 은유는 어떤 신성한 능력이 아닌 공상(fancy)에 의해 얻어지는 것이다. "공상은 상상이나 직관이 작용하는 수단으로서 고전주의 시인이 지녀야 하는 무기이다."[32] 공상으로 채비를 갖춘 시인은 구체적인 것들을 통하지 않고는 느끼거나 생각할

---

30) 임화, 「언어의 마술성」, 『문학의 논리』, 학예사, 1940, p.588.

31) 김기림, 「시의 「모더니티」」, 《신동아》 1933. 7, 『전집』 2, p.82.

32) Hulme, "Romanticism and Classicism," *Speculations: Essays on Humanism and the Philosophy of Art*. Herbert Read, ed., London: Routledge & Kegan Paul, Ltd., 1924, p.137. 전홍실, op. cit., p.76 재인용.

수 없다. 그는 은유를 끌어오기 위해 사물을 효용성에 입각해서 받아들이는 정신적 습관에서 해방되어야 한다. 그는 대상을 그대로 보고 그것으로부터 특이한 개별성을 포착해야 한다.33) 물론 파운드와 엘리어트는 흄과 달리 '정서'를 강조하기도 한다. 그러나 이들에게 정서가 중요하다면, 강조되어야 하는 것은 원래의 정서보다는 은유를 통해서 객관화된 정서이다.34) 이들의 이론에서 은유는 지적인 작업으로 이해될 수 있는 측면을 지니고 있다.

은유에 대한 이러한 설명은 은유를 상상력의 작용으로 보는 낭만주의 시론에서 벗어나는 것이다. 낭만주의 시론에서는 은유를 상상력의 소산으로 보면서 흔히 그것을 예술적 창조성과 결부시킨다. 아리스토텔레스 이래 은유는 평범한 언어의 지각 질서를 초월한 것으로 이해된다. 그것은 예술을 단순한 제작, 학습, 또는 응용기술을 넘어선 곳에 위치한 천재의 창조적 능력의 표명으로 보는 관점에 기초한 것이다. 은유에 대한 이러한 높은 가치 부여는 낭만주의 미학, 특히 헤겔 미학에서 절정에 달한다.35) 그러나 김기림은 은유를 지적인 작업과 결부시키고 있으며 알레고리의 정신 작용인 공상과 결부시켜 논의하고 있다.

김기림의 은유에 대한 인식은 당시 정지용의 논의와도 구별된다. 정지용 역시 시에 작용하는 은유의 기능에 주목하고 있었다. 1930년대에 정지용은 이미지를 효과적으로 제시하는 중요한 방법으로 은유를 제시한다.

---

33) Ibid., p.76.

34) Ibid., pp.75~7.

35) C. Norris, *Paul de Man*, Routledge, 1988, pp.28~9.

비유는 절뚝바리. 절뚝바리 비유가 진리를 대변하기에 현명한 長
女노릇 할 수가 있다.
　　무성한 감람 한포기를 들어 비유에 올리자. 감람 한포기의 공로
를 누구한테 돌릴 것이냐. 태양, 공기, 토양, 雨露, 농부, 그들에게
깡그리 균등하게 論功行賞하라. 그러나 그들 감람을 배양하기에 협
동한 유기적 통일의 원리를 더욱 상찬하라.36)

　정지용은 은유를 '비유'로 지칭하면서 그것을 '절뚝바리'라고 한다.
그런데 오히려 이 '절뚝바리 비유'가 진리를 대변하는 데 아주 효과
적으로 기능할 수 있다고 한다. 그것은 은유가 '유기적 통일의 원리'
에 기초하고 있기 때문이다. 은유에 대한 이러한 이해는 언어가 진리
를 표현할 수 있다는 은유적 세계관에 기초한 것으로 '정신적인 것'
의 지향을 드러낸 것이다.37) 또한 그 정신주의적인 시론의 핵심에는
종교에 대한 지향이 들어 있다38)고 할 수 있다. "시의 신비는 언어의
신비"이고 "시는 언어와 Incarnation적 일치"39)라고 주장하는 데서도
드러나듯 그의 은유론은 낭만주의적 관점에 기울어져 있다. 이러한
입장은 정지용의 졸업 논문에 이미 나타나고 있다.

　상상력의 최고점에 의해 창조된 사물들은 물질적 대상물의 더
이상 의인화는 없었다. 거기에는 무생물의 정신, 비유의 행렬의 표
현이었다. 그는 그의 두뇌를 통하여 사물들을 창조하고, 없는 것으
로부터 끌어냈다. Blake는 진실한 예술을 위하여 불가결의 이미지적
경향을 생각했다.40)

---

36) 정지용, 『정지용전집』 2, 민음사, 1988, p.244.
37) 금동철, 「정지용 시론의 수사학적 연구」, 『한국시학연구』 4집, 2001, p.24.
38) 최승호, 『서정시의 이데올로기와 수사학』, 국학자료원, 2002, p.97.
39) 정지용, op. cit., p.253.

정지용은 블레이크 시의 상상력에 대해 졸업 논문을 썼는데, 여기서 그는 상상력은 곧 비유로 나타나며, 이것은 시에서 이미지로 구체화된다고 하였다. 상상력과 은유, 그리고 이미지에 대한 상호 관련성에 대한 인식은 1930년대 그의 은유론에도 상당한 영향을 미친 것으로 보인다. 정지용의 은유론은 낭만주의 시론에 토대를 둔 것으로서 범신론의 성격마저 지니고 있다.

그러나 김기림의 은유론에서는 '상상력'이 거론되지 않는다. 그가 말하는 은유는 어디까지나 이미지의 형성을 위한 수단이며 상상력 대신 공상에 바탕을 두고 있다. 김기림은 초기 시론을 전개할 당시 초현실주의나 다다이즘, 입체파, 미래파 등에 대해서도 동일하게 주의를 기울이고 있었다. 그러나 어느 정도의 기간이 지난 후, 영미 계열의 시론이 보다 잘 대응할 수 있을 것으로 생각하였는데,[41] 이것은 주지주의 시론이 이미지와 은유에 대한 이론적 기반을 제공해줄 수 있는 것으로 판단하였기 때문이다. 그는 무엇보다 우리 시의 근대성을 이루기 위해서는 방법론이 필요하고, 또 이것은 주지적 태도에 입각해야 한다고 생각한다. 김기림의 이미지즘 시론이 시의 개념을 철저히 탈신비화시키는 방향으로 나아가게 되는 것으로 평가받는 것[42]도 이와 관련된다.

그런데 1930년대 김기림의 은유론은 은유론에 한정했을 때 다소 문제를 지니고 있다. 이것은 이미지즘 시론에 상당한 영향을 미친 흄

---

40) 정지용, 정정덕 역, 「William Blake의 시에 있어서 상상력」, 同志社大學 학사학위 논문, 『한양어문연구』 13집, 1995, p.604.
41) 김유중, 「영미 고전주의적 경향의 모더니즘 시와 시론이 한국 현대시에 미친 영향」, 『한국 모더니즘 문학과 그 주변』, 푸른사상, 2006, p.27.
42) 서준섭, 『한국 모더니즘 문학 연구』, 일지사, 1988, p.76.

의 은유론이 지니는 문제점과도 동일한 것이다. 리차즈에 의하면 흄의 은유론은 지나치게 시의 시각화에 초점을 두고 있다. 리차즈는 흄이 세계 대전 중에 사망한 것을 큰 손실로 여기고, 그 손실 중의 하나로 그가 살아 있었더라면 확실하게 발전시켰을 은유론이 중간 단계에서 미완으로 남게 되었다는 사실을 들고 있다. 이러한 지적과 함께 그는 흄의 은유론을 비판하는데, 이 때 비판의 핵심은 그의 은유론이 지나치게 감각에 초점을 두고 있다는 데 있다. 리차즈는 흄이 시각화에 대한 자극제로 언어를 취급함으로써 언어에 관하여 가장 중요한 모든 것을 망각하고 있다고 하였다. 흄은 이미지가 말의 의미를 채운다고 생각하였다는 것이다.43) 리차즈는 이미지보다 의미를 강조하는 입장에서 흄의 은유론을 비판하였다.

이것은 1930년대 김기림의 은유론에도 해당된다. 1950년대에 들어서 1930년대 모더니즘 시의 수사법에 대한 비판 및 반성이 제기되는 것 역시 1930년대 김기림이 말하는 은유가 '생의 창조적 충동'을 제시하는 데 목적을 두지 않고 '메마르고 건조한' 이미지를 제시하는 데 중점을 둔 사실과 무관하지 않다.

> 詩의 先詩的인 불을 解脫하려고 所謂 못든니즘은 다음과 같은 亞流로 나타나 있다. 무엇보다도 外來的인 이메이지를 批判없이 引致하려는 傾向이니 그것들은 노상 서투른 詩語로서 齟齬되는데 例를 들어 「…와 같이」, 「…처럼」類의 死隱喩의 頻復과 대뜸 「그리하연」하는 따위의 發想 또는 토씨의 不必然的인 移動 등에서 實驗 아닌 實驗으로 滿足하고 있는 것을 보고 嘔吐感을 느낀다.44)

---

43) 이에 대한 자세한 논의는 Richards, I. A., 박우수 역, 『수사학의 철학』, 고려대출판부, 2001, pp.119~123.

44) 고석규, 「현대시의 심연」, 『예술집단』, 1955. 12, pp.54~5.

여러 논자들이 지적하였듯이 1950년대에 들어서면 1930대 모더니즘 시의 비유법에 대한 비판 및 반성이 본격적으로 제기된다. 가령 고석규는 1930년대 모더니즘 수사법의 근본적인 문제점을 은유에 두고 있는데, 그것은 "「…처럼」類의 死隱喩"의 잦은 반복에 있다는 것이다. 살아 있는 은유와 죽은 은유의 전통적 차이가 효과적인 은유와 그 빛이 사라진 은유와의 차이와 같다[45]고 한다면, 1930년대의 모더니즘 시의 은유는 은유의 효과를 충분히 발휘한 것이라고 할 수 없다. 이것은 당시 이미지즘 시의 일반적인 한계와도 맥을 같이 한다. 그것은 감각과 특이하게 연결을 가지는 심적 현상으로서의 이미지보다는 이미지의 선명성에 주력하였던 것이다.[46] 이러한 비판은 이미지의 회화성에 지나치게 집착하고, 지성만을 강조한 김기림의 은유론에도 적용된다고 할 수 있다.

3. 우리말 운동과 은유론

1) '의미연관'으로서의 은유

해방 후에 김기림은 은유에 대해 보다 체계적인 논의를 전개한다. 김기림은 해방 후 쓴 『시의 이해』(을유문화사, 1950)에서 은유의 원리에 대해 자세히 소개한다. 그런데 여기서 특징적인 점은 은유를 그가

---

45) 자크 데리다, 김보현 편역, 『해체』, 문예출판사, 1996, p.189.
46) 정효구, 「정지용 시의 이미지즘과 그 한계」, 『20세기 한국시의 정신과 방법』, 시와시학사, 1995, p.69.

더 이상 이전에 사용하던 용어인 '메타포어'가 아니라 '비유'로 부르고 있다는 점이다.[47]

이 시기 김기림은 '비유의 예술'에 대해서도 언급하고 있는데, 여기서 그가 말하는 '비유'는 은유가 아니다. 그는 예술을 크게 '도피의 예술'과 '비유의 예술'로 나누고 비유의 예술이 현실에 대해 적극적임을 강조한 바 있다. 구체적으로 말하자면, 예술가의 현실에 대한 태도를 두 가지로 나눌 수 있는데, 그 하나는 생활 속에 충실한 열매를 맺는 것이고 다른 하나는 생활의 거부로 나타난다. 이것이 예술로 구체화될 때, '실천의 예술'과 '도피의 예술'로 각각 나타나는데 비유의 예술은 생활에 충실하다는 특징을 지니고 있다.

> 이 비유의 예술에서 얻어 받는 태도는 그 받아들이는 편의 실제 생활 속에 충실한 결과를 남기는 말하자면 적극성(積極性)의 것이라고 하겠다. 현실의 사정없는 분석과 관찰을 거쳐서 새 현실의 창조를 의도하는 실천의 예술일 것이다. 그러한 예술은 늘 생활과 연관을 가질 뿐 아니라 생활 속에서 솟아나서 생활 속으로 돌아 드는 생활을 위한, 생활의 예술일 것이다. …(중략)…
> 다른 한편 도피의 예술은 현실을 있는 그대로 파악하기를 꺼려하며, 그것에 솔직히 반응하기를 회피하며, 현실 아닌 빈 세계 또는 현실을 멀리 넘어선 가공의 세계와만 교섭하려 드는 것이다.[48]

이와 같이 김기림은 비유의 예술을 옹호하면서, 그것이 가지는 현실 연관성을 강조하고 있다. 특이한 점은 그가 비유의 예술을 실천의 예술로 보고 있다는 점이다. 비유의 예술은 생활을 반영하는 데 그치

---

47) 은유를 '비유'로 사용하는 것은 한국 근대 시론에서의 오래된 관습으로 보인다. 김용직의 『현대시원론』(학연사, 1988)에서도 '은유'는 '비유'로 쓰이고 있다.
48) 김기림, 『시의 이해』, 을유문화사, 1950, 『전집』 2, p.249.

지 않고 '적극성의 것'이라는 것이다. 비유의 예술은 "현실의 사정없는 분석과 관찰을 거쳐서 새 현실의 창조를 의도하는 실천의 예술"이다. 비유의 예술에 대한 이러한 설명은 김기림이 '메타포어의 문학'을 '둔신술의 문학'으로 규정한 것을 고려할 때, 잘 납득이 되지 않는다.

그런데 김기림이 말하고 있는 비유의 예술에 대한 출처를 찾아보면 이러한 의문이 풀린다. 그의 이러한 논의는 오든(W.H.Auden)의 논문에서 나온 것이다. 오든은 1930년대의 영국시를 대표하는 '오든 그룹' 또는 '뉴컨트리파'의 일원으로서 김기림뿐만 아니라 이후 김수영에게도 많은 영향을 준 시인이다. 오든은 1920년대의 엘리어트나 조이스 등의 냉소주의를 부정하고 현대의 위기를 극복할 수 있는 대안을 적극적으로 모색한다.[49] 오든의 시는 항상 인간에 대한 관심과 그들이 살고 있는 환경으로서의 사회에 대한 의문에서 출발한다.[50] 그런데 오든은 「오늘날의 심리학과 예술」("Psychology and Art Today")에서 예술을 크게 '도피의 예술(escape-art)'과 '비유담의 예술(parable-art)'로 나누어 설명하였다. 그의 논의는 김기림에 의해 그 대체적인 내용이 소개된다.

김기림은 오든의 이 논문을 부분적으로 인용하면서 "언제고 두 종류의 예술이 있다. 도피의 예술—왜냐하면 사람은 음식을 요구하듯 도피를 요구하는 때문에—과 비유의 예술— 그것은 사람에게 미움을 버리고 애정을 배우도록 가르치는 것—이다"라고 설명한다. 그리고 "비유의 예술은 증오를 버리고 사랑을 배우도록 인간을 가르치는 것"이라고 한다. 그런데 김기림이 '도피의 예술'과 '비유의 예술'로 번역하여 소개한 것은 오든이 예술을 크게 '도피의 예술'과 '비유담의 예

---

49) 김철수, 「오든 시의 사회적 리얼리즘」, 『영미어문학』 55권, 1999, p.20.
50) 범대순·박연성, 『W. H. 오든』, 전남대출판부, 2005, p.24.

술'로 구분하였던 부분이다.[51] 김기림은 '비유담(parable)의 예술'을 '비유의 예술'로 번역하여 설명하였던 것이다. 그가 비유를 현실에 적극적으로 관여하는 수사법으로 강조한 것도 이러한 사정을 고려하면 충분히 이해할 수 있다. 해방 후 펴낸 『문장론신강』에서 김기림은 '비유담'을 '비유'가 아니라 '유화'로 번역한다.

> 그런데 비교되는 두 계열이 어떤 단순한 의미연관이 아니고, 줄거리를 가진 이야기일 적에는 즉 예수교 성경에 나오는 「낙타와 바늘구멍」의 비유, 「탕자」의 비유 모양으로 비유가 이야기로 되었을 적에는 유화(喩話, Parable)라 하여 「메타포어」와는 구별한다. 그러한 「파라블」은 대개는 도덕적 교훈의 한 수단으로 쓰이는 것이다. 그보다도 더 복잡한 철학적·종교적 설교를 숨은 임무로 한, 비교적 긴 통일성 있는 이야기는 또 구별해서 「알레고리」(Allegory)라고 한다. 「단테」의 「신곡(神曲), 「번년」의 「천로역정」(天路歷程) 같은 것은 그 속에 들 것이다. 또 「파라블」의 등장인물을 사람에서 짐승으로 바꾸어 놓은 것은 따로 우화(寓話, Fable)라고 한다.[52]

여기서 김기림은 비유담의 특성을 분명하게 제시한다. 그리고 이것을 "비교되는 두 계열이 어떤 단순한 의미연관이 아니고, 줄거리를 가진 이야기"로 보아 은유와 구별한다. 뿐만 아니라 내용의 측면을

---

51) 오든이 쓴 글의 원문은 다음과 같다. "두 종류의 예술이 있다. 그 하나는 도피의 예술인데, 그것은 인간에게 음식과 잠이 필요하듯이 도피를 필요로 하기 때문이다. 다른 하나는 비유담의 예술인데, 그것은 증오를 잊고 사랑을 배우게 하는 것으로서 프로이드가 말한 바대로 더 깊은 확인을 가능하게 하는 것이다."(There must always be two kinds of art, escape-art, for man needs escape as he needs food and deep sleep, and parable-art, that art which shall teach man to unlearn hatred and learn love, which can enable Freud to say with greater conviction.) W. H. Auden, "Psychology and Art Today," *The English Auden*, Edward Mendelson, ed., New york: Random house, 1977, pp.341~2.

52) 김기림, 『문장론신강』, 민중서관 1950, 『전집』 4, 1988, p.139.

고려하여 알레고리, 우화 등과 구별하고 있다. 그러나 해방 후의 김기림의 수사학 논의에서 비유는 경우에 따라 수사법 전체를 의미하는 경우도 있지만 대체로 은유를 의미한다. 이것은 해방 전 은유를 '메타포어'로 지칭한 것과 뚜렷이 구분되는 현상이다.

김기림이 은유의 원리를 설명하는 가장 기본적인 원리는 두 계열의 어떤 성질의 공통성이다. 두 가지 다른 것 사이에서 같은 점을 찾아내는 것, 여기에 은유의 비밀이 있다는 것이다. 이러한 설명은 일반적으로 은유의 원리로 이해할 수 있는 유사성의 원리에 정확히 대응된다.

A. 인생의 허망함(우스꽝스러움) (무의식적인 생활) (무의미한 소란)

B. 춤추는 곰   (우스꽝스러움) (기계적인 시늉)   (무의미한 소란)

(기계적인 시늉)   (무의미한 소란)

B' 앵무새 울음   B" 성성이의 지껄임

표면에 나타나 있는 것은 B요 또 B를 측면에서 지지하는 B'와 B"뿐이다. 그러하면서도 이 B의 계열이 가지고 있는 의미는 A의 계열을 지시하려는 한 방편으로 쓰인 것이지 그 자체에 목적이 있는 것은 아니다. 이 두 다른 계열을 연결하는 것은 점선으로써 보이듯 두 계열의 어떤 성질의 공통성의 승인이다. 두 다른 것 사이에서 같은 점을 찾아내는 것—거기 비유의 비밀이 있는 것이다.[53]

김기림은 엘리어트의 시 가운데 "인생은 춤추는 곰/ 앵무새 같은

___

53) Ibid., p.135.

울음 성성이 같은 중얼거림"을 예시하고 이를 통해 은유의 법칙을 설명한다. 물론 여기서 A와 B는 리차즈가 말한 주지와 매체에 각각 대응한다. 또한 김기림은 은유의 다른 원리로, '지성'의 작용을 내세운다.

> 그것은 상상의 활동이면서도 그 속에 지성(知性)의 돌연한 비약이 참여하는 것이다. 받아들이는 편으로 보면 처음에는 외관상 전연 다른 두 계열의 대립에서 오는 알력, 차질의 인상이 눈에 띄었는데 다음 순간에는 그 두 다른 것들 사이에 암시된 어떤 공통성을 발견하고는 스스로 신기감 경이감(驚異感)에 굴복하고 마는 것이다.[54]

김기림은 은유가 상상의 활동이면서도 지성이 관여하는 것이라고 설명하고 있다. 이렇게 은유를 지적인 작업으로 이해한 것은 앞서 살펴보았던 1930년대 은유론의 연속선상에 있는 것으로서, 김기림의 은유론이 지니는 특징이라고도 할 수 있다.

이 시기 그의 은유론에 깊은 영향을 미친 이론은 리차즈의 은유론이다. 김기림은 『문장론신강』에서 은유에 대해 설명하면서 리차즈의 저서 『수사학의 철학(*The Philosophy of Rhetoric*)』과 오그던과 리차즈의 공저인 『의미의 의미(*Meaning of Meaning*)』의 구절을 상당 부분 인용한다. 그리고 리차즈가 은유로 거론한 부분들을 모두 '비유'로 번역하여 설명하기도 하고 '비유'의 절에 리차즈 은유론의 핵심을 드러내는 '의미의 연관을 중심으로'라고 하는 부제를 붙이기도 한다.

---

54) Ibid., pp.135~6.

(1) 「리차즈」는 비유구조의 이 두 계열을 갈라서 숨은 뜻 즉 A를 '테너'(Tenor)라고 부르고, 그것을 밀어가는 B를 「비이클」(Vehicle)이라고 하였다.[55]

(2) 또 한가지 중요한 것은 비유를 단순히 「테너」와 「비이클」의 기계적 결합이라고 보지 않고 그 두 대립된 계열의 호상작용(Interaction)에서 오는 새로운 관계야말로 비유의 본령이라고 보는 것이다. 즉 A를 B가 대표하는 것이 아니라, A와 B의 호상작용 속에서 제3의 의미가 선명하게 떠오르는 것이다.[56]

여기서 김기림이 소개한 리차즈의 이론은 모두 『수사학의 철학』 제5강 「은유(Metaphor)」장 속에 있는 것으로서, 은유에 대한 설명이다. 그런데 김기림은 리차즈의 은유 이론 가운데 널리 알려진 이 부분을 인용하면서 은유를 '비유'로 지칭하고 논의를 전개한다.

김기림은 리차즈가 말한 '의미연관'으로서의 은유론에 대해서도 자세하게 논의한다. 그는 "비유는 가장 일반적인 의미에 있어서는 사물의 한 무리에 한 개의 의미연관을 이용하는 것"이며 "비유적인 말을 이해하는 데 있어서 한 의미연관은 추상적 형태를 가진 다른 의미연관의 문맥의 일부를 빌어오는 것이다[57]"라고 한 리차즈의 논의를 인용하고 이에 대해 구체적으로 설명한다. 그리고 리차즈 은유론의 핵심이라 할 상호작용 이론에 대해서도 자세히 고찰한다.

이리하여 비유는 말의 의미를 보통 의미에서 새로운 의미로 이전시키는 것으로 같은 말을 가지고 그것의 액면(額面)에 나타난 의

---

55) Ibid., p.136.

56) Ibid., pp.136~7.

57) Ogden & Richards, *Meauing of Meauiug*, p.343, 『전집』 4, p.137 재인용.

미 말고 다른 의미를 나타내도록 하는 것이다. 여기서 주의할 것은 그 하나를 다른 하나가 기계적으로 대표한다는 의미에서 관계맺는 것이 아니라 두 계열의 호상작용 사이에서 새로운 의미가 생겨난다는 것이다.58)

김기림은 은유에서 주지(tenor)와 매체(vehicle)가 기계적으로 결합하는 것이 아니라, 그 두 가지가 상호작용한다고 설명한다. 실제 리차즈는 수사학을 단순하게 이미 결정된 내용의 전달 수단에 그치는 차원에서 탈피시키려고 하였다. 그는 일단 성립된 비유가 본래 이루어진 언어의 테두리나 전이, 변형을 가능케 한 경우, 그 어느 쪽에 치우쳐 봉사하는 것이 아니라 '상호작용'한다고 주장하였다. 이에 따라 리차즈의 상호작용 이론은 종래의 은유론을 한 차원 높인 것으로 평가받고 있는데59), 김기림은 이러한 리차즈 은유론에 대해서도 언급한다. 이와 같이 김기림은 해방 후 리차즈의 이론을 토대로 의미론에 입각한 은유론을 전개한다.

2) 우리말 운동과 은유

해방 후 김기림은 은유에 대해 큰 의미를 부여하지 않는다. 이 시기 김기림의 은유론은 언어의 미적 가공이 아니라 의미의 전달에 초점이 놓여 있다. 물론 그는 문학의 형상화에 작용하는 은유의 기능에 대해서는 인정하지만, 직설법을 강조하며 명쾌하고 간결하게 그리는 방법을 더욱 선호한다. 그리고 비유와 상징은 모두 새로운 시대의 수사법으로 적합하지 않다고 단언한다.

---

58) Ibid., p.137.
59) 김용직, 『현대시원론』, 학연사, 1988, pp.109~110.

> 비유와 상징은 회의와 황혼과 회색의 분위기에 보다 더 잘 맞는 것
> 이라면 사실적인 수법은 어떤 역사적 앙양기(昻揚期)의 극적 사태를
> 배경하였을 적에는 한층 더 크고 넓은 공명과 반향을 일으킬 수 있다.
> 그것은 소품(小品)적인 제재보다는 기념비적(紀念碑的, Monumental)적인
> 「테마」에 더 잘 들어맞는 듯하다. 그리고 오늘이야말로 그러한 기념
> 비적 예술을 불같이 차중하는 것이나 아닐까.[60]

해방 이후 문학에 대한 입장이 변화하면서 김기림은 비유와 상징
과 같은 시의 수사학보다는 수식 없이 명쾌하고 간결하게 그려내는
방식을 더 선호한다. 독자들은 간결하고 명쾌하게 그려낼 적에 더 힘
차고 굳센 감동을 받는다는 것이다. 그리고 이 방식은 소품적인 재재
보다는 기념비적인 테마에 더 잘 들어맞는데, 이제는 기념비적 예술
이 긴요한 시기라는 것이다. 이렇게 사실적인 수법을 선호하게 됨에
따라 은유는 더 이상 수사학의 중심에 자리하지 않게 된다.

한편 이 시기 은유 논의의 또 다른 특징은 김기림이 은유를 글쓰
기 전반에 걸쳐 작용하는 것으로 파악하고 있다는 점이다. 그는 이
시기에 한국어의 형성에 미치는 은유의 기능을 강조하고 새로운 은
유를 만들어내는 문학인들의 역할을 강조한다. 해방 후 김기림은 우
리말 운동을 전개하면서 우리말의 형성에 깊은 관심을 가진다. 그리
고 새 말을 만들어내는 방식으로 은유에 주목한다.

김기림은 이 시기에 은유야말로 언어의 토대라고 주장한다. 은유는
사람이 가진 말에 의한 전달 기술 가운데서 특수하면서도 기실은 말
과 더불어 오랜 수법이다. 은유는 모든 말에 편재해 있다. 또한 김기

---

60) 김기림, 『문장론신강』, 민중서관, 1950, 『전집』 4, p.108.

림은 "대상이 그런 물건이 아니고 추상적인 것일 적에는 할 수 없이 비유로써 그 뜻을 알려야 했다"고 하면서 은유의 유래를 설명하기도 하고 은유의 특징은 "여하간 구체적인 것으로써 추상적인 것을 가리키는 것"61)이라고 규정하기도 한다.

> 그런데 비유는 결코 어떠한 말의 특수한 현상이 아니고 우리의 일상 대화 속에 수두룩하게 일어나는 현상이다. 그리하여 앞에서도 말한 것처럼 전에는 비유였던 것이 현재 의미의 이중성을 잃어버려 벌써 비유로 느껴지지 않는 말하자면 비유의 화석(化石)이 한 나라 말 속에는 무수히 있는 동시에 우리는 또 새로운 비유를 자꾸만 발명해서 한 나라 말 속의 비유의 총재산을 끊임없이 갱신해 가는 것이다.62)

은유는 이제 시에 특수하게 작용하는 수사법이 아니라, 모든 언어에 내재하는 본질적 속성으로 이해된다. 은유에서 출발한 말이 표면의 뜻과 다른 뜻을 나타내지 않아 의미의 이중관계가 없어지게 될 때 은유의 생명은 죽어버린다. 이 때 사람들은 새로운 은유를 찾아내야 하는데, 시인이 제 나라 말에 이바지하는 것은 바로 새로운 은유를 발명할 수 있는 능력에 있다는 것이다.

김기림은 고전적 수사학의 시대에 비유는 글을 아름답게 꾸미는 장식품이라는 생각이 오래 행해졌지만 근대 수사학의 중요한 흐름 속에서 "오늘 와서는 비유는 보다 더 광범하게 한 나라 말 속에 흩어져 있다는 것, 우리가 사상(思想)이라고 부르는 것조차가 널리 비유활동에 속한다"63)고 한다. 김기림은 해방 후 우리말 운동을 전개

---

61) Ibid., p.134.

62) Ibid., p.136.

하면서, 새 말의 창안 방식으로 은유에 주목하게 된다.

은유에 대한 김기림의 이러한 설명은 리차즈의 은유론을 광범위하게 수용한 데 따른 것으로 보인다. 리차즈는 수사학의 전 역사에 걸쳐서 "은유는 일종의 행복한 여분의 말의 속임수, 말의 다채로운 속성을 활용하는 기회, 때로는 적합하지만 극도의 기술과 주의를 요하는 어떤 것으로 취급되어 왔다"고 한다. 간단히 말해서 은유는 언어의 구성 형식이 아니라, 우아함, 장식, 첨부된 언어의 힘으로 간주되어 왔다는 것이다.[64] 이에 그는 은유를 언어에 편재하는 원리로 파악하면서 의미론적 은유론을 전개한다. 즉 은유는 말의 문제, 단어의 변화와 환치의 문제가 아니라, 근본적으로는 '사고들' 사이의 교환과 교제, 상황(컨텍스트) 간의 상호작용이라 할 수 있다[65]는 것이다. 이것은 의미론적 은유론이라고 할 수 있는데, 그만큼 근대 수사학의 흐름 속에 있는 것이기도 하다.[66]

은유는 크게 수사학적·의미론적·해석학적 차원에서 다루어져 왔다. 수사학에서 은유는 용어의 대체를 통해서 장식적 효과를 내는 여러 가지 비유적 표현법들 중의 하나로 취급되어왔다. 이에 대해 의미론에서 은유는 새로운 의미를 창출할 뿐만 아니라 인간의 사고를 확장시키는 데 기여하는 적극적 언어로 이해된다. 해석학적 관점에서 은유를 볼 경우, 은유의 해석은 텍스트의 해석과 동일한 절차

---

63) Ibid., p.136.

64) I. A Richards, op. cit., p.84.

65) Ibid., p.88.

66) 이와 관련하여 한계전은 시학 연구의 분야가 통상적으로 언표적 국면, 의미론적 국면, 통사론적 국면으로 나뉜다면 수사학은 의미론적 국면과 직·간접적으로 관련된다고 주장한다. 이에 대한 자세한 논의는 한계전, 「시학과 수사학」, 『현대시』 2집, 1985. 4, pp.296~300.

를 수반한다.[67] 그런데 김기림이 은유를 통해 새로운 의미 창출과 의미 확장의 능력에 주목한 것은 의미론적 차원에 속한다고 할 수 있다.

4. 결론

이 장에서는 김기림의 은유론이 변모하는 양상을 구체적으로 고찰하였다. 김기림의 은유론은 물론 그의 수사학의 일부분에 해당한다. 김기림의 시론에서 은유의 의미가 가장 강조되는 시기는 이미지즘 시론을 전개할 때이다. 그러나 이후에도 그는 은유에 대해 지속적으로 논의하였는데, 이 경우 그 강조점은 각기 다르게 나타났다.

김기림은 1930년대 초부터 이미지즘 시론을 전개하면서 '메타포어', 즉 은유를 강조하였다. 이것은 1920년대 상징주의 시론에서 '상징'을 중심에 둔 것과 뚜렷이 구별되는 양상이었다. 김기림은 새로운 시의 기본 요건으로 이미지와 메타포어를 들기도 하였다. 이 시기 김기림 은유론의 특징은 은유를 '지성'과 결부시켰다는 점이다. 그는 신고전주의 이론을 수용하면서, 은유를 어디까지나 이미지를 제시하는 방법으로 강조하였다.

해방 후에 김기림은 은유에 대해 보다 체계적인 논의를 전개하였다. 이 시기에 이르러 그는 은유를 대체로 '비유'로 지칭하였다. 당시 김기림이 '비유의 예술'에 대해 언급한 적이 있는데, 그것은 은유가 아니라 비유담을 의미한 것이었다. 해방 후 쓴 『문장론신강』에서 김

---

67) 김상환, 「데리다와 은유」, 한국기호학회 엮음, 『은유와 환유』, 문학과지성사, 1999, pp.41~2.

기림은 주로 리차즈 이론의 영향을 받으면서 은유론을 전개하였다. 이 때 김기림은 리차즈 은유론의 특징이라 할 문맥이론과 상호작용 이론에 대해 자세하게 소개하였다. 그러나 해방 후 김기림은 은유에 대해 큰 의미를 부여하지 않았다. 대신 은유를 글쓰기 전반에 걸쳐 작용하는 것으로 파악하였다. 그는 이 시기에 한국어의 형성에 미치는 은유의 작용에 유의하고 새로운 은유를 만들어내는 문학인들의 역할을 강조하기도 하였다.

이 장에서는 해방 전 김기림의 은유론은 이미지즘 시론과, 해방 이후 은유론은 우리말 운동과 깊은 관계를 지니고 있는 것으로 보았다. 그러나 은유론과 시와의 관련, 동시대 다른 논자의 은유론과의 비교 등에 대해 논의하지 못하였다. 앞으로 이에 대한 연구가 다각적으로 이루어져야 하겠다. 또한 그의 은유론이 이후 한국 시사에서 어떻게 계승되고 있는가 하는 점에 대해서도 보다 진지한 논의가 있어야 할 것으로 보인다.

(『한국시학연구』 24호, 2007.)

3장 김기림의 알레고리 시론

1. 서론

　김기림의 시론에서 수사학이 차지하는 비중은 상당하다. 그는 자신의 시론을 전개할 때마다 수사학을 내세웠는데, 이것은 그가 '제작으로서의 시'를 강조한 것과 무관하지 않다. 1930년대에 이미 그는 상징어를 비판하고 인공어를 지향하였다. 그는 직관, 신비, 형이상학, 상상력, 상징 등에 대해 부정적인 입장을 보이며 이성, 과학, 공상, 인공성, 제작 등을 강조한다. 이에 따라 그는 상징과 대립되는 위치에 놓이는 알레고리의 지향을 보인다. 여기서 말하는 알레고리는 물론 좁은 의미의 그것이 아니라 독서의 알레고리에까지 이르는 광범한 것을 말한다. 김기림이 알레고리에 대해 직접 거론한 것은 극히 일부이다. 그러나 상징주의와 상징을 부정하고 '지성'을 강조한 그가 알레고리를 지향하였으리라는 추정은 충분히 해볼 수 있다.

　알레고리는 흔히 상징과 대별되는 수사법으로 이해되고 있다. 물론 수사법에는 여러 가지가 있다. 그러나 많은 문학 비평가들은 이 가운데 몇 가지를 강조하면서 이를 세계관과 관련시켜 논의해왔다. 가령 야콥슨과 라캉은 은유와 환유를, 버크는 은유, 환유, 제유, 아이러니 등을, 코울리지, 벤야민, 폴 드 만 등은 상징과 알레고리를 중심으로 수사학을 논의하였다. 이러한 논의 과정에서 알레고리는 비유적인 이야기에서부터 언어의 속성에 이르기까지 다양한 의미를 지니게 되었다.

이제까지 알레고리는 그다지 환영받지 못하였는데, 최근에는 이에 대한 관심이 증폭하고 있다. 이러한 변화는 근대와 함께 시작된 사회관과 인간관의 변모와 밀접한 관련을 지니고 있다. 벤야민은 알레고리의 의미를 강조하였고, 이후 폴 드 만과 제임슨 등이 이러한 논의를 더욱 발전시켰다. 이 과정에서 근대의 대표적인 서정 시인, 보들레르의 시학이 알레고리 시학이며, 알레고리는 신화화되어 가고 있는 근대에 대한 유효한 대응 양식임이 밝혀졌다. 그런데 이들은 상징과 알레고리의 차이를 개별성이 보편성에 관련되는 방식의 차이에 초점을 둔 괴테 이래의 설명 방식을 거부하고 '시간'의 범주를 도입함으로써 상징과 알레고리를 새롭게 해석하였다. 이들에게 알레고리에서 중요한 것은 이념과 개념의 구분이 아니라 시간이다. 벤야민의 경우, 알레고리에서 역사는 썩어가는 자연 내지 폐허가 된 자연으로 나타나며 시간은 소급적 정관의 양태로 나타난다. 반면에 상징에서 시간은 즉각적 현재로 나타나며 여기서는 경험적인 것과 초월적인 것이 일순간 자연적 형태로 융합되는 것처럼 보인다.[1]

폴 드 만은 알레고리가 자신의 근원에 대해 거리를 취함으로써 상징이 보장해줄 수 있다고 여겨졌던 동일화가 착각임을 일깨워주는

---

1) 수잔 벅 모스, 김정아 역, 『발터 벤야민과 아케이드 프로젝트』, 문학동네, 2004, p.220.

언어 형식이라고 주장한다. 알레고리는 기호와 그 기호를 통해 표현된 것을 서로 동일시하는 것을 거부함으로써 기호와 의미가 시간상동시적 관계에 놓이게 하는 것을 불가능하게 만든다는 것이다. 상징에서는 기호와 의미가 서로 동일한 것으로 간주됨으로써 이 둘 사이에는 시간적 차이가 더 이상 존재하지 않게 되는 데 반해 알레고리에서는 시간이 근원적으로 구성적인 범주로 기능한다는 것이다. 따라서 알레고리 개념에 있어서 중요한 것은 기호와 의미의 관계가 아니라 기호와 기호 사이의 관계이다.[2] 알레고리는 자신의 근원에 대해거리를 취함으로써 상징의 세계를 탈신비화시키는 수사학이 된다. 알레고리가 현대 사회의 파편화된 현실을 효과적으로 드러내는 장치가되는 것도 이러한 이유에서이다.

근대의 상황을 병리학적 현상으로 파악한 제임슨은 알레고리를 파편화된 세계에서 그것을 넘어서 다른 무엇을 찾으려는 치유의 몸짓이라고 규정한다. 그는 알레고리를 약호 전환과 동일시하는데, 그에게 알레고리는 실재에 대한 반응태로서 텍스트에 들어 있는 것이면서 분석자가 찾아내야 할 구조이다. 또한 그것은 현대의 사물화와 분리에 맞서는 변증법적 사고 자체이기도 하다.[3]

일반적으로 알레고리는 "하나의 사물을 말하고 다른 것을 의미하는 것"[4]으로 정의된다. 알레고리는 시대에 따라 각기 상이한 의미로사용되어 왔고 알레고리에 대한 개념도 다소 모호하다. 알레고리가우화, 우어, 우의, 우유, 풍유 등으로 다양하게 번역된 것도 이러한

---

2) Paul de Man, *Blindness & Insight*, Methuen & Co. Ltd., 1983, pp.206~7.

3) Fredric Jameson, *Marxism and Form: 20th Century History*, Princeton UP, 1983, p.71.

4) Samuel R. Levin, "Allegorical Language," Morton W. Bloomfield, ed., *Allegory, Myth, Symbol*, Harvard University Press, 1983, p.23.

사정 때문이다. 그러나 알레고리 개념의 핵심은 재현의 부정에 있다. 알레고리에서는 하나의 전체로서 존재하는 사회와 인간의 총체적인 재현이 부정된다. 알레고리 속에서 부분들은 현실의 삶 속에서 전혀 유기적인 연관 관계 속에 존재하지 않는다. 그러므로 각각의 현상들은 고립된 현실의 파편들이다. 알레고리의 근본적인 특성은 모호함, 의미의 다중성이며, 이 모호함은 기계적이며, 경제의 법칙에 연결되어 있다. 알레고리의 모호함은 항상 의미의 명료함이나 유기성과 대립된다.5)

현대의 예술에서 비유기적 구성을 명료하게 드러내는 몽타주는 대표적인 알레고리 형식이다. 벤야민의 알레고리적 방법론을 아방가르드 예술 분석에 적용했던 뷔르거도 알레고리적 방법론의 출발점은 '현상들의 구제'에 있다고 하였다. 여기서 현상들의 구제란 작품 속에 산재해 있는 현상들을 작품의 전체적 연관에서 떼어내는 것을 말한다. 만일 어떤 이미지가 그 문맥에서 분리된다면, 이 알레고리적 기표는 파편이 되는 것이다. 그런데 이러한 분리, 절단의 방법은 인용과 몽타주에서 가장 탁월하게 실현된다.6) 현상의 구제 속에서 대상과 대상을 병치시키고, 파편들을 우연에 따라 연결하는 몽타주는 곧 알레고리가 되는 것이다.

또한 알레고리는 언어적 측면에서도 논의될 수 있다. 그것은 알레고리가 어떤 것을 말하고 다른 것을 의미한다고 할 때, 그것은 곧 어떤 것을 말하고 다른 것을 의미하는 단어를 지칭할 수 있기 때문이다.7) 상징이 기표와 기의 사이의 일대일의 관계 위에 성립되는 것이

---

5) Walter Benjamin, John Osborne, trans., *The Origin of German Tragic Drama*, Verso, 1977, p.177.
6) 페터 뷔르거, 최성만 역, 『전위예술의 새로운 이해』, 심설당, 1986, pp.118~9.

라면 알레고리는 기표와 기의 사이의 간극을 인정하는 수사이다. 알레고리에서 가정하는 추상적인 개념을 기의라 한다면 구상적인 형상은 기표가 되는데, 알레고리의 경우 기의와 기표가 맺는 관계는 자의적이다.[8] 알레고리의 자의성을 극단화시킬 경우 알레고리에서는 기표가 기의로부터 언제나 미끄러져 있는 상태에 놓이게 된다. 그 대표적인 것으로 폴 드 만의 알레고리에 대한 이론을 들 수 있다.

이러한 논의에서 보듯 알레고리는 현재 단순한 수사학의 차원을 넘어 세계에 대한 인식의 틀로, 언어적·문화적 조건으로 그 위상을 확대하고 있음을 알 수 있다. 현재 알레고리는 다음 네 가지로 쓰이고 있다. 첫째, 수사적 알레고리: 다른 것을 말하는, 즉 쓰인 말과 의미하는 뜻이 다른 수사법. 둘째, 창작적 알레고리: 창작의 기법이나 문학의 양식 혹은 장르. 셋째, 해석적 알레고리: 비밀로 말해진 것, 즉 작품에 숨겨진 속뜻을 찾아내는 해석방법. 넷째, 독서의 알레고리: 기호와 지시대상, 기호와 기호 사이의 거리에 바탕을 두고 언어의 지시구조 혹은 의미 생성 과정에 충실한 읽기 등이다.[9]

오늘날 이와 같이 확대된 알레고리의 개념에 의거할 경우 우리는 김기림의 시론에서 알레고리에 대한 논의를 상당 부분 발견할 수 있다. 물론 김기림이 알레고리를 직접 논의한 것은 '교훈적인 이야기'라는 아주 좁은 의미의 것이었다. 그러나 그의 시론에서 공상과 기상, '연상의 비행'에 대한 논의, 몽타주 이론, 비유담에 대한 논의 등은 모두 알레고리의 범주에 넣어 해석할 수 있다. 특히 1930년대 그의

---

7) Samuel R. Levin, op. cit., p.25.

8) 김길웅, 「미적 현상과 시대의 매개체로서의 알레고리」, 『현대비평과 이론』 14집, 1997, 가을·겨울, p.184.

9) 신광현, 「알레고리」, 『현대비평과 이론』 7호, 1994, 봄·여름호, pp.308~310.

시는 상당 부분 알레고리에 의해 창작되었다. 이 장에서는 김기림의 알레고리 시론을 구체적으로 살펴보고자 한다. 이것은 김기림 시의 특성을 해명하기 위해서도 우선 검토해야 할 사항이라 할 수 있다.

2. 알레고리 시론의 양상

1) 인공어의 지향과 알레고리적 언어관

김기림은 1930년대에 언어에 대한 고도의 자의식을 드러낸 바 있다. 이것은 우리 시의 근대성을 확보하려는 의도에서 비롯된 것이다. 김기림의 언어에 대한 일련의 논의들은 「오전의 시론」(《조선일보》 1935. 6. 4~10. 4)에 이르러 어느 정도 정리되는데, 이 글에는 이 시기 언어관이 잘 드러나 있다. 그는 이 글에서 "말을 통제하는 일은 詩作에 있어서 가장 진보적인 또 가장 근본적인 준비다"[10]라고 주장한다. 따라서 "오늘의 우리가 시의 기술을 연구함에 당하여 생각되는 말은 벌써 말해지는 말만이 아니고 쓰여지는 말이라 함을 잊어서는 아니된다"[11]고 한다. 이러한 전제 하에 그는 말의 다양한 측면을 고찰한다.

> 항용 우리는 말에는 소리와 뜻의 두 모가 있다고 한다. 문자로 쓰인 말은 그러나 이 소리와 뜻 밖에 「모양」이라는 모를 가지고 있다.[12]

---

10) 김기림, 「말의 의미」, 《조선일보》 1935. 9. 17~10. 4, 『전집』 2, p.191.
11) Ibid., p.192.

김기림에 따르면, 언어에는 의미를 나타내는 '뜻'과 함께 음향, 개개의 말의 음의 연락, 반발, 충돌에서 생기는 단어 자체의 효과, 운율, 두운·押韻·類音 등등의 '소리', 개개의 말과 그 배열을 나타내는 '모양'의 요소들이 있다. 이들의 결합에 의해 언어의 다양한 효과가 나타난다. 그리고 시는 이러한 언어를 결합, 배치하는 인위적인 가공을 중요한 기술로 삼는다.

> 우리는 記號로서의 말의 소리와 모양의 反撥, 衝突, 結合, 索引에 依하야 생기는 數理的인 效果의 可能性을 밋는다. 또한 그것은 詩의 技術의 重要한 部分이기도 하다.[13]

> 그는 위선 意味를 말의 다른 要素 卽 소리와 모양과 함께 要素의 하나로 把握하야 가장 正確한 計算에 依하야 運用하므로써 明晳, 分明한 것으로써 提示하여야 할 것이다.[14]

김기림은 언어를 '기호'로 파악하고 기호의 여러 가지 측면, 즉 의미, 소리, 모양 등을 결합, 배치하는 방법이 바로 시의 기술에서 중요한 부분을 차지한다고 한다. 이러한 배치는 "수리적인 효과", "정확한 계산" 등 가장 과학적인 방법으로 이루어진다. 시인은 '말'이 아니라 '글'로 나타나는 다양한 언어의 양상을 인식하여야 한다. 시의 제작을 위해서는 언어의 미적 가공이 필수적이다.

그런데 이러한 언어관은 김기림에 따르면, 상징파의 그것과 구별된

---

12) Ibid., p.192.

13) 김기림, 「의미와 주제」, 《조선일보》 1935. 10. 4. 윤여탁 편, 『김기림 문학비평』, 푸른사상, 2002, p.200.

14) Ibid, p.203.

다. 그는 상징파의 언어관에 따라 "오늘의 詩人이 말의 이러한 弱點을 利用하는 것은 卑怯한 일"15)이라고 한다.

> 한 사회가 언어를 가지고 있고 또 문화사회일 적에 거기서는 언제고 시가 쓰여질 것이다. 사물의 인식에 있어서는 가장 정확한 「심볼」로서의 物理語를 쓰고 실천생활에 있어서는 시 그것을 회화로 쓰는 때가 온다고 하면 그래서 시가 벌써 쓰여지지 않는다고 하면 그것은 오히려 시의 행복스러운 종언일 것이다. 왜 그러냐 하면 거기서는 사람들은 일상대화 자체에 있어서 시를 쓰고 있으니까.16)

김기림은 상징을 "사물 인식에 있어서는 가장 정확한 '심볼'로서의 物理語"로 보고 있다. 이것은 기표와 기의의 동일화를 가정하는 상징의 측면에 주목한 설명이라 할 수 있다. 그런데 이러한 상징의 언어를 실천 생활에 쓸 때는 더 이상 현대시가 가능하지 않다고 한다. 여기서 나아가 사물의 인식에 상징이 지배적일 때를 더 이상 시가 쓰여지지 않은 시기로까지 규정한다. 이에 반해 문화 사회에서는 언제나 시가 쓰여질 것이라고 한다. 이러한 논리는 시는 자연이 아니라 문명 속에서 나오는 것이며, 언어 역시 자연어가 아니라 인공어여야 한다는 것을 의미한다. 물론 이 때의 언어는 더 이상 상징이 아니다.

김기림은 알레고리적 언어를 지향하면서 언어의 결합과 배치, 언어의 인공적 배열을 강조하는 한편 이러한 결합과 관련하여 여러 가지 수사법을 언급한다. 이 때 알레고리에 해당하는 '기상(conceit)'과 '몽타주'를 언급하기도 한다.

---

15) Ibid., p.203.
16) 김기림, 「시의 「르네상스」」, 《조선일보》 1938. 4. 10, 『전집』 2, p.128.

전결합에서 규정되어 오는 개개의 말의 가치, 특수한 결합방식 및 배치에 의하여 거기는 영상, 상징, 隱喩, 직유, 기지, 속도, 비약, 구성미, 「유머」, 「아이로니」, 풍자, 운동감, 「몽타쥬」, 對位, 역설 등의 온갖 관념 무용의 효과가 빚어지는 것이다.[17]

김기림은 언어의 의미와 소리, 그리고 모양을 각각 분리시키고, 이들의 결합에 의해 새로운 언어의 효과를 창출하는 것을 현대시의 목표로 삼는다. 특히 여기서 몽타주와 기상에 해당하는 기지 등을 언어의 미적 가공의 방법으로 언급하고 있는데, 이것은 김기림의 알레고리적 언어관을 단적으로 드러낸 것이라고 할 수 있다. 그것은 기상과 몽타주가 모두 알레고리에 해당하기 때문이다. 김기림은 이후 기지(機智)는 "두 개의 질이 다른 것을 돌연 갖다 붙임으로써 거기서 어떤 지성의 불꽃같은 것을 쐬게 하는 것"[18]으로 설명하는데, 기지, 즉 기상은 알레고리와 유사한 특성을 지니고 있다.[19]

알레고리적인 언어가 의미의 자의성에 근거하여 새로운 형상화를 가능하게 한다고 한다면, 김기림이 제시한 인공어는 바로 이에 해당한다. 알레고리적 언어는 현상과 의미의 분리를 기본적 특성으로 지니고 있다. 그것은 곧 기표와 기의의 분리 및 기표와 기의의 자의성에 대한 인식으로 이어진다. 상징에서는 기호와 의미가 서로 동일한 것으로 간주됨으로써 이 둘 사이의 관계는 이미 확정된 것으로 여겨

---

17) 김기림, 「말의 의미」, 《조선일보》 1935. 9. 17~10. 4, 『전집』 2, p.192.

18) 김기림, 『문장론신강』, 민중서관, 1950, 『전집』 4, p. 141.

19) 이정호는 존슨이 말하는 기상이 일종의 조화로운 부조화를 지닌다고 보고 기상은 알레고리와 유사하다고 지적한다. 이에 대한 자세한 논의는 이정호, 「T.S. 엘리엇의 알레고리적 상상력」, 『비평과 이론』 1권, 1996, pp.74~5 참조.

진다. 반면 알레고리적 언어는 어떤 사태나 그 사태에 대한 생각을 지시하는 것이 아니라 항상 다른 기호를 지시한다. 그런데 김기림이 언어의 의미, 소리, 모양 등을 서로 결합하고 배치하는 방법을 강조한 것은 기호와 그 기호를 통해 표현된 것의 동일시를 거부하는 알레고리적 언어를 전제한 논의라 할 수 있다.

한편 김기림은 언어의 결합과 관련하여 몽타주를 언급하고 있는데, 이것은 당시 김기림이 근대기술매체에 많은 관심을 가진 데서 비롯한 것으로 보인다. 1930년대의 경성에는 근대도시의 단편적인 정보들을 다루는 근대기술매체가 광범위하게 퍼져 있었다. 이에 따라 몽타주 이론 역시 널리 소개되고 있었는데[20] 김기림 역시 영화에 대한 관심 속에서 몽타주를 주목하였다. 물론 1930년대에 김기림은 근대도시의 현실을 반영하는 방식으로 영화와 신문, 라디오 등 근대기술매체를 문학에 활용하는 문제에 남다른 관심을 지니고 있다. 그러나 그가 몽타주 이론을 구체화하는 것은 영화 이론에서 비롯하는 것으로 보인다.

김기림은 1930년대에 이미 당대의 다른 문인들처럼 영화를 문학에 활용하는 문제를 논의하였다. 그는 "시보다도 소설―그 중에서도 통속적인 대중소설 「시네마」·「레뷰」가 평민의, 대중의 기호를 만족시키고 있다"[21]고 하면서 영화에서 문학의 미래를 보기도 한다.

그러면 명일의 시는? 그러한 질문은 우리에게 있어서는 아주 냉

---

20) 몽타주 이론은 1930년대 초, 서광제, 오덕순 등에 의해 자세하게 소개되었다. 이에 대한 자세한 논의는 문혜원, 「1930년대의 모더니즘 문학에 나타난 영화적 요소에 대하여」, 『한국 현대시와 모더니즘』, 신구문화사, 1996, pp.184~5 참조.
21) 김기림, 「상아탑의 비극―「사포」에서 초현실파까지」, 《동아일보》 1931. 7. 30~8. 9, 『전집』 2, p.304.

담하다. 우선 생활의 문제다. 예술을 생활에서 분리하여 獨異한 대상으로 관찰하려고 할 때에 그것은 역시 낡은 사고방법의 습관을 범한 것이다. 금일의 「프롤레타리아」예술과 같은 것은 다만 과도적 의의 밖에는 가지고 있지 않다.

그렇지만 이 문제는 다른 곳에서 논의할 기회를 가질 수 있을 것이다. 다만 한 가지만 가장 확신을 가지고 말할 수 있는 것은 우리들의 앞에 놓여 있는 큰 話題는 이것이다. 「집단과 그 생활」. 이곳에는 「시네마」의 영역이 무한히 크다.[22]

그는 시의 미래를 생활의 문제와 관련하여 고찰한다. 그리고 프로예술에 과도적 의의만을 부여하고 근대기술매체인 영화의 영역이 무한히 크다는 점을 강조한다. 집단과 생활이라는 것이 큰 화제로 놓이게 된 것도 영화 때문이라고 한다. 뿐만 아니라 그는 시인을 '카메라 앵글'에 비유하면서 새로운 시각적 주체의 출현을 기대하기도 한다.

그것이 없을 때 우리는 그를 시인이라고 부르는 대신에 단순한 感受者라고 부를 것이다. 그는 다만 가두에 세워진 호흡하는 「카메라」에 지나지 않는다. 「카메라」가 시인이 아닌 것처럼 그도 시인은 아닐 것이다. 시인은 그의 독자의 「카메라·앵글」을 가져야 한다. 시인은 단순한 표현자·묘사자에 그치지 않고 한 창조자가 아니면 아니된다.[23]

그는 시인을 단순한 표현자·묘사자가 아니라 창조자로 규정하면서, 시인은 독자의 카메라 앵글을 가져야 한다고 한다. 여기서 주목하지 않을 수 없는 것은 김기림이 시인을 '천재'나 '견자' 등 낭만주의의 개념이 아니라 '카메라' 혹은 '카메라 앵글'이라는 근대기술매체

---

22) Ibid., p.318.
23) 김기림, 「시의 방법」, 《신동아》 1933. 4, 『전집』 2, p.79.

와 관련지어 설명한 부분이다. 영화가 카메라와 편집을 필수적인 요
건으로 삼는다고 할 때, 단순한 감수자로서의 카메라가 아닌, 창조자
로서의 '카메라 앵글'에 시인을 비유한 것은 영화의 기술에 주목한
데서 나온 논의라고 하겠다.

그는 전위적인 작품의 수용을 영화와 관련하여 설명하기도 하며[24]
영화를 문학에 활용하는 문제에 대해서도 많은 관심을 드러낸다. 특
히 영화의 기술에 주목하면서 몽타주 이론이 시와 소설 등에 활용된
사실도 언급한다. "가령 「몽타주」의 이론은 영화에서 먼저 일어난 기
술상의 새 실험이었으나 소설과 시의 장면 구성에 매우 이용되었던
것"[25]이라고 하여 몽타주가 현대문학에 깊이 영향을 미친 사실에 대
해서도 지적한다.

> 그래서 영화의 새로운 수법은 시에, 소설에, 극에 심각한 영향을
> 주었다. 그런데 이 영화의 빛과 그림자에 의한 회화적 방법은 멀리
> 和蘭 화가 「렘브란트」의 빛에 대한 천재적 해석에서 얻은 바가 컸
> 었다. 영화가 제기한 새 이론으로서 문학에 절대한 흔적을 남긴 것
> 은 소련의 「에젠슈타인」·「푸도프킨」 등의 「몽타주」론일 것이다.
> 그것은 소설의 구성 속에 또 시의 전개에 그대로 활용되어 「시네
> 포엠」(映畵詩)의 시험까지 있게 되었다. 영화의 여러가지 수법 「클
> 로스업」·「컷트백」·「오버렙」·「몽타주」를 다소간이라도 이용하지
> 않은 현대소설가는 거의 없다고 해도 과언이 아니며 모든 영화수법
> 을 최대한도로 이용한 것은 아마도 「北緯 42도」의 작가 「전·도
> 스·파소스」일 것이다.[26]

---

24) 김기림은 당시 전위적인 작품이 수용되지 못하는 현상을 영화 「商船 테나시티」
　　가 유럽에서와 달리 인기를 얻지 못한 것에 빗대어 설명한다. 김기림, 「시의 난해
　　성」, 《시원》 1935. 5, 『전집』 2, p.115.
25) 김기림, 「예술에 있어서의 정신과 기술」, 《문장》 1948. 10, 『전집』 3, p.153.

김기림은 영화의 새로운 수법이 문학에 미친 영향에 주목하면서, 영화의 새 이론으로서 문학에 절대적인 흔적을 남긴 에이젠쉬타인, 푸도프킨 등의 몽타주 이론을 설명한다. 이러한 논의 과정 속에서 몽타주는 현대문학에 절대적인 영향을 미치는 기술로 소개되고 있다.

> 구성주의와 거의 때를 같이 하여 영화감독 「에이젠슈타인」·「푸도프킨」 등이 주창한 「몽타주」(Montage)의 이론은 드디어 영화제작에 일대 기술적 혁명을 가져왔거니와 다른 예술의 부분에도 심각한 영향을 주었다. 영화적 효과의 입체성이랄까, 그런 것을 거두기 위해서는 여러 가지 동떨어진 영상(影像)을 한데 모아서 혹은 결합시키며 혹은 중복(重複)시키며 혹은 공간적으로 시간적으로 일정한 균형 아래서 배치하여 역학적 효과조차를 거두는 것이다.
> 구성이나 「몽타주」의 수법은 소설뿐 아니라, 특히 시(詩)에서 그 뒤로 많이들 이용하여 독특한 효과를 거두고 있다. 그것은 벌써 한 상식일지도 모른다.[27]

몽타주에 대해 김기림은 여러 가지 동떨어진 영상을 한데 모아서 결합시키거나 중복시키며 혹은 공간적으로, 시간적으로 일정한 균형 아래서 배치하여 역학적 효과를 거두는 것으로 설명한다. 그리고 몽타주는 소설뿐만 아니라 시에서도 많이 이용되어 독특한 효과를 거두고 있다고 한다. 이와 같이 김기림은 몽타주를 언어의 결합 방식에서부터 이미지의 연결, 나아가 소설의 구성에 이르기까지 광범위하게 활용되는 방식으로 설명한다. 이러한 몽타주에 대한 일련의 논의 속

---

26) 김기림, 『문학개론』, 신문화연구소, 1949, 『전집』 3, p.66.
27) 김기림, 『문장론신강』, 민중서관, 1950, 『전집』 4, p.125.

에서 김기림의 알레고리의 지향을 엿볼 수 있다.

2) 공상의 강조와 알레고리의 지향

김기림이 알레고리에 경사하는 것은 그가 상징주의 시와 시론을 비판하는 데서부터라고 할 수 있다. 그는 문학 활동을 시작할 초반부터 상징주의 시가 가지고 있는 비현실성, 관념성 등을 비판하고 '상징'을 둘러싸고 있던 신비로움, 암시 등을 비판한다.

> 그리하여 상징주의에 의하여 점점 각자의 고독의 세계로 숨어버린 시인은 너무나 편협한 특수한 자신의 상아탑 속에서 돌보아 주는 자 없이 가까워오는 단말마의 암영에 전율하였다.
> 그러다가 20세기에 들어서부터 시는 그 모든 부질없는 고민과 방황에서 떠나서 오랫동안 그것이 잊어버렸던 생활을 회복하려고 하는 충동을 느꼈다.[28]

그는 상징주의 시를 고독의 세계로 숨어버린 시인의 시, 자신의 상아탑 속에 들어가 있는 자의 단말마의 암영의 표현으로 본다. "가장 노골하게 이러한 감상의 대상으로서의 시를 쓴 것이 상징파다."[29] 김기림에 의하면 상징주의 시의 특징은 현실 도피의 경향이다. 그러나 이십 세기의 시는 부질없는 고민과 방황을 그치고 생활을 회복하려는 충동에서 나와야 한다. 따라서 상징주의 시의 극복이야말로 현대시의 지상 과제가 아닐 수 없다. 상징주의 시에 대한 비판의 연장선

---

28) 김기림, 「상아탑의 비극 ― 「사포」에서 초현실파까지」, 《동아일보》 1931. 8. 3, 『전집』 2, p.312.
29) 김기림, 「현대시의 발전」, 《조선일보》 1934. 7. 19, 『전집』 2 p.321.

상에서 김기림은 상징에 대해서도 극히 부정적으로 인식한다.

> 또한 19세기를 통하여 우리들의 詩史를 적시고 있던 눈물겨운
> 「로맨티시즘」과 상징주의의 감격도 애수도 또한 아모 데도 남아
> 있지 않다. 그 무엇인가를 음모하고 상징하는 새벽의 진통도, 추
> 방인과 이민들의 서러운 동무인 황혼의 애수도, 求道人의 마음을
> 만족시키던 밤의 신비의 한 방울도 이 시는 가지고 있지 않다.[30]

김기림은 상징주의 시를 감격과 애수 등 감상에 기울어진 시로 규정하고 이상의 시가 이러한 감상벽에 침윤하지 않고, 상징으로 이루어지지 않은 점을 높이 평가한다. 그는 상징을 대상을 신비화하는 수사법으로 이해하고 이에 대해 거부감을 드러낸다. 또한 코울리지의 상상력(Imagination)과 공상(Fancy)에 대한 구분에 의거하여 상징이 가정하고 있는 상상력을 비판하고 공상을 옹호한다. 김기림은 1931년도에 쓴 글에서 이미 상상과 공상에 대해 논의한 적이 있다. 그런데 이때에는 상상과 공상을 뚜렷하게 구별하지 않았다.

10. 꿈꾸는 감각
> 상상—공상이라 함은 현실 우에 떨어지는 감각이 잠간 현실의
> 구석에서 꿈꾸는 것입니다. 그것은 그 자신조차 모르는 미지의 꽃
> 입니다.[31]

그는 여기서 상상과 공상을 동일한 범주에서 논의하고 있으며, 이것을 모두 현실에서 감각으로 꿈꾸는 것으로 규정하고 있다. 이에 대

---

30) Ibid., p.328.
31) 김기림, 「「피에로」의 독백 － 「포에시」에 대한 사색의 단편」, 《조선일보》 1931. 1.
　　27, 『전집』 2, p.300.

해 그가 공상을 옹호하는 것은 1930년대 전반기 이미지즘 시론을 전개할 때부터라고 할 수 있다. 그것은 이미지즘 시론의 이론적인 배경을 형성하고 있는 신고전주의 이론 자체가 어디까지나 공상을 강조하기 때문이다. 흄은 새로운 고전적 정신의 무기가 운문에서 작용할 경우 공상으로 규정된다고 단언하였다.[32] 그런데 김기림은 이미지즘 시론을 전개하면서 공상을 옹호하였으며 이후에도 공상을 옹호한다. 그는 코울리지의 상상력과 공상에 대한 이론을 소개하면서도 공상을 선호하는 태도를 드러낸다. 그런데 공상을 옹호하는 것은 궁극적으로는 알레고리를 지향하는 것을 의미한다.

사실 코울리지는 생물의 분류법인 개별성과 보편성의 개념을 원용하여 상징을 설명하면서 이를 알레고리와 비교한다. 그런데 여기서 그는 상징과 알레고리의 정신능력으로 상상력과 공상을 각각 들었다.

> 상징은 개별적인 것 속에서 특수한 것이 보이고 특수한 것 속에서 보편적인 것이 나타나며 일시적인 것 속에서 일시적인 것을 통하여 보편적인 것이 보인다는 특징을 갖는다. 그것은 항상 그것이 이해 가능하게 만드는 현실의 부분으로 존재한다. 그리고 그것은 전체를 밝혀내면서도 그것이 대표하고 있는 통일체의 살아 있는 일부이기를 계속한다. … (중략)…
>
> 그런데 알레고리는 대상의 모습으로부터 추출해낸 것일 뿐인 추상적 인식을 비유적인 언어로 번역한 것이다. 알레고리는 공상이 자의적으로 재료라는 환영과 관계를 맺는 공허한 메아리에 불과하다.[33]

---

32) T. E. 흄, 「낭만주의와 고전주의」, 데이비드 로지 엮음, 윤지관·이동하·김영희 역, 『20세기 문학비평』, 까치, 1984, p.50.

33) John A,Hodgson, "Transcendental Tropes : Coleridge's Rhetoric of Allegory and Symbol," Morton W. Bloomfield, ed., *Allegory, Myth, and Symbol*, Harvard University Press, 1981,

코울리지의 상징에 대한 이러한 설명은 낭만주의의 기본 입장을 아주 잘 보여주고 있다. 코울리지를 비롯한 낭만주의자들은 상상력에 높은 의미를 부여한다. 낭만주의에서는 상상력을 유기체로 보고 있으며 이러한 유기체의 대표적인 예로 식물의 성장을 들고 있다. 즉 하나의 씨가 싹이 트고 이것이 수분과 햇빛을 받고 자연발생적으로 커나가는 것은 상상력에 의거한다는 것이다. 상상력은 감각에 의해 만들어진 심상을 재구성하여 이들을 하나의 새로운 통합체로 만듦으로써 이들에게 생명력을 불어 넣어준다. 상상력이 지니는 재창조하고 이상화하고, 일체화하는 과정은 곧 상징을 만드는 과정이다. 이에 반해 공상은 감각기관에 의해 만들어진 심상을 재배치하는 정도에서 그친다. 따라서 코울리지는 상상력을 높이 평가하고 공상을 폄하한다. 공상이란 함께 작용할 그 어떤 대응물도 갖고 있지 않은 정신능력, 다만 고정되고 한정된 정신능력일 뿐이다. 그것은 시간과 공간의 차원으로부터 해방된 기억의 한 유형에 지나지 않는다.[34] 그런데 알레고리는 상상력에 비하여 수준이 낮을 뿐더러 질적으로도 아주 저급한 공상의 산물이다.

그런데 김기림은 코울리지의 상상력과 공상에 대한 소론을 리차즈의 이론에 의거하여 자세하게 소개한다. 이 때 그는 코울리지가 말한 상상력과 공상을 '상상(想像)'과 '환상(幻想)'으로 각각 번역한다. 흔히 '공상'으로 번역되는 것을 김기림은 '환상'으로 번역하고 있는 것이다. 그리고 김기림은 코울리지와 달리 상상력이 아니라 공상에 논의

---

p.277.

34) S.T. 코울리지, 장경렬 역, 「상상력, 그 비밀을 찾아서」, 『현대비평과 이론』 12집, 1996, 가을·겨울, p.238.

의 초점을 둔다. 이것은 그가 상징을 부정하고 알레고리를 지향한 데서 비롯한다.

> 「콜럿지」는 나아가서 환상을 이렇게 설명한다.
> 첫째 이는 대체로는 같지 않은 영상(映像)들을 유난히 눈에 띄는 한 두 특징을 끄집어 내서 한데 얽어 놓는 능력이다.
> 둘째 그 영상들은 「정착성과 결정성」을 갖고 있는 때문에 한데 얽었을 때나 산산이 갈라놓았을 때나 제각기씩 제대로 있을 수 있다.
> 세째 그 영상들 사이에는 아무런 자연적 또는 정신적인 연계성은 없으면서도, 어떤 우연한 합치로 해서 시인이 억지로 우겨 붙이는 것이다.
> 네째 그 영상들을 이렇게 우겨 맞붙일 적의 마음의 활동은 선택이라고 부르는 「의지의 경험적 현상」이다.[35]

코울리지는 상징을 상상력에, 알레고리를 공상에 연결시키고 있는데 김기림은 이미지를 형상화하는 능력으로 상상력이 아니라 공상, 곧 '환상'에 대해 자세하게 설명한다. 그는 환상을 설명하면서 환상 자체보다는 이미지를 형상화하는 방식에 초점을 둔다. 즉 그가 설명하고 있는 내용들은 "같지 않은 영상들을 한두 가지 특징을 끄집어내어 얽어 놓는 능력"이라고 한 첫째 항목을 제외하면, 그 나머지 항목들은 대부분 이미지의 형성에 대한 것이다. 그런데 그가 환상의 특징으로 제시한 내용들, 가령 이미지들이 산산이 갈라놓았을 때에야 제각기씩 제대로 있는 점, 이미지들 사이에 아무런 자연적인 연계성이 없고, 어떤 우연적인 합치로 해서 이루어지는 것, '선택'이라는 의지의 경험적 현상으로 볼 수 있다는 점 등은 모두 알레고리에 해당한다.

---

35) 김기림, 『시의 이해』, 을유문화사, 1950, 『전집』 2, p.239.

　　상상을 가리켜서 중앙집권제(中央集權制)적 조직이라고 하면, 환상
은 연방제(聯邦制)적 구조라고 할 수 있을 것이다. 앞의 것에 있어
서는 의미 구조의 각 단위는 어떤 공통된 협력하는 목적을 위해서
는 제각기가 가진 자주성을 바쳐 버리는 것이다. 이에 대해서 뒤의
것은, 한마디 한마디 말의 뜻은 제각기 거의 자동적이어서, 어떤 목
적을 위하여 그것들을 모아 놓은 그 목적에 대하여는 그것 자신으
로서는 아무 관련이 없는 것이다.36)

　　김기림에 따르면 상상과 환상의 대립은 '중앙집권제적 조직'과 '연
방제적 구조'의 차이로도 설명된다. 상상이 유기체의 원리에 따른다
고 한다면 환상은 기계적이다. 상상에서의 구조는 산 유기체의 세포
들처럼 자라나는 것이라고 한다면, 환상에서의 구조는 마치 벽돌을
쌓아 올리듯 하는 것이다. 상상에 있어서는 의미의 각 부분은 서로
수정하는 것이라면 환상에 있어서는 의미의 각 부분은 마치 서로서
로 독립한 것처럼 보인다. 이러한 상상과 환상의 대립은 궁극적으로
상징과 알레고리의 대립에 해당한다. 상징이 부분과 전체의 통일성을
통해 구체적인 것을 종합해 낼 능력, 즉 이질적인 요소들을 동화시키
고 그들 사이에 존재하는 유사성을 찾아내는 직관에 의거한다면, 알
레고리는 단지 지각된 대상을 기계적으로 나열한 것일 뿐이기 때문
이다. 알레고리가는 각각의 사물들이 어떤 유사성을 갖고 있으며 어
떤 관계를 맺고 있는지를 탐구하는 것을 통해 사물들을 해명하는 것
을 포기한다. 그는 사물들을 그것들 간의 연관 관계부터 떼어내어,
각 사물들의 의미를 해명하는 것을 처음부터 본인의 몽상에 맡긴

---

36) Ibid., p.239.

다.37) 이와 관련하여 퍼거슨은 코울리지가 구분한 공상은 폴 드 만이 말하는 알레고리와 유사하다고 주장한 바 있는데,38) 김기림이 여기서 설명하고 있는 환상 역시 이에 해당된다.

김기림은 상상과 환상의 대립을 엘리어트의 시와 스펜더의 시에 적용하여 설명하기도 한다. 김기림에 의하면 엘리어트의 시는 상상의 원리를 따르고 스펜더의 시는 환상의 원리를 따르고 있다. 물론 김기림은 스펜더의 시39)를 예로 들어 분석할 때, 알레고리적 형상화 방법에 초점을 둔다.

> 여기서는 영상들 사이의 이동이 전개라느니보다는 비약이라고 할 정도로 매우 급해진다. 그 영상들은 하나하나가 뚜렷하며 분명하여 의심할 여지가 없다. 처음에는 오직 제각기 늘어서는 것같이만 보이며, 벽돌을 쌓아 올리듯 주어 놓는 것만 같다. 두번 되풀이 되는 「이 모든 사건들」이라는 문구로써 겨우 한데 얽혀 놓아서 현

---

37) 발터 벤야민, 조형준 역, 『아케이드 프로젝트』 1, 새물결, 2005, p.546.

38) 퍼거슨은 비록 코울리지가 1차 상상력과 2차 상상력을 구분하면서 2차 상상력을 우월한 것으로 간주했지만, 콜리지는 상상력이 공상에 의해 전도되는 것으로 설명하였다고 주장한다. Frances C. Ferguson, "Reading Heidegger: Paul de Man and Jacque Derrida," *Martin Heidegger and the Question of Literature toward Postmodern Literary Hermeneutics*, ed., William V. Spanos. Bloomington: Indiana UP, 1989, p.259. 김보현, 「드 만과 데리다: 허무의 유희와 포월(包越)의 광기」, 『비평과 이론』 11권 제2호, 2006, 가을·겨울, p.80 재인용.

39) 김기림이 인용하고 있는 스펜더의 시는 다음과 같다.
"모든 이 사건들에서 이 폭락에서 전쟁에서 경기에서/「이태리」 놀잇날에서 모험자를 위한/회전등 토막토막 비비는 불빛에서/ 저녁나절 네거리의 군중에게서 날짐승 사냥에서,/ 두 가닥난 나리꽃과 가닥난 촛대 아래 눕건/ 가로등 가의 밤과 평화로부터 숨어서/ 얼어붙은 자루처럼 보도에 벋어 버렸거나 하여/ 우리들 아무리 죽음으로 융성할지라도,/ 이 모든 사건으로부터 고독한 시간은 솟아 올게다./ 안개속에서 터져 나오는 불통처럼./ 혼란 위에 뛰쳐나 우리들의 과거에서 풀려서/ 영낙없이 시간은 우리를 버리고 갈게다." 김기림, 『시의 이해』, 을유문화사, 1950, 『전집』 2, p.241.

　　대문명의 급한 「템포」에라도 비길 총총한 「템포」 때문에 무너질 듯
　　무너질 듯 위태롭던 영상의 무더기는 한데 쌓인 채, 같은 위치에서
　　전의 자세를 유지하는 것이다. 이는 환상이 미약한 초보적인 상상
　　의 오라기에 겨우 얽매어져 오로지 붕괴는 면한 경우라고 해 무방
　　하겠다.[40]

　김기림은 스펜더 시의 이미지들은 이미지들 사이의 이동이 비약적
으로 이루어진다고 한다. 그 이미지들은 하나하나가 뚜렷하며 분명하
다. 이것은 처음에는 오직 제각기 늘어서는 것 같이만 보이지만 벽돌
을 쌓아 올리듯 주어 놓는 것만 같다. 그것들은 환상에 의해 구성된
것이기에 각각 분리되어 있으며 다소 기계적으로 묶여져 있다는 것
이다. 이와 같이 김기림은 스펜더의 시에서 무엇보다 알레고리의 형
상화 방법을 읽어낸다. 여기에 덧붙여 김기림은 스펜더 시에 나타나
고 있는 방법이 현대문명의 급격한 변화와 위기를 드러내는 데 엘리
어트의 방법보다 효과적이라고 한다. 이러한 논의는 이 시기 김기림
의 스펜더에 대한 지대한 관심에서 나온 것[41]인데, 그것이 알레고리
에 대한 설명으로 이어지고 있는 것은 주목할 만하다.

　김기림이 스펜더의 시에서 보고 있는 것은 "오직 제각기 늘어서는
것 같이만 보이며, 벽돌을 쌓아 올리듯 주어 놓는 것만 같"은 것으로
서, 겨우 한데 얽혀 놓아서 현대문명을 드러내는 방식이다. 이것은
근대 건축물에서의 몽타주의 원리를 철저히 따르고 있는 에펠탑의
구조를 상기하게 한다. 에펠탑은 몽타주 원리를 이용한 최초의 건축

---

40) Ibid., p.242.

41) 김용직, 「한국시의 스티븐 스펜더 수용」, 『한국근대문학론고』, 서울대출판부,
　　1983. 문혜원, 「김기림과 스티븐 스펜더의 비교문학적 고찰」, 『한국 현대시와 모
　　더니즘』, 신구문화사, 1996 참조.

형식으로서42) 철골 조각이 한 조각씩 이어지고 붙여짐으로써 파리 전체를 조망하는 높이로 설립되었다. 벤야민은 자신의 작업을 에펠탑의 건축법에 빗대어 설명하기도 하였는데, 그것은 오직 인용으로, 자료들로 글쓰기를 해나가려는 시도를 말한다. 그런데 김기림이 스펜더시의 이미지 형성 원리로 설명한 것 역시 이와 유사한 측면을 지니고 있다.

한편 김기림이 엘리어트의 시를 상상력의 산물로 본 것은 당대의 한계에 갇힌 해석이라고 할 수 있다. 그것은 현재 엘리어트의 시는 알레고리적 상상력이 지배적인 시로 다시 해석되고 있기 때문이다.43) 그러나 당대에 엘리어트의 시는 알레고리의 시로 읽혀지지 않았고 스펜더의 시는 알레고리적 글쓰기의 대표적인 형태로 인식되고 있었다. 어쨌든 김기림은 '공상'을 강조하고 스펜더에 경사됨으로써 자연스럽게 알레고리의 형상화 방법을 소개하게 되었다.

그런데 김기림은 몽타주에 해당하는 '연상의 비행'에 대해 지적하고 이에 따라 시를 분석하기도 한다. 그는 1930년대에 「기상도」와 비슷한 시기에 제작한 「서반아의 노래」에 대해 비평하면서 '연상의 비행'에 대해 언급한 바 있다.

> 이 시는 속도를 나타내려고 했다. 속도를 나타내는 방법으로는 활자의 직선적 橫列, 음향의 斷續 등 외적 방법과 「이미지」의 비약에 의한 내적 방법의 두 가지를 필자는 시험해 보았다. 여기 쓰여진 방법은 후자의 예다. 그래서 시의 각행이 대표하는 「이미지」는 각각 다르며 그것들이 눈이 부시게 비약한다. 다시 말하면 연상작용에 의하여 이 「이미지」는 다른 「이미지」를, 그 「이미지」는 또 다른

---

42) 수잔 벅 모스, op. cit., p.105.
43) 이정호, op. cit., p.57.

「이미지」를 불러온다. 나는 이것을 연상의 飛行이라 부른다.44)

김기림은 「서반아의 노래」의 시작 원리는 연상의 비행에 의하여 이미지는 다른 이미지를, 그 이미지는 또 다른 이미지를 불러오는 것이라고 설명한다. 이것은 '이미지의 단절과 비약'을 낳는데, 그것을 김기림은 '연상의 비행'이라고 부른다. 이러한 연상의 비행 역시 공상의 산물로서 알레고리에 해당한다. 그것은 알레고리가 대상을 연결시키는 방식에서 유사성이 거의 없는, 우연적인 연결을 보여주기 때문이다. 그런데 김기림은 '연상의 비행'이 현대시에 광범위하게 나타나는 것으로 본다. 특히 초현실주의 시의 이미지 형성 방법은 바로 이 원리에 기초하고 있다고 한다.

> 문장이란 두뇌의 산물이다. 꿈은 두뇌의 산물이 아니고 두뇌의 「메카니즘」이다. 그것은 문장으로서는 포착할 수가 없다. 다만 기호만이 그것을 나타낼 수가 있다. 그리하여 「슈르레알리스트」는 언어가 가지고 있는 고유한 의미를 아주 무시한다. 그리고 언어의 결합의 인습적 법칙을 전연 돌보지 않는다. 단어와 단어가 의미에 의하여 결합되는 것이 아니고 단순한 기호로서 거의 독립하여 쓰여진다.
> …(중략)…
> 그러나 「슈르리얼리스트」는 대상을 예상하지 않는다. 기호 자체가 기술됨으로써 전연 새로운 의미를 捻出하려는 것이다. 즉 지극히 관계가 먼 단어와 단어를 결합 혹은 반발시킴으로써 지금까지 있어보지 못한 또는 예상하지 아니하였던 돌연한 의미를 빚어낸다는 것이다.45)

---

44) 김기림, 「현대시의 발전」, 《조선일보》 1934. 7. 12~22, 『전집』 2, p.334.
45) Ibid., pp.325~6.

김기림은 초현실주의자들이 언어가 가지고 있는 고유한 의미를 아주 무시하고 언어 결합의 인습적 법칙을 전연 돌보지 않는다고 한다. "「슈르리얼리즘」은 단어와 단어 상호간의 충돌·반발 등 인공적 交互작용에 의하여 생기는 일종 의미의 분열"을 추구한다[46]고도 한다. 초현실주의 시는 기호와 의미 사이의 결합이 아니라 기호와 기호와의 결합으로 이루어진다는 것이다. 현대의 초현실주의 시에서 전혀 관계 없는 두 개의 이미지를 돌연 한데 충돌시킴으로써 거기서 말의 어떤 새 효과를 노린 것이라든지, 꿈의 세계의 생리를 펼쳐 보이려 한 것 등은 모두 "상상과 환상의 기묘한 배합을 시의 기술로써 얼마나 부리고 있나를 보인 것"[47]이라는 것이다. 이러한 이미지 형성 원리가 드러나는 것으로 김기림은 17세기 영국의 형이상학파 시와 한국의 시조를 들기도 한다.

> 한 개의 「이데」나 「이미지」에 대하여 그와 대립하는 질이 다른 「이데」나 「이미지」를 충격시킴으로써 거기서 시적 효과의 불꽃이 튕기도록 하는 것은 17세기의 영국 형이상학적, 가까이는 초현실파의 장기였으나 같은 착상, 적어도 그 원형을 우리는 시조형식에서도 발견하는 것이다.[48]

김기림은 초현실주의 시가 "한 개의 「이데」나 「이미지」에 대하여 그와 대립하는 질이 다른 「이데」나 「이미지」를 충격시킴으로써" 시적 효과를 달성하는 것과 마찬가지로 17세기 영국의 형이상학파 시도

---

46) 김기림, 「시와 인식」, 《조선일보》 1931. 2. 11~14, 『전집』 2, p.74.
47) 김기림, 『시의 이해』, 을유문화사, 1950, 『전집』 2, p.243.
48) 김기림, 「시조와 현대」, 《국도신문》 1950. 6. 9~11, 『전집』 2, p.344.

이러한 원리를 따르고 있다고 한다. 김기림이 형이상학파 시에서 알레고리를 읽은 것은 형이상학파 시의 기상이 알레고리라는 점을 고려할 때, 타당한 것이라고 할 수 있다. 그는 한국의 시조도 이러한 시들과 같은 이미지 형성 원리를 지니고 있다고 하는데, 이 역시 시조의 수사학을 알레고리로 볼 수 있다는 점에서 유의할 대목이다. 장경렬은 시조의 노랫말이 형성되는 과정에서 알레고리적 상상력이 개입한다[49]고 하면서 시조의 세계를 알레고리의 세계라고 주장하였다. 이러한 논의를 고려할 때, 김기림이 시조의 이미지 형성 방식을 18세기 영국의 형이상학파 시와 결부시켜 논의한 것은 모두 이들의 알레고리적 측면에 유의한 것이라고 할 수 있다.

이와 같이 김기림은 알레고리의 바탕이 되는 공상에 주목함으로써 알레고리에 대한 지향을 드러낸다. 그는 1930년대에 이미 스펜더 시와 초현실주의 시에 나타나는 공상에 주목하고 여기서 파생되는 '연상의 비행'을 중심으로 알레고리적 형상화 방법을 구체적으로 제시하였다.

3) 비유담의 논의와 알레고리

김기림이 알레고리를 직접 거론한 것은 『문장론신강』에서이다. 그는 『문장론신강』에서 의사소통의 수사학을 제시하는 한편, 표현의 수사학에 해당하는 여러 가지 수사법을 설명한다. 표현의 수사학을 항목별로 제시하는 가운데 알레고리에 대해 언급하는데, 그 내용을 살펴보면 아주 좁은 의미에 한정된다. 이 때 그는 알레고리를 교훈적

---

49) 장경렬, 「시간성의 시학」, 『미로에서 길찾기』, 문학과지성사, 1997, p.33.

목적을 가진 이야기의 한 방식으로 설명한다.

그런데 비교되는 두 계열이 어떤 단순한 의미연관이 아니고, 줄거리를 가진 이야기일 적에는 즉 예수교 성경에 나오는 「낙타와 바늘구멍」의 비유, 「탕자」의 비유 모양으로 비유가 이야기로 되었을 적에는 유화(喩話, Parable)라 하여 「메타포어」와는 구별한다. 그러나 「파라블」은 대개는 도덕적 교훈의 한 수단으로 쓰이는 것이다. 그보다도 더 복잡한 철학적·종교적 설교를 숨은 임무로 한, 비교적 긴 통일성 있는 이야기는 또 구별해서 「알레고리」(Allegory)라고 한다. 「단테」의 「신곡」(神曲), 「번년」의 「천로역정」(天路歷程) 같은 것은 그 속에 들 것이다. 또 「파라블」의 등장인물을 사람에서 짐승으로 바꾸어 놓은 것은 따로 우화(寓話, Fable)라고 한다. 그 속에서 각 짐승들은 인간사회의 어떤 성격을 각각 대표하는 것이다. 사자는 왕을, 여우는 교할(활−인용자)한 간신, 당나귀는 미련한 시골뜨기를 대표하는 것같은 것이 그런 것이다.50)

김기림은 알레고리를 다른 수사법과의 관계 속에서 규정한다. 비교되는 두 계열 사이의 단순한 의미연관에 해당하는 것이 은유라고 한다면, 줄거리를 가진 이야기로서 비유가 이야기로 된 것이 비유담이고, 비유담보다 더 복잡한 철학적·종교적 설교를 숨은 임무로 한 비교적 긴 통일성 있는 이야기가 알레고리에 해당한다. 이러한 논의에 따르면 은유에서 비유담, 그리고 알레고리로 이어지는 계통이 서는 셈이다. 김기림은 이들 수사법의 근본적인 차이점에 주목하지 않고 다만 길이에 따른 분류를 하고 있다. 당시 그가 은유를 '비유'로 번역하고 '비유담의 예술'을 '비유의 예술'로 번역한 것도 이와 관련되는

---

50) 김기림, 『문장론신강』, 민중서관, 1950, 『전집』 4, p.139.

것으로 보인다. 그러나 알레고리는 은유나 상징과 근본적으로 구별되는 수사법이다. 은유나 상징이 기의와의 동일시를 가정하고 초월성을 지향하는 데 비해 알레고리는 기의와의 관련보다는 기호들 간의 관계를 문제 삼는 수사법이다.[51] 이러한 사정을 고려하면 당시에 김기림은 은유와 알레고리와의 수사학 상의 차이, 세계관의 차이 등을 충분히 인식하지 않았음을 알 수 있다.

또한 그는 알레고리를 비유로 된 이야기 정도로 파악함으로써 그것을 주로 서사문학에서 원용하는 수사법으로 설명한다. 실제 알레고리는 시보다 서사문학에 널리 쓰이는데, 이것은 알레고리의 기원이 설화라는 사실에서도 엿볼 수 있다. 알레고리는 설화 중에서도 시간, 계절, 추수, 출생, 죽음, 결혼 등의 문제를 설명하기 위한 신화와 가장 긴밀하게 관련된다. 또한 그것은 종교와 밀접한 관련을 가지고 있어 신화의 내용을 신자에게 가장 직접적으로 알리는 형식으로 변용되기도 하였다. 때문에 알레고리는 서사문학에서 큰 서사체의 삽화나 다른 복잡한 양식의 원천으로 널리 원용되어 왔다.[52]

이러한 맥락에서 김기림이 까뮈의 「페스트」에 나타나는 알레고리를 구체적으로 고찰하는 것은 일면 타당하다고 할 수 있다. 그런데 그가 「페스트」의 알레고리를 분석하면서 주목하는 부분은 관념을 형상화하는 방법이다. 그는 "「알레고리」나 「파라블」은 추상적인 교리나 교훈을 구체적인 것에 밖에는 익숙하지 못한 비교적 지식정도가 낮은 사람에게 알려주기 위한 유력한 수단으로 쓰이는 것"[53]이라고 설명한다. 이것은 그가 알레고리를 추상적인 관념을 쉽게 알려주기 위

---

51) Paul de Man, op. cit., p.207.
52) 존 맥퀸, 송낙헌 역, 『알레고리』, 서울대출판부, 1983, pp.1~2.
53) 김기림, 『문장론신강』, 민중서관, 1950, 『전집』 4, p.139.

한 수법으로 이해한다는 것을 의미한다. 그가 「페스트」를 분석할 때의 초점 역시 추상적인 관념을 형상화하는 방법으로서의 알레고리에 놓여 있다.

> 작가 「까뮈」의 의도는 무엇보다도 이러한 문제에 소설을 통하여 부닥쳐 보려는 데 있어 보인다. 구체적인 세태나 인정이나 사건이나 성격을 묘사한다든지 파고들어가려는 것이 아니라, 이 운명적인 순간을 어떻게 살아가나, 그 보다도 죽어가나 하는 문제를 「알레고리」를 빌어 설정한 가설을 분석하며 檢證해 보려고 하는 것이다. 그리하여 이 소설의 주인공은 역설적으로 말한다면 어느 인물이라느니보다는 「테마」를 대표하는 「아이디어」 자체라고 해 무방하겠다. 이런 점에 이 소설은 특수한 시험이 있어 보인다.
> …(중략)…
> 「까뮈」는 분명히 어떤 인물을 그리려는 것도, 심리를 분석하려는 것도, 분위기를 빚어내려는 것도 아니다. 한 관념을 증명하기 위하여 논증하는 것이며, 정황이나 인물은 차라리 그 논증의 전개와 과정을 위한 허수아비라고 해도 무방하다.54)

김기림은 「페스트」를 관념소설로 규정하고 관념소설이 지닐 수 있는 함정을 작가는 알레고리를 통해 피한다고 주장한다. 즉 알레고리는 개념에서 형상으로 가는 방법이 된다는 것이다. 김기림에 의하면 「페스트」의 주인공은 형상화된 인물이 아니라 "「테마」를 대표하는 「아이디어」 자체"이다. 까뮈는 분명히 어떤 인물을 그리려는 것도, 심리를 분석하려는 것도, 분위기를 빚어내려는 것도 아니다. 한 관념을 증명하기 위하여 논증하는 것이며, 정황이나 인물은 차라리 그 논

---

54) 김기림, 「소설의 파격-「까뮈」의 「페스트」에 대하여」, 《문학》, 1950. 5, 『전집』 3, pp.193~4.

증의 전개와 과정을 위한 허수아비라고 해도 무방하다. 한 관념을 증명하기 위해 인물과 정황을 활용하는 방식, 이것이 「페스트」의 특징인데, 그것은 곧 알레고리의 특징이기도 하다.

이와 같이 김기림은 알레고리를 기능에 중심을 두면서 하위 장르들, 가령 우화, 비유담 등과 관련시켜 논의하고 그것을 서사 양식에 국한하여 논의한다. 그러나 알레고리는 교훈적인 이야기 외에도 서정 양식에서도 널리 사용되어 왔다. 또한 알레고리 안에는 도덕적 교훈을 목적으로 하는 수많은 우화와 비유담을 하위 개념으로 포함시킬 수 있다. 실제로 김기림은 비유담을 소개하는데, 이 과정에서 오히려 시의 알레고리 방법을 제시하게 된다.

김기림은 오든(W.H.Auden)의 소론을 원용하여 예술을 크게 '도피의 예술'과 '실천의 예술'로 구분한다. 그리고 '비유의 예술'을 '실천의 예술'로 간주하는데, 이 때 그가 말하는 '비유의 예술'은 오든의 '비유담의 예술'을 번역한 것이다.[55]

> 이 비유의 예술에서 얻어 받는 태도는 그 받아들이는 편의 실제 생활 속에 충실한 결과를 남기는 말하자면 적극성(積極性)의 것이라고 하겠다. 현실의 사정없는 분석과 관찰을 거쳐서 새 현실의 창조를 의도하는 실천의 예술일 것이다. 그러한 예술은 늘 생활과 연관을 가질 뿐 아니라 생활 속에서 솟아나서 생활 속으로 돌아 드는 생활을 위한, 생활의 예술일 것이다.[56]

김기림은 '비유의 예술'을 실제 생활 속에 충실한 결과를 남기는

---

55) 이에 대한 자세한 논의는 이 책 2장 참조.
56) 김기림, 『시의 이해』, 을유문화사, 1950, 『전집』 2, p.249.

예술로 소개한다. 그것은 생활과 연관을 가질 뿐만 아니라 생활 속에서 솟아나서 생활 속으로 돌아드는 생활을 위한, 생활의 예술이라는 것이다. 그런데 여기서 '비유'는 비유담을 말하는 것으로 알레고리의 하위 형태이다. 원래 알레고리는 비의적 성격을 갖는 인식방법으로서, 비의적인 내용들은 비유담의 형태로 전수되어왔다. 성서의 비유담은 알레고리의 대표적인 하위 형태이다.57) 따라서 김기림이 비유의 예술로 거론한 것은 실제로는 알레고리에 해당한다고 할 수 있다.

그런데 김기림은 비유의 예술을 생활 속에 충실한 열매를 맺고, "실천 속에 반영되어 환경에 가공하며 생활을 고쳐가며 높여 가는 생활 예술"58)로 본다. 그런데 그가 강조한 '비유의 예술'이 가지는 두 측면, 즉 '현실 연관성'과 '가공'이라는 두 측면은 모두 알레고리가 지니는 속성이다. 상징이 초월성의 지향을 드러내어 현실을 신비화하는 경향이 있다고 한다면, 알레고리는 그것을 탈신비화하는 수사법이다. 때문에 알레고리는 보다 현실에 밀착해 있는 수사법이라 할 수 있다. 또한 알레고리는 상징이 가정하고 있는 '상상력'에 의지하지 않고, '공상'에 의지한다는 특징을 지니고 있다. 이렇게 볼 때, 김기림이 '비유의 예술'을 실천의 예술로 강조하는 것은 그것의 알레고리적 특성에 주목한 결과라 하겠다.

실제 김기림은 '비유의 예술'에 해당되는 것으로 스펜더(S. Spender)의 「급행열차(Express)」59)를, '도피의 예술'에 해당되는 것으로 이디스

---

57) 존 맥퀸, op. cit., pp.23~43.

58) 김기림, op. cit., p.248.

59) 김기림이 해석하고 있는 이 시의 일부를 인용하면 다음과 같다.
　　"힘차고 뚜렷한 첫 선언/「피스톤」의 캄캄한 진술(陳述) 뒤/ 더 서두르지도 않고 여왕처럼 미끌어져/ 급행열차는 역을 떠난다./ 머리도 수구리지 않고 모르는 척 늠늠하게/ 그는 /초라스레 밖에 닥아붙은 집들과/「가스」 공장과 드디어 묘지의

싯트웰(Edith Sutwell)의 「나귀 쌍통(Ass-face)」을 각각 예로 들어 설명한다. 김기림이 예를 들고 있는 스펜더의 시작 방법은 크게 보았을 때, 알레고리에 바탕을 둔 것이다.

> 힘차고 억센 「피스톤」의 움직임을 연상시키는 역학적인 「이미지」(映像 또는 心像)는 처음부터도 굼틀거리는 어세(語勢)에 밀려 우리 앞으로 다가드는 것이다. 기계로서의 저의 속력(速力)에 자못 자신만만하면서도 어디까지든지 당황하게 서두르지 않고 늠름하게 움직이는 급행열차의 숨 쉬는 듯한 모습은 다시 저 거만스럽고도 당당한 그러나 숙명적으로 여성의 교태를 어쩌지 못하는 여왕의 「이미지」와의 처음에는 당돌한 결합, 나중에는 자연스러운 조화로 하여 더욱 생동하는 것이다. 원시의 첫 세 줄에 흩어놓은 파열음(破裂音) P.K.T와 마찰음(摩擦音) F. S에서 울려 오는 소리의 효과는 여기서 매우 적절하다(註를 보라).[60]

김기림은 스펜더의 시를 분석하면서 이미지와 이미지의 당돌한 결합, 언어의 기표와 소리에서 나오는 효과에 유의한다. 스펜서의 시는 알레고리의 글쓰기에 바탕을 둔 것으로 개인의 이야기와 집단의 이야기와의 관계를 중요하게 다룬 것으로 알려지고 있다.[61] 스펜더는 1930년대 후반 이후 김기림의 시와 시론에 상당한 영향을 미치는데, 특히 그의 알레고리적인 글쓰기 방법은 김기림에게 광범위하게 수용된다. 김기림은 스펜더 시가 지니는 현실과의 연관성, 이미지의 결합

비석으로 인쇄된/ 음침한 죽음의 글장을 지나간다./ 거리 저편엔 망망한 시골이 퍼져 있다./ 거기서 속력을 내며 그는 신비를 /대해에 뜬 배들의 눈부시는 무게를 갖춘다./…" 김기림, 『시의 이해』, 을유문화사, 1950, 『전집』 2, pp.250~1.

60) Ibid., p.253.

61) 스티븐 슬레먼, 강규한 역, 「제국의 기념비들 – 탈식민적 글쓰기의 알레고리와 반언술행위」, 『외국문학』 31호, 1992, 여름, p.61.

방식, 기호의 물질성 등을 자세히 지적하면서 알레고리 문제의 핵심
에 도달한다.

3. 김기림의 시론과 알레고리

　김기림의 시론에 일관된 흐름이 있다고 한다면, 방법론을 끊임없이
모색하였다는 점이다. 그는 '지성'을 강조하면서 제작으로서의 시, 과
학적 시학, 의사소통의 수사학 등을 제출하였다. 물론 시기에 따라
그는 언어와 수사학 논의에서 강조점을 달리하기도 하고, 경우에 따
라서는 이와 배치되는 논의를 하기도 한다. 가령 해방을 전후한 시기
에 그는 글보다는 말을 중시하고, 시에서 노래체를 주장하였으며, 시
인의 파토스를 중시하기도 하였다. 그러나 이 시기에도 근대기술을
활용한 시의 제작에 대해서는 여전히 관심을 보이고 있었다.
　1930년대부터 김기림은 '제작으로서의 시'를 내세우면서 모더니즘
시론을 전개하였다. 시의 제작을 의식하는 것, 한 개의 가치를 창조
하는 것에 시의 이상을 두었다. 또한 김기림은 언어에 대한 자의식을
뚜렷하게 보여주었다. "언어에의 자각과 파악─그것은 시인의 최초의
수업이다."62) 이러한 언어에의 자각과 파악은 언어의 뜻과 소리뿐만
아니라 모양까지 고려하는 것, 이들의 관계를 고려하여 이들을 결합,
배치하는 것을 통해 구체화된다. 김기림에 의하면 "활자로 나타나는
현대시는 숙명적으로 활자에서 자유로울 수 없는 운명을 태어 가지
고 있다. 개개의 문자는 물론 활자의 배열이 매우 인공적으로 丹念하

---

62) 김기림, 「신춘의 조선시단」, 《조선일보》 1935. 1. 1~5, 『전집』 2, p.364.

게 고려된다."63) 말하자면 현대시는 언어의 인공성을 획득함으로써
비로소 달성될 수 있다.

> 詩는 세 方面의 神經系統과 가튼 것을 有機的으로 包含하고 잇다.
> 그럼으로 그것의 明確한 區分이라고 하는 것은 매우 困難하다.
> 다만 觀念的으로 그러나 嚴正한 科學的인 立場에서 이것을 分析
> 하면 詩는 單語와 行과 聯의 音과 意味와 形(惑은 色)의 三要素로
> 分析할 수 잇겟다. 그래서 音과 意와 刑은 다시 두 개의 範疇에 包
> 括된다. 意는 「이데」의 問題에 音과 刑은 「포-ㅁ」의 問題에 各各
> 區分할 수가 잇다.64)

이러한 그의 언어관은 상징에 기초한 언어관과 정면으로 배치되는
것으로서 알레고리적 언어관에 해당한다. 알레고리가 어느 것이나 의
미할 수 있고 그것이 의미하는 대상, 세부 사항, 자연의 형태들은 엄
밀히 어떤 것도 의미하지 않는다고 한다면, 김기림이 1930년대에 보
여준 언어관은 바로 이에 해당한다. 이것은 그만큼 근대적인 것이기
도 하다.

이와 아울러 김기림은 시의 형상화 방법으로 알레고리를 지향한다.
김기림의 알레고리 시론과 관련하여 우선 지적할 수 있는 것은 그가
상징의 정신능력인 상상력이나 직관이 아니라 알레고리의 정신능력
인 공상과 지성을 강조하였다는 점이다. 그는 1930년대 이미지즘 시
론을 전개하면서 이전 시기의 중요한 수사법인 상징 대신 은유를 내
세웠다. 수사학의 측면에서 은유와 상징이 환유와 알레고리와 변별된

---

63) 김기림, 「현대시의 발전」, 《조선일보》 1934. 7. 12~22, 『전집』 2, p.327.
64) 김기림, 「시의 기술, 인식, 현실 등 제문제」, 《조선일보》 1931. 2. 11, 윤여탁, op.
    cit., p.22.

다고 할 때, 김기림이 상징 대신 은유를 내세운 것은 다소 의문이 드는 것도 사실이다. 그러나 이 때에도 간과할 수 없는 것은 김기림이 은유를 지성의 작업으로, 공상의 산물로 설명하였다는 점이다. 김기림의 은유론은 낭만주의 은유론을 벗어나는 것이고 은유론으로서는 한계를 지니는 것이기도 하다. 그는 1935년을 전후하여 은유 대신 풍자를 내세울 때에도 풍자가 지성의 산물임을 강조한다. 김기림은 일관되게 시 창작과 관련하여 '지성'을 강조하였다. 김기림의 공상에 대한 논의, 몽타주에 대한 소개도 모두 그의 지성에 대한 강조, 제작으로서의 시의 옹호와 깊은 관련이 있다.

물론 김기림이 시작 전 시기에 걸쳐 알레고리를 강조한 것은 아니다. 또한 의식적으로 알레고리를 현대시의 수사학으로 내세운 것도, 자신의 수사학 전면에 내세운 것도 아니다. 그의 시론에는 알레고리적 사유와 정면으로 배치되는 측면도 상당하다. '유기적 통일성'을 강조한 것은 그 대표적인 예이다. 그러나 유기적 통일성에 대한 강조는 1930년대 문인들 일반이 추구하던 가치이기도 하다. 가령 박용철의 유기체 시론, 임화의 프로 시론 등이 모두 유기체로서의 시를 시의 이상으로 삼고 있었다. 이것은 1930년대 시론 일반이 지니는 특징이라고도 할 수 있다. 오늘날 알레고리적인 글쓰기가 지배적이라고 평가받는 엘리어트의 시도 당대에는 유기적 통일성을 지향한 시로 인식되고 있었다. 이러한 사정을 고려한다면, 김기림이 당대에 알레고리 시론을 제시할 수는 없었던 것으로 보인다.

그러나 김기림의 시론에는 유기적 통일성을 강조하는 논의 한편으로 균열이 발견된다. 그가 그렇게 강조하였던 전체, 질서라는 말에 뒤에는 무수한 균열들이 자리하고 있는 것이다. 그 대표적인 양상은 현실의 복잡한 힘들에 자신을 맡기는 '작은 자아'의 편린들이다.[65]

이러한 균열은 그의 시론에 산재해 있는 알레고리론에서도 발견할 수 있다. 이것은 김기림이 끊임없이 현실의 리얼리티를 탐색한 데서 나온 것이다. 그는 근대문명이 새롭게 변모시킨 유동하는 현실을 인식하고 있었다. 이러한 부단한 현실에 대한 탐색 속에서 그는 근대의 양가성을 인식하고 나치즘으로 표상되는 서구 근대성의 파산을 목격하기도 한다. 이러한 관점에서 그가 '상징'의 세계를 비판하고 파편화된 현실을 드러내는 데 기능적인 알레고리를 지향하는 것은 어쩌면 당연하다고 할 수 있다.

제임슨에 따르면 모든 제 3세계 텍스트는 필연적으로 알레고리적이며 또 그것은 독특한 방식으로 드러난다고 한다. 제 3세계의 글쓰기에서는 항상 개인의 사적 이야기가 공적인 문화와 사회의 갈등 구조에 대한 알레고리로 이어지는 경향을 보인다는 것이다.66) 예술가가 알레고리를 자신의 미학적 장치로 선택하는 것이 아니라 객관 세계가 주체에게 알레고리를 인식적 명령으로 강요한다고 할 수도 있다. 특정한 경험, 특정한 시대가 알레고리적인 것이지 특정한 시인이 알레고리적인 것이 아니라는 것이다.67) 알레고리에 대해 가장 혹심한 정의를 내렸고, 상징을 옹호했던 코울리지도 사실은 자신도 모르는 사이 알레고리를 우선했다면, 이러한 논의 역시 무리는 아니다. 이러한 논의를 따른다면, 1930년대 한국의 대표적인 모더니스트 중 한 사

---

65) 김기림에게 작은 자아란 현실을 하나의 지적, 상상적인 체계 속에 끌어 모으려는 자아의 거대한 존재가 파열되는 상태를 가리킨다. 그러한 자아의 거대한 활동을 포기하며, 현실의 복잡한 힘들에 자신을 맡기는 자아가 바로 그러한 상태이다. 이에 대한 자세한 논의는 신범순, 「1930년대 모더니즘에서 '작은 자아'와 '군중', '기술'의 의미」, 『한국현대시의 퇴폐와 작은 주체』, 신구문화사, 1998, p.105 참조.
66) 스티븐 슬레먼, op. cit., p.61.
67) 수잔 벅 모스, op. cit., p.220.

람이었던 김기림이 알레고리 시론을 제시한 것은 시사하는 바가 적지 않다.

김기림은 당대의 어느 시론가보다 시의 현대성을 확보하고자 하였다. 그는 서구 문명의 일방적인 경사에서 벗어나 끊임없이 유동하는 현실을 담아내고자 하였다. 그리고 이것은 알레고리 시론으로 나타났다.

4. 결론

김기림은 시작 초기부터 상징주의 시론을 비판하고 '상징'을 중심으로 한 수사학에 비판적인 태도를 보였다. 그는 시적 주체의 지성, 제작으로서의 시, 시적 방법으로서의 기술 등을 강조하였다. 이에 그는 상징과 대립되는 알레고리의 지향을 보였다.

첫째, 알레고리적 언어관이다. 김기림은 1930년대에 이미 뜻, 소리, 모양을 중심으로 한 언어의 다양한 측면에 대해 성찰하였다. 그리고 시는 이러한 다양한 언어의 요소들이 결합, 배치됨으로써 이루어진다고 하여 알레고리적 언어관을 드러내었다. 또한 언어의 인공적 배열과 관련하여 몽타주를 언급하였는데, 이것은 그가 몽타주의 방법을 문학에 수용하면서 알레고리에 대한 인식을 획득한 데 따른 것이다. 이후 김기림은 몽타주를 언어의 결합 방식에서부터 이미지의 연결, 소설의 구성에 이르기까지 광범위하게 적용할 수 있는 것으로 제시하였다.

둘째, 공상에 대한 논의이다. 김기림이 알레고리에 경사한 것은 상징주의 시와 시론을 비판하는 데서부터였다. 김기림은 사물의 인식에 상징이 지배적일 때는 더 이상 시가 쓰이지 않은 시기로까지 규정하였다. 또한 상징이 가정하고 있는 상상력을 비판하고 알레고리를 산출하는 공상을 옹호하였다. 그는 공상을 '환상'으로 번역하여 논의하면서 환상의 작용인 '연상의 비행'이 현대시에 광범위하게 나타난다고 하였다. 그는 알레고리가 상징보다 근대문명을 드러내는 데 효과적인 방법이라고 생각하였다.

셋째, 알레고리와 비유담에 대한 논의이다. 김기림이 알레고리를 직접 거론하면서 논의한 것은 『문장론신강』에서였다. 이 때 그는 알레고리를 비유로 된 이야기 정도로 파악함으로써 서사문학에서 원용하는 수사법으로 이해하였다. 그리고 알레고리를 기능에 중심을 두면서 하위 장르들, 가령 우화, 비유담 등과 관련시켜 논의하였다. 비유담을 소개하는 과정에서 김기림은 시의 알레고리 방법을 설명하였다. 그는 비유담의 예술에 해당되는 것으로 스펜더의 시를 들고 이에 대해 구체적으로 분석하였다. 여기서 현실과의 연관성, 이미지의 결합 방식, 기호의 물질성 등 알레고리 방법을 자세하게 설명하였다.

김기림은 당대의 어느 시론가보다 시의 현대성을 확보하고자 한 시인이자 시론가였다. 그는 끊임없이 유동하는 현실을 담아내고자 하였는데, 이 과정에서 시대성에 보다 깊이 관련되는 알레고리를 지향하게 되었다.

(『어문논집』 56호, 2007.)

4장 『태양의 풍속』과 알레고리

1. 서론

김기림이 1930년대에 모더니즘 시론을 전개하면서 '기술'을 강조할 때, 그것은 언어의 미적 가공으로서의 기술을 의미하는 것으로서 수사학으로 발현된다. 그러나 다른 한편으로 그것은 근대기술매체를 문학에 활용하는 문제로 구체화된다. 운문을 위주로 하던 이전의 작시법을 극복하고 언어의 형태적인 전환을 가져오려고 한 것이 한 축이라면, 문명의 속도에 해당하는 면모들, 가령 기차, 비행기, 공장의 소음으로 상징되는 기계적인 미와 군중의 생활에서 오는 일상회화의 어법을 담아내는 것은 다른 한 축이다.

1930년대 소비도시, 경성의 근대기술매체의 발전은 이 시기 김기림의 시와 시론의 중요한 화두였다. 이것은 『기상도』보다 3년 늦게, 1939년에 간행되었지만 실제 수록된 작품은 대체로 1930년에서 1934년까지의 작품들인 『태양의 풍속』의 중요한 내용을 이루고 있는 부분이기도 하다. 『태양의 풍속』에 있는 시들의 제재나 소재는 대개 현실적이면서 도시적이다. 기차, 비행기 등 근대문명의 상징물이 등장하기도 하고 해수욕장, 철도 여행 등 근대의 여가를 드러낸 여행, 백화점, 도시 거리의 산보가 중요하게 부각되기도 한다. 여기에 신문, 영화 등 근대기술매체의 정보들이 활용되기도 한다.

이제까지 『태양의 풍속』에 대한 평가는 대체로 부정적인 시각이 지배적이다. 사실 이것은 김기림 시 일반에 대한 평가를 대표하는 것이기도 하다. 가령 통일성과 내면성을 결여하고 있다거나 경험 내용이 단순화하다거나 구조적 상상력을 갖지 못하였다거나 혹은 전통의식이 결여되었다[1]는 것이 김기림 시에 대한 대체적인 평가이다. 이후에도 김기림의 시에 대한 평가는 여기서 크게 벗어나지 않았다. 극단적으로는 김기림이 모더니즘의 본질을 꿰뚫어 볼 능력을 상실했기 때문에 환상이나 낭만적 동경에 빠져버린 것[2]이라는 평가를 받기도 한다. 그런데 이러한 평가는 대부분 『태양의 풍속』과 『기상도』에 대한 것이다. 김기림의 시에 대해 의미를 찾는 경우에도 『태양의 풍속』에 실린 시에 대한 종래의 평가를 부정하는 것은 아니었다. 『태양의 풍속』에서 노출된 경박한 서구 취향이나 기계문명에 대한 예찬은 『기상도』나 『바다와 나비』에 이르러서 어느 정도 극복되는 것으로 파악되고 있다.[3]

이러한 부정적인 평가에도 불구하고 『태양의 풍속』에 실린 시들을 1930년대 경성과의 관련 하에 고찰하면서 그 의미를 새롭게 조명하려고 한 시도들은 이어져왔다. 신범순은 이 시집에 있는 몇몇의 시들

---

1) 송욱, 「한국 모더니즘 비판」, 『시학평전』, 일조각, 1963. 김용직, 「모더니즘의 시도와 실패」, 『한국현대시 연구』, 일지사, 1974. 김우창, 「한국시와 형이상」, 『궁핍한 시대의 시인』, 민음사, 1977. 문덕수, 『한국 모더니즘시연구』, 시문학사, 1981.
2) 이명찬, 『1930년대 한국시의 근대성』, 소명, 2002, p.144.
3) 정순진, 『김기림 문학연구』, 국학자료원, 1991.

속에 나타나고 있는 산책자의 시선을 비판적으로 검토하였고[4] 조영
복도 산책자의 양태와 시선을 다양한 각도에서 고찰하였다.[5] 이들의
연구에 의해 『태양의 풍속』이 지니고 있는 근대성의 의미가 새롭게
조명되었다. 이후 『태양의 풍속』에 나타나는 시들이 가지는 내용적인
측면들을 새롭게 조명하고자 하는 시도들이 이어졌다. 가령 여기에
나타나는 바다의 이미지와 그 의미를 규명하거나 도시 빈민의 형상
을 새롭게 해석한 논의가 있었다.[6] 『태양의 풍속』에 나타나는 형식적
인 특성이나 수사학에 대한 연구는 산문시론이나 풍자론과의 관련
속에서, 영화적 글쓰기와의 관련 속에서, 혹은 시각화의 기법과 관련
하여 고찰되어왔다.[7] 그러나 이러한 시도 자체가 이 시집에 대한 종
래의 평가를 근본적으로 바꾸는 것은 아니었다.

그런데 이러한 평가의 기준이 되는 것, 가령 시적인 아우라, 유기
적 통일성, 내면적 함축성 등을 이 시집에서 김기림이 추구하지 않았
다고 한다면, 혹은 유기적 통일성을 지향하지 않는 미학이 있을 수도
있다고 한다면, 『태양의 풍속』에 대한 다른 읽기나 평가가 가능할
수도 있지 않을까? 김기림은 이 시집에서 오히려 당대의 여러 자료
들, 신문, 영화 등의 정보를 비유기적으로 제시하였다. 그는 『태양의

---

4) 신범순, 「1930년대 모더니즘에서 산책가의 꿈과 재현의 붕괴」, 『한국 현대시사의
   매듭과 혼』, 민지사, 1992.
5) 조영복, 「1930년대 산책자들과 근대성의 담론」, 『한국 모더니즘 문학의 근대성과
   일상성』, 다운샘, 1997.
6) 강심호, 「김기림의 시와 수필에 나타난 바다 이미지 고찰: 작가의 도시체험을 중
   심으로」, 『한국 근대문학 연구』, 3권2호, 2002. 조해옥, 「도시공간과 빈민의 시 –
   김기림의 시」, 『한국문학이론과 비평』 23집, 2004.
7) 서준섭, 『한국 모더니즘 문학 연구』, 일지사, 1988. 문혜원, 「1930년대의 모더니즘
   문학에 나타난 영화적 요소에 대하여」, 『한국 현대시와 모더니즘』, 신구문화사,
   1996. 나희덕, 「김기림의 영화적 글쓰기와 문명의 관상학」, 『배달말』 38집, 2006.
   김윤정, 『김기림과 그의 세계』, 푸른사상, 2005.

풍속』의 서문에서 이 시집의 시들이 "宿泊簿에 불과하다"고 밝히기도 하였다.[8] 우리 시대의 삶의 구성은 확신보다는 훨씬 더 사실들의 권역에서 이루어지고 있다[9]고도 할 수 있다. 『태양의 풍속』에는 유기적 통일성을 가정하는 상징이 아니라 알레고리가 중요한 수사법으로 자리하고 있다. 그리고 알레고리는 이 시집에서 당대의 유동하는 현실을 드러내는 효과적인 장치가 되고 있다.

김기림은 1930년대 전반기에 이미 알레고리적 언어관을 보여주었고 알레고리에 해당하는 기상, 몽타주 등에 관심을 보였다.[10] 그리고 실제비평을 전개하면서도 알레고리에 해당하는 기상에 주목하기도 한다.

> 대체로 1934년의 후반기에는 소박한 「로맨티시즘」의 반동이라고 보이는 「에스프리」(機智)의 시가 신인들의 시작의 대부분을 차지한 일을 주목할 현상이었다. 예를 들면 주로 동요와 짧은 시를 구경시켜준 吳章煥군과 같은 분은 비록 표현 재료로서 언어는 아직 세련되지 않은 점이 많지만, 그 놀라운 「에스프리」의 발화에 있어서는 때때로 「콕토」를 생각케 하는 대담한 곳이 있다.[11]

그는 여기서 '기지', 즉 기상이 "로맨티시즘의 반동"으로 나타났다는 것, 그리고 신인들의 시작의 대부분을 이 기지가 차지한다는 점을 지적하고 있다. 이것은 김기림이 의식적으로 알레고리를 표면에 내세우지는 않았지만, 상징과 대별되는 수사학을 지향하면서 알레고리에

---

8) 김기림, 『태양의 풍속』, 학예사, 1939, p.5.
9) 발터 벤야민, 조형준 역, 『일방통행로』, 새물결, 2007, p.13.
10) 이에 대한 자세한 논의는 이 책 3장 참조.
11) 김기림, 「신춘의 조선시단」, 《조선일보》 1935. 1.1 - 1.5, 『전집』 2, p.362.

해당하는 기상을 선호하였음을 의미한다. 이렇게 그는 『태양의 풍속』
을 제작할 당시에 이미 알레고리를 지향하고 있었다.

2. 1930년대 경성, 군중, 알레고리

1930년대 경성은 근대도시, 소비도시로서의 면모를 갖추고 있었다.
그리고 근대도시로서의 면모에 대해 김기림도 어느 정도 인식하고
있었다. 김기림은 근대도시, 근대문명의 급격한 발전이 가져온 변화
에 대해 거듭 지적한다. 영화, 라디오, 신문 등 근대기술매체가 인간
의 지각 경험을 변화시킨 양상에 대해서도 다양하게 고찰한다.

> 문명의 급격한 발전—「라디오」·전송사진·「코메트」의 신기록장
> 장단파의 이용 등등—은 세계의 거리를 날로 단축시키면서 있다.
> 그래서 세계는 어떤 종류의 정신이든지 어느새 공통하게 소유하고
> 향유할 수가 있도록 편리하게 되었다.12)

그는 근대문명의 급격한 발전이 변화시킨 세계를 인식하고 있었다.
이 과정에서 그는 근대기술매체를 문학에 활용하는 문제를 다양하게
탐색한다. 즉 영화, 신문, 라디오 등 근대기술매체를 활용하는 문제를
다각도로 고심하기도 하고, 현대시의 재료로 이러한 매체들의 정보를
활용하기도 한다. 나아가 이러한 매체를 통해 새로운 근대도시의 모습
을 바라보기도 하고 이에 의거하여 문체의 혁신을 지향하기도 한다.
그는 낭만주의 시의 천재 개념 대신 집단적 상상력의 주체13)를 새로

---

12) 김기림, 「장래할 조선문학은?」, 《조선일보》 1934. 11. 14~11. 18, 『전집』 3, p. 132.
13) 낭만주의자들은 개별적인 예술적 천재가 총체성을 구현하는 신화세계를 예술을

운 시의 주체로 생각하기도 한다. 이것은 무엇보다 그가 도시 군중의 체험이 야기한 지각의 변화에 주목한 결과이다.

사실 도시의 화려함과 사치는 역사상 새로울 것이 없지만, 이것이 세속적·대중적으로 이용된 것은 근대도시에 이르러서이다. 근대도시의 광채는 대로와 공원을 거닐거나 백화점, 박물관, 전람회, 유적지를 방문한 모든 사람이 경험할 수 있다.[14] 말하자면 근대도시는 군중들이 모두 경험할 수 있는 대상이 된다는 특징을 지니고 있다. 선행 연구에서 이미 밝혀졌듯이 김기림 역시 1930년대의 경성을 군중과 관련하여 인식하였고, 시 또한 군중과의 관련 속에서 본다.

실제 김기림은 초기 시론을 전개할 때부터 군중에 해당하는 용어들을 자주 언급하였다. 그런데 이 당시 그는 군중 외에 '대중', '평민', '프롤레타리아', '공중' 등에 대해 언급한다. 군중은 대중, 공중 등과 같은 개념으로 쓰이기도 한다. 이것은 프로 문학에서 가정하고 있는 계급적 용어와 구별된다. 그는 근대의 시인을 부르조아와 프롤레타리아와의 사이에 위치지우면서 '프롤레타리아'에 대해 언급한다.

> 그리해서 비로소 현대의 시인을 계급적으로 분석하는 것은 현실성을 띤 금일의 문제로서 생기가 있어 보인다. 다시 말하면 우리가 지금 문제삼지 않으면 아니되는 것은, 그리고 문제삼고 싶은 흥미를 느끼는 것은 현금 「부르조아」와 「프롤레타리아」의 첨예하게 대립한 두 계급의 중간에 浮遊하는 표백된 창백한 계급으로서의 근대 시인이다.[15]

<hr>

통해서 가공하였는데, 근대의 집단적 상상력의 생산자는 사진작가, 인쇄화가, 산업 디자이너, 엔지니어 ― 그리고 그들에게 배운 화가와 건축가 ― 이다. 수잔 벅 모스, 김정아 역, 『발터 벤야민과 아케이드 프로젝트』, 문학동네, 2004, p.330.

14) Ibid., p. 115.

15) 김기림, 「시인와 시의 개념」, 《조선일보》 1930, 7. 24~7. 30, 『전집』 2, p.291.

그는 현대의 시인을 부르주아와 프롤레타리아의 대립되는 계급의 중간에 부유하는 창백한 계급으로 규정한다. 이러한 논의 속에서 물론 프롤레타리아는 계급적 존재를 의미한다. 그러나 그는 "금일의 「프롤레타리아」예술과 같은 것은 다만 과도적 의의 밖에는 가지고 있지 않다"16)고 하면서 프로 예술에 과도기적 의미만을 부여한다. 그렇다고 그가 민중의 개념을 선호한 것도 아니다. 오히려 그는 '민중' 개념의 한계를 지적한다.

> 민중이라는 말은 오늘에 와서는 성립될 수가 없으며 완전히 분화되고 분규되었음에도 불구하고 조선의 민중주의자들은 이 개념적 잔해를 안고 황홀하며 이미 해체된 망령의 주문을 예상하면서 시를 쓴다. 나는 반드시 여기서 대중의 적이기를 스스로 선언하는 것은 아니다. 다만 시작에 있어서 생활을 통하지 않고 오직 관념적 가장에 의하여 대중의 편인 체하는 일의 허위성을 분석하려고 하였으며, 따라서 조선 시단의 일방의 시작상의 태도인 민중주의(편의상 이렇게 명명해 둔다)와 그것의 유혹에 대하여 많은 선배와 동료와 함께 반성해 보려고 한 데 지나지 않는다.17)

김기림에 의하면 민중이라는 말은 오늘에 와서는 성립될 수가 없고 완전히 분화되고 분규되었다고 한다. 그런데도 조선의 민중주의자들이 이 개념을 가지고 시를 쓰는 것은 문제라 할 수 있는데, 그들은 생활을 통하지 않고 오직 관념적 가장에 의하여 대중의 편인 체하는 허위성을 지니고 있다는 것이다. 민중주의자들은 민중의 감정이나 생

---

16) 김기림, 「상아탑의 비극」, 《동아일보》 1931. 7. 30~8. 9, 『전집』 2, p.318.
17) 김기림, 「신춘의 조선시단」, 《조선일보》 1935. 1. 1~1. 5, 『전집』 2, p.359.

활의욕을 가장함으로써 민중 자신의 것은 못되어도 민중의 것에 가까운 것은 될 수 있다는 가설 위에 그들의 시작을 합리화하려고 한다. 그러나 시의 제작을 진정 자각한 시인은 그러한 태도를 지녀서는 곤란하다. 시인은 다른 사람에게 충실하기 전에 우선 자신에게 충실하여야 한다. 이 때 부각되는 개념이 군중이다.

> 사람의 혼이 현실 생활에서 인지하는 것은 가장업시 솔직하게 표출한다는 것이나 그들이 생활이라고 하는 것은 결코 개개의 생활은 아니다. 全─的 자아의 그것이다. 그래서 그들은 군중이라는 것에 많은 매력을 느끼고 『군중은 發作이다. …군중은 다른 집단에 대하여, 영웅이 다른 사람에게 대하는 것과 같이 확대에 의하여 특수한 성격을 보이고 그러고 그 대소에 의하여 경험없는 관찰자의 주목을 끄는 「타입」이다』라고 규정했다.[18]

현실 생활에서 인지하는 것을 거짓 없이 솔직하게 표출하는 것, 이것은 전일적 자아의 표출이라 할 것으로 군중에게 매력을 느끼는 것에 해당한다. 김기림이 보기에 군중은 현대의 구체적인 생활에 근거한 개념이다. 이러한 군중의 생활이 문제가 되는 것은 생생한 리얼리티를 주기 때문이다. 예술에서 중요한 것이 생생한 리얼리티의 확인이라고 한다면, 군중의 생활을 이해하는 것이야말로 유동하는 현실에 접근하는 통로가 된다. 그는 '프롤레타리아'나 '민중'과 구별되는 개념으로서 '군중'에 주목하며, 군중이 근대기술매체의 수용자임을 알고 있었다.

> 다만 한가지만 가장 확신을 가지고 말할 수 있는 것은 우리들

---

18) 김기림, 「상아탑의 비극」, 《동아일보》 1931. 7. 30~8. 9, 『전집』 2, p.313.

의 앞에 놓여 있는 큰 話題는 이것이다. 「집단과 그 생활」. 이곳에
는 「시네마」의 영역이 무한이 크다.[19]

그는 영화가 현대 예술의 중요한 장르이고 특히 집단의 생활을 다
루는 면에서 유용하다고 생각했다. 이와 같이 1930년대 전반기에 김
기림이 '군중'을 말할 때, 그것은 어디까지나 근대기술매체의 수용자
로서 '집단'의 개념을 고려한 것이었다. 이러한 의미에서의 '군중'은
1930년대 후반 '민족'으로 구체화되기 전까지 그의 시론에서 지배적
인 개념이 된다. 또한 그것은 김기림이 이 시기에 지향하는 근대시의
바탕을 이루는 것이다. 사실 근대의 경험이 도시의 경험이고 도시의
경험이 곧 군중의 체험이라고 할 때, 이것은 그가 근대성의 무의식이
라 할 일상에 주목하였음을 의미한다. 어떤 의미에서 김기림은 도시
문명이 대중문화의 다른 이름이며 모더니즘이 대중문화와의 길항관
계를 내포한 문학의 다른 이름이라는 사실을 강조하고자 하였다[20]고
도 볼 수 있다. 이와 같이 그는 계급적 현실 대신 유동하는 현실을 문
제 삼는데, 이것이 그가 강조한 문명의 감수와 비판의 의미이다. 그리
고 이러한 현실을 인식하는 주체 역시 유동하는 주체여야 한다.

> 예술에 잇서서 現實의 斷片이 具象化 되엇슬 째 그것은 벌서 現
> 實 以前이다.
> 거긔는 固定化한 歷史와 人生의 斷片이 잇슬 짜름이다.
> 다만 相對的 意味에서 이러케 不斷히 推移하고 잇는 現實을 如
> 實히 捕捉할 수 잇는 주관은 亦是 움지기고 잇는 主觀이 아니면 아
> 니된다.[21]

---

19) Ibid., p.318.
20) 김승구, 「김기림 수필에 나타난 대중의 의미」, 『동양학』 39집, 2006, p.60.

현실이 구상화되었을 때, 그것은 현실 이전이다. 거기에는 고정화된 역사와 인생의 단편이 있을 뿐이다. 따라서 부단히 추이하고 있는 현실을 포착을 수 있는 주관은 움직이는 주관이 아니면 안 된다. 또한 김기림은 현실을 총체성으로 파악하지 않고 단편으로 인식하고자 한다.

> 詩人의 視野를 채우고 잇는 수업는 現實의 斷片을 그 自身의 目的에로 向하야 選擇 構成할 것이다.
> 웨 그러냐 하면 言語라고 하는 것은 記號가 그것은 수업는 現實의 斷片의 그 어느 것을 代表하기 때문이다.[22]

시인은 유동하는 현실의 단편을 선택하고 구성하는 자이다. 그는 자신의 시야를 채우고 있는 현실의 단편을 그 자신의 목적에 따라 선택하고 구성한다. 여기에는 언어가 개입하는데 언어는 각각의 많은 현실의 단편 가운데 어느 것을 대표한다. 이와 같이 리얼리티는 단편으로 드러나며, 시인은 이들 단편들을 재생산하고 가공한다. 이것이 김기림이 말하는 근대시의 방법인데, 실상 이것은 알레고리에 대한 설명에 다름 아니다.

현대의 모습과 알레고리의 모습은 서로 연관되어 있다.[23] 자본주의

---

21) 김기림, 「시와 인식」, 《조선일보》 1931. 2. 11~2. 14, 윤여탁 편, 『김기림 문학비평』, 푸른사상, 2002, p.28.

22) Ibid., p.25.

23) 벤야민의 『아케이드 프로젝트』에서 도박꾼과 만보객은 근대성의 공허한 시간을 의인화한 알레고리이다. 창녀는 상품 형식의 이미지이며 거울 장식과 부르주아 실내장식은 부르주아적 주관주의의 알레고리이고 먼지와 밀랍상은 역사의 부동성을 나타내는 기호이다. 한편 자동인형은 산업주의하의 노동자 존재를 알레고리

사회의 지배적 생산양식 내지 기술수준은 노동과정을 기계화하는 데
그치지 않고 일상적 생활 세계에까지 영향력을 미친다. 근대사회의
지각 환경, 즉 지각 과정과 사유 과정의 리듬과 속도는 개별적인 인
식의 생성 과정뿐만 아니라 자아의식의 존재 방식에도 본질적인 변
화를 가져온다. 도시에서의 지각의 변화는 결국 경험이 아니라 체험
을 우위에 놓이게 한다. 또한 근대성이라는 완전히 새로운 경험 속에
서 사물은 일반적으로 알레고리 형태를 이루게 된다. 상품 자체가 대
표적인 알레고리 형식이다. 화폐는 실제 내용을 상실한 기호에 불과
하다. 이제는 사물의 기호, 물질, 이미지 등이 의미, 본질, 정신을 대
체하게 된다.24) 따라서 이러한 근대사회를 포착하기 위해서는 알레고
리가의 태도, 테세우스나 오르페우스의 태도가 필요하다.25) 근대사회
에 새롭게 부각되는 수사학은 알레고리인 것이다. 그런데 김기림이
현실을 인식하는 방식, 이 현실을 시로 가공하는 방식은 전형적으로
알레고리에 해당한다. 실제『태양의 풍속』에서는 유동하는 현실의 단
편들이 알레고리로 나타난다.

이며 가게 점원은 생생한 이미지로서 금고의 알레고리로 지각된다. 수잔 벅 모스,
op. cit., p.295.

24) Ronald Schleifer, *Rhetoric and Death*, University of Illinois Press, 1990, p.63.

25) 호르크하이머와 아도르노에게 현대성의 전형적 인물을 오디세우스이다. 벤야민
의 도시 저작에서 가장 중요한 신화적 인물은 테세우스와 오르페우스이다. 테세
우스는 고대의 꿈의 건축물을 실현한 현대 대도시의 풍경인 미로 속으로 그곳에
살고 있는 괴물을 쳐부수기 위해 있다. 오르페우스는 어둠의 왕국을 찾아간다. 신
화적인 것을 파괴하기 위해 우리는 미로에 거의 맞닿을 만큼 접근하여 미로를 알
아야 한다. 그램 질로크, 노명우 역,『발터 벤야민과 메트로폴리스』, 효형출판,
2005, p.344 참조.

3. 『태양의 풍속』의 알레고리

1) 파노라마적 시각과 알레고리

『태양의 풍속』에는 자연보다도 근대도시의 풍경을 묘사한 시들이 주류를 이룬다. 기차, 화물자동차, 여행기, 기선 등 근대적 교통수단을 비롯해서 백화점, 다방, 호텔, 식료품점 등 도시 공간에 대한 풍경이 상당하다. 자연의 풍경이 묘사될 경우에도 대부분 근대문명의 산물인 기차나 자동차에서 바라보는 것으로 설정되어 있다. 그런데 이러한 풍경들은 대부분 파노라마[26]의 방식으로 펼쳐진다.

파노라마는 영화에서의 저속 촬영을 놀이 차원에서 선취한 어떤 것이라 할 수 있다. 즉 시간의 경과를 기지에 넘치는, 몇몇 장난스럽게 '춤추는 모습으로' 가속하는 것이다. 이러한 과정에서 미메시스의 미망이 드러난다.[27] 파노라마는 19세기에 유럽에 널리 퍼져 있었는데, 벤야민은 자신이 파노라마를 본 체험을 쓴 글을 남기기도 하였다.[28]

---

26) 파노라마라는 이름은 'pan'과 'rama'라는 두 개의 그리스어 단어를 결합해 완전한 조망을 의미하는 것으로서 그림이 걸려 있는 건물과 그림 자체, 양자 모두를 지시하는 말이었다. 파노라마 건물 안에서 관객은 자신의 눈앞에 펼쳐져 있거나 지나가는 그림들을 보면서 현장에서 실제 장면을 보는 듯한 느낌에 빠져들었다. 주은우, 『시각과 현대성』, 한나래, 2003, pp.407~8.

27) 벤야민, 조형준 역, 『아케이드 프로젝트』Ⅱ, 새물결, 2006, p.1254.

28) 벤야민은 파노라마가 당시 도시에서 유행했음을 다음과 같이 적고 있다. "프랑스의 발명가 다게르는 1822년 그의 파노라마를 파리에서 상연하였는데, 그 이후로 이 명료하고도 빛을 발하는 작은 상자는 - 과거의 시대와 이국적인 것을 담은 수족관과 같은 것이었는데 - 모든 유행하는 꽃가마 행렬이나 유원지에서 자주 눈에 띄게 되었다." 발터 벤야민, 박설호 편역, 『발터 벤야민 - 베를린의 유년시절』, 솔, 1992, p.42.

파노라마를 출발로 근대의 시각 매체가 발전하게 되는데, 이 때 파노라마적 시각이 자리 잡게 된다. 파노라마적 시각은 고정된 시점에서 전체를 포착하는 원근법적 시각과 달리 현실과 공간의 스펙터클화 및 대상 세계가 가진 객관성의 모호화, 움직이는 유동적인 시각, 시각의 기계화와 그로 인한 주체의 시각적 통어력 상실 등으로 특징지을 수 있다.29) 이를 대표적으로 보여주는 것은 기차에서의 조망이다.

　김기림 역시 근대문명의 상징인 기차에 주목한다. 기차는 사실 한국 근대문학에서도 근대문명의 표상이자, 진보의 표상으로 널리 제시되어 왔다. 개화기에 철도가 계몽과 취몽 사이에 놓여진 현실적인 경계선으로 이해된 이래30) 기차는 근대성과 함께 식민성을 아울러 알려주는 기표가 되었다. 그런데 김기림은 기차에서 파노라마적 시각으로 본 풍경을 시에 펼쳐 보인다.

　　　七月은
　　　冒險을 즐기는 아이들로부터
　　　故鄕을 빼았었다.

　　　우리는 世界의 市民
　　　世界는 우리들의 「올리피아－드」

　　　시컴언 鐵橋의 엉크린 嫉妬를 비웃으며 달리는 障害物競走選手들
　　　汽車가 달린다. 國際列車가 달린다. 展望車가 달린다……

　　　海洋橫斷의 定期船들은 港口마다

---

29) 주은우, op. cit., p.382.
30) 김동식, 「철도의 근대성 - <경부철도노래>와 <세계일주가>를 중심으로」, 『돈암어문학』 15집, 2002, p.50.

푸른 旗빨을 물고 「마라톤」을 떠난다……

럭키. 히말라야. 알프스.
山脈을 날어넘은 旅客機들은 어린 傳書鳩

馬來群島는
土人들의 競走用 獨木舟다.
                    (캐누ー)

  …(중략)…

런돈. 뉴욕. 파리. 푸라ーユ. 뿌다페스트.
東方의 거리 콘스탄티노ー풀
回敎徒
亞米利加領事館
聖페이트로의 뾰죽집은 구름을 찌른다.
(마리아는 높은 데 게시단다 아ー멘)

자ー 짐은 호텔에……
사랑은 바다까에……

季節의 愛撫에 살진 섬들은
푸른 바다에서 머리 감는 仙女들.

요ー트의 돛은 英蘭銀行의 支配人의 배다.
麥藁帽子를 붙잡는 손. 차던지는 저고리.

                            ─「旅行」 부분

이 시에서는 기차 안에서 본 여러 가지 풍경들이 파노라마식으로 전개되고 있다. 기차는 사람들을 공간적으로 하나로 연결한다. 사람들은 세계의 시민이 되며 세계는 우리들의 올림피아드가 된다. 그러나 각 장면들은 전체적으로 통일되지 않은 채 단편적인 이미지로 제시된다. 이것은 파노라마적 시각에 기인한다. 이 파노라마적 시각은 원근법적 시각과는 다른 것이다. 여기서 풍경들은 스쳐지나가고 고정되지 못한다. 원근법적 주체의 시각이 고정된 시점에서 전체를 포착하는 것[31]인데 비해 이 시에서의 시각은 기차라는 문명 기계에 종속된다.

기차의 빠른 속도는 공간적 연속성을 파괴할 뿐 아니라 감각에 대해 인간이 행사하던 통제를 상실하게 한다. 기차 여행자에게는 자신의 머리를 돌려가며 풍경을 둘러볼 기회가 제한되며 그들이 보는 것이라곤 스쳐지나가고 곧 사라져 버리는 스펙터클로서의 풍경뿐이다. 여행의 도정이 철도로 바뀌면서 사람들은 상품생산체계에 포섭되며 사적인 개인에서 대중의 한 사람으로, 특히 단순한 소비자로 전환된다.[32] 이러한 파노라마적 시각은 군중의 한 사람으로서, 소비자로서 거리를 걸을 때에도 마찬가지로 나타난다.

1. 쵸코레-트

사랑에 敗했을망정
銀빛 甲冑 떨처입은 초코레-트 兵丁閣下.

사랑은 여리다고
아가씨의 입에서도 눈처럼 녹습니다.

---

31) 주은우, op. cit., p.380.
32) Ibid., p.375.

서방님의 입에서도 얼음처럼 녹습니다.

2. 林檎

心臟을 잃어버린 토끼는
지금은 어디가서 마른풀을 베고 낮잠을 잘가?

3. 모과(파인애풀)

여보 칼을 대지 말어요 부디……
피묻은 土人의 노래가 흐를가보오.

4. 밤(栗)

武裝解除를 당한 中央軍의 行列입니다.
天津으로 가는겐가? 南京으로 가는겐가?
大壯의 通電을 기다립니다.

— 「食料品店」

여기서도 파노라마적 시각에 따라 식료품점 안에 진열된 물건들이 나열되고 있다. 이 시에서 초코레트, 임금, 모과, 밤 등은 아예 독립된 장을 이룬다. 초코레트, 임금, 모과, 밤 등의 상품들은 상호관계의 맥락으로부터 떨어져 놓여 있다. 식료품점을 둘러보는 시적 화자는 진열된 상품을 보면서 상품에 대한 인상을 단편적으로 나열하고 있는데, 이것은 기차 승객의 그것과 동일하다. 시의 화자는 기차 안에서 차창 밖의 풍경을 스쳐지나가면서 보듯, 상점 내부와 진열된 상품들을 본다. 무수한 상품들 속에서 시선은 이러저리 움직인다. 파노라마적 시각의 핵심이 움직임에 있다고 한다면, 식료품점을 둘러보는

시의 화자는 바로 그런 시각을 지니고 있는 것이다.[33]

　『태양의 풍속』에서의 도시풍경 역시 이러한 방식으로 제시된다. 파고다공원, 한강인도교, 관광뻐스, 동물원, 경회루, 광화문, 남대문 등이 이에 해당한다. 그의 많은 여행 시편들, 가령 「함경선오백킬로 여행풍경」 등 여행에 관한 시들, 「이방인」, 「밤 항구」, 「파선」, 「대합실」, 「식당차」, 「마을 풍속」, 「함흥평야」, 「목장」, 「동해」, 「동해수」, 「벼록이」, 「바위」, 「물」, 「따리아」, 「산촌」 등의 풍경 묘사도 파노라마적 시각에 의거하고 있다. 그런데 파노라마적 시각은 그 자체로 몽타주의 시각이다.[34] 이에 따라 상당수의 작품들이 알레고리의 형태를 지니게 된다.

　이것은 그가 기자로서 취재한 장면들을 소재로 한 시에서도 마찬가지로 나타난다. 당시 조선일보사 기자였던 김기림은 만주 사변이 일어나기 직전인 1930년 6월에 만주 취재를 한다. 거기서 그는 두만강이 얼어붙으면 하루에도 수십 명 혹은 수백 명씩 만주로 가는 이주민들이 모여든다는 이야기, 하루 밤에도 몇 명씩 경비군에 의해 사살된다는 이야기 등을 접한다. 그리고 이 때의 체험들을 소재로 시를 쓰기도 하는데, 「大中華民國 行進曲」은 이에 해당한다. 여기서도 시적 재료들은 알레고리로 가공된다.

　　　大中華民國의 將軍들은

---

33) 문혜원은 김기림의 시에서 파노라마 형식을 몽타주와 함께 영화의 영향에서 비롯된 것으로 보았다(문혜원, 「1930년대의 모더니즘 문학에 나타난 영화적 요소에 대하여」, 『한국 현대시와 모더니즘』, 신구문화사, 1996). 이에 대해 나희덕은 파노라마 형식이 몽타주와 대립되는 개념이 아니며, 몽타주를 형성하는 원리라고 하였다(나희덕, 「김기림의 영화적 글쓰기와 문명의 관상학」, 『배달말』, 2006).
34) 수잔 벅 모스, op. cit., pp.96~7.

十七五種의 勳章과 靑龍刀를
같은 풀무에서 빚고 있습니다.

『엑 軍士들은 무덤의方向을 물어서는 못써. 다만죽기만해. 그때
까지는 鴉片이 여기있어. 大將의 命令이야……
엇둘 ……둘……둘』

『大中華民國의 兵卒貴下
부디 이 빛나는勳章을 貴下의 骸骨의肋骨에거시고
쉽사리 天國의門을 通하옵소서. 아—멘.
엇둘
엇둘』

— 「大中華民國 行進曲」

이 시에서 1연은 객관적인 정보를 전달하는 것으로 그친다. 그리고
이것은 2연과 3연과 자연스럽게 연결되지 않는다. 2연과 3연에서 죽
음에 직면한 병사들의 극한 상황은 전쟁의 공포를 자아낸다. 죽음을
앞에 두고 방향을 물어서도 안 되고 그저 죽기만 해야 하는 상황, 이
상황 앞에서 시적 화자는 거리를 두고 대장의 명령을, 혹은 기도를
전달할 뿐이다. 이러한 내용들은 전달자가 사건을 자신의 삶 속에 담
그는 이야기꾼의 유기적 경험이 아니다. 또한 여기에는 개별 정보의
간결하고 연관 없는 조합이 나열되며 경험을 담아 실어 보내는 서사
적 이야기[35]가 부재한다. 이와 같이 이 시에서는 이야기를 대체한 대

---

35) 경험은 기억(Erinnerung) 속에서 엄격히 고정되어 있는 개별적인 사실들에 의해
   형성되는 산물이 아니라 종종 의식조차 되지 않는 자료들이 축적되어 하나로 합
   쳐지는 종합적 기억(Gedächtnis)의 산물이다. 이에 대한 자세한 논의는 발터 벤야
   민, 반성완 편역, 「보들레르의 몇 가지 모티브에 관하여」, 『발터 벤야민의 문예이
   론』, 민음사, 1983, pp.121~3.

사나 객관적인 정보가 그 자체로 나열됨으로써 알레고리를 이루고
있다.

　또한 『태양의 풍속』에서는 영화의 몽타주도 널리 활용하고 있다.
물론 몽타주에 의한 영화의 충격 효과는 알레고리에서 나온 것이다.
「씨네마 風景」 연작은 그 대표적인 형태라 할 것인데, 여기서는 비유
기적 구성인 몽타주가 다양하게 나타나고 있다.

> 食堂……
> 「샨데리아」의 噴水밑에
> 사람들은 제각기
> 수없는 나라의 記憶으로짠
> 鄕愁의 비단폭을 펴놓습니다.
>
> 「테불」우에 늘어놓는
> 國語와 國語와 國語와 國語의
> 展覽會
>
> 수염이없는 입들이
> 「뿌라질」의 「커피」잔에서
> 푸른 水蒸氣에젖은
> 地中海의 하눌빛을 마십니다.
>
> 흰옷을입은 흰「뽀이」는
> 國籍의 빛갈을 보여서는 아니되는
> 漂泊된 흰「뽀이」가 아니면아니됩니다.
>
> 　　　　　　　　　　　　　　　　　— 「씨네마 風景」 부분

　「씨네마 風景」 연작에서는 영화의 여러 장면들을 편집하여 이미지

를 전개하는 방식을 취하고 있다. 여기서 이미지들은 파노라마식으로 전개되고 있다. 식당의 장면에서 테이블 위로, 커피를 마시는 사람들로, 다시 흰옷을 입은 보이로 장면이 이동한다. 그리고 이러한 각 장면들은 그 자체로 독립된 내용을 이루고 있다.

그 외 「三月의 씨네마」에서도 각각의 요소들은 내부에 총체성을 포함하고 있는 모나드적 성격을 지닌다. 즉 아침해, 물레방아깐, 분광기, 개, 강, 어족, 비행기, 북행열차 등은 「三月의 씨네마」에서 각각 작은 요소이지만, 전체적으로 몽타주를 이루고 있다. 이러한 방식은 영화에서 사용되는 것으로 공간적으로 인접하지 않은 둘 이상의 연속을 병치에 의해 연결하는 것에 해당한다.

이와 같이 『태양의 풍속』에서는 대도시의 풍경들이 단편적으로 제시되고 있다. 시각적인 것, 직접적인 것, 단편적인 것들이 근대문명을 드러내는 핵심적인 내용을 이루며, 이러한 단편적인 사물들의 나열에 의해 현실의 리얼리티가 제시되고 있다.

2) 물질성의 구현과 알레고리

『태양의 풍속』에서는 대상의 의미나 정신성이 아니라 대상의 표면, 물질성을 구현하는 시들이 대부분이다. 이것은 더 이상 초월적인 정신이 아니라 일회적인 것이 근대시의 대상이 됨을 말한다. 그리고 이것은 알레고리의 방법에 의거한다.

네모진 冊床.
힌壁우에 삐뚜러진 「쎄잔느」한幅.

낡은「페-지」를 뒤적이는 힌손가락에 부대처갑자기 숨을쉬는 시드른 海棠花.
　蒸發한 香氣의湖水.
　(바다까에서)
　붉은웃음은 두사람의 작난을 바라보았다.

　힌希望의 힌化石 힌憧憬의 힌骸骨 힌苦待의 힌「미이라」
　쓴 바다바람에 빨리우는 山上의燈臺를 비웃던 두눈과두눈은
　둥근바다를 미끄러저가는 汽船들의出航을 전송했다.

― 「첫사랑」 부분

　여기서 '첫사랑'은 아련한 꿈이나, 환상적인 이미지로 나타나지 않는다. 그것은 모두 물질화되어 있다. "네모진 冊床", "힌 壁우에 삐뚜러진 「쎄잔느」한 幅", "낡은 「페―지」를 뒤적이는 힌 손가락에 부대처 갑자기 숨을 쉬는 시드른 海棠花", "蒸發한 香氣의 湖水" 등 물질적인 이미지로, "힌 希望의 힌 化石 힌 憧憬의 힌 骸骨 힌 苦待의 힌 「미이라」"와 같이 정신적인 가치들이 모두 빠져버린, 물질만 남아 있는 상태로까지 제시된다. 여기서 해골은 석화된 인간의 영혼이다. 동시에 그것은 주검이 해골로 변하고 해골이 먼지로 변한다는 의미에서 부패하는 자연이다. 생명이 빠져나간 자연(화석)이 석화된 역사의 알레고리라면, 해골은 인간이 석화된 영혼의 알레고리라 할 수 있다.36) 그런데 의미나 생이 빠져나가버린 화석과 해골로 첫사랑을 의미화한 것은 1920년대의 시들에서 볼 수 없는 현상이다. 극단적인 물질성의 추구로 인해 사랑조차 물질성을 드러내게 된 것이다. 그리고 이러한 정신적인 가치의 물질화가 알레고리로 표현되어 있음은 주목

---

36) Benjamin, Walter, John Osborne, trans., *The Origin of German Tragic Drama*, Verso, 1977, p.178.

할 만하다.

　『태양의 풍속』에서는 이와 같이 사물들이 물질성을 구현하는 경우가 상당하다. 이것은 특히 상품의 알레고리에서 극명하게 나타나고 있다. 「꿈꾸는 眞珠여 바다로 가자」에서는 사물화되어 버린, 그래서 더 이상 의미를 지니지 않게 된 상품의 형상이 잘 나타나고 있다.

　　「마네킹」의 목에걸려서까물치는
　　眞珠목도리의 새파란눈동자는
　　南洋의물결에 저저있고나.
　　바다의안개에 흐려있는 파-란鄕愁를 감추기위하야 너는 일부러
　벙어리를 꾸미는줄 나는안다나.

　　너의말없는 눈동자속에서는
　　熱帶의 太陽아래 과일은붉을게다.
　　키다리 椰子樹는
　　하눌의구름을 붙잡을려고
　　네활개를 저으며 춤을추겠지.

　　바다에는 달이빠저 피를흘려서
　　미처서 날뛰며 몸부림치는 물결우에
　　오늘도 네가듣고싶어하는 獨木舟의 노젔는소리는
　　삐-걱 삐-걱
　　유랑할게다.

　　永遠의成長을 숨쉬는 海草의 자지빛山林속에서
　　너에게 키쓰하던 鰊魚의 딸들이 그립다지.

　　嘆息하는 벙어리의 눈동자여

너와나 바다로 아니가려니?
녹쓰른 두 마음을 잠그려가자
土人의女子의 진흙빛 손가락에서
모래와함께 새여버린
너의幸福의 조악돌들을 집으러가자.
바다의 人魚와같이 나는
푸른하눌이 마시고싶다.

「페이앤멘트」를따리는 수업는구두소리.
眞珠와 나의귀는 우리들의꿈의 陸地에부대치는
물결의 속삭임에 기우려진다.

오—어린 바다여. 나는네게로 날어가는 날개를 기르고있다.
— 「꿈꾸는眞珠여바다로가자」

여기서는 쇼윈도의 마네킹에 걸려 있는 진주목도리가 알레고리로 제시되고 있다. 진주목도리의 공허한 눈은 상품으로서 지니는 공허함을 표상한다. 상품이 실제적인 의미인 사용가치가 모조리 제거되고 임의적이고 관습적인 교환가치만 남은 실재이라면[37], 여기서 진주목도리 역시 상품으로서 알레고리의 특성을 보여주고 있다.

그런데 주목되는 것은 여기서 진주목도리가 하나의 환상을 마련한다는 점이다. 진주목도리는 '바다'로 가는 꿈, 희망으로 드러나며 매혹을 자아낸다. 이와 관련하여 진주목도리가 시장 안 상품이 아니라 진열 중 상품이라는 것은 주목을 요한다. 그것은 진열 중 상품에서는 교환가치 역시 사용가치와 마찬가지로 실제적인 의미를 상실하며 순

---

37) 일반적으로 상품의 의미는 가격에 있을 뿐 다른 의미는 없다. 상품은 교환가치와 전시가치를 강조함으로써 실체를 결여한다. 수잔 벅 모스, op. cit., p.270.

수한 재현적 가치만이 전면에 등장하기 때문이다. 진열 중 상품은 사적 소유의 가능성이 전혀 없는 경우에도 여전히 군중을 매료하기 때문이다. 오히려 도저히 살 수 없을 고가의 가격표는 상품의 상징적 가치를 더한다.[38] 진주목도리가 군중의 환상을 자아내는 것도 그것이 진열 중 상품이라는 점에 있다. "「페이앤멘트」를따리는 수업는구두소리"로 표상되고 있는 군중은 상품이 자아내는 꿈에 따라 상품의 환등상에 기울어지게 된다. 군중은 상품을 가지고 자기만의 꿈나라를 만들고 있는 것이다. "眞珠와 나의귀는 우리들의꿈의 陸地에부대치는/물결의 속삭임에 기우려진다." 이렇게 마네킹은 '鱇魚'로 표상된 군중들, 즉 백화점을 거니는 물질성의 가치에 기울어진 여성 산보자[39]들을 일시적인 환상으로 유혹한다.

　마네킹 역시 물질성을 구현하고 있는 대상이다. 1930년대 경성에서는 일상 생활의 전면에 유행이 현대적 삶의 풍속으로 자리잡기 시작하였다.[40] 그런데 유행은 곧 상품을 폐물로 만들어 버린다. 보들레르가 근대성의 특징으로 언급했던 유행은 그 모든 척도를 죽음에 두고 있다. 새로운 것의 유행은 낡은 것을 사라지게 만들지만 동시에 그 새로운 것 자체도 곧 낡은 것으로 되고 마는, 즉 사라지게 되는 운명을 갖고 있다.[41] 이것은 패션이 살아 있는 육체를 무기물의 세계와

---

38) Ibid., p.115.

39) 원래 대도시의 거리에서는 여성 산보자가 불가능하였다. 거리에서 남성 산보자에 대응되는 여성은 창녀이다. 여성이 거리를 어슬렁거린다면, 그녀는 아케이드의 쇼윈도에 진열된 품목들과 나란히 판매될 상품이 될 것이다. 그녀는 소비의 대상이며 남성 산보자의 응시의 대상이 된다. 그러나 파리의 경우 19세기에 와서 여성들 역시 한정된 범위의 공간을 거닐게 되는데 그것은 바로 백화점이다. 주은우, op. cit., p.399.

40) 김진송, 『서울에 딴스홀을 허하라』, 현실문화연구 1999, p.107.

41) 최문규, 「"바로크"와 알레고리 ― 발터 벤야민의 언어이론」, 『뷔히너와 현대문학』

연결시키는 것42)에 비견할 수 있다. 따라서 마네킹은 유행이 지난 옷을 벗어 버린 채, 조각날 운명에 처해진다. 마네킹의 눈동자는 당연히 내면을 갖지 못한 눈동자이다. 그것은 새파란 눈동자, 말없는 눈동자, 벙어리의 눈동자이다.

> 가을의
> 太陽은 겨으른 畵家입니다.
>
> 거리 거리에 머리숙이고 마주선 벽돌집사이에
> 蒼白한꿈의그림자를 그리며댕기는……
>
> 「쇼－윈도우」의 마네킹人形은 홋옷을벗기우고서
> 「셀루로이드」의 눈동자가 이슬과같이 슬픔니다.
> 失業者의그림자는 公園의蓮못가의 갈대에의지하야
> 살진 금붕어를 호리고있습니다.
>
> 가을의太陽은 「풀라티나」의 燕尾服을입고서
> 피빠진하눌의 얼굴을 散步하는
> 沈默한畵家입니다.
>
>   — 「가을의太陽은 「풀라티나」의燕尾服을입고」

이 시에서도 마네킹이 등장하는데, 여기서의 지배적인 정서는 '우울'이다. 그것은 시적 화자가 더 이상 대상들과 교감을 가질 수 없는 데서 나온다. 여기서 풍경은 실체를 가지는 것이 아니라 창백한 꿈의

16집, 2001, p.143.

42) 패션은 살아 있는 존재에 대해 주검의 권리를 옹호한다. 이러한 비유기적인 것의 섹스 어필에 굴복하는 페티시즘이 패션의 생명력이 된다. 발터 벤야민, 조형준 역, 『아케이드 프로젝트』 I, 새물결, 2005, p.123.

그림자, 쇼윈도우의 마네킹 인형, 실업자의 그림자 등 내용이 비어있는 사물들로 이루어진다.

일반적으로 쇼윈도는 상점의 광고를 위한 유리가 끼워진 무대로 작용한다. 커다란 판유리를 끼우고 밝은 빛이 쏟아지는 쇼윈도는 넓은 무대와 같고 거리는 극장과 같으며 거리를 지나가는 행인들은 관객과 같은 존재가 된다.[43] 이 시의 화자 역시 쇼윈도의 관객으로서 대상과 거리감을 가질 수밖에 없고 이로 인해 대상과의 교감을 이룰 수 없다. 마네킹의 시선에 반응할 수 없기에 시인의 지배적인 정서는 우울로 나타난다. 알레고리의 역사철학적 기초는 바로 우울의 시선에 놓여 있거니와[44], 마네킹 역시 시인의 우울한 기억의 기호가 된다. 도시 속에서 아무런 경험도 지닐 수 없고 아무런 위안도 받지 못할 때, 경험으로의 복귀를 가능케 하는 회상을 가질 수 없을 때, 우울의 정서가 지배적이 되는 것이다.

3) 파국의 역사와 알레고리

『태양의 풍속』에서는 알레고리적 역사관도 나타나고 있다. 폐허화된 자연 속에서 역사를 읽어내는 방식은 그 대표적인 예라 할 수 있다. 『태양의 풍속』에서 도시는 '명랑성'의 이미지로 나타나는 경우도 있지만, 상당수의 시에서는 파국의 상황에 몰려 있는 것으로 나타난다.

---

43) 주은우, op. cit., p.394.
44) 김길웅, 「미적 현상과 시대의 매개체로서의 알레고리」, 『현대비평과 이론』 14집, 1997, 가을·겨울, p.78.

　　　　S O S

　　午後여섯시三十分.

　　突然

　　어둠의바다의暗礁에걸려
　　地球는破船했다.

　　「살려라」

　　나는 그만 그를 건지려는 誘惑 斷念한다.
　　　　　　　　　　　　　　　　　　　　　—「海上」

　이 시는 근대문명의 위기를 알레고리화한 것이다. 첫 연은 "S O S"라는 구조 신호만으로 되어 있어 독자에게 위험과 긴박감을 느끼게 한다. 그리고 다음 연에서 오후라는 시간적 배경만이 드러난다. 이와 같이 몽타주로 제시된 위기 상황에 대해 시적 화자는 "나는 그만 그를 건지려는 誘惑을 斷念한다"고 하면서 거리감을 드러낸다. 근대문명이 처한 위기 상황은 다음 시에서 도시와 관련하여 보다 구체적으로 나타나고 있다.

　　굳은 어둠의장벽을 시름없이 「녹크」하는 비들의 가벼운손과 손
　과 손과 손……
　　그는「아스팔트」의 가슴속에 五色의感情을 기르며온다

　　대낮에 우리는 「아스팔트」에게 향하야
　　『엑 둔한자식 너도 또한 바위의종류고나』하고 비웃었다.
　　그렇지만 지금 우둑허니 하눌을쳐다보는

눈물에어린 그자식의 얼굴을보렴

루비 에메랄드 싸애이어 琥珀 翡翠 夜光珠…
「아스팔트」의 湖水面에 녹아나리는 네온싸인의音樂.
고양이의 눈을가진 電車들은 (大西洋을 건너는 타이나닉號처럼)
구원할수없는希望을 파묻기위하야 검은追憶의 바다를 건너간다.

그들의 救助船인듯이
종이雨傘에 맥없이 매달려
밤에게 이끌려 헤염처가는 魚族들
女子―
사나히―
아무도 救援을 찾지않는다.

밤은 深海의 突端에 坐礁했다.
ＳＯＳＯＳ
信號는 海上에서 지랄하나
어느 無電臺도 문을닫었다

― 「비」

　이 시에서는 네온사인이 밝혀진 도시를 배경으로 하고 있다. 이제 도시인은 새 자연, 테크놀로지의 자연 속에 거주한다. 시적 화자는 비 오는 도시, 아스팔트와 네온사인, 전차 등 제2의 자연이 되어버린 근대문명을 조망한다. 아스팔트는 바위가 되고, 전차는 고양이의 눈을 하고 지나간다. 근대문명 자체가 자연이 되고 있는 것이다. 그러나 이 도시에서 시의 화자가 보는 것은 파국에 처해진, '어족들'로 표상된 군중들이다. 여기서 군중들은 "종이 雨傘에 맥없이 매달려/ 밤에게 이끌려 헤염처가는 魚族들"로 표현되고 있다. 이 가운데 "女子,

사나히" 등 익명의 군중들이 대도시의 거대한 흐름 속에서 아무도 구원을 찾지 않은 채 떠밀려, 마치 타이타닉호처럼, 전차를 타고 어디론가 간다. 그것이 그들의 구조선인 양 착각하면서.

근대도시가 위기 상황에 처해있다는 사실에 대한 알레고리는 『태양의 풍속』 시들의 상당수에서 발견된다. 「가을의 果樹園」 역시 도시의 알레고리로 읽을 수 있는 시인데, 여기서는 파국을 넘어선 집단적 소망 이미지가 나타나고 있다는 점이 주목된다.

어린 曲藝師인 별들은 끝이없는 暗黑의그물속으로 수없이 꼬리를 물고 떨어집니다. 「포풀라」의 裸體는 푸른저고리를벗기우고서 방천우에서 느껴웁니다. 果樹園속에서는 林檎나무들이 젊은 患者와 같이 몸을부르르떱니다. 무덤을찾어댕기는 닙 닙 닙…
西 南 西
바람은 아마 이方向에 있나봅니다. 그는 진둥나무의 검은 머리채를 찢으며 「아킬러쓰」의 다리를가지고 쫓겨가는 별들속을달려갑니다. 바다에서는 구원을찾는 광란한기적소리가 지구의 모ㅡ든 凹凸面을 굴러갑니다. SOS·SOS. 검은바다여 너는 당돌한 한방울의 기선마저 녹여버리려는 意志를 버리지 못하느냐? 이윽고 아침이 되면 農夫들은 수없이떠러진 별들의 슬픈死體를주으려 과일밭으로 나갑니다. 그리고 그 奇蹟的인 과일들을 수레에실고는 저 오래인東方의市長「바그다드」로끌고 갑니다.

— 「가을의 果樹園」

여기에는 전체적으로 하나의 이야기가 있다. 과수원에 바람이 불고, 사과나무가 부르르 떨고, 나뭇잎이 떨어지고, 다음날 아침, 떨어진 과일들을 수레에 싣고 동방의 시장 바그다드로 끌고 간다는 이야기가 그것이다. 이러한 이야기는 비유담으로서 도시의 생활을 알레고리화한 것이다. 이 가운데 아킬러스의 비유담이 다시 비유되어 있다. 특히 사과가 근대의 이성중심주의를 대표하는 이미지라고 한다면, 그러한 사과가 떨어진다는 것은 근대 자체의 위기를 표현한 것에 다름 아니다.

그리고 이러한 근대문명의 역사는 자연으로 치환되어 있다. 과수원은 실제 과수원을 재현한 것이 아니라 근대도시의 알레고리라 할 수 있다. 과수원의 황량한 풍경은 바로 근대문명이 야기한 폐허화한 역사를 드러내는 것이다. '도시'를 의미화하는 바다가 갑작스럽게 등장하는 것도 이러한 이유에서이다.45) 바다, 즉 근대문명의 도시가 처한 폐허화된 상황에 시적 화자는 구원을 요청하고 있다. 그런데 현재가 아니라 과거에 존재하였던 집단적 소망 이미지들, 가령 "아킬러스", "오래인 동방의 「바그다드」" 등으로 시적 화자는 구원에 대한 동경을 드러낸다.

4. 결론

이 장에서는 『태양의 풍속』에 나타나는 알레고리의 미학을 살펴보았다. 이를 통해 종래 이 시집에 대해 내려졌던 부정적인 평가, 가령 유기적 통일성의 부재라든가 아우라의 결여, 내면적 깊이의 부재 등에 대해 재고해 보고자 하였다. 실제 김기림은 이 시집에서 알레고리를

---

45) 김기림 시에서 '바다'가 도시를 의미화한다는 것에 대한 자세한 논의는 강심호, 「김기림의 시와 수필에 나타난 바다 이미지 고찰: 작가의 도시체험을 중심으로」, 『한국 근대문학 연구』 3권2호, 2002 참조.

지향하였다. 그는 현실은 단편적으로 드러난다고 보고, 이 단편적인 현실을 언어로 가공하는 것을 현대 시인의 과제로 설정하였다.『태양의 풍속』에서 알레고리는 당대의 유동하는 현실을 드러내는 효과적인 장치가 되었다.

김기림은 1930년대 경성이라는 근대도시를 목도하면서 계급적 현실이 아니라 유동하는 현실을 파악하는 것이 보다 리얼리티에 접근하는 방법임을 인식하고 있었다. 이에 그는 근대문명의 급격한 발전이 가져온 변화와 영화, 라디오, 신문 등 근대기술매체가 인간의 지각 경험을 변화시킨 양상에 대해 주목하였다. 그가 이 시기에 '군중' 혹은 '대중'을 강조할 때에도 그 개념은 계급의 의미를 띠는 것이 아니라 다수의 무리, 소비하는 주체, 근대기술매체의 수용자의 의미를 띠고 있었다.

『태양의 풍속』에는 근대도시의 풍경을 소재로 한 시들이 대부분인데, 이들은 대개 파노라마적 시각에 의해 재구성되었다. 파노라마적 시각은 원근법적 시각과 달리 근대도시의 무수한 정보와 속도감 등에 기민하게 대응하는 시각으로서,『태양의 풍속』에서도 이 시각이 지배적으로 나타났다. 파노라마적 시각에 따라 사물들이 배치됨으로써, 이 시집에서는 풍경에 대한 조망, 단편적인 인상들이 나열되었다. 이것은 기차에서의 조망, 도시 거리의 배회, 영화의 편집, 신문 기사의 활용 등으로 구체화되었는데, 텍스트에서는 모두 알레고리로 나타났다.

『태양의 풍속』의 시 가운데에는 대상의 표면, 물질성을 구현하는 시들도 상당수 있었다. 이 시들에서는 더 이상 초월적인 정신이 아니라 일회적인 물질성을 그 자체로 드러내는 방법을 취하였는데, 이것은 알레고리에 해당하였다. 여기서는 사랑과 같은 정신적 가치조차

사물화되어 나타났다. '마네킹', '상품', 물신화된 군중 등 모두 내면
이나 의미를 갖지 않는 텅 빈 물질이 근대도시의 알레고리로 등장하
기도 하였다. 이로 인해 이러한 시들의 지배적인 정서는 '우울'로 나
타났다.

『태양의 풍속』에서는 파국에 처한 근대도시의 모습도 구체적으로
나타났다. 이것은 알레고리적 역사관에서 기인하는 것이었는데, 폐허
화된 자연 속에서 도시의 위기를 발견하는 모습이 상당수 발견되었
다. 또한 이 시집에서는 파국을 넘어서고자 하는 집단적 소망 이미지
도 나타났다.

이와 같이 『태양의 풍속』에서는 총체적인 현실이 아니라 단편적인
현실을 알레고리로 드러내는 방식이 지배적인 것으로 드러났다. 이에
대해 종래 연구에서는 극히 부정적으로 평가하였으나 시각적인 것,
직접적인 것, 단편적인 것들이 도시 문명을 드러내는 핵심적인 내용
을 이룬다고 한다면, 현실의 리얼리티는 단편적인 사실들의 나열에
의해 이루어지는 것인지도 모른다. 경험이 아니라 체험이 일반화된
환경 속에서는 새로운 표현 방식, 새로운 예술적 감수성과 기술이 요
구된다고 할 수 있다. 시대를 초월하여 존속하는 영구한 아름다움이
있는 한편 새롭고 일시적인 아름다움도 있다. 이런 의미에서 『태양의
풍속』은 근대성의 미학을 구현한 것이라고 할 수 있고, 이 때 알레고
리는 유효한 수사법이 됨을 알 수 있다.

5장 김기림의 시론과 풍자

1. 서론

김기림은 한국 근대시사에서 모더니즘 이론을 전개하고 과학적 시학을 모색함으로써 시의 근대성을 모색한 시인이자 시론가이다. 그를 통해 비로소 한국 현대시는 한 차원 높게 발전할 수 있는 기틀을 마련할 수 있었다. 그는 시의 미학과 형식 논리를 끊임없이 모색하고 시를 창작하는 방법론, 시를 감상하는 방법론을 제시하였다. 이에 따라 그가 한국 현대시에 미친 영향은 당대에 그치지 않는다. 오늘날에도 한국 현대시를 연구하는 이라면, 특히 한국 현대시론에 관심이 있는 이라면 누구나 그의 시론을 검토하는 과제에 접하게 된다.

이에 따라 김기림에 대한 연구는 다각도로 이루어져 왔다. 외국의 시와 시론의 영향 관계를 고찰하는 비교문학적 연구, 모더니즘 이론을 통해 문학을 고찰하는 사조론적 연구, 당대 현실과의 관련 속에 논의한 연구, 그의 민족주의를 고찰하는 연구 등 많은 연구가 있었다.

이러한 연구를 통해 김기림의 시와 시론의 다양한 면모가 밝혀졌다.

그러나 의외로 김기림의 시론에 나타나는 수사학에 대한 연구는 미미한 편이다. 이에 대한 연구는 현재까지『문장론신강』에 집중되고 있는 형편이다. 김기림은 초기 이미지즘 시론을 전개할 당시 은유의 수사학을 전개하고 이후 풍자의 수사학을 강조한다. 과학적 시학을 전개하면서도 수사학의 이론을 원용할 뿐만 아니라 해방 후 시론에서도 수사학에 대해 언급한다. 이 장에서는 그의 풍자론을 고찰하고자 한다.

이제까지 김기림의 풍자론에 대해서는 그의 시론과 시를 논의하는 과정에서 고찰한 것이 대부분이다. 그것은 물론 김기림이 본격적인 풍자 문학론을 쓰지 않았던 데서 기인한다고 할 수 있다. 그러나 김기림은 당시 시론 곳곳에서 풍자의 원리와 방법을 소개하고 풍자를 통한 문명 비판을 강조하였을 뿐만 아니라, 초기 이미지즘 시론의 문제점을 풍자를 통해 극복하고자 하였다. 또한 풍자의 수법으로「기상도」를 쓰기도 하였다.

김기림의 시론에 나타나는 풍자에 대해서는 대체로 그의 주지주의 시론과 관련 하에 논의되어 왔다. 김윤식은 "김기림은 시론 곳곳에서 시의 과학 혹은 시학을 내세우고 주지적 방법론을 역설하였지만, 그것의 실현은 따지고 보면 풍자적 태도 및 방법에 불과했던 것"[1]이라고 하여 김기림이 말하는 주지적 방법론의 요체가 풍자에 있다고 하였다. 서준섭 역시 김기림의 시론에 나타나고 있는 풍자를 주지주의 시론과 관련하여 논의하였다. 그는 김기림의 풍자가 당시 식민지적 상황에서 명랑성과 결합하여 기지(wit)나 재담으로 흘러 경박함을 드

---

1) 김윤식,「전체시론」,『한국근대문학사상사』, 한길사, 1984, p.461.

러낼 뿐이라고 하여 다소 부정적으로 평가하였다.[2]

　김기림의 시론에서 풍자론을 이미지즘 시론과 구별하여 논의한 이는 문혜원이다. 문혜원은 김기림의 시를 독자와 시인과의 관계를 중심으로 살펴보았는데, 이 과정에서 김기림의 시론을 초기의 이미지즘 경향과 기법의 매개적 역할 발견, 해방기 정치우위 문학론의 세 단계로 구분하고, 이 중 가운데 시기의 시론을 풍자와 관련시켰다.[3] 그의 논의는 김기림이 '풍자'를 강조한 시기의 시론을 이전의 그것과 구별하고, 김기림의 시론에서 풍자가 차지하는 의미를 부각시킨 의의를 지니고 있다. 그런데 이 논문에서는 김기림의 풍자론과 시론과의 관련성을 구체적으로 고찰하지 못하였다. 김윤정은 김기림의 풍자론이 합리주의적 세계관에 기반을 둔 초기 이미지즘 시론을 극복하는 과정에서 나온 것으로 그것의 출현 배경과 세계관적 기반을 탐색하였다.[4] 그런데 이 논의에서는 '풍자'의 이중적 수사의 성격을 과도하게 강조하는 문제점을 남기고 있다.

　물론 김기림의 시론에서 이미지즘 시론과 풍자론, 전체시론 등은 시기적으로 혼재하고 있어 이것을 명확하게 가르기는 쉽지 않다. 이러한 문제를 해결하기 위해 우선 전제가 되어야 할 것은 '수단으로서의 지성'을 내세운 초기 이미지즘 시론과 지성의 한계를 지적한 이후의 시론은 내용 면에서 뚜렷한 차이를 보이고 있다는 점이다. 김기림은 이를 모두 주지주의로 불렀다. 그러나 김기림은 이미지즘 시론을 전개할 당시에는 '은유'를, 이후에는 '풍자'를 강조한다. 이것은 김기림의 주지주의 시론이 단선적으로 파악될 수 없음을 의미한다. 또한

---

2) 서준섭, 『한국 모더니즘 문학 연구』, 일지사, 1988, p.85.
3) 문혜원, 「김기림 시론에 대한 고찰」, 『한국 현대시와 모더니즘』, 신구문화사, 1996.
4) 김윤정, 『김기림과 그의 세계』, 푸른사상, pp.129~183.

그는 풍자론을 전개하면서 전체시론의 지향을 보이기도 한다. 이에
따라 김기림의 시론에서 '풍자'를 해명하는 것은 그가 이미지즘 시론
에서 벗어나 전체시론으로 변모하는 과정을 밝히는 일이 된다.

2. 풍자론의 형성 배경

김기림이 풍자에 대해 관심을 보이는 것은 1933년부터이다. 그는
1933년에 쓴 「문단시평」(《신동아》 1933. 9)에서 현대 양심적인 조선
의 지식인은 현실 도피의 문학이나 풍자 문학을 취해야 한다고 하여
풍자 문학의 가능성을 타진한다. 그는 당대를 '비상시'이자 '위기'로
인식하면서 종래의 문학과는 다른 어떤 것이 나타나야 한다고 한다.
그 근거로 파시즘의 위세로 지식인이 불안에 빠졌다는 점, 佐野學과
같은 일본 공산당원들이 전향을 시작한 이래 전향이 일반화된 사실
을 든다.

> 오늘의 「인텔리겐차」는 그들의 금과옥조이던 「리베랄리즘」으로
> 부터조차 전향하는 만용을 보이고 있다. 그리고 또 한편에는 권력
> 에 대한 사모를 스스로 거세해버린 정치적 無感覺群이라는 無色地
> 帶가 생기게 되었다
> ⋯(중략)⋯
> 이와 딴편으로 현실을 붙잡고 몸부림할 용기는 감히 없으나 현
> 실의 싸움터에서 한걸음 물러서서 變幻하는 현실의 모순·추악·허
> 위·가면에 대하여 차디찬 조소를 퍼붓는 그러한 문학-「세타이어」
> 의 문학이 이 나라에도 나타나야 할 것이다.[5]

김기림에 의하면 이제 지식인들은 '리베랄리즘'으로부터 전향하는 만용을 보이고 있는가 하면, 정치적 무감각군이라는 무색지대가 생기기도 하였다. 이럴 때 풍자 문학이 비겁하기는 하지만 정직한 인텔리겐차의 문학으로 나타날 것이다. 풍자 문학은 "현실을 붙잡고 몸부림할 용기는 감히 없으나 현실의 싸움터에서 한걸음 물러서서 변환하는 현실의 모순·추악·허위·가면에 대하여 차디찬 조소를 퍼붓는" 문학으로서, 지식인의 문학이다.

1930년대 중반은 전 세계적으로 볼 때 서구의 근대성이 부정적인 면을 가장 극단으로 드러내던 시기였다. 그 한 형태인 일본 제국주의의 식민지 지배가 더욱 가혹한 모습을 지니게 된 것도 이 무렵이었다. 사상적으로 볼 때, 일본의 군국주의 사상은 더욱 강화되어 나갔고, 식민지 조선에 대한 사상 탄압도 날로 치밀해져갔다. 이 시기에 대해 김기림은 후일 다음과 같이 설명하고 있다.

> 그러나 만주사변에서 자신을 얻은 일제는 불손한 그들의 神話의 실현으로 향하여 더욱 길을 재촉하였다. 30년대의 중쯤에 와서는 벌써 예술주의의 의장조차가 일제의 공격의 날을 피할 수는 없었다. 조선의 지식인들이 문화와 같은 정신적인 것조차를 단순히 정신적 노력에 의해서만은 지켜갈 수가 없다는 진리를 몸소 깨달아낸 것도 이때였다.[6]

김기림이 파악하고 있는 1930년대 중반 조선은 일제가 만주사변 이후 그들의 신화를 실현시키기 위해 박차를 가하여, 예술주의의 의장조차 일제의 공격을 피할 수 없게 되고 조선의 지식인들이 문화와

---

5) 김기림, 「수필·불안·가톨리시즘」, 《신동아》 1933. 9, 『전집』 3, p.112.
6) 김기림, 『시론』, 백양당, 1947, 『전집』 2, p.9.

같은 정신적인 것조차 정신적 노력에 의해 지켜갈 수가 없게 된 시기이다. 이에 김기림은 근대 자체에 대해서도 회의하기 시작한다. 이 시기는 전 세계적으로도 세계 공황과 서구의 파시즘 체제, 인간 학살, 일제의 군국주의화 등 합리적인 이성으로서는 상상하기 힘든 폭력과 파괴가 자행되고 있었던 시기이다. 역사에 대한 진보, 낙관적인 희망만을 가져다 줄 것으로 기대했던 근대의 계몽주의적 이성은 광기와 비합리성으로 그 한계를 드러내던 시기였다. 근대적 이성은 계몽의 빛이기도 하였으나 그 자체가 신화의 미몽으로 빠져들 수 있는 한계를 지닌 것이기도 했다. 그러나 이 시기는 서양에서도 근대의 계몽주의에 대한 자체 반성이 그 어느 때보다 확산되어가던 시기이기도 하였다. 이제 문학 역시 종래의 그것으로 지켜나갈 수 없게 된 것이다.

이에 김기림은 이미지즘 중심의 시론을 근본적으로 재고하게 된다. 문명은 '명랑성'을 중심으로 파악될 수만은 없게 되었다. "우리들을 에워싼 문명은 우리로 하여금 아름다운 시적 「이미지」만 주무르고 있기를 허락하지 않는다." 시를 기교주의적 말초화에서 다시 끌어내고 또 문명에 대한 시적 감수에서 비판에로 태도를 바로잡아야 했다. "우리들의 시는 영탄이나 감흥이나 「에스프리」의 발화나 「이미지」의 화려에만 만족할 수가 없고 그 이상으로 사람의 사고의 조직에 관련하며 또한 문명의 인식과 비판에 관련되어야 할 것이다."7) 따라서 이전까지의 이미지즘 중심의 시가 아니라 새로운 시가 모색되어야 했다.

김기림은 초기 이미지즘 시론을 전개하면서 '문명에 대한 시적 감수'를 지향하면서, '은유'를 강조하고 '수단으로서의 지성'을 강조하였다. 그러나 1930년대 중반에 들어서면서 그는 이것을 모두 비판한다.

---

7) 김기림, 「객관세계에 대한 시의 관계」, 《예술》 1935. 5, 『전집』 2, p.119.

김기림은 이제 은유의 문학이 지닌 한계를 지적하고 '지성'에 대해 근본적으로 성찰하기 시작한다.

> 비평적인 시대에 가장 적합하고 유용한 무기는 틀림없이 知性이다.
> 사실에 있어서 오늘의 시인을 어저께 이전의 시인에서 구별하는 것은 이 지성의 유무다.
> 지성은 두 방면으로부터 생각할 수 있다.
> 하나는 수단(방법)으로서의 지성
> 다른 하나는 목적으로서의 지성
> 오늘의 비평적 정신이 기구하고 원하는 것은 바로 수단으로서의 지성이다.[8]

김기림에 의하면 지성은 '수단으로서의 지성'과 '목적으로서의 지성', 두 가지로 나눌 수 있는데 이미지즘 시론의 바탕이 된 지성은 수단으로서의 지성이다. 이 수단으로서의 지성은 시와 시인 사이에 거리를 설정하고 작품 그것에 위치를 부여하며, 문학 자체에 질서를 주고 개개의 작품에 그것에 해당한 질서를 준다. 1930년대 초에 김기림이 '명랑성'을 강조하면서 낭만주의의 센티멘탈리즘을 배격하고 프로 문학의 이데올로기를 비판하는 근거를 마련한 것도 바로 이 수단으로서의 지성이었다.

김기림이 이미지즘 시론을 전개하면서 강조한 수단으로서의 이성은 베버나 하버마스가 각각 근대적 이성의 한 측면으로 설명한 '도구적 이성'에 해당한다고 할 수 있다. 그것은 방법적 지성으로서 기능적인 측면이 강조될 뿐, 비판적인 지성으로 볼 수 없으며, 관용, 자기

---

8) 김기림, 「질서와 시간성」, 《조선일보》 1935. 9. 17~10. 4, 『전집』 2, pp.185~6.

주변 사람들의 견해에 대한 존경, 기꺼이 들으려 하기, 물리력보다는 설득에 의존하기 등의 도덕적 덕목들의 집합 등을 고려한 이성적인 합리성9)과도 구별된다. 이에 김기림은 '비판의 정신'을 강조하고 풍자를 논의의 중심에 두게 된다.

한편 1930년대 중엽에는 문단에서도 풍자 문학에 대한 논의가 활발하게 전개되기 시작한다. 최재서는 1935년 「풍자 문학론―문단위기의 타개책으로서」(《조선일보》 1935. 1. 21)를 발표한다. 이것은 우리 문학사에서 본격적으로 풍자 문학론을 거론한 최초의 글로 평가받고 있다. 이 글에서 최재서는 당대 문학의 위기를 어떻게 관찰하며 그것을 어떻게 해석하느냐 하는 것이 문학에 대한 모든 논의의 출발점이 되어야 한다고 주장한다. 그리고 문단의 위기가 프로 문학과 민족주의 문학으로 대표되는 내용 중심의 이론에 있다고 보고 이에 대응하여 작가의 태도와 기법에 중점을 둔 풍자 문학론을 전개한다. 그가 풍자 문학론을 주창한 이유는 당면하는 문학의 위기를 극복하고 창작의 진로를 제시하기 위해서였다. 이후 안함광, 한식, 이운곡, 임화 등도 풍자 문학에 관심을 가짐으로써 풍자 문학론에 대한 논의는 활발하게 이어진다. 특히 임화는 기교주의 시에 반대하면서 프로 시의 퇴조와 더불어 등장한 낭만적 경향 또는 프로 시의 내면화 경향, 그리고 풍자 시에서 새로운 시의 활로를 찾으려 한다. 「진보적 시가의 작금」(『풍림』, 1937, 1)에서 그는 풍자 시의 방향을 구체적으로 모색하기도 한다.10) 김기림 역시 이러한 문단의 분위기 속에서 풍자론에

---

9) 리처드 로티, 김준현 역, 「연대로서의 과학」, 『인문과학의 수사학』, 고려대출판부, 2003, p.55.

10) 이에 대한 자세한 논의는 박윤우, 『한국 현대시와 비판정신』, 국학자료원, 1998, pp.314~8 참조.

대한 논의를 심화시켜나간다.

3. 풍자론의 양상

1) 주지주의 시론과 풍자

1930년대 중반을 전후하여 김기림은 월평과 평론 등에서 지속적으로 풍자에 대해 언급한다. 그는 "의미의 성질로 보아서 시는 서정시 이외에 철학적인 시 풍자적 묘사적인 시도 가능할 것이고 또 있어서 좋을 것"[11]이라고 하면서 시의 한 갈래로 풍자를 설정하기도 한다. 그리고 자신도 "시 그것의 새로운 의의조차 「세타이어」 속에서 찾으려고 하였다"[12]고 하기도 한다. 이제 풍자 문학은 지식인이 가져야 할 바람직한 문학으로 떠오르게 된다.

> 첫째로 「추종」에 대한 찬미의 문학이 있을 것이나 이 나라에서는 당분간 나타나지 않을 것이라고 믿는다.
> 둘째 비겁하기는 하지만 그러나 정직한 「인텔리겐차」의 문학으로서 두 가지의 형태가 또한 나타나리라고 믿는다.
> A. 현실 도피의 문학
> B. 세타이어(풍자)의 문학[13]

김기림은 위기의 현실, 상흔을 가득 짊어진 인텔리겐차의 문학으로

---

11) 김기림, 「시와 현실」, 《조선일보》 1936. 1. 1~1. 5, 『전집』 2, p.101.
12) 김기림, 「수필·불안·「가톨리시즘」」 《신동아》 1933. 9, 『전집』 3, p.113.
13) Ibid., p.112.

풍자 문학을 제시한다. "현대의 시인은 드디어 「근대」에 대한 열렬한 부정자요, 비판자요, 풍자자로서 등장했다. 그들은 정신적으로는 현대 그것 속에 국적을 두지 못한 영구한 망명자였다."14) 이러한 정신적 망명자의 눈이 안으로 향할 때 거기서 일어나는 것은 침통한 자기 분열이, 그것이 밖으로 향할 때 문명 비판이 나타난다.

그런데 김기림이 풍자 문학을 '인텔리겐차' 문학의 바람직한 형태의 하나로 제시하고 풍자를 근대에 대한 비판과 결부시켜 논의하였다는 것은 주목을 요한다. 그것은 풍자 문학의 토대를 '지성'에 둠으로써 풍자를 주지주의 시론과 관련시키고 있기 때문이다. 이것은 풍자에서 도덕성을 생각하는 계기를 마련하는 의미를 지닌다.15) 사실 한국의 문학 전통에서 풍자는 대체로 해학과 함께 논의되어왔다. 이때 풍자는 주로 양반층을 비판하기 위한 민중의 수사학으로 이해되어 왔다. 그러나 김기림은 풍자를 지식인의 문학으로서, 문명을 비판하는 효과적인 수단으로 파악한다.

> 그러므로 主知主義의 詩에 있어서조차 그것이 관련하는 것은 지식이 아니고 지성(예를 들면 영상의 新奇·鮮明이라든지 「메타포어」·「세타이어」·「유머」의 認知 등)에서 오는 내부적 만족이다.16)

그는 '지식'과 '지성'을 구별한다. 그리고 주지주의 시에 관련되는

---

14) 김기림, 「시의 장래」, 《조선일보》 1940. 8. 10, 『전집』 2, p.338.

15) 프라이는 풍자는 적어도 겉보기의 공상, 곧 독자가 그로테스크하다고 인식하고 있는 어떤 내용과 그리고 적어도 암시적인 어떤 도덕적인 기준을 요구하고 있다고 말한다. 이에 대한 자세한 논의는 N. Frye, 임철규 역, 『비평의 해부』, 한길사, 1982, p.313.

16) 김기림, 「시와 언어」, 《인문평론》 1940. 5, 『전집』 2, p.26.

것은 지성이라고 보고 지성의 양상으로 "영상의 新奇, 鮮明이라든지 「메타포어」·「세타이어」·「유머」의 認知" 등을 거론한다. 이와 같이 그는 풍자를 '지성'과 관련시키고 있다. 여기서 주지주의가 모더니즘의 한 갈래로서의 신고전주의(neo-classic)를 의미하는 것이 아님은 물론이다. 모더니즘을 크게 영미 모더니즘과 아방가르드를 함께 지칭할 경우, 모더니즘 안에는 이미지즘, 주지주의, 다다이즘과 초현실주의 등으로 구분할 수 있다. 이 경우 이미지즘은 물론 주지주의와 구분된다.

그런데 김기림이 주지주의 시를 거론할 때, 그것은 모더니즘의 하위 갈래로서 신고전주의를 염두에 둔 것이 아니다. 그것은 '주지적 태도'를 말하는 것으로서 시인의 지성에 의해 통제되고 계획되는 질서 하에 시를 제작하는 창작 태도로 이해할 수 있다. 그렇기 때문에 김기림은 주지주의 시를 거론하면서 "영상의 新奇, 鮮明"이나 "「메타포어」, 「세타이어」, 「유머」" 등을 모두 함께 거론하는 것이다.

1930년대 한국 문단에서 주지주의는 영미 모더니즘과도, 일본의 『詩와 詩論』 그룹의 何部知二의 주지적 문학론과도 구분되는 그들만의 특징을 지니고 있다. 물론 이 말이 그들의 영향 관계를 전적으로 부정하는 것은 아니다. 김기림의 주지주의 시론에는 분명히 흄, 엘리어트, 리차즈 등의 이론이 깊게 작용하고 있고, 何部知二 이론의 영향도 결코 무시할 수 없다. 가령 김기림이 주지주의 시론을 전개하면서 '명랑성'을 강조한 것은 병적인 세계에서 건강성을 확보하는 길로 주지주의를 내세운 何部知二의 이론을 수용한 데 따른 것이다.[17] 김기림이 동양과 서양을 대립적으로 갈라서 생각하는 버릇, 그에 못지않게 중세와 근대, 낭만주의와 과학주의 등을 이분법적으로 나누어 보

---

17) 김용직, 「1930년대 모더니즘 시의 형성·전개」, 『한국 현대문학의 사적 탐색』, 서울대출판부, 1997, pp.190~2 참조.

는 사고를 갖게 된 것도 그 때문이다.[18] 그러나 何部知二가 "진정한 주지적 문학은 단지 감정을 배척하는 것이 아니라 문학 속의 감정의 존재를 믿고 또 그것의 확장을 희망하며, 동시에 이 감정의 심연을 "주지적 방법"으로 탐구하는 것"이라고 한 것은 김기림에게서는 찾아볼 수 없는 면모이다. 분명한 것은 김기림은 자기 방식으로 엘리어트와 리차즈의 이론을 수용하였다는 사실이다.[19] 이렇게 볼 때, 김기림이 주지주의 시론을 거론하면서 이미지즘 시론을 논의한 것을 비판할 하등의 이유가 없다. 김기림은 분명히 지성적인 태도를 기준으로 주지주의 시론을 규정하고자 하였기 때문이다. 이러한 논리 속에서는 이미지즘 시 역시 주지주의 시에 속한다. 이미지즘 시 역시 어디까지나 지성적인 태도에 기초한 시이기 때문이다.

그렇다면, 김기림이 생각한 '풍자'는 주지주의 시의 방법에 속하는 것일까? 앞서 인용문에서 명백히 드러나듯 김기림의 풍자론 역시 어디까지나 주지주의 시론의 영역 내에 있다. 다만, 김기림은 풍자론을 전개하면서 수단으로서의 지성을 내세우지 않고 '비판의 정신'을 강조하였다는 점을 지적할 수 있다. 김기림은 이미지즘 시론을 전개할 때, 선명한 이미지를 제시할 수 있는 '은유' 중심의 수사학을 제시한다. 그러나 근대를 낙관적으로만 볼 수 없다는 것을 깨닫게 되자 문명 비판을 위한 복합적인 시선을 강조하게 된다. 이제 원근법적 시선은 다초점의 각도로, 지배적인 의식의 세계는 무의식과의 공존으로, 문명에 대한 긍정은 그것에 대한 비판으로 대체된다.[20] 풍자는 현실

---

18) 김윤식, op. cit., p.459.
19) 기시까와 히데미, 「「주지주의 문학론」과 「주지적 문학론」」, 국제어문학회 편, 『한국 근대문학의 형성과 발전』, 보고사, 2004, p.287.
20) 김윤정, op. cit., p.132.

을 입체적으로 보는 비판적인 지성과 관련된다.

> 이 비판의 정신은 어느새에 「새타이어」(풍자)의 문학을 胚胎할
> 것이다.
> 다시 말하면 시에 있어서의 시간의 문제는 하나는 시를 그것의
> 발전과정에서 이해하는 것을 의미하며 다른 하나는 시인에게 그가
> 호흡하고 있는 현실 그것에 肉迫하기를 요구하며 현실의 순간을 입
> 체적으로 이해하는 것조차 명령한다. 하나는 비평의 시대성을 의미
> 하고 다른 하나는 시의 시대성을 의미한다.21)

이후의 논의에서도 김기림은 지성 중에서도 비판적인 지성이 풍자의 문학을 배태할 것이라고 한다. 그것은 시의 시대성을 입체적으로 파악하는 일과 무관하지 않다. 그러나 김기림은 문명 비판과 관련하여 비판적인 지성에 대한 논의를 지속적으로 이어나가기보다는 지성과 감성의 결합, 지성과 인간성의 결합이라는 방식으로 지성의 한계를 극복하는 방향을 모색한다. 풍자에 대한 논의를 시작할 무렵인 1934년에 이미 김기림은 종래의 시작 태도를 비판하고 새로운 휴머니즘에 입각한 문명 비판을 강조한다. 그것은 능동적인 시정신과 불타는 인간 정신과 함께 있어야 하는 것이다.

이와 같이 김기림은 풍자 시론을 전개하면서 곧 전체시론을 전개한다. 이것은 그의 풍자론이 전체시론의 매개가 된다는 것을 의미한다. 우선 김기림은 서구의 사상사를 검토하면서 흄과 엘리어트 등의 고전주의가 낭만주의에 대한 반작용으로 생겨났지만, 감성을 부정하고 지성만을 옹호한 결과 비인간화된 수척한 지성의 문명을 가져왔다고 한다. 이러한 고전주의의 체계를 형성하는 데에는 지식계급을

---

21) 김기림, 「시의 시간성」, 《조선일보》 1935. 4. 21～23, 『전집』 2, p.157.

구성하는 사람들이 어려서부터도 인간을 고려하지 않는 방향으로 지적 훈육을 받아온 사실도 크게 작용한다. 비인간성은 고도로 발달된 근대문명 자체의 본질이기도 하다.[22]

> 비인간화한 수척한 지성의 문명을 넘어서 우리가 의욕하는 것은 지성과 인간성이 종합된 한 새로운 세계다. 우리들 내부의 「센티멘탈」한 「東洋人」을 깨우쳐서 우리는 우선 지성의 문을 지나게 하여야 할 것이다. 만약에 시가 피동적으로 현대문명을 반영함으로써 만족한다면 「흄」이나 「엘리엇」의 고전주의가 바른 것이 될 것이다. 그러나 우리의 시 속에 현대문명에 대한 능동적인 비판을 구한다면 그것은 그 속에 현대문명의 발전의 방향과 자세를 제시하고야 말 것이다.[23]

김기림이 희망하는 것은 "비인간화된 수척한 지성의 문명을 넘어서" "지성과 인간성이 종합된 한 새로운 세계"이다. 그리고 지성과 인간성이 종합된 세계를 통해서만 현대문명에 대한 능동적인 비판이 가능하다. 이와 같이 김기림은 흄이나 엘리어트 등의 고전주의를 현대문명 그 자체의 본질로 보고, 지성과 인간성의 종합을 현대문명 비판과 관련시키고 있다. 그렇기 때문에 김기림은 엘리어트나 흄 등이 문명을 피동적으로 반영하였다고 비판하고 있는 것이다. 물론 이에 대해 김기림이 "흄의 신고전주의와 엘리어트의 비개성론을 잘못 받아들여 고전주의를 비인간적인 것으로 오인하였다."[24]는 평가가 가능하다. 실제 엘리어트나 흄 등이 근대문명에 무비판적인 태도를 보인

---

22) 김기림, 「인간의 결핍」, 《조선일보》 1935. 4. 24, 『전집』 2, p.159.
23) 김기림, 「고전주의와 로맨티시즘」, 1935. 4. 26~4. 28, 『전집』 2, p.165.
24) 한계전, 「모더니즘 시론의 수용」, 『한국현대시론연구』, 일지사, 1983, p.163.

것은 아니기 때문이다. 그러나 당대적 맥락에서 여전히 중요한 것은 김기림이 1930년대 중반 조선에서, 서구의 신고전주의가 문명에 대한 수동적인 반응에 그치는 것으로 파악하고 '인간성'이라는 또 다른 범주를 설정하였다는 사실이다.

김기림이 수단으로서의 지성을 넘어서는 비판적인 이성에 대한 논의를 지속적으로 이어가지 못한 것은 그 시대의 한계와 무관하지 않다. 당대의 최재서 역시 주지주의 문학론을 전개하였지만 '가치'로서 제시한 '지성'에 대한 신념을 일관되게 이어가지 못하였다. 김기림이 초기 주지주의 시론에서 많은 영향을 받았던 何部知二의 경우도 근대의 명랑성에 과도하게 치우친 나머지 "기술적 관찰"의 범주로 지성의 영역을 제한한 데서 나아가지 못하였다.[25] 이렇게 볼 때, 김기림이 '지성' 외에 다른 항목을 부가함으로써 근대에 대응한 것은 김기림으로서는 최선이라고 할 수 있겠다.

김기림의 전체시론에서 중요한 개념은 '지성'과 '인간성'이다. 그러나 그가 제시하고 있는 전체시론은 여전히 이성중심주의의 틀 내에 있다. 그는 종전의 이미지즘 시론을 비판하면서 지성과 인간성의 종합을 내세웠지만, 궁극적으로는 '능동적인 비판'을 가능하게 하는 지성에 중심을 두고 있다. 김기림이 지성의 한계를 지적하거나 고전주의의 한계를 지적할 때, 그는 여전히 고전주의에 무게 중심을 두고 있다. 김기림이 엘리어트의 주지주의가 인간성을 결여하고 있다고 비판하면서도 엘리어트의 「황무지」를 염두에 두고 「기상도」를 썼다는 것은 김기림이 말한 지성과 감성의 결합이 무엇을 지향하고 있는가를 분명히 보여준다.

---

25) 기시까와 히데미, op. cit., p.287.

김기림은 "인간성에 대한 비인간적인 지성의 대립"으로 서양의 사상사를 정리하기도 하고 이를 통해 앞으로의 문학의 방향을 모색하기도 하지만 '지성'을 결코 부정하지 않는다. 오히려 지성이 지니는 '능동적인 비판'의 자리에 '인간성'이라는 항목을 부가하였다고 볼 수 있다. 임화가 김기림의 '지성'이 문명 비판으로 구현되지만, 그것은 "十八世紀的 「人間」의 衣裝을 입은 偶像"이라는 것이라고 비판한 것26)도 그것이 근대 이성중심주의의 틀을 벗어나지 않았다는 판단 때문이다. 게다가 김기림이 말하는 '인간성'은 르네상스의 휴머니즘을 계승한 것으로서 계몽주의자들의 그것과 크게 다르지 않다.

> 근대시민사회의 「이데올로기」로서의 근대정신의 발아였던 「르네
> 상스」의 특징으로 「세계와 인간의 발견」을 든다. 이렇게 새로 발견
> 된 인간이란 개성있는 한 不可侵體였고 계몽시대에 이르러서는 이
> 성의 이름에 의하여 절대화했다.27)

실제 김기림은 르네상스의 특징으로 규정되는 인간의 발견은 '개성'으로 이해될 수 있는데, 이 개성은 계몽주의 시대에 이르러 '이성'으로 절대화되었다고 한다. 그는 '인간성'과 '지성'을 모두 근대적 주체의 구현으로 보고 있는 것이다. 고대 그리스인들이나 17세기 계몽주의자들은 인간을 이성을 가진 동물로 보았으나 18세기의 계몽주의자들은 '이성' 대신에 '인간성'을 부각시켰다.28) 이러한 계몽주의자들처럼 김기림은 인간의 육체성이나 감각 등을 심도 있게 탐색하지 않

---

26) 임화, 「담천하의 시단 일년」, 권영민 편, 『한국현대문학비평사 (자료 III)』, 단대출판부, 1982, p.175.
27) 김기림, 「우리 신문학과 근대의식」, 《인문평론》 1940. 10, 『전집』 2, p.44.
28) 오세영, 「김기림의 '과학으로서의 시학'」, 『한민족어문학』 41집, 2002, p.265.

는다. 그에게 '인간성'은 여전히 계몽주의적 이성의 연장선상에 있는
것이다.

> 그런데 의미는 말의 내부를 흐르는 피와 같은 것이라고 생각한
> 다. 그런 까닭에 의미를 빼어버린 위의 말의 堆積 또는 行列은 신
> 기하게도 「흄」이나 「엘리엇」 등이 바라는 기하학적인 「비잔티움」
> 의 「모자익」에 가까우나 암만해도 공동묘지나 박물관 밖에는 연상
> 시키지 않는다. 그것들 속에 청신한 피가 흐를 때에 그것은 비로소
> 死骸이기를 그치고 우리들의 인간성에 호소해 오는 것이라고 생각한
> 다. 의미의 재발견—그것은 인간성의 부흥과도 이렇게 관련하는 것
> 이다.29)

그가 인간성의 부흥과 관련한다고 애써 강조한 것은 '의미'의 재발
견이다. 의미는 "말의 내부를 흐르는 피와 같은 것"으로 인간성의 부
흥과 관련된다. 시의 재료로 쓰이는 말은 이미 개개의 말 속에 의미
의 가능성을 지니고 있으며, 시의 의미는 시 텍스트 전체의 질서에
합치되어야 한다. 뿐만 아니라 시가 의미로부터 멀리 떨어질 때 그것
은 사멸한다. 김기림은 의미를 거부한 시, 무의미 시를 부정한다. 그
는 프로이드의 영향을 받은 초현실주의마저 비판하고 무의미는 의미
로 수렴되어야 한다고 주장한다.

이와 같이 김기림이 말하는 '의미'는 여전히 지성의 영역에 결부된
것이다. 김기림은 '풍자'를 가능하게 하는 입체적인 사고를 주장하지
만 그것은 결국 질서로, 전체로 통합된다.

> 또한 시의 구조에 있어서도 오해된 단순—즉 단조—과 통일은

---

29) 김기림, 「의미와 주제」, 《조선일보》 1935. 10. 1~10. 4, 『전집』 2, p.174.

혼동되어 쓰여지는 경우가 많았다. 즉 단시에서는 그렇지도 않지만 장시에 있어서는 그 구조가 자못 복잡해 보이는 것만 가리켜서 단순하지 않다는 구실로 비난하는 소리를 들었다. 그러나 그러한 외관상의 복잡에도 불구하고 거기에 만약에 「다양 속의 통일」이 있기만 하면 비난될 것은 아니다. 「新曲」이 그러했고 「失樂園」이 그러했다. 또 「황무지」가 그렇다. 이러한 과오는 대체로 단시만을 좋아하고 장시를 꺼려하던 사상파에게도 있었다.30)

김기림의 시론에서 풍자는 의미의 산포로 이어지지 않는다. 물론 그의 풍자는 현실의 복잡성을 반영하고 비판하기 위해 나온 수사학이다. 그러나 그것은 결국 질서에의 의지에 종속된다. "시인 자신의 감흥이나 인상의 무질서한 일부분이거나 연장이 아니고 시인에 의하여 만들어지는 별개의 가치의 세계로서 독립하여 그 자체의 질서를 질서로서 가질 것"31)이다. 이 질서의 감각은 그의 풍자론에도 동일하게 나타난다. 이것은 근대의 산물인 이성에 근거한 영미 모더니즘이 자기동일성의 유지와 타자의 배제를 절대적인 원리로 삼는 것과 동일선상에 있다.32) 이 때 수사학은 필연적으로 단일성에 대한 추구로 나아가게 된다. 모더니즘 수사학에서 '질서'는 아방가르드의 '무질서'와, '의미'는 아방가르드의 '무의미'와 대립되는데33), 김기림의 풍자론은 '질서'를 강조하고 '의미'를 강조한다는 점에서 철저히 모더니즘

---

30) 김기림, 「각도의 문제」, 《조선일보》 1935. 6. 4, 『전집』 2, p.170.

31) 김기림, 「객관세계에 대한 시의 관계」, 《예술》 1935. 5, 『전집』 2, p.119.

32) John Bender · David E. Wellberry, ed., *The End of Rethoric*, Stanford Univ. Press, 1990, p.158.

33) 슐라이퍼는 모더니즘의 수사학으로 제유를 들고 있는데 그가 그렇게 본 이유는 제유가 지니고 있는 계층구조의 질서 때문이다. Ronald Schleifer, *Rhetoric and Death*, Illinois Univ. Press, 1990, p.122.

수사학에 속한다.

이와 같이 김기림은 전체시론을 통해 시에서 낭만주의와 고전주의의 결합, 감성과 지성의 결합, 인간성과 지성의 결합, 사상과 기교의 결합을 추구하였으나 인간성의 발견을 '의미'의 발견으로 제한함으로써, 그리고 시의 '질서'를 강조함으로써 모더니즘 수사학에서 벗어나지 않았다. 그의 풍자론은 결국 근대 이성중심주의의 틀을 벗어나지 않았다. 서양의 경우 이성중심주의에 대한 비판은 감성의 옹호나 광기의 발견, 무의식의 탐색 등으로 이어지는데, 김기림은 지성과 인간성의 종합, 고전주의와 낭만주의의 종합으로 근대 이성의 한계를 극복하고자 하였다. 그가 모더니즘 문학과 프로 문학의 종합이라는 방향에서 전체시론을 구상한 것도 이러한 이유에서이다.

요컨대 김기림은 지성의 한계를 인식하고 그것을 보완하는 방식으로 '인간성'을 언급한 것이며, 전체시론 역시 지성을 중심에 두고 있었다. 그가 전체시론에 기울어지면서도 여전히 시의 의미와 문명 비판을 강조한 풍자론을 전개하는 것도 이러한 이유에서이다.

2) 문명 비판과 풍자

김기림은 풍자를 문명 비판과 결부하여 논의한다. 이것은 풍자론을 전개할 당시 근대에 대해 비판적으로 인식하고 있다는 것을 의미한다. 김기림이 풍자를 '지성'의 수사학으로, 비판적 지성의 수사학으로 내세운 것은 그가 풍자를 통해 근대를 새롭게, 복합적으로 드러내기 위해서이다. 김기림이 풍자를 통해 제시하고자 한 대상은 근대이며, 보다 구체적으로 말하면 근대문명이다. 그는 '문명'이라는 프리즘을 통해 근대를 인식하고 비판한다. 김기림에게 '문명'은 양면적인 측면을 갖는다. 우리의 경우 서구와는 다른 역사적 경험을 가짐으로써 근대문명 자체를 전적으로 부정할 수만은 없는 위치에 놓이게 된다. 오히려 근대문명 그 자체를 인식하는 것이 중요한 일일 수도 있다. 서구에서 근대는 철저히 부정되어야 할 대상이지만, 식민지 조선에서 근대는 우선 인식되어야 할 대상이기도 하다. 그가 이미지즘 시론을 전개하면서 '문명의 시적 감수'를 주장한 것도 여기서 비롯한다.

이미지즘 시론을 전개할 당시 김기림은 근대를 낙관적으로만 보고 있었다. 이 때 그는 현대를 호흡하는 새로운 시인들은 복잡 미묘한 감정을 완롱하는 것을 꺼리고 언어의 경제를 미덕으로 삼는다고 하면서 단순하고 명료한 이미지를 추구하였다. 또한 근대문명에 대한 낙관적 전망에 기초하여 시에서 원시적 '명랑성'을 강조하였다. 이렇게 '명랑성'으로 표현한 근대문명은 우리가 따라야 할 이상, 모범이 된다. 그러나 '풍자'를 내세우면서 김기림은 근대에 대한 양가적인 태도를 분명히 드러낸다.

> 아무리 반시대적인 예술일지라도 자연발생적으로는 시대의 어느 부분적인 病症일만정 대표하는 것이 사실이다. 이에 반하여 시 속에서 시인이 시대에 대한 해석을 의식적으로 기도할 때에 거기는 벌써 비판이 나타난다. 나는 그것을 문명비판이라고 불러왔다.
> 이 비판의 정신은 어느새에 「새타이어」(풍자)의 문학을 胚胎할 것이다.[34]

문명 비판은 시인이 자연발생적으로 시대의 어느 부분을 대표하는 것을 너머 시대에 대한 해석을 의식적으로 기도할 때 나타난다. 달리 말하면 근대에 대한 수동적 반영과 달리 능동적 비판을 기도할 때

---

34) 김기림, 「시의 시간성」, 《조선일보》 1935. 4. 21~4. 23, 『전집』 2, p.157.

문명 비판은 가능하다. 이것은 시를 그것의 발전과정에서 이해하는 것을 의미하며 현실의 순간을 입체적으로 이해하는 것을 요구한다.

그렇다고 하여 김기림이 문명을 전면적으로 거부한 것은 아니다. 그는 문명 비판을 주장하면서 문명에 대한 일방적인 경사, 문명에 대한 단순한 인식을 거부하고자 한 것이지, 문명을 넘어선 새로운 세계를 추구한 것은 결코 아니다.

> 그런데 우리 시단은 대체로 얼마나 문명 그것보다도 뒤떨어져 있었더냐. 문명 그것에 대한 인식이 거진 우리 시인들에게는 굳세게 파악되어 있지 아니하였다는 것도 우리들이 태만하다는 증거에 틀림없다. 이 타기할 만한 태만과 그리고 자기 도취에서 우리는 일각이라도 바삐 깨어나야 했었다.
> 우리는 지금 갑자기 문명을 버리고 야만으로 돌아갈 수는 없다. 역사를 발전하는 것이라고 믿는 사람들에게는 문명은 絶望을 교사하지는 않는다. 그것은 다음 단계로의 발전을 확신시킨다. 내일의 문명은 「르네상스」에 의하여 부과된 「휴매니즘」과 고전주의가 종합된 세계를 가져와야 할 것이다.35)

김기림은 우리 시단이 문명에 뒤떨어져 있다고 인식한다. 그렇기 때문에 문명, 그것에 대한 인식이 무엇보다 필요하다고 하는데 그가 문명을 무조건 부정하지 않는 것은 역사의 진보를 믿고 있기 때문이다. 역사는 문명을 통해 발전하기 때문에 역사를 발전하는 것이라고 믿는 사람들에게 문명은 절망을 낳지 않는다는 것이다. 이와 관련하여 그는 르네상스에 의하여 부과된 휴머니즘과 고전주의가 종합된 세계를 근대 이후의 모습으로 설정하고 있다. 따라서 문명 비판은 어

---

35) 김기림, 「고전주의와 낭만주의」, 《조선일보》 1935. 4. 26~4. 28, 『전집』 2, p.165.

디까지나 문명을 인정한 상태에서 다음 단계를 이루는 것이다.

그가 이렇게 문명 비판에 대해 양면적인 태도를 취하는 것은 서구와는 다른 우리의 현실 때문이다. 서구의 경우 풍자 문학의 문제는 주로 전통과 현대의 문제였다. 풍자는 그 자체가 과거에 대한 비판과 새로운 무엇에 대한 모색 사이에서 발생한다. 풍자 문학에서 중요하게 고려되어야 하는 것은 풍자가 전환기적 인식과 관련된다는 점이다. 풍자가 실제로 보여주고자 하는 것은 이미 존재하는 어떤 자명한 악에 대한 응징도 아니며 형이상학적인 선악 대립 관계도 아니다. 풍자 논의에서 무엇보다 중요한 것은 이상과 현실의 대립이다. 풍자가는 늘 현실과 이상의 차이를 날카롭게 의식하고 있다.36) 풍자가 수행하는 일은 이미 현실적인 힘을 잃어버린 것으로서의 과거의 전통도, 근대성의 논리도 아닌 새로운 삶의 질서를 모색하는 것이다.37)

그런데 1930년대 식민지 현실에서 김기림은 여전히 근대가 낳은 진보를 믿고 있으며 휴머니즘과 고전주의가 종합된 세계를 이상으로 제시한다. 김기림이 이상과 현실의 차이로 인식한 것은 여전히 전통과 근대의 대립이며, 다만 서양과 다른 것으로서 휴머니즘과 고전주의가 종합된 세계를 이상으로 제시하고 있는 정도이다. 서구와 달리 기댈 전통이 없었던 그는 근대문명을 인정한 상태에서 그것을 넘어서는 새로운 질서를 기대하게 된다.

그러면 김기림이 생각하는 새로운 질서란 무엇일까? 김기림은 조선의 위기를 근대 자체의 문제와 동일선상에 놓고 방향을 모색한다. 그는 근대문명의 현실을 세계와 동시적인 것으로 인식하고 있다. 이

---

36) Arthur Pollard, 송낙헌 역, 『풍자』, 서울대출판부, 1979, p.7.
37) 정홍섭, 「채만식 문학의 풍자 양식 연구」, 서울대 박사학위논문, 2003, pp.20~5 참조.

것은 그가 고전주의와 휴머니즘의 종합을 내세울 때 가장 잘 드러나고 있다. "내일의 문명은 「르네상스」에 의하여 부과된 「휴매니즘」과 고전주의가 종합된 세계를 가져와야 할 것"이라거나 "고전주의나 「로맨티시즘」의 일방적 고조나 부정이 아니고 그것들의 종합에 의하여 到來할 것"[38]이라는 식의 미래 전망이 그것이다. 김기림은 서구에서의 전통과 근대의 대립과는 다른 식민지 현실에서의 그것을 구체적으로 검토하지 않는다. 그는 식민지 반봉건 사회인 조선의 특수성 속에서 역사의 미래를 보지 않고 고전주의와 휴머니즘의 종합이라는 전망 속에 문명 비판을 내세운다.

그러나 그가 새로운 휴머니즘의 세력으로 '집단'에 대해 언급한 것은 주목을 요한다. 김기림은 문명 비판을 통해 새로운 휴머니즘을 모색하면서 '개인'의 주체 대신 '집단'의 주체를 강조한다.

> 이윽고 세기의 색채로서 나타날 새로운 「휴매니즘」은 그러나 공상적인 「로맨티시즘」은 물론 아닐 것이고 종교적·미온적 「톨스토이즘」은 더욱 아닐 것이다. 그것은 이미 20세기적인 「리얼리즘」의 煉獄을 졸업한 더 광범하고 심오한 인간성의 이해 위에 서서 더 고귀하고 완성된 인간성을, 집단을 통하여 실현할 것을 목적으로 하리라고 생각되었다. 집단은 20세기의 귀중한 발견의 하나라고 생각한다. 우리들은 다시 한번 인생 그 속에 우리들의 토대를 찾고 그 위에 인간성에 입각한 새 문학을 세우려 했다. 이 일은 그 일 자체가 문명의 강한 비판이 될 것이다. 그리하여 우리는 비로소 우리들의 勞作의 가치를 발견할 것으로 알았다.[39]

---

38) 김기림, op. cit., p.165.
39) 김기림, 「새 인간성과 비평정신」, 《조선일보》 1934. 11. 16~11. 18, 『전집』 2, pp.90~1.

김기림에 의하면 새로운 휴머니즘은 공상적 로맨티시즘이 아니다. 그것은 "더 광범하고 심오한 인간성의 이해 위에 서서 더 고귀하고 완성된 인간성을, 집단을 통하여 실현할 것"을 그 목적으로 하고 있는 휴머니즘이다. 그리고 이 새로운 휴머니즘은 그 이상을 '집단'을 통해서 실현할 것이라고 한다. '집단'을 강조한 이러한 논의는 당시 그의 '군중'에 대한 관심과도 구별되는 것으로서, 이후 '민족'과 '공동체'의 논의로 발전한다.

3) 신고전주의 풍자론과 '조소'

김기림은 풍자를 언급하면서 '조소'(cynicism)를 중심으로 논의한다. 풍자에 대한 사전적 정의는 그 장르적 성격 및 수사학적 기법에 초점이 맞춰져 있다. 멜빌 크라크(Melville Clarke)의 일람표에 따르면 풍자의 어조는 위트(wit), 조롱(ridicule), 아이러니(irony), 비꼼(sarcasm), 조소(cynicism), 냉소(sardonic), 및 욕설(invective) 등이다.[40] 김기림은 '조소'를 중심으로 풍자를 설명하고 있는데, '조소'는 풍자의 어조 중 하나일 뿐이다. 그런데 김기림은 여러 가지 인간적인 감정을 비교하면서 풍자 문학에서 '조소'를 강조한다.

> 그것은 嘲笑다.
> 어떠한 시대이고 간에 그 시대의 「새타이어」의 문학의 근저를 흐르고 있는 低流는 이것이다.
> 「엘리엇」·「헉슬레」·「웨스트」 등의 오늘의 「새타이어」문학에서 울려 나오는 것도 문명에 대한 이 조소의 소리에 틀림없다. 하나 그들은 분노까지는 가지 못하였다.

---

40) Arthur Pollard, op. cit., p.85.

　　그것은 보다 더 적극적인 것이다.
　　그것은 다음 순간에 가질 行動의 준비자세거나 그렇지 않으면
　적어도 행동에의 가능성을 가지고 있다.[41]

　김기림에 따르면 조소는 어떠한 시대이고 간에 그 시대 풍자 문학의 근저를 흐르고 있는 저류이다. 그리고 이 풍자 문학에서 울려나오는 것은 문명에 대한 조소의 소리인데, 그것은 '분노'에까지는 가지 못한다. "애상, 비탄, 涕泣, 절망, 단념, 그것들은 허무의 나래 밑에서 길러난 殘弱한 병든 병아리들"이어서 "모두다 드디어 삶의 의욕을 단념한 상태"이다. 이에 반해 "이것들보다도 조금 진보된 병아리"가 있는데 그것이 '조소'이다.[42] 이렇게 조소는 허무와 분노 사이에 있는 감정이다.

　또한 김기림은 현재를 낡은 것과 새로운 것에 대한 어떤 태도를 요구하는 시대로 인식하고, 풍자를 "새로운 것과 낡은 것, 의지와 단념이 서로 뒤섞이는" 상황에서 조소를 자아내는 것으로 보았다. 즉 '조소'를 중심으로 하는 풍자는 새로운 것과 낡은 것, 전통과 근대, 이상과 현실이 혼재하는 상황에서의 혼돈을 잘 드러낼 수 있다는 것이다. 김기림의 이러한 입장은 최재서의 그것과도 구별된다. 최재서는 헉슬리의 풍자에 대해 거론하면서 '조소'의 풍자에 비판적이었다. 최재서는 조소적 인지를 벗어날 수 없는 것은 사물을 있는 그대로 수용하는 태도라 보았다.[43] 그런데 김기림이 '조소'를 '분노'와 구별

---

41) 김기림, 「몇 개의 단장」, 《조선일보》 1935. 6. 4~6. 20, 『전집』 2, p.177.

42) Ibid., p.177.

43) 최재서는 현대인은 개성매도에서 실재성을 발견하는데 이 개성매도의 방법을 풍자로 보고 있다. 그는 엘리어트, 헉슬리 등의 냉소적 지성을 개성 매도의 방법으로 소개한다. 또한 루이스, 헉슬리, 엘리어트 등을 거론하면서 자기 풍자의 방식

하고 문명에 대한 태도와 관련하여 언급하였다는 점은 주목을 요한다. 그가 '조소'를 중심으로 풍자를 이해한 것은 근대문명에 대한 양가적인 태도를 표현하는 데 '조소'가 가장 합당하다고 생각하였기 때문이다.

> 현대의 시인은 드디어 「근대」에 대한 열렬한 부정자요, 비판자요, 풍자자로서 등장했다. 그들은 정신적으로는 현대 그것 속에 국적을 두지 못한 영구한 망명자였다.
> 이러한 정신적 망명자의 눈이 그 자신의 안으로 향할 때에 거기 일어나는 것은 침통한 자기분열일 밖에 없다. 「보들레르」에서 시작된 이 쓰라린 과제는 오늘에 이르러서도 민감한 시인들이 드디어 도망가지 못하고 있는 연옥인 채로 남아 있다.
> 그의 눈이 밖으로 향할 때 그는 통렬하게 세상을 매도하고 꾸짖고 조소할 밖에 없었다. 여기 근대시의 한 연면한 전통이 있다. 그것은 늘 반역의 정신에 타고 있었다.[44]

현대의 시인이 근대에 대한 풍자가로 등장할 때 그 현상은 당연히 분열된다. 우선 정신적으로 현대 그 속에 국적을 두지 못한 망명자인 풍자가의 눈이 안으로 향할 때 거기 일어나는 것은 침통한 자기 분열이다. 그리고 밖으로 향할 때는 세상을 매도하고 조소하는 것이다.

그런데 김기림이 '조소'를 중심으로 풍자를 논의하게 된 것은 김기림이 호라티우스풍의 풍자론에 경사한 것과도 무관하지 않다. 영시 전통에서 풍자는 두 가지로 나뉜다. 하나는 호라티우스풍의 풍자(Horatian satire)이고 다른 하나는 쥬베날리우스풍의 풍자(Juvenalian

---

을 소개하고 윈담 루이스의 자기분열론을 소개한다. 이에 대한 자세한 논의는 이양숙, 「최재서 문학비평 연구」, 서울대 박사학위논문, 2003, pp.72~9 참조.
44) 김기림, 「시의 장래」, 《조선일보》 1940. 8. 10, 『전집』 2, p.338.

satire)이다. 호라티우스풍의 풍자는 일반적으로 희극적인 풍자의 성격을 강조하고 쥬베날리우스풍의 풍자는 잔인한 풍자의 특성을 강조하는 것으로 알려져 있다. 따라서 호라티우스풍의 풍자는 희극적, 온화한, 웃음의 풍자로 불리우고 쥬베날리우스풍의 풍자는 잔인한, 신랄한, 통렬한 풍자로 불리우기도 한다. 조소는 직접적인 공격을 뜻하는 독설과 달리 간접적인 공격으로서 호라티우스풍의 풍자를 특징짓는다. 이러한 이유로 호라티우스풍의 풍자는 미묘한 풍자(delicate satire)로도 불린다.45) 이에 대해 쥬베날리우스풍의 풍자는 분노한 풍자가라는 관례와 가혹한 풍자를 주된 특징으로 한다. 바꿔 말하면 쥬베날리우스풍의 풍자는 사티로스 풍자가와 독설적인 문체를 주된 특징으로 가지고 있다. 이러한 이유로 쥬베날리우스풍의 풍자는 분노의 어조를 취한다.46)

실제 김기림은 여러 지면을 통해 호라티우스를 언급하였다. 사실 엘리어트나 흄 등의 신고전주의 이론을 출발점으로 이미지즘 시론을 전개한 김기림이 신고전주의 원리인 세련됨과 문명화와 합리성을 가장 잘 구현한 이상적인 풍자가로 알려진 호라티우스에 기우는 것은 극히 자연스럽다. 그리고 18세기 영국 문인들이 이상적인 풍자 전범으로 여긴 호라티우스풍의 풍자의 대가들로 드라이든과 포프를 들 수 있는데,47) 김기림은 드라이든의 상상력 이론을 소개하고 포프의

---

45) Peter Dixon, *The World of Pope's Satire: An Introduction to the Epistles and Imitations of Horace*, London: Methuen, 1968, pp.24~30.

46) 김옥수, 「17, 8세기 영시의 풍자 전통」, 『밀턴과 근세영문학』 15집 1호, 2005, p.204.

47) 포프(Alexander Pope)는 1733년 호레이스의 풍자론을 풀어 '풍자 I(Satire I)'라는 제하의 「호레이스 모방(Imitation of Horace)」을 발표하였다. 이경식은 이러한 사실을 들어 포프가 현대적 의미의 전형적인 고전주의자라고 주장한다. 이에 대한 자세한 논의는 이경식, 『아리스토텔레스의 『시학』과 신고전주의』, 서울대출판부, 1997,

이론을 소개하는 등 이들에 대해서도 관심을 가지고 있었다. 김기림은 포프의 이론이 영문학에 있어서 오래된 전통이라고 하여 이에 대해 언급하기도 하고[48] 17세기 프랑스의 고전주의자 보왈로(Boileau)의 시학에도 관심을 가지고 있었다. 이후에도 신고전주의 이론에 관심을 가져 드라이든의 상상력 이론과 이에 기초한 위트의 글(Wit-writing)이 17세기말과 18세기 대부분에 걸쳐 영국에서 유행하던 대표적인 시론이라고 하면서 이를 자세히 소개하기도 하였다.[49] 이러한 사정을 고려하면 김기림이 '조소'를 강조한 호라테우스풍의 풍자에 기우는 것은 당연한 일이라 할 수 있다.

더욱이 김기림은 근대문명에 대해 적극적인 태도를 보이지 못하는 지식인의 문학으로 풍자를 내세웠다. 그는 당시 지식인으로서 근대문명을 인식하면서 비판하는 길을 모색하였다. 그러면서도 식민지 지식인으로서 현실에 대해 적극적으로 나서지도 못하였다. 이것이 풍자론에서 '분노'보다는 '조소'를 강조한 주된 이유가 된다. 이것은 김기림이 해방기에 수사학을 전개하면서 '분노'를 강조한 것과 뚜렷이 구별되는 현상이다.

4. 결론

이 장에서는 김기림의 시론에 나타나는 풍자론을 그의 시론과 관련하여 고찰하였다. 그 결과 김기림의 풍자론은 크게 볼 때, 주지주

---

pp.8~9 참조.
48) 김기림, 「시의 「모더니티」」, 《신동아》 1933. 7, 『전집』 2, p.83.
49) 김기림, 『시의 이해』, 백양당, 1947, 『전집』 2, p.234.

의 시론과 관련되며 동시에 전체 시론과도 관련됨을 알 수 있었다.

김기림의 풍자론이 형성되는 외부적인 요인으로는 1930년대 중반의 환경을 들 수 있다. 근대의 위기가 전 세계적으로 번져나가던 당시, 식민지 조선에서는 그 위기를 여러 측면에서 겪지 않을 수 없었다. 김기림은 이러한 정세를 '위기'로 파악하고 새로운 문학의 방향을 모색하기에 이르렀다. 그는 이전까지 근대의 계몽적인 측면에만 과도하게 희망을 걸고 있었고, 시에 있어서도 이미지즘 시론을 전개하였다. 이 때 그는 수단으로서의 지성을 내세우면서 은유의 수사학을 강조하였다. 그러나 근대를 부정하고 비판하는 입장에 서게 되면서 '문명비판'을 내세우게 되었는데 이 때 등장하는 것이 풍자이다. 김기림의 풍자론은 다음과 같은 특징을 지니고 있었다.

첫째, 수단으로서의 이성에 대한 비판과 깊은 관련이 있었다. 그는 비판적 이성에 관심을 가지면서 풍자론을 전개하였다. 그것은 물론 주지주의 시론의 틀 내에 있는 것이었다. 그는 전체시론을 모색하면서도 풍자론을 전개하는데, 그것은 전체시론 자체가 지성을 중심으로 한 시론이기 때문이었다. 김기림의 풍자론에서 중요한 항목을 차지하고 있는 것은 '의미'이고 '질서'였다. 이에 따라 김기림 시론에서 '풍자'는 의미의 산포로 이어지지 않았는데, 이것은 그가 제시하고 있는 풍자가 어디까지나 모더니즘 수사학임을 의미한다.

둘째, 근대문명에 대한 비판과 관련이 있었다. 김기림은 근대를 '문명'을 중심으로 이해하고 있었는데 초기 이미지즘 시론을 전개할 당시 근대문명에 대해 낙관적인 전망을 가지고 있었다. 그런데 풍자론을 모색하면서 근대문명에 대해 부정적인 태도를 드러내었고, 문명비판의 태도를 분명히 하였다. 김기림은 근대가 노정하는 현실과 이상의 괴리를 풍자를 통해 드러내고자 하였다.

셋째, '조소'를 강조하였다. 이것은 근대에 대한 양가적인 태도와 깊은 관련을 지니고 있는 것이었다. 김기림은 현실에 대한 적극적인 행동에의 의지를 가질 수 없을 때, 소극적으로나마 현실에 대응하는 것이 풍자 문학이 취할 태도라고 보았다. 김기림이 풍자론을 전개하면서 조소를 강조한 것은 신고전주의 풍자론의 영향을 받은 데서 연유하기도 하였다. 김기림은 '분노'를 강조하는 쥬베날리우스풍의 풍자론이 아니라 '조소'를 취하는 호라티우스풍의 풍자론을 전개하였다.

한국 근대시에서 풍자는 근대에 대한 부정 혹은 비판과 관련하여 부각되는 수사법이다. 김기림은 1930년대에 '풍자'를 통해 '개인' 중심의 근대를 부정하고 다른 질서를 모색하였다. 1960년대에 김수영은 '풍자냐 해탈이냐'를, 그리고 1970년대에 김지하는 '풍자냐 자살이냐'를 시의 화두로 제시하고 근대를 넘어서는 세계를 지향하였다. 이것은 한국 근대시에서 '풍자'를 해명하는 일은 곧 근대 비판의 의미를 규명하는 일과 동일한 것임을 뜻한다.

(『한국현대문학연구』 21집, 2007.)

6장 「기상도」에 대한 수사학적 연구

1. 서론

「기상도」는 1930년대 중반, 김기림이 쓴 장시이다. 그는 이 작품에서 일종의 교향악을 실험하고자 한다고 밝혔다. 「기상도」에는 그가 종전에 전개해오던 이미지즘 시론, 새롭게 관심을 가졌던 풍자론, 그외 당대의 여러 가지 맥락들이 복잡하게 어우러져 있다. 김기림의 말 그대로 「기상도」는 일종의 교향악으로서, 장시의 형태를 띠고 있다.

김기림이 「기상도」를 쓴 배경으로는 우선 장시의 필요성에 대한 인식을 들 수 있다. 「기상도」 이전에 우리 시단에 장시에 해당하는 것은 김동환의 「국경의 밤」과 「승천하는 청춘」, 그리고 김억의 「지새는 밤」 등에 불과하였다. 이러한 장시의 양적 빈곤과 김동환이나 김억의 작품들이 보여준 질적 수준이나 기법 등은 김기림의 불만을 샀다. 실제 김기림은 김억의 「지새는 밤」에 대해 혹평을 하기도 하였다.[1) 이에 김기림은 장시의 필요성을 절감하고 의욕적으로 「기상도」를 제작하게 된다.

또한 「기상도」는 그의 풍자론과 밀접한 관련을 가진다. 1930년대 초 김기림은 '메타포어'를 내세우면서 이미지즘 시론을 전개하였다. 그러나 1935년을 전후하여 그는 이미지즘 시론의 한계를 지적하고 풍자론을 모색하는데 「기상도」는 이 풍자론의 일환으로 제작된다. 실제 그는 「기상도」의 제작 배경으로 풍자론을 거론하기도 하였다. 그리고 「기상도」에는 그가 풍자론에서 이론적인 배경으로 삼았던 엘리어트의 영향도 상당하다.

「기상도」에 대한 종래 연구에는 엘리어트의 「황무지」와의 비교와 '내면적 통일성'에 대한 문제가 크게 자리하고 있다. 이것은 최재서의 「기상도」에 대한 평가에 크게 의존한 데 따른 현상이다. 최재서는 "현대 세계에 한 마듸로써 부를 통일적 주제가 없는 것과 마찬가지로 이 시에도 단일한 주제는 없다"[2]고 하면서 「기상도」가 내면적 통일성을 지니지 못한 점을 문제 삼았다. 이후 「기상도」에 대한 평가는 이러한 최재서의 입장에서 크게 벗어나지 않았다. 다른 논자들도 최재서와 비슷한 시각에서 「기상도」에는 통일성이 없고 전통과 역사의식이 없다는 점 등을 지적하였다. 이러한 견해는 근본적으로 「기상도」에서 '질서'와 '구성', '유기적 통일성' 등을 찾고자 한 데서 나온 평가라 할 수 있다. 또한 김기림의 엘리어트 수용과 관련하여서도 기존의 연구에서는 대부분 김기림이 엘리어트를 잘못 이해했다고 하거나 엘리어트가 「황무지」에서 추구한 것을 김기림이 제대로 인식하지 못하였다고 하였다. 물론 「기상도」에 대한 다른 평가가 전혀 없는 것은 아니다. 김춘수는 「기상도」가 일관된 주제 아래

---

1) 이에 대한 자세한 논의는 김용직, 「1930년대 김기림과 황무지 – 김기림의 비교문학적 접근」, 『한국현대문학연구』 1집, 1991, p.262 참조.
2) 최재서, 「현대시의 생리와 성격」, 『문학과 지성』, 인문사, 1938, p.77.

계산된 구성을 가지고 있다[3]고 하였고 이후 「기상도」에 통일된 주제
가 있다고 본 연구자들도 상당하다.[4] 그러나 이들 역시 「기상도」에
대한 종래의 연구 태도와 같은 입장에 근거하면서 「기상도」에 유기
적 통일성이 존재한다는 것을 증명하는 데 주력하였다. 요컨대 「기상
도」에 대해 긍정적으로 평가하든 부정적으로 평가하든 텍스트를 평
가하는 기준을 유기적 통일성이라는 척도에 두고 있었던 것이다.

그러나 「기상도」는 풍자론과 관련을 지니면서도 차이를 드러내고
있고, 엘리어트와의 관련도 일면적이다. 김기림은 「기상도」를 제작할
당시 엘리어트의 「황무지」에 대해 일정 부분 비판하였고, 엘리어트와
는 다른 문명 비판의 방식을 모색하고 있었다. 당시 김기림은 오히려
사회주의로의 편향을 보이고 있었던 스펜더에 깊은 관심을 보이고
있었다.

또한 텍스트를 하나의 유기체나 구조로 보는 것은 하나의 시각일
뿐이다. 최재서나 김기림과 같이 '질서'를 문학에서 무엇보다 중요시
한 입장에서 「기상도」를 본다면, 항상 여기서 발견해야 하는 것은 유
기적 통일성이다. 텍스트에서 유기적 통일성을 보려고 한 대표적인
경우는 신비평이이다. 신비평에서는 안정과 균형, 그리고 통일된 유
기적인 형식을 통해 시에서의 극단적인 양극 관계를 결합하려 한다.[5]
그러나 시는 '잘 빚어진 항아리'가 아니라 얼기설기 여러 겹으로 짜

---

3) 김춘수, 『한국현대시형태론』, 해동문화사, 1958, pp.90~1.
4) 문덕수, 『한국 모더니즘 시연구』, 시문학사, 1981, p.202. 오세영, 「한국모더니즘 시
   의 전개와 그 특질」, 『예술논문집』, 대한민국예술원, 1986, p.43.
5) 폴 드 만은 리차즈와 화이트헤드에까지 이르는 신비평가들의 구조적 형식주의를
   코울리지에 이르는 유기체적 상상력에 연결시킬 수 있다고 본다. 신비평에서 가정
   하고 있는 형식의 통합에 대한 감각은 언어와 살아 있는 유기체 사이의 유추라는
   커다란 은유에 의해 지탱되고 있다는 것이다. 이에 대한 자세한 논의는 Paul de
   Man, *Blindness & Insight*, Methuen & Co. Ltd., 1983, pp.27~8 참조.

여진 텍스트로 볼 수 있다. 여기서 저자란 인용과 반복과 메아리와 지시소들의 무한한 저장소인 언어가 교차하고 재교차한 위치(십자로)로 축소된다.[6] 언어는 보통 의도를 가진 것으로 출발하지만 충족된 의도는 모호하고 논리상의 모순을 드러낸다. 시적인 표현은 수사적인 전략을 통해서 결합된 서로 다른 의미 때문에 더욱 유동적이다. 시인의 의도는 의미와 결코 조화를 이루지 못한다. 유기적 통일성은 시적 텍스트 속에 있는 것이 아니라 텍스트에 대한 해석 행위 속에 있다[7]고 할 수 있다.

「기상도」는 특히 이 점을 잘 보여준다. 「기상도」는 김기림이 단독으로 쓴 것이 아니고 이상이 교정을 보고 수정을 가했다. 또한 김기림이 풍자론에서 제시했던 의도가 「기상도」에 온전히 반영되어 있는 것도 아니다. 따라서 「기상도」를 엘리어트의 「황무지」와 비교하거나 '내면적 통일성'의 관점에서 평가하는 것, 혹은 김기림의 의도와 관련시켜 논의하는 것은 일면적임을 알 수 있다.

최근 들어 「기상도」에 대해 종래의 이러한 기준에서 벗어난 해석이 조금씩 나오고 있다. 대표적으로 서준섭은 「기상도」에 나타나는 알레고리적 성격에 대해 지적하고 여기에 나타나는 몽타주에 대해서도 언급하였다.[8] 김유중은 「기상도」에 나타나는 알레고리의 역사관에 주목하였고[9] 전정구는 「기상도」의 근대성을 고찰하면서 그것의 수사적 측면을 고찰하였다.[10] 김윤정은 「기상도」가 다원적 초점 방식에

---

6) 레이먼 셀던, 현대문학이론 연구회 역, 『현대문학이론』, 문학과지성사, 1987, p.116.

7) Paul de Man, op. cit., pp.28~9.

8) 서준섭, 『한국 모더니즘 문학 연구』, 일지사, 1988, pp.132~4.

9) 김유중, 『한국모더니즘 문학의 세계관과 역사의식』, 태학사, 1996.

10) 전정구, 「김기림 시에 나타난 근대성 – 「기상도」를 중심으로」, 『한국문학논총』 24, 1999.

의해 구성된 것으로 보았다.[11] 그러나 이들의 논의는 「기상도」 읽기 자체가 목적이 아니었기 때문에 「기상도」의 수사학을 포괄적으로 규명한 것은 아니다. 김준환은 김기림과 엘리어트와의 관련을 고찰할 때 항상 수용 주체인 김기림의 한계만을 지적하던 종전의 연구 태도를 비판하고, 김기림이 자신의 필요에 따라 엘리어트를 수용하는 양상 그 자체를 인정하고자 하였다.[12] 사실 모더니즘은 각국에서 다양한 모습을 드러낸다고 할 때, 그의 연구는 「기상도」 연구에 중요한 시각을 제시한다.

이 장에서는 「기상도」의 풍자를 알레고리와 아이러니를 중심으로 살펴보고자 한다. 「기상도」에는 풍자가 기본 원리로 작용하는데 이것은 알레고리나 아이러니와 결합되어 나타난다. 그리고 이것은 텍스트의 유기적 통일성을 해체하는 것으로 작용한다. 여기에서는 「기상도」를 수사학적으로 읽음으로써 「기상도」에 대해 흔히 지적되었던 사항, 즉 '내면적 통일성'의 부재라는 평가에 대해 재고하는 계기를 마련하고자 한다.

2. 「기상도」의 제작 배경

1) 이론적 배경으로서의 풍자론

1920년대까지 한국 현대시에서 두드러지게 거론되었던 수사법은

---

11) 김윤정, 『김기림과 그의 세계』, 푸른사상, 2005.
12) 김준환, 「영미 모더니즘 시와 한국 모더니즘 시 비교 연구」, 『비평과 이론』 8권 1호, 2003, 봄.

상징이었다. '상징'을 중심으로 근대 서정시의 미학이 정초되었던 것이다. '상징'을 중심으로 한 서정시의 담론이 탈영토화되고 '은유' 중심의 수사학으로 영토화되는 것은 1930년대이다. 1930년대의 이미지즘 시가 그 기반으로 삼고 있던 것은 모두 '은유'였다. 이러한 전환은 결국 청각을 우위에 둔 시에서 시각을 우위에 둔 시로 강조점이 이동하는 것과 나란히 가는 것이었다. 이러한 변화의 중심에는 김기림이 있었다.

그러나 김기림은 곧 은유 중심의 수사학을 비판하고 '풍자'의 수사학을 제시한다. 그것은 김기림의 근대성에 대한 인식의 변화와 긴밀한 관련을 갖는다. 근대성과 관련하여 작가의 태도를 크게 긍정적 경향, 부정적 경향, 후퇴적인 경향 등으로 구분할 수 있다[13]고 한다면, 김기림은 30년대 중반을 전후하여 종래의 긍정적 경향에서 부정적 경향으로 인식상의 변화를 보이게 된다.

> 새 문학은 언제든지 두 가지의 현상을 반발하거나 비판하는 데서 출발한다.
> 하나는 문학의 현상.
> 하나는 환경의 현상.
> 다른 말로 하면 새 문학의 가치는 그것이 가진 부정의 정신에 정비례한다고 생각한다.[14]

이와 같이 김기림은 새 문학은 두 가지의 현상, 즉 문학의 현상과 환경의 현상에 대해 반발하거나 비판하는 데서 출발하며, 새 문학의 가치는 그것이 가진 부정의 정신에 정비례한다고 한다. 이러한 방향

---

13) 마샬 버만, 윤호병·이만식 역, 『현대성의 경험』, 현대미학사, 2004, p.46.
14) 김기림, 「「하나」 선후감」, 《삼천리》 1935, 12, 『전집』 2, p.376.

전환에 따라 그는 종전에 자신이 전개해오던 모더니즘에 대한 방향을 수정하게 된다. 그는 1930년 중반을 전후하여 비판적 지성에 의거한 문명 비판을 내세우면서 풍자 문학으로의 방향을 제시한다.

물론 김기림이 말하는 풍자 문학은 철저하게 부정의 정신에 기초한 것이다. 그리고 이 부정의 정신은 '행동'을 요구하는 적극적인 것이 아니다. 그가 1930년대에 풍자를 말하면서 '조소'의 파토스를 거론하는 것도 이러한 이유에서이다. 김기림은 풍자 문학의 "시적 태도 그것은 항상 현실 도피의 태도와 많은 親和力을 가지는 것 같다"15)고까지 한다.

> 그것은 嘲笑다.
> 어떠한 시대이고 간에 그 시대의 「새타이어」의 문학의 근저를 흐르고 있는 低流는 이것이다.
> 「엘리엇」·「헉슬레」·「웨스트」 등의 오늘의 「새타이어」문학에서 울려 나오는 것도 문명에 대한 이 조소의 소리에 틀림없다. 하나 그들은 분노까지는 가지 못하였다.16)

김기림에 따르면 '조소'는 어떠한 시대이고 간에 그 시대의 풍자 문학의 근저를 흐르고 있는 저류이다. 이 새타이어 문학에서 울려나오는 것은 문명에 대한 조소의 소리로서 분노에까지 이르지 못하는 것이다.

근대성에 대한 부정적인 의식에서 비롯된 김기림의 풍자론은 당시 다른 비평가들의 그것과 뚜렷이 구별되고 있다. 최재서는 소설의 기법으로서 풍자를 제시한다. 최재서의 풍자론에서 풍자는 현대에 가장

---

15) 김기림, 「수필·불안·가톨리시즘」, 《신동아》 1933. 9, 『전집』 3, p.113.
16) 김기림, 「몇 개의 단상」, 《조선일보》 1935. 6. 4~20, 『전집』 2, p.177.

적합한 기법으로서, 헉슬리의 영향을 받는 특징이 있다. 그는 현대인이 취할 태도는 우울의 길과 풍자의 길 두 가지가 있는데 이 가운데 풍자의 태도가 실재감을 준다고 한다. 현대인은 개성 매도에서 실재성을 발견하는데 이 개성 매도의 방법이 바로 풍자라는 것이다. 그의 풍자론이 객관적 태도로서의 풍자이며, 주로 소설에서의 객관성, 객관적 태도를 의미한다[17]고 평가 받는 것 역시 최재서가 말하는 풍자가 실재감을 주는 가장 분명한 방법이기 때문이다.

당시 프로 문학인들도 '풍자'에 관심을 보이고 있었는데 이들은 '풍자'를 리얼리즘의 방법으로 제시한다. 임화는 처음에 풍자에 대해 부정적으로 인식하였다. 그는 프로 시에 나타나고 있던 풍자에 주목하면서 권환의 「蔣介石의 노래」나 「히틀러의 노래」 등 풍자 시가 지니는 한계를 지적하였다.

> '諷刺'라는 것은 對象에 대한 積極的인 憎惡라든가 또는 直接的인 것이 아니다. 그것을 冷笑的으로 否定하거나 항것해야 '씨니시즘'을 가리고 對하는 限界에 머므르는 것임으로 消極的인 것임을 알 수가 잇다. 더구나 今日의 現實이 冷笑나 '皮肉'으로 否定되기에는 넘우나 痛切한 것임을 생각할 때 諷刺라는 것은 現實에 直面的으로 對할 수 업는 小市民的 否定 主知的 否定과 共通되는 것을 알 수가 잇슬 것이다.[18]

임화는 풍자를 현실에 직접적으로 대할 수 없는 태도로서, "소시민적 부정 혹은 주지적 부정"과 공통되는 것으로 규정한다. 그는 '풍자'

---

17) 이양숙, 「최재서 문학비평 연구」, 서울대 박사학위논문, 2003. 이에 대한 자세한 논의는 pp.72~8 참조.
18) 임화, 「삼삼년을 통하여 본 현대 조선의 시문학」, 《조선중앙일보》 1934. 1. 2.

를 주지적 경향의 양식으로 보고 이를 경계하는 입장에서 새로운 프로 시의 방법을 모색해야 한다고 한다. 그러나 "이러한 小市民的 影向인 主知的 感覺이 泥土로부터 우리들의 詩가 淨火되여야 하며 우리들의 諷刺詩는 權煥의 詩篇과는 全然 다른 境地에서 自己의 길을 開拓해야 할 것"[19]이라고 하여 풍자 시의 가능성을 열어둔다. 이후 그는 무엇보다도 프로 문학이 당면하고 있는 외적인 곤란을 타개해 가는 하나의 방법으로 풍자를 거론한다. 이 때, 이론적인 근거가 되는 것은 리얼리즘의 풍자 이론이다.

> 「루캇치」의 말과 같이 새 時代가 展開하는 能力에 對한 「유토피아」적 理解나 낡은 世界에 對한 偉大한 抗爭 原理를 가진 新世界의 諷刺的 對照에서 생겨난 것은 事實일 것이나 如何間 現實的으로 實現되지 않는 곳에서 「옵치미즘」은 天才의 空想을 빈 것이다. [20]

이제 임화는 유토피아적 이해나 낡은 세계에 대한 항쟁 원리를 가진 곳에서 풍자가 나온다고 한다. 그리고 풍자를 루카치의 이론에 따라 파악한다. 루카치는 역사에 대한 거시적 전망 위에 자본주의 사회의 문화 비판의 양식으로 풍자에 주목하였다. 이에 따라 그는 풍자를 낡은 계급에 대한 진보적 계급의 비판을 형상화하기 위한 간접화된 표현형식으로 이해하는데[21] 임화 역시 이러한 시각에 기초하여 풍자론을 전개한다. 안함광 또한 최재서의 풍자 문학론이 당대 현실의 역

---

19) Ibid., 1934. 1. 12.

20) 임화, 「휴머니즘 논쟁의 총결산」, 권영민 편, 『한국현대문학비평사』(자료집 Ⅳ), 단국대출판부, 1984, p.317.

21) G. 루카치, 「풍자의 문제」, 김혜원 역, 『루카치 문학이론』, 세계, 1990, pp.55~9 참조.

사적 문맥에서 벗어나고 있다고 비판하고, 임화와 동일한 논리로 풍
자를 거론한다.

> 低級한 冷笑 單純한 私怨이라든가 狹小한 自嘲 等의 온갖 亞流
> 的 陷穽에서 脫却하고 現實의 質을 洞察하야 그를 바른 方向으로
> 把握表現하기 위하여는 諷刺文學도 진정한 리아리즘의 大道를 실현
> 하지 안허서는 아니될 것이다.[22]

안함광은 저급한 냉소, 자조 등을 보이고 있는 풍자 문학이 아니라
진정한 리얼리즘의 방법으로서 풍자 문학을 주창한다. 이와 같이 그
는 '조소'를 내세우는 풍자에 대해 비판적인 입장을 분명히 하고, 풍
자 문학을 리얼리즘의 방법으로 이해하고 있는 것이다. 그 외에 루나
차르스끼의 이론을 원용하여 풍자 문학을 리얼리즘의 한 방법으로서
파악, 소개하고 있는 한식의 논의[23] 역시 이상 살펴본 프로 문학인들
의 풍자론과 동일한 논리 선상에 있다.

그런데 김기림의 풍자론은 '조소'를 강조하는 신고전주의 풍자론의
영향을 받은 것이었다.[24] '조소'를 중심에 둔 1930년대 김기림의 풍자
론은 해방 후 그의 풍자론과도 뚜렷이 구별되고 있다. 해방 후 김기
림은 '분노'를 내세운 풍자론을 전개한다. 그는 해방 후 쓴 글인 『문
장론신강』에서 풍자를 '분노'와 결부시켜 논의한다.

> 그 어느 것보다도 강한 분노를 그 뿌리에 두고 있는 것이 풍자
> (諷刺, Satire)다. 정면으로 대상의 약점을 지적하고 질책하는 것이 아

---

22) 안함광, 「풍자 문학론비판」, 《조선중앙일보》 1935. 8. 4.
23) 한식, 「풍자 문학에 대하여」, 《동아일보》 1936. 2. 21~27.
24) 이에 대한 자세한 논의는 이 책 5장, pp.140~4 참조.

니라, 대상 자체는 가장 건강하다고 생각하거나 아무 자각 없이 지
나치는 면에서 병집을 들추어 내고 약점을 꺼내 보여서 대상을 매
우 거북하고도 우스꽝스러운 입장에 서게 하는 것이다. 정면 공격이
아니라 이면을 폭로하여 기습(奇襲)을 꾀하는 것이다. 「스위프트」의
「걸리버 여행기」처럼 풍자는 비유와 혼합되어 이중으로 효과를 거
두는 경우가 많다.25)

해방 이후 김기림은 '풍자'를 더 이상 '조소'를 중심으로 설명하지
않는다. 여기서 '풍자'는 어디까지나 '분노'의 수사학으로 소개되고
있다. 그가 풍자를 분노를 중심으로 설명하였다는 것은 그 만큼 풍자
를 중요한 수사법으로 생각하였다는 것을 의미한다. 왜냐하면 그는
이 시기에 분노가 시에 나타난 현상을 높이 평가하고 있기 때문이다.
해방 후 김기림은 분노의 파토스를 시를 평가하는 기준으로 삼곤 하
였다.

> 시인은 일찍이 분노에 타는 노래로써 모든 반동의 광란과 반민
> 족적 독소의 醱酵를 꾸짖었던 것이다. 우리 시가 분노라는 감정을
> 시적 감정에까지 끌어 올렸다고 하는 것은 우리 시의 한 새로운 수
> 확이었음에 틀림없다. 왜 그러냐 하면 그것은 우리 시가 전에 가져
> 본 일이 그리 없는 새 경험인 때문이다.26)

김기림은 시인들의 시에서 분노의 감정을 발견한 것에 큰 의미를
부여하고 있다. 그가 설정식의 시를 평가하면서 분노의 파토스가 고
조된 것에 큰 의미를 부여하는 것도 이러한 이유에서이다. 그것은 우
리 시가 전에 가져 본 일이 없는 새 경험으로까지 평가를 받는다. 그

---

25) 김기림, 『문장론신강』, 민중서관, 1950, 『전집』 4, p.141.
26) 김기림, 「시와 민족」, 《신동아》 1947, 『전집』 2, p.152.

가 "반동적 조류의 물굽이에 항거하여 시인의 순정과 정열이 폭발할 때 시인 특히 젊은 시인들은 그것에 맞는 「분노의 언어」를 스스로 발견하였다"27)고 하면서 '분노의 언어'를 강조한 것도 이와 같은 맥락 속에 있는 것이다.

「기상도」는 1930년대 김기림의 풍자론과 밀접한 관련을 지니고 있다. 그것은 「기상도」가 풍자론을 제시하던 와중에 그 구체적 실험으로 제작된 것이기 때문이다. 그러나 「기상도」에는 김기림의 풍자론과 부합되지 않는 측면 또한 상당하다.

2) 장시의 모색과 「기상도」

김기림은 풍자론을 전개하는 한편 풍자 시의 방향으로 산문의 형식, 보다 구체적으로 말하면 장시에 대해 주목한다. "앞으로 있을 「세타이어」의 문학은 아마도 散文의 形式을 많이 취하지 않을까 생각된다."28)고 하여 풍자 시의 구체적인 형태를 모색하게 되는데, 그것이 장시이다. 실제 그는 장시 중에서도 풍자 시를 상정한다. 시인이 현실의 순간을 입체적으로 이해하는 것, 그것은 장시를 요구하게 되는 또 다른 이유가 된다.

> 장시는 장시로서의 독특한 영분을 가지고 있다. 어떠한 점으로 보아 더 복잡다단하고 굴곡이 많은 현대문명은 그것에 적합한 시의 형태로서 차라리 극적 발전이 가능한 장시를 환영하는 필연적 요구를 가지고 있는 것처럼 보이기도 한다. 현대시에 혁명적 충동을 준 「엘리엇」의 「황무지」와 최근으로는 「스펜더」의 「비엔나」와 같은 시

---

27) Ibid., 152~3.

28) 김기림, 「수필·불안·가톨리시즘」, 《신동아》 1933. 9, 『전집』 3, p.113.

가 모두 장시인 것은 거기에 어떠한 시대적 약속이 있는 것이나 아
닐까. 나는 있다고 생각한다.[29]

김기림은 현대문명은 그에 적합한 시의 형태로 장시를 필연적으로
요구하게 된다고 한다. 이러한 요구에 부합하는 텍스트로 그는 엘리
어트의 「황무지」와 스펜더의 「비엔나」를 거론한다. 이들 작품은 현대
시에 혁명적 충동을 준 것으로서 모두 장시의 형태를 취하고 있다.
실제 「기상도」는 스펜더의 「비엔나」와 유사한 면을 많이 가지고 있
다.[30] 그런데 그는 장시인 엘리어트의 「황무지」에 대해 다소 부정적
으로 평가한다.

> 우리는 일찍이 20세기의 신화를 쓰려고 한 「荒蕪地」의 시인이
> 겨우 정신적 火田民의 신화를 써놓고는 그만 구주의 초토 위에 무
> 모하게도 중세기의 신화를 재건하려고 한 전철은 똑바로 보아 두었
> 을 것이다.[31]

김기림은 엘리어트가 20세기의 신화를 쓰려고 하면서 「황무지」에
서 무모하게도 중세기의 신화를 재건하려고 하였다고 보고 이를 비
판한다. 김기림은 "그들의 고전주의는 근대문명의 반영일지언정 비판
자는 될 수 없"고 "「엘리엇」의 시의 한계는 여기 있는 것"이라고 한
다.[32] 김기림은 자신이 엘리어트를 비판하는 이유가 문명 비판의 문
제와 관련이 있음을 분명히 하고 있다. 엘리어트에 대한 이러한 인식

---

29) 김기림, 「시와 현실」, 《조선일보》 1936. 1. 1～1. 5, 『전집』 2, pp.100～1.
30) 문혜원, 「김기림과 스티븐 스펜더의 비교문학적 고찰」, 『한국현대시와 모더니즘』,
　　신구문화사, 1996, pp.203～217.
31) 김기림, 「과학과 비평과 시」, 《조선일보》 1937. 2. 21～26, 『전집』 2, p.33.
32) 김기림, 「의미와 주제」, 《조선일보》 1935. 10. 1～4, 『전집』 2, p.174.

은 해방 이후까지 이어진다. 엘리어트의 노벨 문학상 수상을 계기로
쓴 「「T. S. 엘리엇」의 시」(자유신문, 1948. 11. 7)에서 김기림은 다음과
같이 엘리어트를 평가한다.

> 1차 대전 후 저 혼미와 불안에 찬 20년대의 정신적 징후를 그의
> 독특한 상징주의적 방법으로 정확하고 예리하고 함축있게 짚어내서
> 보여준 곳에 그의 시의 남다른 성격이 있는 듯하다. 그는 다만 분석
> 하였으며 제시하였다. 그의 시의 밑바닥에는 도리어 쌀쌀한 비웃음
> 소리조차가 흘렀다. 말하자면 그는 다만 병든 시대의 징후를 미시
> 적에 가까운 정도로 세밀하게 진단할 따름, 거기에 대한 처방은 처
> 음에는 쓰지 않았다.33)

　여기서도 김기림은 엘리어트가 1차 세계대전 후 혼미와 불안에 찬
1920년대의 정신적 징후를 짚어내고 엘리어트 시의 밑바탕에 조소가
흐르고 있었던 것은 어디까지나 엘리어트가 병든 시대의 징후를 미
시적으로 세밀하게 진단한 데서 나온 것이라고 한다. 그러나 엘리어
트의 시적 태도에 대해서는 비판한다.

　실제 김기림은 「기상도」를 쓰던 시기인 1935년 무렵 엘리어트를
빈번하게 논의하고 있었다. 이것은 그가 장시를 쓰는 데 엘리어트,
특히 「황무지」를 상당히 의식하고 있었다는 사실을 뒷받침해준다. 그
러나 김기림은 1930년대 초반부터 엘리어트에 대해 이중적인 기준으
로 평가하고 있었다. 특히 「기상도」를 쓰던 1935년 9월에 쓴 「시의
용어」에서 그는 엘리어트와 1930년대의 영국 시인들을 본격적으로
비교하며 엘리어트의 현실에 대한 처방에 있어서의 한계를 지적한다.

---

33) 김기림, 「「T. S.엘리엇」의 시 ─「노벨」 문학상 수상을 계기로 ─」, 《자유신문》
　　1948. 11. 7, 『전집』 2, pp.384~5.

김기림은 일관되게 현실에 대한 대응 방식에 대해서는 비판적이었다.34)

오히려 그가 보다 애정을 보인 것은 스펜더의 장시라고 할 수 있다. 그것은 스펜더가 엘리어트의 다음 세대로서 현실에 대해 보다 적극적인 행동을 취한 시인이라는 판단에 기인한다. 또한 김기림은 스펜더를 비롯한 1930년대 영국 시인들이 모두 마르크시즘에 귀의한 현상을 주목하기도 하였다. 김기림은 스펜더의 시작 원리에 대해서도 고찰하는데, 이 때 그가 주목하는 것이 '환상'이다. 그런데 '환상'은 작품의 유기적 통일성을 해체하는 것으로 작용한다. 김기림은 엘리어트의 시와 스펜더 시의 차이를 상상(想像, Imagination)과 환상(幻想, Fancy)의 대조로 설명한다. 그가 이 때 언급한 '상상'과 '환상'은 코울리지의 상상과 공상의 비교에 따른 것이다.35) 흔히 '공상'으로 번역되고 있는 것을 김기림은 '환상'으로 번역하고 있는데, 중요한 것은 그가 상상보다 환상에 무게를 두고 있다는 사실이다.

이후에도 김기림은 '상상'이 지니는 유기적 통일성의 원리를 부정하고 '환상'의 정신작용을 강조한다. 스펜더의 영상들은 엘리어트의 그것과 달리 "환상에 의해 구성된 것이기에 각각 분리되어 있으며 이것들은 두 번 반복되는 표현에 의해 다소 기계적으로 묶여져 있다"는 것이다. 그런데 김기림은 이러한 스펜더의 기술 방법이 오히려 근대

---

34) 김준환, op. cit., pp.136~141.

35) 코울리지(S. T. Coledge)는 상상력(Imagination)과 공상(fancy)을 구별했다. 상상력은 예술적 창작에 관여하는 것으로서, 감각적이고 구체적인 것을 이념화하며 잡다하고 개별적인 것을 통합하고자 하는 생명적 능력이다. 공상은 이와는 대조적으로 단순히 이미지 군을 집합시키는 연상적 능력이다. 이에 대한 자세한 논의는 코울리지, 장경렬 역, 「상상력, 그 비밀을 찾아서」, 『현대비평과 이론』 1996, 가을·겨울 참조.

문명의 급격한 변화와 위기를 잘 드러내는 방법이 된다고 생각한다. 그리고 '환상'에 대해 구체적으로 설명하면서 '상상'을 중심으로 한 유기적 통일성을 비판한다.

김기림은 상상과 환상의 차이에 따라 시에서 의미 혹은 영상이 전개되는 방식의 차이를 설명하기도 한다. 그는 상상을 통해 만들어진 시의 개별 의미 혹은 영상은 서로 유기적으로 침투하는 것이고 환상을 통해 만들어진 것들은 서로 침투하지 못하고 나누어진 상태에서 충돌하거나 기계적으로 결합된 것이라고 한다.

김기림은 상상과 환상을 대립적으로 파악하고 있는데, 한마디로 상상이 중앙집권제적 조직이라고 한다면, 환상은 연방제적 구조라는 것이다. "상상에 있어서는 오직 마음은" "자라가는 것이지만, 환상에 있어서는 오직 대상(Object)으로서 틀이 박힌, 과거의 산물을 닮았을 따름"36)이다. 그런데 이 환상은 시에서 이미지의 비약을 가능하게 하는 특징을 지니고 있다.

> 이 시는 속도를 나타내려고 했다. 속도를 나타내는 방법으로는 활자의 직선적 橫列, 음향의 斷續 등 외적 방법과 「이미지」의 비약에 의한 내적 방법의 두 가지를 필자는 시험해 보았다. 여기 쓰여진 방법은 후자의 예다. 그래서 시의 각행이 대표하는 「이미지」는 각각 다르며 그것들이 눈이 부시게 비약한다. 다시 말하면 연상작용에 의하여 이 「이미지」는 다른 「이미지」를, 그 「이미지」는 또 다른 「이미지」를 불러온다. 나는 이것을 연상의 飛行이라 부른다.37)

김기림은 「기상도」보다 앞서 제작한 「서반아의 노래」에 대해 비평

---

36) 김기림, 『시의 이해』, 을유문화사, 1950, 『전집』 2, p.239.
37) 김기림, 「현대시의 발전」, 《조선일보》 1934. 7. 12~22, 『전집』 2, p.334.

하면서 '이미지의 단절과 비약'에 대해 언급한다. 그리고 이러한 시작 원리는 '연상의 비행'이라 부를 수 있는 것으로서, 여기서 이미지는 다른 이미지를, 그 이미지는 또 다른 이미지를 불러온다고 설명한다. 그가 말한 이 '연상의 비행'은 「기상도」에도 상당한 영향을 미친 것으로 보인다.

김기림은 스펜더의 이러한 시작 방법은 현대시의 지배적인 원리로 소개한다. 실제 김기림은 "현대 시인들은 「스펜더」에서 보듯 그들의 환상에 무제한한 자유로운 활동을 허락"하는 경향을 지니며 이로 인해 "어떤 현대시인들의 수법은 너무나 현란하며 불연속적이며 논리를 무시한 것으로 비치기 쉽다"[38]고 한다.

한편 영미 문학 연구자 사이에서도 엘리어트의 「황무지」의 내적 통일성에 대해서는 합의가 안 된 상태이다. 즉 내적 통일성의 경우, 엘리어트의 시에 나타난 여러 가지 잡다한 이미지들이 묶이는 계기가 된 것은 엘리어트 자신의 시에 주석을 붙이고 여러 비평가들이 출처에 대한 수많은 논의를 거쳐 여전히 그 시를 의미 있게 만든 데 따른 현상이라는 것이다.[39] 엘리어트 시의 수사학적 특징을 알레고리로 파악하는 논문도 나와 있다.[40] 이러한 사실은 「기상도」를 엘리어트의 「황무지」와 비교하면서 '질서'라든가 '유기적 통일성'을 기준으로 해석하는 것이 문제가 있음을 드러내는 대목이다.

더욱이 「기상도」에는 이상의 글쓰기가 일정 부분 작용하였다. 「기상도」는 김기림이 일본으로 간 사이, 이상이 교정을 보고 수정을 가한 시이다. 1936년 김기림이 조선일보사를 휴직하고 東北帝大 영문학

---

38) 김기림, 『시의 이해』, 을유문화사, 1950, 『전집』 2, p.242.
39) 김준환, op. cit., p.134.
40) 이정호, 「엘리엇의 알레고리적 상상력」, 『비평과 이론』 1권, 1996, pp.57~81.

부에 입학하기 위해 일본으로 간 뒤 이상은 김기림 대신 「기상도」를 맡아 펴낸다.

> 어떻소? 거기도 더웁소? 공부가 잘 되오?
> 「기상도」 되었으니 보오. 교정은 내가 그럭저럭 잘 보았답시고 본 모양인데 틀린데는 고쳐 보내오.
> …(중략)…
> 참 체재도 고치고 싶은 대로 고치오.
> 그리고 검열본은 안 보내니 그리 아오. 꼭 소용이 된다면 편지하오. 보내드리리다.[41]

이상의 편지에 따르면 「기상도」는 이상에 의해 편집된 것이며, 체제와 교정은 물론 장정까지 그의 기획 하에 이루어진 것이다. 이에 따라 「기상도」에는 이상의 시작 원리가 일정 부분 교차되어 있다. 또한 여기에는 당시 아방가르드를 지향하고 있던 이상의 시작 기술이 일정 부분 영향을 미쳤을 것으로 추정된다.

이렇게 볼 때, 「기상도」는 여러 가지 요인들이 작용한 텍스트라고 할 수 있다. 이것은 김기림의 장시에 대한 제작 욕구, 풍자론, 엘리어트의 「황무지」, 스펜더의 장시 이론, 그리고 이상의 교정과 수정 등에 이르는 무수한 맥락이 얽힌 장이라고 할 수 있다.

---

41) 이상, 「기림형」, 김학동, 『김기림평전』, 새문사, 2001, p.327.

3. 「기상도」의 풍자 원리

1) 문명 비판과 알레고리

김기림은 풍자론을 전개하면서 "풍자는 비유와 혼합되어 이중으로 효과를 거두는 경우가 많다"[42]고 하여 풍자를 다른 수사법과 결부시키는 것이 효과적임을 지적한 바 있다. 실제 「기상도」에서 풍자는 알레고리나 아이러니와 결합되어 나타나고 있다.

「기상도」에서는 불안한 세계의 정치 기상을 태풍이 몰아치는 상황에 비유하여 근대문명을 풍자하고 있다. 알레고리는 풍자와 긴밀한 관련을 맺는 경우가 많은데, 「기상도」에서도 이것은 중요한 수사법으로 작용하고 있다. 「기상도」에서 시적 화자는 천문 기사가 되어 현대 세계의 정치적 기상을 관측하고 이곳저곳에 나타나는 생활 현상을 나열한다. 그런데 시적 화자는 세계의 여러 현상들을 아무런 주석을 달지 않고 알레고리로 제시한다.

> 「넥타이」를 한 힌食人種은
> 「니그로」의料理가 七面鳥보다 좋답니다.
> 살갈을 희게하는 검은고기의偉力.
> 醫師「콜베-르」氏의 處方입니다
> 「헬매트」를쓴 避暑客들은
> 亂雜한 戰爭競技에 熱中했습니다.
> 슮은獨創家인 審判의號角소리.
> 너무 興奮하였슴으로
> 內服만입은 「파씨스트」.

---

42) 김기림, 『문장론신강』, 민중서관, 1950, 『전집』 4, p.141.

> 그러나 伊太俐에서는
> 泄寫劑는 일체 禁物이랍니다.
> 필경 洋服입는法을 배워낸 宋美齡女史.
> 「아메리카」에서는
> 女子들은 모두 海水浴을 갓스므로
> 빈집에서는 望鄕歌를 불으는「니그로」와 생쥐가 둘도없는동무가
> 되엇습니다.
>
> — 「市民行列」 부분

　여기서 텍스트를 구성하는 여러 시적 재료들은 시인에 의해 임의로 취해진 알레고리적 소재들이다. 우선 여기에 등장하는 인물들은 서사시적 영웅도 아니며 실제 인간을 닮은 존재도 아니다. "「넥타이」를 한 흰食人種", "醫師「콜베ー르」氏" "「헬매트」를쓴 避暑客들", "審判", "宋美齡女史" "니그로", "생쥐" 등은 전후 맥락 없이 등장하고 있다. 이러한 기호들은 근대문명을 비판하기 위해 나열한 기호로서, 기호들 사이의 연결도 뚜렷하지 않다. 「기상도」에는 수많은 인물이 등장하나 그들의 성격은 모호하다. 장면과 장면이 서로 분리되어 있기 때문에 앞뒤의 상황을 연결하기도 어렵다. 알레고리적 기호들이 실체를 지니지 않는 단순한 환상을 표상하는 비물질적 형태[43]라고 한다면 여기서 제시된 인물들은 바로 이에 해당한다.

　시의 배경을 이루고 있는 공간 또한 구체적인 모습을 띠지 않고 있다. 이태리와 아메리카, 혹은 중국 등 흔적만을 드러내고 있는 공간들은 실재의 의미를 벗어나고 있다. 이런 요소들은 현실 세계의 맥락과는 무관하다. 말하자면 그것은 사실적 배경이 아니라 단순한 알레고리적 장치이다. 김기림은 "우리는 바로 현대의 말로써 써야 한다.

---

43) Paul de Man, op. cit., p.191.

또 쓸 수밖에 없다."44)라고 말한 바 있는데, 여기서 공간을 나타내는 기호 역시 근대문명을 기호화한 것들로서 사실적인 상황 설정에서 나온 것이 아니라 문명 비판을 위해 조합된 것들이다. 그리고 이러한 파편적 장면 구성은 알레고리적 인물과 함께 시간의 선조성을 해체하는 결과를 낳기도 한다.

> 「오 파우스트」
> 「어디를덤비고가나」
> 「응 北으로」
> 「또 성이낫나?」
> 「난 잠잫고 있슬수가없어. 자넨 또 무엇땜에 예까지왔나?」
> 「괴테를 찾어 단이네」
> 「괴테는 자네를 내버리지않엇나?」
> 「하지만 그는 내게 생각하라고만 가르켜주엇지
> 行動할줄은 가르켜주지않엇다네.
> 나는 지금 그게 가지고싶으네」
> 흠 막난이 파우스트.
> 흠 막난이 파우스트.
> 中央氣象臺의 技師의손은
> 世界의 一千五白餘구석의 支所에서오는
> 電波를 번역하기에 분주하다.
>
> — 「颱風의起寢時間」 부분

이 장면에는 '태풍'과 '파우스트'의 만남이라는 이야기가 있다. '파우스트'는 생각만 하지 행동할 줄 모르는 지식인을 의미화하는 기호로서, 무력한 지식인에 대한 '조소'에서 나온 것이다. '파우스트'가

---

44) 김기림, 「용어의 문제」, 《조선일보》 1935. 9. 27, 『전집』 2, p.171.

'태풍'을 향하여 "어디를 덤비고 가나?"라고 할 때, 태풍은 "응 북으로"라고 답한다. 태풍이 "자넨 또 무엇 땜에 예까지 왔나?"라고 물었을 때 "그는 제게 생각하라고만 가르쳐 주었지/어떻게 行動하라군 가르쳐 주지 않엇다네"라고 대답을 한다. 그러나 '태풍'과 '파우스트'와의 이러한 대화는 그 자체로는 아무런 의미를 지니지 못한다. 그것은 이들의 대화가 실재의 재현에 기초하기보다는 선행 기호와의 관련 속에서 나오기 때문이다. 알레고리적 기호가 단지 선행하는 기호를 지시할 뿐이며 알레고리에서 근원은 또 다른 근원을 요구한다고 할 때, 이 부분은 전형적으로 알레고리라 할 수 있다.

따라서 '태풍'과 '파우스트'의 대화는 원 텍스트로 돌아가 보아야 한다. 괴테의 「파우스트」가 서구 이성중심주의의 극치를 드러내는 텍스트라고 한다면, 이 부분은 바로 「파우스트」를 원 텍스트로 삼을 때 제대로 이해할 수 있다. 「기상도」에서 '태풍'은 회색의 진리를 조소하는 것으로 등장한다. 그리고 '괴테'를 찾아다닌다는 것, 곧 진리 찾기의 여정이 지니는 한계를 폭로한다. 생각하라고만 하였지 어떻게 행동을 하는지 가르쳐 주지 않았던, 데카르트 이래 이성중심주의 한계를 드러내고 있는 것이다. 여기서 "흠 막난이 파우스트/ 흠 막난이 파우스트"는 이러한 서구 이성중심주의에 대한 풍자가 아닐 수 없다. 이러한 과정을 거쳐 괴테의 「파우스트」라는 원 텍스트는 이 시에서 새로운 의미를 형성한다. 즉 「기상도」에서 「파우스트」의 의미는 원 텍스트의 그것이 아니다. 알레고리의 구성 요소는 원 텍스트에서 가지고 있던 유기적 의미가 탈각되고 단지 파편으로서만 관계된다[45]고 한다면 이 부분은 이에 해당한다. 한편 「기상도」의 도처에서 발견할

---

45) Paul de Man, op. cit., p.207.

수 있는 몽타주 역시 알레고리로 이해할 수 있다.

> 떨리는 租界線에서
> 하도심심한 步哨는 한 佛蘭西婦人을 멈춰세웟스나
> 어느새 그는 그女子의 「스카ー트」밑에 있었습니다.
> 「베레」그늘에서 취한입술이 博愛主義者의
> 우슴을 웃엇습니다
>
> 硼酸냄새에 얼빠진 花柳街에는
> 賣藥會社의 廣告紙들.
> 이지러진 「알미늄」대야.
> 담배집 倉庫에서
> 썩은 고무냄새가 焚香을 피운다.
> 집웅을 베끼운 골목어구에서
> 쫓겨난 孔子님이 잉잉 울고섯다.
> 自動車가 돌을차고 너머진다.
> 電車가 개울에 쓸어진다.
> 「삘딩」의 숲속
> 네거리의 골작에 몰켜든 검은 대가리들의 下水道.
> 먹처럼 허우적이는 가ー느다란팔들.
> 救援대신에 虛空을 부짭는 지치인努力.
> 흔들리우는 억개의 물결.

— 「자최」 부분

　여기서 각각의 기호들은 아무런 인과성 없이 파편화된 채 나열되고 있다. 표면상 아무런 연락도 없는 이미지들이 몽타주로 제시되고 근대문명의 부정적인 현상들이 부분적으로 드러난다. "硼酸 냄새에 얼빠진 花柳街"에만 작용하는 "賣藥會社의 廣告紙들", "이지러진 「알미늄」대야", 이러한 배경 가운데 "쫓겨난 孔子님이 잉잉 울고 섯다."
윤리도 철학도 여지없이 무너진 근대, 그 근대의 위기는 단편적인 잔
상으로 분위기만 전해진다. 즉 "「삘딩」의 숲속/ 네 거리의 골작에 몰
켜든 검은 대가리들의 下水道", "멱처럼 허우적이는 가—느다란 팔
들", "救援 대신에 虛空을 부짭는 지치인 노력", "흔들리우는 억개의
물결" 등 이 모든 장면들이 몽타주로 이어지고 있다. 그리고 이렇게
구성된 몽타주는 비유기적 구성을 이루면서 그 자체로 알레고리가
된다.

알레고리는 하나의 체계에 의해 재구성될 수 없을 정도로 붕괴되
어 버린 세계에 대한 양식적 반응으로[46] 현대 사회를 드러내는 데
유효한 장치가 될 수 있다. 이 가운데 상징이 가정하는 유기적 통일
성은 해체된다. 「기상도」가 일반 독자들에게 통일된 인상을 심어주지
못하는 이유는 그것이 지닌 알레고리적 속성 때문이다.

2) 아이러니와 '비판의 정신'

「기상도」에서 알레고리와 함께 풍자의 중요한 수사법으로 작용하
는 것은 아이러니이다. 김기림은 풍자 작가를 포함하여 이지적 작가
가 즐겨 쓰는 수법으로 아이러니에 대해 언급한 바 있다.

> **다**, 사회와 인생의 어떠한 「아이러니컬」한 위치나 「파테틱」한 상
> 태를 포착하여 제시하는 방법(모든 풍자 작가와 비극 작가를 포함
> 한 일군의 理智的 작가가 즐겨 쓰는 수법이다).[47]

---

46) Ibid., pp.118~9.
47) 김기림, 「문학비평의 태도」, 《조선일보》 1934. 3. 25~4. 3, 『전집』 3, p.126.

김기림은 아이러니를 풍자 작가가 쓰는 방법으로 소개하고 있다. 김기림에 따르면, 아이러니는 인위적으로 매체를 가공 혁신할 때 생기는 수사법으로, 제작으로서의 시에 효과적으로 작용할 수 있는 수사법이다. 아이러니는 "그 배치와 결합이 「있을 법한」이라는 인습을 아주 무시하고, 의외의 모양, 비범한 방식, 엄청난 비약을 할 때", "신기한 느낌의 기습(奇襲)에서 오는 효과다."48)

이와 같이 김기림은 아이러니를 풍자의 중요한 수사법으로 이해하는데, 「기상도」에서도 아이러니는 광범위하게 나타난다. 아이러니가 풍자와 결합될 여지는 상당하다. 그것은 풍자가 성공적으로 이루어지려면 풍자의 주체 스스로 초연하고 공평한 태도를 취해야 하고. 이때 진술 주체는 자신의 행위와 진실에 대해 일정한 반어적 거리를 두게 되기 때문이다.49) 실제 풍자는 흔히 아이러니 방식을 취한다. 풍자가 수행하는 일이 한편으로 근대성의 동일화 논리를 거부하고 그 의미를 상대화하는 대화적 목소리들을 창출하면서 그러한 대화적 목소리들을 충돌시켜 새로운 삶의 질서를 모색하는 것이라면, 아이러니는 이러한 이질적인 목소리들을 드러내는 데 효과적인 수사법이기 때문이다. 폴 드 만이 루카치의 소설 이론을 비판적으로 검토하면서 주목한 것도 바로 아이러니의 이러한 특성이다.

아이러니에 대해서는 역사적으로 많은 개념 규정이 있는데, 폴 드 만은 「웃음의 본질에 관하여」라는 보들레르의 텍스트를 출발점으로 삼아 아이러니의 특징을 규명해낸다. 여기서 그가 아이러니적 상황과 관련하여 주목하는 것은 '이중적 자아' 또는 '다중적 자아'의 관념이

---

48) 김기림, 『시의 이해』, 을유문화사, 1950, 『전집』 2, p.233.
49) 김윤정, op. cit., p.150.

다. 그것은 하나의 의식 속에 있는 두 개의 자아 사이의 관련으로서, 주체 내부에 존재하는 불연속성과 분열을 가리키는 것이다. 이러한 반성적 분열 속에서 아이러니는 주체를 세계에 몰입하는 경험적 자아와 차별화와 자기 정의를 시도하는 자아로 분리시킨다.[50] 그런데 「기상도」에서도 흔히 아이러니의 다중적 목소리들이 교차하고 있다.

> 「大中華民國의 繁榮을 위하야—」
> 슳으게 떨리는 유리「컵」의 쇠ㅅ소리
> 거룩한 「테—불」 보재기우에
> 펴놓은 歡談의물구비속에서
> 늙은王國의 運命은 흔들리운다.
> 「솔로몬」의 使者처럼
> 빨간술을 빠는 자못 점잔은 입술들
> 색깜한 옷깃에서
> 쌩그시 웃는 흰薔薇
> 「大中華民國의 分裂을 위하야—」
>
> 찢어지는 휘장 저편에서
> 갑짝이 유리窓이 투덜거린다……
>
> — 「자최」 부분

　여기서 "대중화민국의 번영을 위하야—"라는 진술은 이후 "대중화민국의 분열을 위하야—"라고 하는 '유리창'의 목소리에 의해 전복된다. 이 때 "대중화민국의 분열을 위하야"라는 것은 현재의 상황에 대한 아이러니이다. 즉 과거 솔로몬의 영화를 이룩한 현명한 왕의 이야기는 현재 중화민국의 분열이라는 상황에 대한 아이러니가 된다. 김

---

50) Paul de Man, op. cit., pp.211～2.

기림은 한국 문학의 근대성 문제를 동양 및 서양이라는 심상지리학
과 밀접하게 결부시켜 왔는데[51], 여기서도 '솔로몬'이라는 서양과 '중
화민국'이라는 동양, 과거와 현재라고 하는 시간적으로 단절된 두 공
간은 동일선상에서 병치된다. 그리고 이러한 병치는 아이러니적 거리
를 획득함으로써 근대문명을 풍자하는 데 효과적으로 작용한다.

> 公園은 首相「막도날도」가 世界에자랑하는
> 如前히 失業者를위한 國家的施設이되엇습니다
> 敎徒들은 언제던지 치일수 잇도록
> 가장簡便한곳에 聖經을 언저두엇습니다.
> 祈禱는 罪를지을수잇는 口實이 되엇습니다.
> 「감사합니다」
> 「아―멘」
> 「감사합니다. 마님 한푼만 적선하세요.
> 내얼골이 요로케 이즈러진것도
> 내팔이이렇게부러진것도
> 마님과니말이지 내어머니의죄는 아니랍니다」
> 「쉿! 無名戰士의 記念祭行列이다」
> 뚜걱 뚜걱 뚜걱……
>
> ―「市民行列」 부분

여기서 "감사합니다"/ "아―멘"/ "감사합니다 마님 한푼만 적선하세
요"라는 실업자의 말은 근대사회에서 종교가 현실에서 아무런 역할
도 하지 못하면서 권위를 가지려 하는 아이러니적 상황을 극명하게
드러낸다. 일반적으로 도시에서 거지는 도시 복합체의 변형된 공간

---

51) 방민호, 「김기림비평의 문명비평론적 성격에 관한 고찰」, 『우리말글』 34호, 2005,
　　p.329.

속의 정적인 인물로서, 낡은 것과 새로운 것, 과거와 현재의 연속성을 근본적으로 암시하는데,[52] 여기서도 거지는 문명과 진보에 대한 대조적인 심상으로 기능한다. 물론 공원이 실업자들의 차지가 된 것은 그 자체로 아이러니가 아닐 수 없는데[53] 이러한 상황에 대해 화자는 철저히 거리를 유지하고 있다. 화자는 "敎徒들은 언제든지 치일 수 있도록/가장 簡便한 곳에 聖經을 언저 두었습니다./ 祈禱는 罪를 지을 수 있는 口實이 되었습니다"라고 하여 현대 사회의 종교에 대해 냉소적인 태도를 보인다.

이와 같이 「기상도」에서 아이러니는 알레고리와 함께 근대문명을 효과적으로 비판하고 풍자하는 장치가 되고 있다. 그러나 「기상도」에서는 대상에 대한 비판적 지성의 작용이라 할 수 있는 아이러니가 끝까지 유지되지 못한다. 「기상도」의 마지막 장에서 시적 화자는 지극히 낙관적인 미래 전망을 내어 놓는다.

> 허나
> 이윽고
> 颱風이 짓밟고간 깨여진 「메트로폴리스」에
> 어린太陽이 병아리처럼
> 홰를 치며 잃어날게다.
> 하로밤 그꿈을 건너단이든
> 수없는 놀램과 소름을 떨어버리고
> 이슬에 젖은날개를 한올로펼게다
> 탄탄한大路가 希望처럼
> 저머언 地平線에 뻗이면

---

52) 그램 질로크, 노명우 역, 『발터 벤야민과 메트로폴리스』, 효형출판, 2005, p.100.
53) 김윤정, op. cit., p.148.

우리도 四輪馬車에 來日을싣고
유량한말발굽소리를 울리면서
처음맞는 새길을 떠나갈게다.
밤인까닭에 더욱 마음달리는
저머언 太陽의故鄕

— 「쇠바퀴의 노래」 부분

「쇠바퀴의 노래」는 대단원에 해당하는 장인데, 여기서는 태풍이 통과한 뒤의 재생의 광경이 선명히 드러난다. 내일이면 솟아오르는 태양, 고향에 대한 희망, 영원한 태양 아래 태풍의 위기는 극복된다. 이제 「기상도」에서 지배적으로 나타났던 '조소'의 파토스는 사라진다. 또한 타자의 목소리나 분열된 목소리가 아니라 자아 중심의 단일한 목소리만이 두드러진다.

유토피아에 대한 전망에 가득 찬 이 장면이 더 이상 알레고리나 아이러니가 아니라 상징으로 제시되고 있는 것은 의미심장하다. 상징은 연상 작용에 의해 가시적인 것(보통 물질적인 것)을 통해 형이상학적인 것(보통 비물질적인 것)을 의미하는 일종의 표현방식[54]인데 여기서 '태양'은 '유토피아'를 상징한다. 상징이 언어의 힘을 빌려 세계와의 신비로운 통일성을 가정한다고 할 때, 현실에서는 결코 이룰 수 없는 유토피아의 세계는 상징으로서 드러날 수 있는 것이다. 가시적인 것을 가리키는 언어로 초월적인 경험을 전달하는 상징이야말로 현실에 존재하지 않는 유토피아의 공간을 드러내는 데 더욱 효과적이기 때문이다. 따라서 이렇게 근거 없는 희망으로 귀환된 이 부분에 대해 이숭원은 풍자 정신이 완전히 소멸되었다고 보는데[55], 실제 이

---

54) 노드롭 프라이, 「시의 상징」, 김용직 역, 김용직 편, 『상징』, 문학과지성사, 1988, p.11.

부분은 진정한 문명 비판과는 거리가 멀다고 할 수 있다. 이렇게 볼 때, 김기림의 「기상도」의 결함은 엘리어트를 김기림이 제대로 이해하지 못하여서도 아니고, 내면적 통일성을 확보하지 못하여서도 아니다. 그것은 오히려 성급하게 낙관적 전망을 이른 데서 찾아야 할 것이다.

4. 결론

이 장에서는 김기림의 「기상도」에 대해 유기적 통일성에 초점을 둔 종래의 평가에 문제를 제기하고 「기상도」의 제작 배경을 다각적으로 고찰하였다. 이를 토대로 「기상도」를 수사학적 관점에서, 특히 「기상도」에 나타나는 풍자를 알레고리와 아이러니와 관련시켜 살펴보았다. 이를 통해 「기상도」가 '잘 빚어진 항아리'가 아니라 여러 방식으로 얽힌 텍스트임을 확인하였다.

김기림은 1935년을 전후하여 풍자 문학론을 제시하였다. 그것은 근대에 대한 부정의 정신에 기초한 것으로서 '조소'에 기반을 둔 것이었다. '조소'를 중심으로 한 그의 풍자론은 분노를 중심으로 한 자신의 해방 이후 수사학이나 당시 다른 비평가들의 그것과 뚜렷이 구별되는 것이었다. 최재서는 '조소'의 태도에 대해 부정적인 입장을 보였고 당시 프로 문학인들은 풍자를 리얼리즘의 방법으로 제시하였다. 물론 「기상도」는 김기림의 풍자론, 엘리어트의 「황무지」와 긴밀한 관련을 가지고 있었지만 여기에는 스펜더의 장시 이론, 이상의 교정과 수정 등 여러 가지 요인들이 복합적으로 작용하였다. 이에 따라 「기상

---

55) 이숭원, 『한국 현대 시인론』, 개문사, 1993, p.133.

도」에서 풍자는 알레고리나 아이러니와 결합되는 양상을 드러내었다.

「기상도」에서 여러 시적 재료들은 시인에 의해 임의로 취해진 알레고리적 기호들이었다. 그것은 근대문명을 비판하기 위해 선택된 기호들로서, 그 기호들 사이의 연결도 뚜렷하지 않았다. 이것은 「기상도」에 제시된 배경이나 인물 등에서 분명하게 드러났다. 「기상도」가 일반 독자들에게 통일된 인상을 심어주지 못하는 이유도 그것이 지닌 알레고리적 속성 때문이었다.

「기상도」에서 알레고리와 함께 풍자의 중요한 수사법으로 작용하는 것은 아이러니였다. 특히 「기상도」에서 아이러니는 이중적 자아 내지 다중적 자아의 모습으로 구체화되었다. 또한 시적 주체는 대상과 아이러니적 거리를 유지하면서 근대의 아이러니적 상황을 풍자하기도 하였다. 그러나 「기상도」에서는 아이러니가 끝까지 유지되지 못하고 마지막 부분에서는 성급하게 낙관적인 미래에 대한 전망이 나왔다. 이로 인해 더 이상 타자의 목소리나 분열된 목소리가 나오지 않았다. 특히 유토피아의 전망 속에 재생의 이미지가 점철된 마지막 장에서는 알레고리나 아이러니가 아니라 상징이 중심적인 수사법으로 부각되었다.

(『어문연구』 54집, 2007.)

7장 「기상도」와 알레고리

1. 서론

이제까지 김기림에 대해서는 무수한 논의들이 있었는데, 이 때 그의 시론에 많은 비중이 두어졌다. 시인으로서의 김기림보다 시론가로서의 김기림이 더욱 많은 의미를 지니고 있었던 것이다. 그리고 김기림의 시는 대체로 시론에 비해서 다소 미달되는 것, 1930년대 한국 모더니즘 시의 한계점을 여실하게 드러내는 것으로 평가되었다. 이에 따라 김기림의 시에 대한 연구도 대체로 텍스트의 주제의식과 관련한 논의가 중심을 이루게 되었다. 김기림의 시를 시론과 관련하여 논의하거나, 근대의식과 관련하여 논의하는 것이 주를 이루었다. 이러한 논의들은 결국 김기림의 시가 시론을 해명하거나 시의식을 해명하는 자료로서의 의미만을 지닌다는 해석을 낳는다.

이러한 연구 태도는 그의 시 가운데 비교적 높은 평가를 받고 있는 「기상도」의 경우에도 마찬가지로 적용된다. 「기상도」에 대한 연구의 상당 부분이 문명 비판과 관련한 논의들이다. 그리고 형식적인 측면을 고찰할 경우에도 그 결론은 대체로 부정적인 것으로 귀결된다. 김기림의 「기상도」가 가지는 기교상의 특징을 "이메지의 잡다성", "논리적 연결의 결무", 그리고 "수약적 효과" 등으로 들었던 최재서의 논의[1] 이래 「기상도」는 내면성을 결여한 시로, 통일성을 결여한 시로 이해되어왔다. 그런데 이러한 평가는 상당 부분 시를 좁은 의미의 서정시로 이해하는 관점에서 나온다.

그러나 「기상도」의 여러 가지 창작 방법들은 그 자체로 의미를 지닌다. 「기상도」에서 김기림은 더 이상 경험이 가능하지 않게 된 시대, 충격에 대한 대응만이 남게 된 근대 사회에서의 글쓰기를 알레고리로 보여준다. 「기상도」에 나타나고 있는 알레고리적 글쓰기는 1930년대 경성이라는, 근대사회의 변화에 따른 시적 대응이라고 할 수 있다. 물론 「기상도」 이전에도 1920년대에 임화, 김화산 등에 의해 알레고리적 글쓰기가 시도된 바 있었으나 이들의 시도는 실험에 그쳤다. 그런데 「기상도」에서 알레고리는 주제와 긴밀한 관련을 맺으면서 다양한 양상으로 전개된다.

이제까지 「기상도」의 알레고리에 주목한 연구는 극히 소략하다. 「기상도」를 처음 알레고리와 관련하여 논의한 연구로는 서준섭의 연구를 들 수 있다. 서준섭은 「기상도」의 알레고리적 성격을 '태풍의 내습과 강타'라는 비유적인 상황 설정, 체험의 몽타주 등에서 찾고 있다.[2] 그의 논의는 「기상도」의 알레고리적 문학의 가능성을 제기하고 몽타주가 지니는 알레고리적 성격에 대한 논의를 구체화하였다는

---

1) 최재서, 『문학과 지성』, 인문사, 1938, pp.75~97.
2) 서준섭, 『한국 모더니즘 문학 연구』, 일지사, 1988, pp.132~4.

점에서 의미가 있다. 그러나 「기상도」에 나타나고 있는 알레고리의 문제를 전면적으로 검토하지는 못하였다.

김유중은 「기상도」의 역사철학이 알레고리의 세계관과 밀접한 관련이 있다[3]고 보았는데 알레고리가 「기상도」에서 구체적으로 어떻게 나타나고 있는지에 대해서는 고찰하지 않았다. 필자도 「기상도」를 풍자론과 관련하여 분석하면서 「기상도」에 나타나고 있는 알레고리의 양상에 대해 고찰한 바 있다.[4] 그러나 「기상도」를 풍자론과 결부시켜 논의하는 데 치중한 나머지 텍스트에 나타나는 알레고리의 양상에 대해 구체적으로 검토하지 못하였다. 그 외에 「기상도」에 나타나는 몽타주를 고찰한 논의들도 있다.[5] 그런데 이들 연구에서는 몽타주를 영화와 관련시켜 논의하는 데 국한시킴으로써, 그것의 알레고리로서의 의미를 충분히 고찰하지 못하였다.

이 장에서는 기존의 연구 성과를 수용하면서, 「기상도」에 나타나고 있는 알레고리의 양상과 그 의미를 구체적으로 살펴보고자 한다. 우선 「기상도」의 제작 무렵 김기림이 알레고리에 대해 관심을 갖게 된 배경과 모습을 살펴보고, 「기상도」에서 알레고리가 어떻게 나타나고 있는지 고찰하고자 한다.

2. 알레고리적 글쓰기의 지향

「기상도」에는 알레고리적 글쓰기가 지배적으로 나타나고 있다. 「기

---

3) 김유중, 『한국모더니즘문학의 세계관과 역사의식』, 태학사, 1996, pp.62~95.

4) 이 책 6장 참조.

5) 문혜원, 「1930년대의 모더니즘 문학에 나타난 영화적 요소에 대하여」, 『한국 현대 시와 모더니즘』, 신구문화사, 1996, pp.178~202. 나희덕, 「김기림의 영화적 글쓰기 와 문명의 관상학」, 『배달말』 38집, 2006.

상도」는 물론 그의 풍자론이 발현된 것이지만, 여기에는 아이러니와
함께 알레고리가 중요한 수사법으로 작용하고 있다. 「기상도」의 제작
과 관련하여 김기림이 알레고리에 대해 직접 언급한 적은 없다. 그러
나 당시 그는 알레고리적 언어관을 지니고 있었다. 이것은 우선 그의
인공어에 대한 지향에서 엿볼 수 있다.

> 그래서 個個의 말과 밋 그 結合에서 오는 여러 가지 要素가 詩的
> 直觀力에 依하야 相互作用할 때에 거기는 感覺, 象徵, 影像, 隱喩,
> 機智, 速度, 構成, 位置, 유머, 아이로니, 쌔타이어, 運動, 몬타쥬, 觀
> 念, 舞踊 … 等의 詩的 效果를 發生시키는 것이다.6)

김기림은 언어가 의미, 음향, 모양의 세 요소들로 이루어져 있는데,
시적 효과는 말의 결합뿐만 아니라 이러한 요소들의 작용으로 이루
어진다고 한다. 즉 개개의 말과 그 결합에서 오는 여러 가지 요소가
시적 직관력에 의해 상호작용할 때, "감각, 상징, 영상, 은유, 기지, 속
도, 구성, 위치, 유머, 아이로니, 쌔타이어, 운동, 몬타쥬, 관념, 무용"
등의 시적 효과가 발생한다는 것이다. 이와 같이 김기림은 시의 언어
로 자연어가 아니라 인공어를 강조하며, 알레고리에 해당하는 '기지
(기상−인용자)', 아이러니, 몽타주 등을 언급하면서 알레고리적 언어
관을 제시한다. 시의 언어로 인공어를 강조하는 입장은 해방 이후에
까지 이어진다.

---

6) 김기림, 「언어의 요소」, 《조선일보》 1935. 9. 26, 윤여탁, 『김기림 문학비평』, 푸른
   사상, 2002, p.196.

　　전결합에서 규정되어 오는 개개의 말의 가치, 특수한 결합방식
　　및 배치에 의하여 거기는 영상, 상징, 隱喩, 직유, 기지, 속도, 비약,
　　구성미, 「유머」, 「아이로니」, 풍자, 운동감, 「몽타주」, 對位, 역설 등
　　의 온갖 관념 무용의 효과가 빚어지는 것이다.[7]

　김기림은 해방 후 펴낸 『시론』(백양당, 1947)에서 1935년에 발표한
논문들을 부분적으로 수정한다. 그런데 이 때에도 김기림은 여전히
인공어로서의 시어에 대한 인식을 견지한다. 1935년에 발표한 글과
차이점을 보이는 것은 1935년의 글에서 시의 제작에 시적 직관력이
어느 정도 관여한다고 한 데 비해 해방 후에는 "특수한 결합방식 및
배치"라는 인위적인 제작을 강조했다는 정도이다.
　또한 「기상도」를 제작할 무렵 김기림은 자신이 쓴 시, 「서반아의
노래」에 대해 비평하면서 이미지와 이미지의 비약, 즉 '연상의 비행'
에 대해 언급한다.

　　이 시는 속도를 나타내려고 했다. 속도를 나타내는 방법으로는
　　활자의 직선적 橫列, 음향의 斷續 등 외적 방법과 「이미지」의 비약
　　에 의한 내적 방법의 두 가지를 필자는 시험해 보았다. 여기 쓰여진
　　방법은 후자의 예다. 그래서 시의 각행이 대표하는 「이미지」는 각
　　각 다르며 그것들이 눈이 부시게 비약한다. 다시 말하면 연상작용
　　에 의하여 이 「이미지」는 다른 「이미지」를, 그 「이미지」는 또 다른
　　「이미지」를 불러온다. 나는 이것을 연상의 飛行이라 부른다.[8]

　김기림은 「기상도」와 비슷한 시기에 제작한 「서반아의 노래」에 대
해 비평하면서 '이미지의 단절과 비약'에 대해 언급한다. '연상의 비

---

7) 김기림 「말의 의미」, 《조선일보》 1935. 9. 17~10. 4. 『전집』 2, p.192.
8) 김기림, 「현대시의 발전」, 《조선일보》 1934. 7. 12~22, 『전집』 2, p.334.

행'에 따를 경우 이미지는 각각 다르며, 그것들은 눈이 부시게 비약한다고 한다. 이 이미지의 비행은 비유기적인 구성을 지향한다는 점에서, 개별적인 부분들이 파편화된 이미지로서 제시되는 경향을 상정하고 있다는 점에서 몽타주에 해당한다. 이 역시 알레고리적 글쓰기에 해당한다.

뿐만 아니라 1930년대에 김기림은 영화와 신문, 라디오 등 근대기술매체를 시에 활용하는 데 무엇보다 큰 관심을 가지고 있었다. 김기림은 "오늘의 시인에게 요망되는 「포즈」는 실로 그가 문명에 직면하는 것"이며 "그래서 거기서 그의 손에 부닥치는 모든 것은 그의 재료가 될 수 있다"[9]고 한다. 그는 시적인 재료가 따로 있을 수 없다고 보고 영화와 신문, 라디오 등의 매체들을 적극 시에 활용하고자 한다.

김기림의 영화에 대한 관심은 시작 초기부터 비롯되었다. 김기림은 영화에 대한 관심을 표명하면서 "시보다도 소설-그 중에서도 통속적인 대중소설 「시네마」·「레뷰」가 평민의, 대중의 기호를 만족시키고 있다"[10]고 하기도 하고 "「시네마」가 현대의 관중에게 가지고 있는 매력은 가경할 정도에 있다"[11]고도 한다. 이러한 관심 속에서 시인으로서의 새로운 시선을 영화의 방법을 통해 얻고자 한다. 낭만적 주체의 감상성을 극복하기 위해서는 인공적 제작의식을 지녀야 하는데, 영화는 이러한 목적에 부합하는 방법을 제공한다는 것이다.

김기림은 영화 외에도 신문에 대해서도 강조하였다. 그는 신문을 떠나서 생활하는 그 하루는 곧 그가 현대라고 하는 시간적 이동의

---

9) 김기림, 「시인의 포즈」, 《조선일보》 1935. 6, 『전집』 2 p.184.
10) 김기림, 「상아탑의 비극-「사포」에서 초현실파까지」, 《동아일보》 1931. 7. 30, 『전집』 2, p.304.
11) Ibid., p.317.

수준에서 그만치 낙후되는 것을 의미한다고 한다. 우리는 신문을 통하여서만 "급격한 「스피드」와 말초신경과 색채와 「일류미네이션」과 「마네킹」과 「스트리트걸」과 「모보」의 넓은 「팬츠」와 「모거」의 肉感的인 다리와 「재즈」와 「레뷰」와 이것이 교착하는 濁流라기에는 너무나 선명한 현대생활의 분위기에 참여할 수 있다"12)는 것이다. 실제 그는 시에도 신문의 기사들을 광범위하게 끌어들인다.

그런데 김기림이 1930년대 중반 무렵 알레고리의 지향을 뚜렷하게 보이게 된 것은 현대시가 시대의 변화에 적극적으로 대응해야 한다는 사유에서 나왔다고 할 수 있다. 1930년대 '경성'이라는, 근대도시가 어느 정도 형성된 곳에서는 경험보다는 체험이 우위에 놓이게 된다. 이러한 환경 속에서 김기림은 알레고리의 방법으로 근대도시의 '충격'에 대해 대응하고자 한다.

> 이것이 보수적인 시인들의 시적 재료들의 목록이다. 娼女의 목쉰 소리, 기관차의 「메카니즘」, 「뭇솔리니」의 연설, 공동변소의 박애사상, 公園의 기만, 「헤겔」의 변증법, 전차와 인력거의 경주― 우리들의 주위를 돌고 있는 이 분주한 문명의 전개에 대하여는 그들은 일체 이것들을 非詩的이라고 하여 얼굴을 찡그리고 돌아선다. 오늘의 시인에게 요망되는 「포즈」는 실로 그가 문명에 직면하는 것이다.13)

그는 "오늘의 시인에게 요망되는 포즈는 실로 그가 문명에 직면하는 것"이라고 하면서, 근대기술매체를 광범위하게 활용하자고 역설한다. 그리고 이러한 매체들이 제공하는 다양한 정보를 시에 도입하고자 한다. 그는 보수적인 시인들이 활용하는 시적 목록 외에 창녀의

---

12) 김기림, 「신문기자로서 최초의 인상」, 『철필』, 1930. 7, 『전집』 6, p.93.
13) 김기림, 「시인의 정신의 포즈」, 《조선일보》 1935. 6. 4~20, 『전집』 2, pp.183~4.

목쉰 소리, 기관차의 메카니즘, 뭇솔리니의 연설, 공동변소의 박애사상, 공원의 기만, 헤겔의 변증법, 전차와 인력거의 경주 등 다양한 자료들을 시에 적극적으로 활용하여야 한다고 주장한다. 이러한 항목들은 모두 근대기술매체에 나오는 정보들인데, 김기림은 이를 시작에 널리 활용한다.

상징이 자아와 세계의 동일성에 기반을 둔 종래 서정시의 대표적인 수사법이라고 한다면, 알레고리는 이러한 동일성을 해체하는 수사법이다. 알레고리는 수공업이 아니라 기계공업으로 대체되어, 더 이상 아우라가 상실된 근대사회에 부각된다. 벤야민이 보들레르의 시에서 알레고리를 읽어낸 것의 핵심도 바로 여기에 있다.[14] 특히 영화는 이미지 파열에 의한 충격을 통해 단절의 시대를 사는 현대의 절박한 요구에 조응한다. 같은 방식으로 신문은 지속적인 독서를 중단시키고, 대도시 교통은 자연적인 인간적 운동을 중단시킨다.[15] 알레고리는 이러한 근대의 체험을 반영하고 있는 것이다. 「기상도」 역시 근대화의 과정 속에서 있었던, 그래서 경험과 감각이 변화된 환경에서 나온 시로서 알레고리적 글쓰기가 지배적인 시이다.

---

14) 벤야민은 근대사회의 특징을 경험(Erfahrung)으로부터 체험(Erlebnis)으로의 전환으로 본다. 이에 대한 자세한 논의는 발터 벤야민, 반성완 역, 「보들레르의 몇 가지 모티브에 관하여」, 『발터 벤야민의 문예이론』, 민음사, 1983, pp.145~9 참조.
15) N. 볼츠·빌렘 반 라이엔, 김득룡 역, 『발터 벤야민: 예술, 종교, 역사철학』, 서광사, 2000, p.146.

3. 알레고리의 전개 양상

1) 비유담의 삽입과 알레고리

알레고리는 「기상도」에서도 중요한 수사법으로 작용하고 있다. 근대문명의 몰락과 재생을 「기상도」에 비유한 것 자체가 알레고리이다. 「기상도」에서 '태풍'은 알레고리적 의미화라고 할 것인데, 근대문명의 여러 양상들을 알레고리로 표현하는 데 효과적으로 작용하고 있다. 시의 화자는 천문 기사가 되어 근대 세계의 정치적 기상을 관측하고 근대 사회에 나타나는 생활 현상을 나열한다. 그리고 태풍을 알리는 기상도를 통하여 근대의 파국과 문명의 타락을 보여준다.

> 「바기오」의 東쪽
> 北緯 十五度
>
> 푸른바다의 寢床에서
> 힌물결의 이불을 차�덦이고
> 내리쏘는 太陽의 金빛화살에 얼골을 어더맞어서
> 南海의 늦잠재기 赤道의 심술쟁이
> 颱風이 눈을 떴다.
> 鰐魚의 싸홈동무.
> 돌아올줄 몰르는 長距離選手.
> 和蘭船長의 붉은수염이 아무래도 싫다는
> 따곱쟁이.
>
> —「颱風의 起寢時間」 부분

여기서 태풍이 구현하는 문명의 위기는 다분히 관념화되고 추상화
되어 있다. 그런데 화자에 의해 제시되는 전 세계의 조감도는 무수한
작은 이야기들을 동반한다. 바다에 밀려가는 윤선을 바래 보내는 아
가씨의 이야기, 국경 가까운 정거장에서 차창마다 작별을 고하는 이
들의 이야기, 석달만에 지배인 영감의 자동차를 부르는 직업에 취직
한 수만이의 이야기 등이 있다. 이러한 이야기들은 시적 주체의 자발
적인 기억에 의해 연결되지 않고 단편적으로 제시된다. 이야기들의
삽입은 「파우스트」의 경우 가장 극명하게 드러난다.

「바시」의 어구에서 그는문득
바위에 걸터앉어 머리수그린
헐벗고 늙은 한 沙工과 마주첫다.
흥 「옛날에 옛날에 破船한沙工」인가봐.
結婚式손님이 없어서 저런게지.
「오 파우스트」
「어디를덤비고가나」
「응 北으로」
「또 성이낫나?」
「난 잠잫고 잇슬 수가없어 자넨 또 무엇땜에 예까지왔나?」
「괴테를 찾어 단이네」
「괴테는 자네를 내버리지 않엇나?」
「하지만 그는 내게 생각하라고만 가르켜주엇지
行動할줄은 가르켜 주지않엇다네.
나는지금 그게 가지고싶으네」
흠 막난이 파우스트.
흠 막난이 파우스트.
中央氣象臺의 技師의손은
世界의 一千五百餘 구석의 支所에서 오는

電波를 번역하기에 분주하다.

— 「颱風의 起寢時間」 부분

　여기에는 괴테의 「파우스트」가 삽화로 삽입되어 있다. 「파우스트」
는 괴테가 당시 전해 오던 「파우스트 전설」을 원용하여 쓴 소설이다.
괴테는 프랑스 혁명으로 인한 격동의 시기에 「파우스트」를 쓰기 시
작하였는데, 1790년대 처음으로 「파우스트」를 썼으며 이후 쉴러와 이
야기를 나누며 작품을 고쳤다. 이후 지금의 「파우스트」 중 1부를 내
고 죽기 직전인 1831년 7월에 「파우스트」 2부를 완성하였으며 이것은
괴테가 죽은 후 출판된다. 이렇게 괴테의 「파우스트」 자체가 선행하
고 있는 이야기를 가공한 것이거니와 괴테의 작업 자체도 다른 텍스
트와의 무수한 관련 속에 있다. 「파우스트 전설」이 파우스트의 저주
와 악행에 초점을 맞춘 반면, 괴테의 「파우스트」는 파우스트가 저주
스러운 삶의 끝에 속죄를 통한 구원을 얻는 것에 중점을 두어 유토
피아에 대한 지향을 드러낸다.

　그런데 「기상도」에서는 괴테의 「파우스트」가 다시 원래의 의미 맥
락을 벗어버리고 새로운 의미를 획득한다. 이렇게 삽화의 결과 어떤
가능성도 필연성도 없는 삽화적 구성16)을 이루게 되는데, 「기상도」에
서 '태풍'과 '사공'과의 대화는 재현에 기초하지 않고 「파우스트」의
비유담으로 그 초점이 바뀌게 된다. 그리고 어느 사건도 선행한 것이
있었기 때문에 빚어진 것이라는 인과 감각을 곁들이고 있지 않다.17)
사공은 느닷없이 등장한 '파우스트'로 대치되고 새로운 차원으로 이
야기가 급속하게 진전된다. 알레고리가 선행하는 기호와의 관계를 드

---

16) 아리스토텔레스, 김재홍 역, 『시학』, 평민사, 1983, p.69.
17) 김용직, 『김기림 – 모더니즘과 시의 길』, 건국대출판부, 1997, p.59.

러내는 것18)이라고 한다면 「기상도」에서 태풍과 사공의 대화가 태풍
과 파우스트의 대화로 교체되는 것은 바로 이에 해당한다. 이러한 변
화 속에서 현대와 과거가 교차한다. 이제 「파우스트」는 이론과 실천,
이성과 행동이라는 관점에서 재해석되고 있다. 여기서 새로운 의미가
창출되는데, 「기상도」에서는 행동이 결여된 지식인의 표상으로서의
'파우스트'와 대조적으로 '태풍'이 강력한 행동을 하는 존재로 표상된
다. 이 가운데 괴테의 「파우스트」로 대표되는 서구의 근대성이 비판
되고 있다. 그리고 근대성의 지배적인 원리였던 이성에 대한 비판이
이어진다.

> 圖書館에서는
> 사람들은 거꾸로서는 「쏘크라테쓰」를 拍手합니다.
> 生徒들은 「헤-겔」의 서투른 算術에 아주歎服합니다.
> 어저께의同志를 江邊으로 보내기위하야
> 자못變化自在한 刑法上의條件이 調査됩니다.
> 教授는 紙錢우에 印刷된 博士論文을 朗讀합니다.
> 「녹크도 없는 손님은 누구냐?」
> 「…………」
> 「대답이 없는 놈은 누구냐?」
> 「………………」
> 「禮儀는 지켜야 할 것이다」
>
> ― 「자최」 부분

　여기서 보듯 상아탑에 갇혀 있는 지식은 시적 화자에 의해 조롱되
고 있다. 도서관에서 거꾸로 서 있는 소크라테스, 서투른 산술을 하

---

18) Paul de Man, "The Rhetoric of Temporality," *Blindness & Insight*, Methuen & Co., Ltd., 1983, pp.206~7.

고 있는 헤겔, 지전 위에 인쇄된 박사논문을 낭독하는 교수들, 이들
은 모두 생명의 푸름을 모르는 창백한 지식인들이다. 그들은 모두 낡
은 사상에 의지하고 있는데, 이들에 대해 사람들은 아무런 자의식 없
이 감탄한다. 그러나 시적 화자에게 현실적으로 아무런 힘을 갖지 못
하는 사상이란 서투른 산술에 불과하며, 그러한 지식인들은 거꾸로
서는 광대놀음을 하는 자에 지나지 않는다. 이러한 다양한 이야기들
은 원 텍스트가 지니고 있던 의미를 벗어나 새로운 의미를 획득하고
있다. 이 점은 묵시록의 비유담을 시에 삽입하여 새롭게 가공한 데서
도 엿볼 수 있다.

꽃은커녕 별도 없는「뻰취」에서는
꿈들이 바람에 흔들려 소스라쳐깨엇습니다.
「하이칼라」한 「쌘드윗취」의꿈.
貪慾한「삐－프스테잌」의 꿈.
건방진 「햄·살라드」의 꿈.
비겁한 강낭죽의 꿈.
「나리사 나게는 꿈꾼죄밖에는 없습니다.
食堂의 門前에는
천만에 천만에 간일이라곤 없습니다」
「···········」
「나리 저건 默示錄의騎士ㅂ니까?」

— 「자최」 부분

　　태풍은 '묵시록의 기사'가 되기도 한다. 여기서 묵시록, 곧 요한계
시록은 신약 성서의 내용 중 하나로, 사도 요한이 기원 후 80년경에
계시를 받아 기록했다고 전해지는 이야기이다. 그 내용은 소아시아의
여러 신도들의 박해와 환난을 위로하고 예수의 재림, 천국의 도래,

로마 제국의 멸망 등을 기술한 것이다. 이러한 성서의 비유담은 알레고리의 주요한 하위 형태인데19) 「기상도」에서 그것은 집단적 소망 이미지를 구현한다. 집단적 소망 이미지는 집단적 상상력에서 산출된다. 집단적 상상력이 가까운 과거와 혁명적으로 단절할 동력을 얻기 위해 신화들과 유토피아적 상징들을 담고 있는 훨씬 더 오래된 원과거의 문화적 기억들을 환기한다20)고 한다면, 묵시록의 이야기는 그 자체로 집단적 상상력을 제공한다. 이와 같이 「기상도」에서 요한계시록은 집단적 소망 이미지를 환기하는 알레고리로 작용한다.

2) 몽타주의 활용과 알레고리

「기상도」에서 알레고리가 발현되는 또 다른 양상은 몽타주라고 할 수 있다. 「기상도」가 상당 부분 몽타주의 이미지로 이루어져 있다는 데 대해서는 종래 연구에서도 지적된 바 있다. 이들 연구에서는 대부분 이것을 영화와의 관련 속에서만 거론하였고, 그것이 지니는 알레고리의 의미에 대해서도 고찰하지 않았다. 그런데 몽타주는 영화의 수법에 한정되는 것이 아니다. 20세기 초반의 유럽의 문화적 무대에 등장하는 몽타주 기법은 아방가르드 예술의 대표적인 형식이다.21) 몽타주는 회화로부터 영화에 이르기까지 그 폭과 범위가 매우 넓은 근대 예술의 대표적인 수법이다. 그 전형적인 실례들로서는 콜라주의

---

19) 존 맥퀸, 송낙헌 역, 『알레고리』, 서울대출판부, 1983, pp.22~43.
20) 수잔 벅 모스, 김정아 역, 『발터 벤야민과 아케이드 프로젝트』, 문학동네, 2004, p.158.
21) 페터 뷔르거는 아방가르드 예술의 몽타주가 알레고리에 해당한다는 점을 자세하게 고찰한 바 있다. 페터 뷔르거, 최성만 역, 『전위예술의 새로운 이해』, 심설당, 1986, pp.94~119.

전신이라 평가받는 쇠라의 점묘법, 브라크와 피카소의 콜라주, 독일 표현주의자들의 몽타주, 뒤샹이 계단을 내려오는 누드에서 선보인 운동 모멘트들의 몽타주, 에이젠슈타인과 푸도프킨 등에 의해 실험된 소비에트 영화에서의 몽타주, 하트필드와 로트첸코 등의 포토 몽타주, 그로츠의 이미지 상점, 브로스펠트의 확대 사진들의 만화경적 이미지 등을 들 수 있다. 문학 작품으로서는 조이스의 『율리시즈』, 되블린의 『베를린 알렉산더 광장』, 브레히트의 서사극 등을 포함할 수 있다.[22] 벤야민에게 몽타주는 서술 방법 자체라고 할 수 있다. 벤야민은 형이상학적 본질이 사실 속에 매개 없이 드러난다고 믿었다. 따라서 그는 보여줄 것이 있을 뿐 말해줄 것은 없다는 것을 지향하면서 문학적 몽타주를 글쓰기의 방법론으로 삼았다. 그의 대표적인 저작에 속하는 『일방통행로』, 『아케이드 프로젝트』 등은 그 자체로 문학적 몽타주이다. 그에게 몽타주는 영화의 기법에 국한되지 않는 것으로서 근대철학을 확립할 수 있는 유일한 형식이다.[23]

　「기상도」에서도 영화 외에 신문, 라디오 등 근대기술매체의 정보들이 상당 부분 몽타주를 이루고 있다.

　　　비눌
　　　돛인

---

22) 김홍중, 「발터 벤야민의 파상력 연구」, 『경제와 사회』 73호, 2007, p.278.

23) 벤야민에 의하면 몽타주는 초기 아케이드에서 상점 간판과 쇼윈도의 만화경 같은 우발적인 병치를 통해 가시화되었으며 테크놀로지에 힘입어 19세기를 거치며 의식적인 구성 원리로 격상되었다. 만화경(kaleidoscope) 자체가 19세기의 발명품이다. 그러나 그에 앞서 등장한 중국 퍼즐은 병치된 요소들이 제멋대로 배열된 것이 아니라 하나의 개념을 중심으로 일관성을 확보하고 있다는 의미에서 구성원리로서의 몽타주의 진정한 원현상이다. 이에 대한 자세한 논의는 수잔 벽 모스, op. cit., pp.104~9 참조.

　　海峽은
　　배암의　잔등
　　처럼　살아낫고
　　아롱진「아라비아」의　衣裳을　둘른　젊은　山脈들.

　　바람은　바다ㅅ가에「사라센」의　비단幅처럼　미끄러웁고
　　傲慢한風景은　바로　午前七時의絶頂에　가로누엇다,

　　헐덕이는　들우에
　　늙은香水를　뿌리는
　　敎堂의　녹쓰른　鍾소리.
　　송아지들은　들로　돌아가렴으나.
　　아가씨는　바다에밀려가는　輪船을　오늘도바래보냇다.
―「세계의 아침」부분

「기상도」의 1부, 「세계의 아침」은 이른 아침 절정을 이룬 바다와 산맥을 배경으로 하고 있다. 그런데 그 배경은 하나의 장소가 아니라 해협과 산맥, 해안과 들, 정거장과 부두, 공중과 해상 등으로 변모하고 있다. 이것은 화자가 이러한 공간보다 높은 위치에서 이곳저곳을 조망할 때에만 가능한 것으로 설정되어 있다. 이것은 김기림이 책상 위에 지도를 펴 보면서 세계를 여러 공간을 분할하고 고찰한 방식과 관련이 있는 것으로 보인다.

나는 책상 위에 지도를 펴놓는다. 수없는 산맥, 말할 수 없이 많은 바다, 호수, 낯선 항구, 숲, 어찌 산만을 좋다고 하겠느냐, 어찌 바다만을 좋다고 하겠는가, 산은 산의 기틀을 감추고 있어서 좋고 바다는 또한 바다대로 호탕해서, 경솔히 그 우열을 가려서 말할 수 없다. 그렇지만 날더러 둘 가운데서 오직 하나만을 가리라고 하면

부득불 바다를 가질 밖에 없다. 산의 웅장과 침묵과 수려함과 초연
함도 좋기는 하다. 하지만 저 바다의 방탕한 동요만 하랴. 산이 「아
폴로」라고 하면 우리들의 「디오니소스」는 바로 바다겠다.[24]

　실제 김기림은 지도를 펴놓고 세계를 조망하고 산과 바다에 대한
다양한 느낌들을 피력한 바 있다. 지도가 실재 사물을 극히 추상화하
여 표현한 것이라고 한다면, 김기림이 지도에서 이러한 상상을 하였
다는 것은 그가 추상적인 것에서 구체적인 것을 추출하는 감각이 아
주 뛰어남을 알 수 있다. 산과 바다에 대한 상상을 지도를 보고 하는
것은 과학을 추구하는 그의 논리와도 무관하지 않다. 김기림의 이러
한 시도는 시에서 하나의 모티브가 되기도 한다.

　집 이층집 江 웃는 얼굴 交通巡査의 모자 그대와의 約束……무
엇이고 差別할 줄 모르는 無知한 검은 液體의 汎濫속에 녹여버리려
는 이 目的이 없는 實驗室 속에서 나의 작은 探險船인 地球가 갑자
기 그 航海를 잊어버린다면 나는 대체 어느 구석에서 나의 海圖를
편단 말이냐?

— 「海圖에 대하여」 부분

　「海圖에 대하여」에서도 시적 화자는 지구를 탐험선으로 삼고 그것
의 해도를 펴는 것을 상상한다. 물론 시적 화자는 지구의 해도라는
텍스트를 독해하는 것으로 설정되어 있다. 시적 화자는 알레고리가로
서 지구의 海圖를 해독해야 할 일련의 기호로, 독해해야 할 텍스트로
삼고 있다. 이러한 구도는 「기상도」에서도 동일하게 나타나고 있다.
　그런데 「기상도」에서 시적 화자는 물론 지구의 한 장소를 관찰하

---

24) 김기림, 「여행」, 『전집』 5, p.173.

는 태도로 일관하지 않는다. 오히려 그는 객관적이면서도 동적인 눈의 특질을 가지는 것으로 설정되어 있다. 「기상도」에서 여러 장면들은 마치 카메라 앵글이 피사체를 돌려가면서 촬영한 형태를 이루고 있다. 「기상도」에서는 이성의 원칙에 기반을 둔, 서구 근대화 과정을 이끈 주요 매체인 활자를 넘어, 새로운 현실 인식의 매체로 등장한 카메라의 눈을 적극 활용한다. 실제 「기상도」에서 몽타주는 다양한 형태로 나타나고 있다.

「넥타이」를한 힌食人種은
「니그로」의料理가 七面鳥보다도 좋답니다.
살갈을 희게하는 검은고기의 偉力.
醫師「콜베-르」氏의 處方입니다.
「헬매트」를쓴 避暑客들은
亂雜한 戰爭競技에 熱中햇습니다.
슲은獨創家인 審判의號角소리.
너무 興奮하엿슴으로
內服만입은 「파씨스트」.
그러나 伊太俐에서는
泄寫劑는 일체 禁物이랍니다.
畢竟 洋服 입는法을 배워낸 宋美齡女史.
「아메리카」에서는
女子들은 모두海水浴을 갓스므로
빈집에서는 望鄕歌를 불으는「니그로」와 생쥐가 둘도없는동무가
되엇습니다.

— 「市民行列」 부분

여기서 시의 공간은 어느 하나로 고정되지 않고 서구와 동아시아, 미국 등 여러 공간으로 변모한다. 게다가 이미지들은 급격하게 비약

하고 바뀐다. 백인들의 흑인 탄압과 피서객들의 전쟁경기, 슬픈 독창가인 심판, 내복만 입은 파시스트, 송미령 여사, 니그로의 망향가 등이 등장하는 각각의 이미지들이 전후 맥락 없이 이어지고 있다. 이러한 파편적인 이미지들의 우연한 결합은 이미지의 몽타주를 이루고 있다.25)

그런데 「기상도」에서 몽타주는 라디오 방송의 대사가 삽입되는 부분에서도 나타나고 있다. 일반적으로 라디오 방송은 브레히트의 서사극처럼 전체 줄거리에서 때어내는 중단의 원칙을 사용한다. 라디오 방송 역시 사진이나 영화처럼 몽타주에 의한 효과, 즉 역사를 분석하면서 역사적 배열 속에서 갑작스레 사회와의 새로운 관계를 형성할 수 있다.26) 라디오 방송은 신문과 함께 빠른 시간에 정보 전달에 초점을 둠으로써, 경험(Erfahrung)을 불가능하게 한다. 「기상도」에서 단편적으로 삽입된 라디오 방송의 대본도 몽타주가 되고 있다.

(第二報・暴風警報)
猛烈한 颱風이
南太平洋上에서
일어나서
바야흐로
北進中이다.
風雨强할 것이다.
亞細亞의 沿岸을 警戒한다.

---

25) 이에 대한 자세한 논의는 이 책 6장 pp.166~7 참조.
26) 라디오 방송 외에도 신문보도 문체, 소설문체, 시 문체 등의 혼합된 보도 방식, 이야기 소재의 불연속적 배치 등도 이러한 몽타주의 중단효과를 자아낸다. 피종호, 「벤야민의 매체이론」, 『브레히트와 현대연극』 7집, 1999, p.393.

한使命에로 編成된 短波·短波·長波·短波·長波·超短波·모
—든·電波의·動員·

(府의 揭示板)
「紳士들은 雨備와 現金을 携帶함이좋을것이다」
— 「颱風의 起寢時間」 부분

여기서는 근대의 대표적인 대중매체의 하나인 라디오가 태풍의 상
황을 알려주는 것으로 설정되어 있다. 전 세계를 동시적인 시공간으
로 묶어주는 라디오는 모든 것을 하나로 만드는 대표적인 근대기술
매체이다. 「기상도」에서도 '라디오'는 여러번 언급되고 있다. 「세계의
아츰」에서 "本國에서 오는 長距離「라디오」의 效果를 實驗하기위하야
「쥬네브」로 旅行하는 紳士의家族들"이, 「자최」에서 "라디오·「삐—큰」
에 걸린/ 飛行記의 부러진 죽지"가 거론된다.27) 이 때 '라디오'는 "「쥬
네브」로 여행하는 紳士의 家族들"이나 "旅行記" 등 근대문명의 기호
들과 결합되어 있다.

이 외에도 「기상도」에는 신문의 기사들이 다수 활용되고 있다. 「기
상도」와 신문과의 관련에 대해서는 이미 여러 논자들이 지적한 바
있다. 최재서가 "이詩의 現代性은 歷史冊의 現代性이 아니라 實로 新
聞의 그것이다"28)라고 하였거니와 김동석은 「기상도」가 "帝國主義의
批判인 것은 事實이지만" "新聞記事를 가지고 몇 번 재주를 넘은 喜
劇的 批判"이라고 하였다.29) 조영복도 흔히 그의 시에 지적되고 있는
'경박한 문체적 특성'은 저널리즘적인 것으로서, '문인기자'로서의 그

---

27) 김기림, 『기상도』, 장문사, 1936, p.13.

28) 최재서, op. cit., p.76.

29) 김동석, 「금단의 과실 - 김기림론」, 『예술과 생활』, 박문출판사, 1947, p.43.

의 독특한 문체적 특성을 이룬 것30)이라고 주장하였다. 실제 김기림의 시에는 저널리즘의 관심사를 시어에 끌어들이는 경향이 일반적이다. 가령 「자최」에서 설정된 서구 열강들의 회담뿐만 아니라 파씨스트, 송미령 여사, 수상 「막도날드」씨, 증권들, 조계선 등 시사적인 언어들도 등장하고 있다. 현대의 말로 시를 쓰고자 하였던 김기림에게 신문기사는 이에 가장 합당한 자료를 제공한다. 그런데 근대도시에서 테크놀로지가 노동과 여가에 미친 영향이 경험을 파편화하는 것이라면, 저널리즘의 문체는 이러한 파편화된 경험을 반영한다.31) 따라서 신문기사가 시에 수용될 때, 그것은 흔히 몽타주를 이루게 된다. 「기상도」에서도 신문기사들은 몽타주를 이루면서 홍수처럼 밀려드는 정보와 뉴스를 집약적으로 드러내는 기능을 한다. 몽타주가 고전적인 연속성을 파괴하고 시간을 생략하거나 짧은 시간 안에 많은 정보를 다루기 위해 장면들을 병치시키는 기법이라고 한다면, 「기상도」에서 신문기사의 몽타주는 전형적으로 이러한 기능에 부합하고 있다.

3) 알레고리적 역사관과 그 한계

「기상도」에서는 알레고리적 역사관도 나타나고 있다. 「기상도」에는 진보와 영원성의 교차, 역사에 대한 불연속성에 대한 관념이 나타나고 있다. 그리고 '태풍'으로 인해 폐허가 되어 버린 근대문명의 현실 속에서 새로운 유토피아를 발견하려는 모습도 드러나고 있다.

---

30) 조영복, 「김기림의 언론활동과 초기 글들의 성격」, 『한국시학연구』 11호, 2004, p.372.
31) 수잔 벅 모스, op. cit., p.41.

삐뚤어진 城壁우에
부러진 소나무하나……

지치인 바람은 지금
漂白된 風景속을
썩은 歎息처럼
埠頭를 넘어서
찢어진 바다의 치마자락을 걷으면서
化石된벼래의 뺨을 어르만지며
주린 강아지 처럼 비틀거리며 지나간다.

―「病든 風景」 부분

여기서는 근대문명의 발전이 곧 인류의 진보라고 하는 '진보'의 환상이 사라지고 있다. '태풍'이 가한 잔해 속에는 '부두'와 같은 근대의 공간뿐만 아니라 '성벽'과 같은 옛날의 공간도 함께 존재한다. 여기서 시적 화자는 '화석'과 같은 원형적이고 고대적인 흔적을 근대성의 심장부, 도시에서 찾기도 한다. 이것은 현재 속에 존재하는 과거를 읽는 것으로서, 알레고리적 역사관에 접근한다. 알레고리적 역사관을 견지했던 벤야민은 현대성이란 불연속성의 세계라고 주장했다. 그에 따르면 새로움은 남아 있는 오래된 것이 아니며 과거는 회귀하지 않고 중단 없는 휴지에 의해 교차된다. 역사는 불연속성에 의거하여 구성적으로 전개된다.32) 「기상도」에도 이러한 알레고리적 역사관이 부분적으로 나타나고 있는데 이것은 '태풍'으로 폐허가 되어 버린

---

32) 벤야민의 관심은 역사적 사실성에 있는 것이 아니라 있을 수 있었던 것들(가능성)의 힘에 있다. 그러나 이 힘은 하이데거의 경우처럼 "이해적 반복"을 통해 자신을 드러내는 것이 아니라 "인용적 파괴"를 통해 드러낸다. 왜냐하면 벤야민에게 있어서 과거의 현실성은 단절의 힘이기 때문이다. N. 볼츠·빌렘 반 라이엔, op. cit., p.106.

도시의 비극적인 풍경에서 여실하게 드러난다.

> 颱風은 네거리와 公園과 市場에서
> 몬지와 休止와「캐베지」와 臟脂와
> 戀愛의流行을 쪼차버럿나.
>
> 헝클어진 거리를 이구석 저구석
> 혀바닥으로 뒤지며 단이는 밤바람.
> 어둠에게 벌거버슨 등을 씨끼우면서
> 말없이 우두커니 서있는 電線柱.
> 엎드린 모래불의 허리에서는
> 물결이 가끔 힌머리채를 추어든다.
>
> 요란스럽게 마시고 지꺼리고 떠들고 도라간뒤에
> 「테불」우에는 깨어진盞들과
> 함부로 지꾸어진「芳名錄」과……
> 아마도 署名만하기위하여 온것처럼
> 총총히 펜을덮이고 客들은도라갓다.
> 이윽고 記憶들도 그일흠들을
> 마치 때와같이 총총히 빨아버릴게다.
>
> — 「올배미의 呪文」 부분

  '태풍'으로 표상되는 근대문명은 더 이상 행복한 미래를 보장해주지 않는다. 그것은 삶의 터전 자체를 송두리째 황폐화시키고 파편적인 흔적들만을 남긴다. 이것은 종말론적 상황에 다름 아니다. 헝클어진 거리, 혓바닥으로 뒤지며 다니는 밤바람, 엎드린 모래벌의 허리에서 흰 머리채를 추어드는 물결, 테이블 위에 깨어진 잔들, 함부로 지꾸어진 방명록, 이러한 장면이나 상황, 인물들은 그로테스크한 분위

기마저 자아낸다. 이러한 분위기는 물론 제국주의의 발현, 파시즘의
대두에 따른 근대에 대한 파국의식에서 나왔다. 여기서는 아름답게
변용된 삶이나 자연에 대한 예술적 가상이 아니라 허무한 자연의 모
습이 곧 역사의 모습을 가리키고 있는 것이다. 바로크 예술의 알레고
리를 분석하면서 벤야민이 주목한 것도 역사의 형상이 각인되어 있
는, 몰락한 자연이었는데33) 「기상도」에서도 자연은 역사와 교차하고
있다.

특히 「기상도」에서 "이윽고 記憶들도 그 이름들을/ 마치 때와 같이
촘촘히 빨아버릴게다"라고 한 대목은 주목을 요한다. 여기서는 더 이
상 이러한 근대문명의 역사가 일방적인 진보로 이어지는 것이 아니
라 그 의미를 탈각한다는 것, 단지 한 순간의 체험으로 각인될 뿐이
라는 것을 의미화하고 있기 때문이다. 진보에 대한 일방적인 찬사와
자연 정복의 현장인 도시는 알레고리적 시선에 의해 폐허의 공간으
로 그 모습을 드러내고 있다.

그러나 알레고리에서 구원은 여전히 중요한 모티프들 중의 하나이
다. 알레고리가는 아무 것도 보장되지 않은 불확실한 상황에 처한 피
조물 속에서 반전의 계기를 찾는다. 몰락과 구원은 알레고리의 두 얼
굴이다. 수집가로서의 어린 아이의 마술적인 시선과 같이 알레고리적
시선은 사물을 구원한다.34) 폐허 속에서 유토피아를 찾는 것은 알레
고리적 역사관의 또 다른 면모인 것이다. 「기상도」에서도 유토피아를
지향하는 모습이 보인다.

---

33) 최문규, 「"바로크"와 알레고리 - 발터 벤야민의 언어이론」, 『뷔히너의 현대문학』,
　　16집, 2001, p.137.
34) 그램 질로크, 노명우 역, op. cit., p.273.

허나

이윽고

颱風이 짓밟고간 깨여진 「메트로폴리스」에

어린太陽이 병아리처럼

홰를치며 잃어날게다

하로밤 그꿈을 건너단이든

수없는 놀램과 소름을 떨어버리고

이슬에 젖은날개를 한울로펼게다.

탄탄한大路가 希望처럼

저머언 地平線에 뻗이면

우리도 四輪馬車에 來日을싣고

유량한말발굽소리를 울리면서

처음맞는 새길을 떠나갈게다.

밤인까닭에 더욱 마음달리는

저머언 太陽의故鄕

— 「쇠바퀴의 노래」 부분

「쇠바퀴의 노래」에서는 태풍이 통과한 뒤의 재생의 광경이 선명히 드러난다. 근대의 파산은 새로운 미래를 준비한다. 태풍이 짓밟고 간 메트로폴리스에 어린 태양이 홰를 치며 솟아나고 이 때 시적 화자는 사륜마차에 내일을 싣고 유량한 말발굽 소리를 울리면서 태양의 고향을 향하는 새 길을 떠나가겠다고 한다. 여기에는 유토피아가 형상화되고 있는데 이에 대해서는 여러 차례 논의가 이루어졌다. 이와 관련하여 김유중은 근대 이후 역사에 대한 전망이 보이되 실제적 가능성에서가 아닌, 상상력의 작용을 통해 형성된 관념적 허구의 수준에 놓이는 것[35]이라 하였고 김윤정은 근대에 대한 반성을 전제로 새로

---

35) 김유중, op. cit., p.92.

운 역사에 대한 비전을 구축하고 있다[36]고 하였다. 송기한 역시 「기상도」의 유토피아는 근대의 시간의식처럼 일직선상의 미래에 놓여 있는 대신 시작도 끝도 없이 언제까지나 있는, 영원의 지대를 의미하는 것으로서 순환적인 시간의식으로서의 근원적 공간을 형성하고 있다[37]고 하였다.

그러나 「기상도」의 유토피아는 알레고리적 역사관의 측면에서 보면 문제가 아닐 수 없다. 그것은 「쇠바퀴의 노래」에서 보여주고 있는 낙관적인 전망이 시적 화자의 일방적인 의지에 의해 이루어지고 있기 때문이다. 태풍 이미지에서 태양 이미지로의 전환은 어떠한 매개 없이, 두 개의 접속사 "허나/ 이윽고"에 의해 이루어지고 있으며 여기에는 자아의 일방적인 의지가 작용하고 있다.[38] 「기상도」에서의 유토피아의 제시는 그가 이제까지 지니고 있었던 근대에 대한 관념, 진보에 대한 열망에서 크게 벗어나지 않는다.

이것은 태양 이미지에서 뚜렷하게 드러난다. 여기에 나타나고 있는 태양 이미지는 『태양의 풍속』 시편들에 나타나고 있는 그것과 같은 속성으로 나타나고 있다. 이것은 근대의 '명랑성'을 의미화한 것으로서 근대에 대한 긍정적인 측면에 다름 아니다. 여기에는 근대의 여명기, 르네상스에서 근대의 본질을 찾으려는 김기림의 의도가 반영되어 있다. 김기림은 조선을 이끌어나갈 수 있는 힘을 희망과 동경으로 충만하였던 근대의 순금 부분인 르네상스의 정신에서 찾았다. 르네상스에 절대적 가치를 두는 김기림에게 이성의 확립과 세계화는 당시의

---

36) 김윤정, 『김기림과 그의 세계』, 푸른사상, 2005, p.179.
37) 송기한, 「김기림 문학 담론에 나타난 과학과 유토피아 의식」, 『한국현대문학연구』 18집, 2005, pp.61~6.
38) 박순원, 「기상도 연구」, 『한국시학연구』 9호, 2003, p.130.

조선에서 필연적으로 따라야 하는 패러다임으로 인식된다.39)

> 그와는 反對로 暗黑을 暗黑으로 是認하고 그 속에 빠저서 自身을 잊어버리는 것이 아니라 暗黑을 超克하려는 精神을 精神으로 하는 文學이 있다.
> 그것은 暗黑의 저편에 太陽이 있을 줄 안다. 그러한 의미에서 「르네쌍쓰」의 精神과 通하는 點이 있다.
> 中世紀的 暗黑은 羅馬舊教的 灰色으로 칠해졌지만 그것에 그 이상 견딜 수 없었던 聰明한 사람들은 그러한 陰鬱한 基督教의 教理 以上에 希臘과 「라틴」의 明朗한 異教의 生活과 또 生의 喜悅이 있음을 發見한 것이 「르네쌍쓰」다.40)

그는 「기상도」 제작 무렵인 1935년에 쓴 「현대시의 육감」(《시원》, 1935. 4)에서 암흑을 초극하려는 정신을 중심에 두는 문학을 내세운다. 그리고 암흑을 초극하려는 정신은 르네상스의 정신과 통한다고 주장하면서 그것을 '태양'에 비유한다. 김기림은 근대는 르네상스의 정신 아래 전개되는 한 어떠한 부조리도 내포하지 않는다고 보고 있다. 김기림에게 르네상스라는 근대성의 원사는 열정을 다해 도달해야 하는 유토피아이다.

실제 근대를 '태양'으로 비유하는 것은 르네상스 초기부터이다. 서구의 경우 역사를 세 개의 시대-고대, 중세, 그리고 근대-로 구분하는 것은 르네상스 초기에 연원을 두고 있다. 그리고 이 각각의 시대는 빛과 어둠, 낮과 밤, 깨어 있음과 잠들어 있음이라는 은유로 표현된다. 고전적 고대는 찬연한 빛과, 중세는 야행성을 지니고 있는

---

39) 송기한, op. cit., pp.50~1.
40) 김기림, 「현대시의 육감」, 《시원》 1935. 4. 윤여탁 편, op. cit., pp.219~220.

암흑 시대로, 근대는 밝게 빛나는 미래를 예고하는, 암흑으로부터 탈출한 시대, 즉 깨어남과 부활의 기대로 표상된다.41) 이것은 이후 진화론으로 이어지면서 근대에 대한 찬양으로 나아간다.

전통적으로 역사는 자연과 상반된 의미를 지니고 있었다. 자연에서 말하는 시간이 변화라면 그것은 순환적 반복의 의미에서 그러할 뿐이다. 그러나 찰스 다윈의 진화론은 자연 자체가 일회적·비반복적 역사적 경로를 밟는다고 주장함으로써 역사/ 자연의 구조를 깨뜨렸다. 19세기 후반 사회적 다윈주의는 다윈의 자연사를 사회진화론에 적용했다. 이후 사회진화의 이념은 인간 역사의 맹목적·경험적 경로를 찬양하는 결과를 낳았다. 또한 경쟁적 자본주의가 진정한 인간의 본성을 표현하고 제국주의적 경쟁관계가 불가피한 생존 경쟁의 건강한 귀결이며, 특정 인종의 우위가 본래적 우월성을 근거로 정당화된다는 주장을 통해서 사회의 현상태에 이데올로기적 지지기반을 제공했다.42)

20세기에 알레고리적 역사관을 명료하게 제시한 벤야민은 이러한 발전 일변도의 역사관을 비판하였다. 벤야민은 자연과 역사에 대한 아도르노의 생각과 유사하게43) 신화적 사유를 벗어나는 방법으로 자

---

41) M. 칼리니스쿠. 이영욱·백한울·오무석·백지숙 역, 『모더니티의 다섯 얼굴』, 시각과언어, 1993, pp.30~1.

42) 수잔 벅 모스, op. cit., p.85.

43) 이러한 문제에 봉착하여 1932년, 아도르노는 역사철학의 방향전환을 역설했다. 「자연사의 이념」에서 그는 자연사라는 용어 자체에 내재한 역설에 대해 언급한다. 아도르노는 역사의 전 과정을 진리의 합리적 전개를 위한 참된 실재로 여기는 역사 예찬론을 거부하며 역사의 총체성도 거부한다. 자연은 실제의 과거사가 진보로서의 역사 개념과 일치하지 않고 있음을 드러낸다는 것이다. 아도르노에 의하면 역사와 자연은 실재의 양극을 이루고 있는 인식론적 상호 규제 이념들이다. 계몽은 계몽 이상의 것, 즉 소외된 자연에서 인지되는 자연이다. M. 호르크하이머·Th.. W. 아도르노, 김유동·주경식·이상훈 역, 『계몽의 변증법』, 문예출판사, 1995, p.72.

연적 질료 없이 역사적 범주 없고 역사적 여과 없이 자연적 질료 없다는 명제를 제시한다. 여기서 사용되는 방법론은 언어 코드에서 파생되는 언어 기호의 대립쌍(여기서는 역사/ 자연)을 병치한 후, 이들 기호를 실제 지시물에 적용하는 과정에서 적용점을 교차하는 것이다.[44] 이것은 곧 알레고리의 방법을 의미한다. 알레고리가 신화적 속박을 깨뜨리는 이러한 이해는 충격과 단절의 힘에 의존한다. 현재에 대한 우리의 이해는 지옥과 혼돈, 미로와 폐허에 대한 원형적 체험으로 표현되어야 한다. 보들레르가 신화의 심연에 빠지지 않을 수 있었던 것도 알레고리의 재능 때문이다.[45] 말하자면 벤야민에게 알레고리는 신화를 깨뜨릴 수 있는 힘이다.

그런데 「쇠바퀴의 노래」에서 유토피아는 "무정향적 전진주의의 다른 표현"[46]이라고 할 수 있을 정도로 일직선으로 나아가는 것으로 설정되어 있다. 「쇠바퀴의 노래」에서 '태양'은 폐허화된 근대의 세계를 재생시키는 새로운 미래의 상징으로 제시된다. 말하자면 그것은 현실 내재적인 것이 아니며, 사회적·역사적 지평을 초월해 있는 것이다. 이 때 의식은 세계와의 동일성에 기초한 것으로 설정되어 있다. 유토피아적 상상력은 구체적 사물을 통해, 제1의 자연에서 다시 해석될 필요가 있다. 이런 의미에서 「기상도」에 나타나고 있는 알레고리적 역사관은 한계를 지니고 있다고 하겠다.

---

44) 수잔 벅 모스, op. cit., p.87.

45) 발터 벤야민, 조형준 역, 『아케이드 프로젝트』 1, 새물결, 2005, p.665.

46) 이숭원, 『한국현대시인론』, 개문사, 1993, p.130.

4. 결론

　「기상도」에는 알레고리적 글쓰기가 지배적인 것으로 나타났다. 김기림은 1930년대 중반을 전후하여 알레고리적 글쓰기를 지향하는 태도를 보였다. 김기림은 시작 초기부터 언어에 대한 탐색을 지속적으로 해왔는데 이러한 일련의 노력은 이 시기에 이르러 어느 정도 정리되는데, 이 때 그는 알레고리적 언어관을 보였다.

　또한 시작 초기부터 시인은 시대의 변화에 적극적으로 대응해야 한다는 입장을 보였던 김기림은 근대도시의 모습을 어느 정도 갖춘 1930년대 '경성'에서의 체험을 적절하게 담아내고자 하였다. 이것은 시에 근대기술매체를 활용하는 것으로 구체화되었다. 경험보다는 체험이 우위에 놓이게 된 환경 속에서 그는 영화, 신문, 라디오 등이 제공하는 순간적인 기억과 정보 등을 시에 활용하고자 하였고, 근대의 충격에 반응하는 알레고리적 글쓰기를 지향하였다. 또한 「기상도」의 제작과 관련하여 다양한 형상화 방법을 모색하면서 '연상의 비행'을 강조하였다. 이것은 실제 「기상도」의 제작에 큰 영향을 미쳤다.

　「기상도」에서 근대문명의 몰락과 재생을 기상도로 본 것 자체가 하나의 알레고리이다. 알레고리적 의인화의 형태를 취하고 있는 '태풍'의 이동과 소멸은 「기상도」의 전체적인 구조였다. 이러한 큰 틀 외에도 「기상도」에는 무수한 작은 이야기들이 끼어들어 있는데, 이러한 이야기들은 시적 주체의 인위적인 가공에 따라 원래의 맥락과 무관하게 제시되었다. 특히 「파우스트」 역시 원래의 의미 맥락을 벗어버리고 새로운 의미를 획득하는 알레고리 형식을 취하였다. 묵시록의 비유담도 집단적 소망 이미지를 환기하는 알레고리로 작용하였다.

「기상도」에는 몽타주도 상당히 많이 나타났다. 영화, 신문, 라디오 등 근대기술매체가 제공하는 단편적인 정보들이 나열되었고, 이것은 모두 알레고리로 제시되었다. 이것은 제한된 지면 아래 근대 세계의 무수한 역사적 사건들을 제시함으로써 근대에 대한 전체적인 조망을 가능하게 하였다. 이에 따라 몽타주의 효과는 보다 극명하게 나타났다.

또한 「기상도」에는 알레고리적 역사관이 나타났다. 여기에서는 파국으로 치닫고 있는 세계가 단편적으로 제시되고 불연속성으로서의 역사관이 드러났다. 그러나 「기상도」에서는 불확실한 상황 속에서 반전의 계기를 찾는 것이 아니라 초월적인 방법으로 유토피아를 제시하는 한계를 보였다.

이와 같이 김기림의 「기상도」는 문명 비판이라는 주제적 측면 외에서 수사법상으로도 의미를 지니는 텍스트라고 할 수 있다. 이후 이에 대한 보다 심화된 연구가 이어져야 할 것이며, 김기림의 다른 텍스트에 나타나는 알레고리의 양상에 대한 연구도 다각도로 이루어져야 하겠다.

(『국어교육』, 2007, 124호.)

8장 김기림 언어관의 변모 양상

1. 서론

문학에서 언어에 대한 문제는 결코 간과할 수 없는 것이다. 문학은 무엇보다 언어로 이루어져 있기 때문이다. 그런데 한국 현대시사에서 언어에 대한 자의식을 처음 철저하게 드러낸 이들은 1930년대 모더니스트들이라고 할 수 있다. 특히 김기림은 1930년대 모더니즘 시론을 전개하면서 언어에 대한 치밀한 탐색을 보여주었다. 김기림은 모더니즘을 추구하면서 매체에 대한 자의식을 드러내게 되었는데, 그것은 이미지즘 시의 회화성을 추구하는 과정에서 본격화된다. 김기림의 언어에 대한 탐색은 이후 1950년대 모더니즘 시와 시론에도 영향을 미친다. 따라서 김기림의 언어에 대한 탐색은 한국 모더니즘 시와 시론의 성격을 규명하는 데 필수적인 작업이 되고 있다.

해방 후 김기림은 언문일치체를 추구하는 과정에서 다시 언어에 대해 논의한다. 이 시기의 논의는 그가 1930년대에 언어에 대해 논의한 것과 사뭇 다른 양상을 보이고 있다. 그것은 문학의 영역에 국한된 것이 아니라 글쓰기 전반에 대한 것으로 확대되고 있다. 또한 말과 글에 대한 관계에서도 종전과 다르게 논의한다. 이 시기 그의 논의는 오늘날에도 여전히 쟁점으로 남아 있는 한글전용론의 문제에 대한 하나의 시사점을 주고 있다.

이제까지 김기림의 언어에 대한 논의는 본격화되지 않았다. 대체로 그의 모더니즘 시론을 설명하면서 부분적으로 언급되었을 뿐이다. 이 과정에서 김기림의 언어관이 다른 모더니스트와 달리 과학적인 언어를 지향하고 있다는 데 논의의 초점을 두고 있다. 특히 해방 후 이태준의 언어관이 예술성을 지향하는 데 비해『문장론신강』등에 나타난 김기림의 언어관은 전달에 초점을 두고 있다는 견해가 지배적이다.1)

그러나 김기림이 주장한 언문일치체론이나 우리말 운동에 대한 논의에 대해서도 깊이 있는 논의가 이루어지지 않고 있다. 다만 김윤식이 김기림의 언문일치체론이 영미 모더니즘에 대한 인식과 같이 하고 있음을 지적한 것이 주목된다. 최근 들어 이보경은 한중 언문일치 운동과 영미 이미지즘과의 관련성을 검토하면서 김기림의 언문일치체 논의를 비교적 심도 있게 고찰하였다.2) 그러나 이 논문의 목적이 에즈라 파운드(Ezra Pound)와 호적(胡適), 그리고 김기림을 서로 비교하는 데 초점이 놓여 있어 1930년대 이후 김기림의 언어관이 변화하는 과정을 검토하지 못하였다. 허윤회는 한국 현대 시인들의 언어에 대한 탐색을 사적으로 고찰하면서 김기림으로부터 한국의 모더니즘 언

---

1) 김윤식, 「민족어와 인공어」, 『문학동네』 15호, 1998, 여름. 배개화, 「<문장강화>에 나타난 문장(文章) 의식」, 『한국현대문학연구』 16집, 2004.
2) 이보경, 「한·중 언문일치 운동과 영미 이미지즘」, 『중국현대문학』 31호, 2004.

어관이 나타난다고 보았다. 그는 김기림의 객관주의 시학에서부터 언어에 대한 인식적 관심이 넓어지기 시작하였으며 언어를 질서화, 조직화시키기 시작하였다[3]고 주장한다. 이 연구는 김기림의 언어관이 모더니즘의 특징을 지닌다고 하면서도 변모 양상을 고찰하지 않아 그것을 모두 객관주의적 언어관이라고 한정하는 문제점을 남기고 있다.

이 장에서는 김기림의 언어관이 해방 전과 그 이후를 기점으로 크게 바뀐다고 보고 그 변화 양상을 구체적으로 고찰하고자 한다. 해방 전 김기림의 언어관은 시의 근대성을 확보하는 데 초점이 놓여져 있었다고 한다면, 해방 이후에는 언문일치체에 초점을 두고 있다. 그리고 이러한 변화의 중심에는 모더니즘에 대한 입장, 말과 글의 대한 인식, 한자와 한글에 대한 인식 등이 복합적으로 작용하고 있다.

2. 모더니즘 시론과 문자 문화

1) 모더니즘 시론과 글의 시각성

김기림은 1930년대에 모더니즘 시론을 전개하면서 언어의 표현 층위에 논의의 중심을 두었다. 그는 모더니즘의 특징을 "말의 음으로서의 가치, 시각적 영상, 의미의 가치, 또 이 여러가지 가치의 상호작용에 의한 전체적 효과를 의식하고 일종의 건축학적 설계 아래서 시를 썼다"[4]는 데서 찾았다. 1930년대에 그는 시에서 언어는 단순한 수단

---

3) 허윤회, 「언어의 물질성과 초월의 가능성 – 현대시와 모더니즘의 관련 양상에 대하여」, 민족문학사연구소 편, 『민족문학사연구』, 2000, 상반기.
4) 김기림, 「「모더니즘」의 역사적 위치」, 『인문평론』 1939. 10, 『전집』 2, p.56.

이상이라고 주장하였다. 언어의 미적 가공과 혁신이야말로 1930년대 김기림의 시론에서 중심을 이루는 사항이다. 때문에 그는 언어의 뜻과 소리뿐만 아니라 모양에도 주목하였다.

> 1 뜻(의미, Suggestion, 혹은 Idea, Pensée, Significance, Thought)
> 1. 소리(음향, 개개의 말의 음의 연락, 반발, 충돌에서 생기는 단어 자체의 효과, 운율, 두운 押韻 類音 등등)
> 1 모양(개개의 말과 그 배열)
> 전결합에서 규정되어 오는 개개의 말의 가치, 특수한 결합방식 및 배치에 의하여 거기는 영상, 상징, 隱喩, 직유, 기지, 속도, 비약, 구성미, 「유머」, 「아이로니」, 풍자, 운동감, 「몽타쥬」, 對位, 역설 등의 온갖 관념 무용의 효과가 빚어지는 것이다.[5]

이와 같이 1930년대에 김기림은 언어 기호의 다양한 물질적 측면을 고려한다. 현대시는 이러한 언어의 다양한 요소들의 결합·배치를 고려하는 가운데 이루어진다고 주장한다.

1930년대 초 김기림은 미래파, 입체파, 다다이즘, 슈르리얼리즘 등의 이론을 접하고 이들의 언어 운용 방식에 대해 거론하기도 한다. 또한 발레리, 아폴리네르, 장 포랑 등의 언어 이론을 언급하기도 한다. 그러나 그는 곧 이미지즘 시론에 따라 언어에 대한 이론을 전개해나간다.

김기림은 이미지즘 시론을 전개하면서 무엇보다 시에서 회화성을 강조하는데, 해방 전 그의 언어관의 두드러진 특징은 바로 글자의 시각성을 강조한다는 점에 있다. "20세기 시의 가장 혁명적 변천은 실로 그것이 음악과 작별한 때부터 시작된 것 같다"는 진단 하에 김기

---

5) 김기림, 「말의 의미」, 《조선일보》 1935. 9. 17~10. 4, 『전집』 2, p.192.

림은 시각적인, 혹은 회화적인 시를 강조한다. 1920년대의 상징주의 시가 음악성과 감정을 내세웠다면, '시각성'이 무엇보다 중요하다는 것이다. 그는 이미지즘을 "상징주의의 이윽고 惰氣에 찬 기운없는 실내악에 불만을 품고 차라리 모든 청각적 요소를 시각적 영상으로 번역하려고 한"[6] 것으로 규정하기까지 한다.

> 상징주의시대에 와서는 그 시는 훨씬 이러한 감정의 거친 부분을 떨어버렸다. 「이마지스트」는 정서까지를 아주 떨어 버리지는 못하였지마는 이미 그 내부에 서정시의 강대한 敵을 기르면서 있었다. 조소성에의 추구가 그것이다. 그것은 다른 방면으로 보면 회화에의 동경이다. 다시 말하면 「이마지스트」의 시 속에는 서정시와 또한 서정시를 부정하는 것이 함께 깃들어 있었던 것이다.[7]

김기림이 언급한 '시각성'은 1920년대 상징주의 시에서 내세운 '청각성'에 대한 대타 개념으로서, 종래의 서정시에 대한 근본적인 부정이라는 점에서 의미가 깊다. 그의 이미지즘 시론에서 회화적인 것은 시각성과 연결된다는 점에서 근대의 이상과 합리성을 적극적으로 구현하는 것이 된다. 또한 김기림이 말하는 시의 시각성은 문자문화의 산물이라는 특징을 지니고 있다.

> 맨 처음에는 입으로 「노래해지는 시」가 있었다. 그럴 밖에 없다.
> 그 전수와 전파의 방법도 오로지 입을 통하여 되었다.
> 이윽고 문자가 생겨난 뒤부터 그것은 어느새 쓰여지기 시작했다.
> 처음에는 단순히 전수나 전파의 방편으로서 문자로 옮겼을 뿐이었

---

6) 김기림, 『문학개론』, 신문화연구소, 1949, 『전집』 3, p.17.
7) 김기림, 「시의 회화성」, 《시원》 1934, 5, 『전집』 2 p.104.

다. 「노래 불러지던 시」는 읽혀진다는 새로운 성질을 가지기 시작
했다. 즉 문자가 있기 전에는 「노래 불러지기만 하던 시」가 문자가
생긴 뒤부터는 「읽혀지는 시」라는 새로운 성질은 갖추게 된 것이다.
그러나 이때까지도 시는 여전히 들려지는 것이었다. 즉 우리가 그
것을 감수하는 感官은 오직 귀뿐이었다.8)

　말에서 문자로의 중심의 이동은 곧 청각에서 시각으로, 귀에서 눈
으로 시에 대한 관심이 바뀐 것을 의미한다. 문자가 있기 전에는 노
래 불러지기만 하던 시가 문자가 생긴 뒤부터는 읽혀지는 시라는 새
로운 성질을 갖추게 된다. "이때까지의 시는 형식상으로는 사람들의
귀에 「아필」하였던 것이다." "그것은 음향과 의미만을 가지면 그만이
다."9) 그러나 귀로 듣던 문학은 눈으로 보는 문학으로 이동한다.

　　(1) 시는 제일 먼저 「말」의 예술이다. 근대에 와서 인쇄술의 발달
에 따라 「문자」의 예술로 再轉한 느낌이 있다. 시가 민중의 입에서
구송되어진다느니보다 차라리 인쇄에 의하여 문자로 우리들의 시각
을 거쳐 소리없이 향수된다.10)

　　(2) 소재인 언어는 그것의 음과 형－다시 말하면 청각적 가치와
시각적 가치가 지극히 높게 평가된다. 그래서 활자로 나타나는 현
대시는 숙명적으로 활자에서 자유로울 수 없는 운명을 태어 가지고
있다. 개개의 문자는 물론 활자의 배열이 매우 인공적으로 丹念하
게 고려된다.11)

---

8) 김기림, 「말의 의미」, 《조선일보》 1935. 9. 17～10. 4, 『전집』 2, p.191.
9) 김기림, 「상아탑의 비극－「사포」에서 초현실파까지」, 《동아일보》 1931. 7. 31～8.
　9, 『전집』 2, p.308.
10) 김기림, 「시와 인식」, 《조선일보》 1931. 2. 11～14, 『전집』 2, pp.74～5.
11) 김기림, 「현대시의 발전」, 《조선일보》 1934. 7. 12～22, 『전집』 2, pp.326～7.

김기림은 근대시의 중요한 특징으로 인쇄에 의하여 문자로 제시되고 이로 인해 시는 더 이상 청각이 아니라 시각을 거쳐 향수되게 되었다는 사실을 들고 있다. 이 때 '문자' 내지 '활자'로 표현되는 글로 시가 형상화되었다는 사실은 무엇보다 중요하다. 실제 김기림은 "나는 시의 인쇄를 인쇄공에게만 맡길 수 없다. 인쇄는 시에 있어서 매우 중요한 의의를 가지고 있다"[12]고 하면서 인쇄에 주목하기도 하고 시어의 인공어로서의 특성을 강조하기도 한다. 사실 시적 체험에서 '시각적 형상화'는 근대 문학에서 중요한 예술 형성 원리이다. 근대적 주체는 시각을 통해 세계를 지각하며, 자연을 객관적 구성물로서 파악하게 되기 때문이다.[13] 활자에 대한 관심은 당시 모더니스트였던 정지용에게서도 나타나고 있다.

(1) 활자 냄새가 이상스러운 흥분을 이르키도록 향기롭다. 우리들의 詩가 까만 눈을 깜박이며 소곤거리고 잇다. 시는 활자화한 뒤에 훨석 효과적이다. 시의 명예는 활자직공의게 반분하라. 우리들의 시는 별보다 알쓸한 활人자를 운율보다 존중한다. 윤전기를 지나기 전 시는 생각하기에도 촌스럽다. 이리하야 시는 기차로 항로로 항공우편으로 신호와 함께 흐터저나르는 軍用鳩처럼 날너간다.[14]

(2) 나는 나대로 좋은 생각을 마조 대할 때 페이지 속에 文字는 文字끼리 좋은 이야기를 잇어 나가게 합니다. 숨은 별빛이 얼키설

---

12) 김기림, 「시와 인식」, 《조선일보》 1931. 2. 11~14, 『전집』 2, p.73.
13) 현대성을 합리성과 주체성의 원리로 압축하여 정의한다면 현대성의 원리는 시각의 영역에서도 관철된다. 이에 대한 자세한 논의는 주은우, 『시각과 현대성』, 한나래, 2003, pp.23~4.
14) 정지용, 「소묘 2」, 『정지용전집』 2, 민음사, 1988, p.15.

키듯이 빛나는 문자끼리의 이야기……이 귀중한 인간의 유산을 金
字로 表裝하여야 합니다.15)

　정지용 역시 활자로서의 시, 즉 문자성을 지닌 시의 특성을 강조한
다. 또한 김기림과 마찬가지로 활자화되는 인쇄 과정에 주목하며 문
자를 중시한다. 구술적인 말하기에서 씌어진 말하기에로의 이행은 본
질적으로 청각공간에서 시각공간으로의 이행이다. 그리고 인쇄가 시
각공간의 사용에 중요한 영향을 끼쳤다16)고 할 때, 김기림이 이미지
즘 시론을 전개하면서 문자문화와 활자, 그리고 인쇄를 강조하는 것
은 시의 근대성을 추구한 점에서 의미가 깊다.

2) 말과 글의 이원성

　모더니즘 시론을 전개하면서 김기림은 언어에서 말보다는 글을 우
위에 두고 논의를 전개한다. 그는 말이 소리에 밀착해 있기 때문에
전근대적인 것으로 보며, 글은 회화에 가까운 것이어서 근대적인 것
이라고 한다. 근대시의 특징은 말에 대한 글의 우위로 파악할 수 있
다는 것이다. 실상 "언어에의 자각과 파악―그것은 시인의 최초의 수
업"17)이라고 하면서 언어에 대한 자의식이 모더니스트의 큰 임무라
고 김기림이 주장할 때, 그가 말하는 언어는 글에 초점을 둔 것이다.

　　시는 우선 말을 유일한 표현수단으로 하는 예술이다.
　　「폴·발레리」는 「말의 祝祭」라는 말을 썼다. 시란 「말의 무용」이

____

15) 정지용, 「소묘 4(밤)」, 『정지용전집』 2, 민음사, 1988, p.19.
16) 월터 J. 옹, 이기우·임명진 역, 『구술문화와 문자문화』, 문예출판사, 1995, p.179.
17) 김기림, 「신춘의 조선시단」, 《조선일보》 1935. 1. 1~5, 『전집』 2, p.364.

라고 해도 좋을 것이다. 말을 단순히 주관의 주착없은 배설물이라
고 하는 생각은 역시 「로맨티시즘」의 시론이다.
　　말을 통제하는 일은 詩作에 있어서 가장 진보적인 또 가장 근본
적인 준비다.
　　말은 처음에 입으로 말해졌다. 그것이 이윽고 글로 쓰여지기 시
작했다.[18]

　그는 말을 통제하는 일을 시작에서 가장 중요한 일로 간주한다. 이
것은 그가 1920년대 시를 염두에 둔 결과이다. 즉 말을 단순히 주관
의 배설물이라고 하는 생각은 낭만주의적 사고라는 것이다. 사실
1920년대 시인들은 언어에 대한 자의식이 철저하지 않았다. 가령 김
억은 감정과 음성을 표현하는 일은 시인 자신의 소리를 듣기 위한
것이라고 말한다. 이러한 생각은 언어는 주체 내면의 자연스러운 표
현이라는 낭만주의적 관점에 기초한 것이다. 감정이 그 자체로 존재
하며 그것은 곧 언어로 표현될 수 있다는 것은 '낭만적 오인식'[19]으
로 이해될 수 있다. 그런데 김기림은 언어의 복합적인 작용을 고려한
다. 그는 시의 기술을 연구할 때, 말해지는 말만이 아니고 쓰여지는
말에 중심을 두어야 한다고 한다.

　　항용 우리는 말에는 소리와 뜻의 두 모가 있다고 한다. 문자로
쓰인 말은 그러나 이 소리와 뜻 밖에 「모양」이라는 모를 가지고 있
다. 개개의 말에서 이것을 그려보면

<hr>

18) 김기림, 「말의 의미」, 《조선일보》 1935. 9. 17～10. 4, 『전집』 2, p.191.
19) 엔터니 이스톱, 박인기 역, 『시와 담론』, 지식산업사, 1994, p.71.

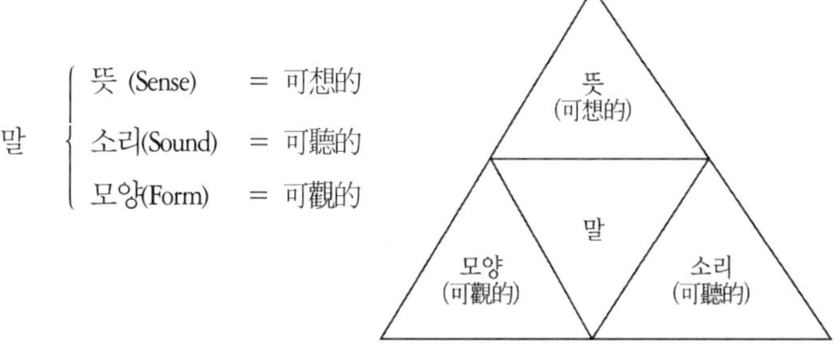

이 소리와 모양을 한데 넣어서 형태라는 더 넓은 말 속에 포함시키는 일도 있으나 나는 차라리 편의상 載然하게 구별하는 게 좋다고 생각한다.[20]

언어는 뜻, 소리 외에 모양이 있는데, '모양'에 대한 부분도 고려하여야 한다. 그가 표의문자를 주목하는 것도 이러한 이유에서이다. "말이 문자로 쓰여질 때에 그것은 두 가지의 다른 방식"을 가지는데 표의문자(혹은 상징문자)와 표음문자가 그것이다. 이 중 "하나는 회화적이요, 다른 하나는 음악적"이다.[21] 그런데 김기림이 강조하는 것은 회화적인 성격을 지닌다고 판단한 표의문자이다. 그는 언어를 표의문자를 중심으로 설명하기까지 하는데, 그 중심에는 한자가 있다.

그러니까 어떤 물체의 표징으로서는 그 물체의 그림이 많이 쓰여졌다. 상형문자(象形文字)야말로 그림에서 출발한 것임은 너무나 명백하다. 「중국」 고대의 한자의 시초가 그랬었고 고대 「애급」의 글자가 그랬었다.
이렇게 그림 그리기에서 출발한 글씨는 드디어 소리로 된 말을 귀 아닌 눈으로 보는 기호로 다시 번역하는 데 쓰여지게 되어 오늘의 글에까지 발전한 것이다.[22]

---

20) 김기림, 「말의 의미」, 《조선일보》 1935. 9. 17~10. 4, 『전집』 2, p.192.
21) Ibid., p.191.

　김기림은 그리기에서 출발한 글씨가 소리로 된 말을 귀 아닌 눈으로 보는 기호로 다시 번역하는 데 쓰이게 되고, 이후 오늘의 글로 발전하였다고 설명한다. 그리고 한자를 염두에 두고 언어의 시각성을 강조하며, 시의 근대성을 확보하기 위해 시인은 말이 아니라 글에 주목하여야 한다고 주장한다. 이러한 논의는 우리말이 표음문자인 사실을 고려할 때, 납득이 되지 않을 수도 있다. 그런데 이러한 논의를 하게 된 데에는 한자를 도상 언어로 본 파운드의 영향이 상당히 작용한 것으로 보인다. 실제 김기림은 파운드가 한자에 주목한 사실에 대해 언급한다.

　　특히 현대시의 어떤 것에서 보듯 영상을 그저 늘어만 놓고 그 사이에 맥락을 붙여주는 구문(構文, Syntax)이 아주 없어서 읽는 사람으로 하여금 그 상상을 발동시켜 제멋대로 시를 꾸며가게 버려두는 일조차 많다. 「에즈라・파운드」는 현대에 있어서 그러한 시를 퍼뜨려 놓은 장본인으로 지목되고 있는 것이다. 이러한 구문의 결여는 상상력의 활동을 위한 도리어 좋은 조건을 제공하는 일조차 있다. 구문법이 지극히 단순하며 거지반 글자 하나하나가 독립한 뜻을 가지고 있는 한문은 이러한 까닭으로 해서 상상이 활동할 여지가 많아서, 이런 점에 한시(漢詩)의 유다른 함축성이 있어도 보인다. 이 구문을 생략하는 법은 현대시인뿐 아니라 「셰스피어」도 벌써 흔히 쓴 수법으로 되어 있다. 그는 또한 상상작용의 참 묘리를 안 시의 기술자였다고도 하겠다.[23]

---

22) 김기림, 『문장론신강』, 민중서관, 1950, 『전집』 4, p.41.
23) 김기림, 『시의 이해』, 을유문화사, 1950, 『전집』 2, pp.242~3.

김기림은 파운드가 한자의 형상화 방식과 한시의 원리에 기초하여 이미지즘 시를 제작한 데 유의한다. 구문이 없는 대신 글자 하나하나가 독립한 뜻을 가진 까닭에 많은 상상의 여지를 주는 것이 한문인데, 한시가 유다른 함축성을 지니고 있는 것도 한자 때문이라는 것이다. 그리고 현대 시인들은 바로 이 한시의 수법을 흔히 사용한다고 설명한다. 이러한 논의 속에서 1930년대 김기림의 언어관에 미친 파운드의 영향을 확인할 수 있다.

파운드는 서구사회의 문제에 기초하여 종래 형이상학적 시학을 극복하고자 한 시인이다. 그는 서구 사회에서 언어는 점차 추상화로 인해 순수성을 잃고 쇠퇴했다고 보았다. 이러한 쇠퇴 혹은 타락을 막을 수 있는 유일한 방법은 순수함을 간직하고 있는, 자연에 가까운 언어를 사용하는 것이다. 그것은 도상적인 언어, 곧 중국의 이디오그램과 같은 것뿐이다.[24] 파운드가 페놀로사의 원고를 통해서 배운 시창작법은 한마디로 "표의문자적 방법(ideogrammic method)"이다. 파운드에 따르면 중국의 표의문자는 소리의 그림이거나 소리를 상기시키는 기호가 아니라 사물 그 자체인 그림이다.[25]

인쇄술이 발명되고 보급된 이후 시인들은 다양한 서체의 활자와 다양한 크기의 활자를 사용하여 시의 시각적인 효과를 높이고자 하였다. 특히 20세기 전환기에 말라르메는 처음으로 시각적 이미지를 종이의 2차원적 평면에 도입하였다. 그는 신문이나 광고에서 활자를 이용한 시각적인 효과에 의하여 『주사위 던지기』(Un Coup de Des)를 출판하였다. 이후 많은 시인들이 활자 서체에 의한 문학 작품의 시각화를 시도하였는데 파운드의 시도도 이러한 흐름 속에 있는 것이다.[26]

---

24) 이정일, 「에즈라 파운드의 혁명적 언어관」, 『외국문학』, 1996, 가을호, p.202.
25) 짱 롱시, 정진배 감수, 백승도 외역, 『도와 로고스』, 강, 1997, p.48.

　데리다 역시 말이 순수하고 오염되지 않은 것이라는 생각은 알파
벳으로 대표되는 표음문자에 기초한 사고라고 하면서27) 이러한 사고
에서 탈피하고자 돌파구를 찾았다. 그리고 파운드의 시학을 말라르메
의 시학과 함께 서양의 말 중심주의를 최초로 파괴한 것으로 평가하
였다.28) 그런데 김기림은 이미지즘 시론을 전개하면서 한자를 형상
문자로 읽은 파운드의 사고를 자연스럽게 따른다. 이것이 그가 표의
문자인 한자를 회화적인 언어로 보게 된 결정적인 이유가 된다고 할
수 있다.

　요컨대 김기림은 이미지즘 시론을 전개하면서 파운드의 논의를 참
조하여 시의 회화성을 강조하고 언어의 시각성에 주목하였다. 이 과
정에서 표의문자를 언어의 중심에 두고 논의하였고 말에 대한 글의
우위를 주장하였다. 이러한 언어관은 해방 전 그의 언어론에 지속적
으로 나타났다.

---

26) 말라르메의 『주사위의 던짐』이 출간된 이후, 많은 현대 시인들은 활자 서체에 의한
　　문학 작품의 시각화를 시도하였다. 1914년에 출판된 소용돌이파(Vorticism)의 기관지
　　인 『블래스트』(Blast)지, 1918년에 출판된 기욤 아폴리네르(Guillaume Apollinaire)의 『깔
　　리그램』(Calligrammes), e. e. 커밍스(e. e. cummings)의 시, 파운드의 시, 윌리엄스의 시,
　　그리고 1960년대 이후의 구체시(concrete poetry) 등은 활자를 시각적으로 배열하
　　여 시각적인 요소를 청각적인 요소에 통합하려고 하였다. 이에 대한 자세한 논
　　의는 권승혁, 「현대영미시의 시각화에 대하여」, 『영어영문학 연구』 47권 1호,
　　2005, pp.48~9 참조.
27) 서구의 거대한 형이상학적, 과학적, 기술적, 경제적 모험의 배경인 표음문자는 시
　　간과 공간 속에서 한계가 그어졌으며, 음성문자가 자신의 문자 양식에서 벗어난
　　문화적 풍토에 자기의 법칙을 부과, 관철하는 그 순간에 바로 스스로의 한계를
　　긋고 있다. 이에 대한 자세한 논의는 자크 데리다, 김성도 역, 『그라마톨로지』, 민
　　음사, 1996, p.28 참조.
28) Ibid., p.189.

3. 말 중심주의와 언문일치체

1) 언문일치체의 추구

해방 전, 김기림은 말에 대한 글의 우위를 강조하고 문자문화를 옹호하는 태도를 보였다. 그러나 해방 후 언문일치체를 추구하면서 종전과 다른 태도를 취한다. 해방 후 문체와 자국어에 대한 관심이 높아져 가던 즈음, 그는 '말'을 중심으로 언어의 문제를 다룬다. 김기림은 "장차 세워야 할 우리 민족문화의 길닦이로서 긴급히 요청되면서도 아직도 해결되지 못한 중요한 일"은 "글과 말을 통일한 하나로서의 우리말 체제를 확립하는 일"29)이라고 한다.

해방 후에 언문일치체의 완성은 새 국가 건설과 더불어 필수적인 과제가 되었다. 사실 언문일치체는 국민국가의 등장과 더불어 새롭게 정착되는 제도이다. 그런데 식민지 기간 동안은 국가가 없어서 사설 단체들과 문학자들이 언문일치체의 수립과 정착을 위해 노력해왔다. 식민지 기간 동안 조선어학회에서 의욕적으로 추진했던 '한글맞춤법 통일안'(1933)이나 '표준어 사정'(1935), '외래법 표기법'(1940), '국어사전편찬' 등과 같은 일련의 작업들은 모두 언문일치의 기초를 다지는 것과 관련이 있다. 그러나 언문일치체란 국가 권력에 의해 강제되는 하나의 제도이기 때문에 그 완성은 국가 건설이 되고 나서야 가능하다. 김기림 역시 이러한 문제의식에 기초하여 언어의 문제를 집중적으로 탐색한다.

---

29) 김기림, 「새문체의 갈길」, 《신세대》 1949. 3.4월호 부록, 『전집』 4, p.165.

(가) 우리 말은 하나라는 것, 그 하나인 말은 어디까지든지 말하
는 말이 줏대가 되는 것이요 쓰는 글은 본질에 있어서는 그 말을
눈으로 보는 시각적 기호조직으로 옮겨놓은 것이라는 것, 따라서
말과 글은 말을 중추로 해가지고 통일되어야 한다.
　(나) 글만이 소중하다는 미신을 버려야 할 것, 글은 말의 번역인
까닭에 그 존재가치가 있는 것이며 말은 일정한 사회적 기능을 하
는 까닭에 소중한 것으로, 다시 말하면 우리의 생활과 실천을 위한
전달의 임무를 다 해주는 까닭에만 그것이 값이 있는 것이다. 생활
과 실천을 떠난 말이 무용의 장물이듯 더군다나 말을 떠난 글이란
공소한 것이 될밖에 없다.[30]

이와 같이 김기림은 말은 하나라는 것, 그 하나인 말은 어디까지든
지 말하는 말이 줏대가 되는 것이고, 쓰는 글은 본질에 있어서는 그
말을 눈으로 보는 시각적 기호조직으로 옮겨놓은 것이라고 한다. 따
라서 말과 글은 말을 중추로 해가지고 통일되어야 한다고 주장한다.
그는 이제 글만이 소중하다는 미신을 버려야 한다고 하며 말은 생활
과 실천을 위한 전달의 임무를 다 해준 까닭에 더욱 가치가 있다고
한다. 생활과 실천을 떠난 말이 의미가 없듯 말을 떠난 글이란 공소
하다는 것이다.

이와 관련하여 김기림은 한자에 대해서도 해방 전과 아주 다르게
설명한다. 해방 전 김기림은 파운드의 논의에 기초하여 한자의 형상
성에 주목하였다. 그리고 글자의 시각성, 회화성을 강조하였다. 그러
나 해방 후 김기림은 파운드의 논의를 자의적으로 해석한 호적의 영
향을 상당 부분 받게 된다.

---

30) 김기림, 『문장론신강』, 민중서관, 1950, 『전집』 4, p.33.

　　다른 나라는 말고, 한자와 한문의 본토인 중국에서 재래의 한문
의 마술성이 중국의 새 문화를 세워가는 데 극히 방해가 된다는 것
을 깨닫고 일찌기 신문화 운동의 대장인 호적(胡適)을 중심으로 옛
날 한문은 물리치고 그 대신 말대로 글을 적는 백화문(白話文)을 쓰
기로 하자는 운동이 일어나서, 오늘에 와서는 벌써 완전히 대세가
되고 만 일을 우리는 명심해야 하겠다. 그렇다고 하면 우리는 우리
의 필요와 각도에서 한자와 한문, 그 중에서도 한자를 다시 한번 분
명히 따져 보아야 하지 않을까.31)

　　김기림은 한자와 한문의 본토인 중국에서조차 신문화 운동의 대표
자인 호적을 중심으로 언문일치체 운동이 일어났다고 한다. 호적 등
은 옛날 한문 대신 말대로 글을 적는 백화문을 쓰자는 운동을 일으
켰는데 중국에서는 이것이 대세라는 것이다. 사실 호적의 언문일치체
운동은 파운드의 이미지즘을 자의적으로 해석한 데서 나온 것으로서
파운드가 서구의 문제의식에 기초하여 한자에 눈을 돌릴 때 호적은
오히려 중국의 문제의식에 기초하여 한자 대신 백화문을 주장한다.32)
백화를 토대로 한 백화문학을 주장하였던 호적의 가장 일차적인 목
표는 문언으로부터 문학을 해방하는 것이다. 그는 사람들이 실제로
쓰는 말과 맞지 않는 문어문 대신 말을 그대로 글로 기록한 백화문
을 쓰자고 하였는데, 이것은 중국식 언문일치운동에 해당한다.33) 그
런데 해방 후 김기림은 언문일치체에 관한 한 호적의 논의를 따른다.
그는 글에 대한 말의 우위를 주장하는 입장으로 태도를 바꾸면서 한
자에 대해서도 종전과 다르게 논의한다.

---

31) 김기림, 「한자어의 실상」, 《학풍》 1949. 10, 『전집』 4, p.269.
32) 호적의 언문일치제 논의와 이미지스트 시론의 상관관계에 대한 자세한 논의는
　　이보경, op. cit., pp.31~40 참조.
33) 배개화, op. cit., p.292.

그런데 말을 좁은 의미의 말, 즉 말하는 말과 글로 나누어서 말이라면 으레 말하는 말로만 생각하는 것은 우리의 오래인 잘못된 버릇이 있었다. 이러한 말버릇은 말과 글을 아주 갈라 놓아버려서, 글은 말과 동떨어져 저의 딴 길을 걸어가도 무방하다는 폐로운 생각이 그대로 통용되었다. 그 결과는 입으로 말하는 우리 나라 말은 말대로 버려두고, 그것과는 성음(聲音)조직의 다른 남의 나라 글, 즉 한문(漢文)을 1천여년 동안 써 오면서도 그 불합리와 불편을 깨닫지 못하였고 극복하지도 못하였던 것이다. 따라서 말과 글의 긴밀한 호상 관련과 작용에 의한 자연스러운 발전을 보지 못한 병적 사태를 연출하였던 것이다. 우스운 일은 그 한문 자체는 본토인 중국에서는 그 나라 말과 긴밀하게 관련이 있었으며 그 말을 뿌리로 한, 즉 소리의 기호조직을 다시 시각(視覺)의 기호조직으로 고친 것이었다.34)

김기림은 말과 글을 나누어서 생각하게 된 것은 한글을 쓰지 않고 한자를 쓰게 된 데 기인한다고 본다. 한문을 1천여 년 동안 써 오면서 그 불합리와 불편을 깨닫지 못하고 극복하지 못한 데서 말과 글의 긴밀한 상호 관련성을 인식하지 못하는 병적 사태를 낳게 되었다는 것이다. 이와 관련하여 한자로 대표되는 표의문자가 아니라 한글을 중심으로 한 표음문자를 위주로 언어를 논의한다. "특히 표음문자(表音文字)라는 말이 보여 주듯이 글자라는 기호는 기호로서의 음성을 대표하는 것이요 그 음성이 대표하는 의미를 직접 대표하는 것은 아니다."35) 이러한 맥락에서 표음문자로서 한글의 특징을 서술하기도 한다.

---

34) 김기림, 『문장론신강』, 민중서관, 1950, 『전집』 4, p.32.
35) 김기림, 「새 문체의 요망」, 《자유신문》 1948. 11, 『전집』 4, p.162.

한자가 시각적으로 더 인상이 깊은 것도 사실이나, 그렇지만 표음문자인 우리 글에는 시각적인 인상이 한자만큼은 선명하지 않아도 역시 있는 것이다. 가령 「樹木」이라는 글자가 선명한 시각적인 인상을 가지고 있어서 그 인상이 그 뜻과 어울려 있는 것처럼 「나무」라는 두 글자도 한 시각적인 특징있는 인상을 가지고 있어서 우선은 그 음에 통하지만 동시에 같은 뜻에도 얼려 있는 것이다.[36]

김기림은 표음문자인 한글 역시 시각적인 특징을 지니고 있다고 한다. '나무'라는 두 글자도 시각적인 특징을 지니고 있다는 점을 강조한다. 소쉬르가 기호를 기표와 기의로 나누어 설명할 때, 그 대상으로 삼은 것은 알파벳이라는 표음문자이다. 이 때 그는 기표를 청각 이미지로 보고 있다. 이러한 논의를 고려할 때, 김기림이 한글의 기표에서 시각성을 언급한 것은 당연하다고 할 수 있다. 그럼에도 김기림이 유독 한글의 '시각성'을 강조한 것은 종전에 그가 한자의 시각성을 강조한 데 따른 것으로 볼 수 있다. 김기림은 이미지즘 시론을 전개하면서 파운드의 논의를 따라 한자의 시각성에 주목하였는데, 이제 한자를 부정하는 위치에 서게 되면서 한글도 한자 못지않은 시각성을 지니고 있다고 강조할 필요가 있었던 것이다.

그런데 김기림의 이러한 언어관의 변화는 민족어에 대한 그의 지속적인 관심과 깊은 관련이 있다. 30년대 후반 김기림은 「민족과 언어」에서 여러 나라의 식민지 언어 정책에 대해 의문을 표하면서 민족과 언어는 결국 존멸을 함께 할 것이라는 견해를 피력한 바 있다.[37] 당시 일제가 조선어 말살정책을 펴던 때, 김기림은 언어의 문

---

36) 김기림, 「한자어의 실상」, 《학풍》 1949. 10, 『전집』 4, p.270.
37) 김기림, 「민족과 언어」, 《조선일보》 1936. 8. 28.

제를 민족과 결부시키지 않을 수 없었다. 일제 말기 조선인 작가, 지식인들에게 조선어를 지키느냐 하는 문제는 단순한 용어나 표현에 대한 논쟁이 아니라 친일로 가느냐 그렇지 않느냐의 문제와 결부되어 있었다.38) 그런데 해방이 되면서 언어의 문제는 국가 건설과 함께 국민 통합을 다지기 위한 우선 과제로 떠오르게 된다. 해방 후 이태준이 언어의 중요성을 거듭 피력한 것도 이러한 맥락에서 이해할 수 있다. 이태준 역시 언어의 역사는 곧 민족의 역사라고 하면서 김기림과 같은 견해를 피력한다.

> 언어가 한번 불행하여 제 민족에게서 떠나버리는 날은 그 언어만의 소멸이 아니라, 그 언어의 주인, 그 민족까지 새 다른 어족에 동화되어 본래의 자기 민족으로는 성격적으로 소멸되고 마는 것이니, 이는 가까이 만주 민족과 만주어의 실례로 요연한 것이다.39)

이것은 해방 후 새로운 국가의 형성에 국어를 보존하는 일이 얼마나 절실한 의미를 갖는가를 지적한 것이라고 할 수 있다. 이태준은 언어가 민족에게서 떠나버리는 날은 언어의 소멸에 그치는 것이 아니라 그 언어의 주인인 민족까지 다른 어족에 동화되어버린다고 주장하고 있다. 김기림 역시 해방 후 민족주의의 일환으로서 글에 대한 말의 우위를 주장하고 언문일치체를 지향한다.

실제 김기림은 언문일치체 운동을 민족문학의 형성과 관련시켜 논의하기도 한다. 사실 언문일치체는 민족 국가의 동질성 확보와 그 전체 구성원들의 통합을 이끌어나갈 새로운 근대적 문체의 이상이다.

---

38) 김윤식, 『일제말기 한국 작가의 일본어 글쓰기 문제』, 서울대출판부, 2004, pp.71~5.

39) 이태준, 『이태준문학전집』 17, 서음출판사, 1988, p.72.

1894년 갑오경장의 의의로 한국이 중국과의 거리를 확보할 수 있게 된 사실을 들 수 있는 중요한 이유도 여기에 있다.[40] 한문에 의존해 왔던 어문 생활의 변화는 갑오경장을 계기로 변화하였다. 공식문서가 한문 대신 국한문으로 작성되면서 국한문혼용체가 허용되었다. 김기림 역시 언문일치체의 문제를 근대적 민족 국가 형성과 관련하여 이해한다.

> 서구제국에 있어서 근세 초에 그때까지도 국가나 교회의 공용문이고 또 유일한 학술어였던 「라틴」을 물리치고 각각 그 자신의 방언을 근거로 표준어를 형성해 간 것과 이 땅에 있어서도 역시 유일한 학술어요 공용문이었던 한문의 桎梏을 버리고 조선말로써 새로운 시대와 민중의 가장 자연스럽고 적절한 표현 전달의 수단이라고 생각한 것은 서로서로 符節이 맞는다.[41]

그는 동아시아에서 학술어요 공용문이었던 한문을 버리고 조선말로써 자신의 말을 형성하는 것은 서양에서 라틴어가 공영어로 사용되던 시대에서 근대 초에 자국의 방언을 근거로 표준어로 형성해나간 것에 비견된다고 한다. 해방 후 그는 이러한 생각을 더욱 발전시켜 "근세국가의 민족문학의 대두는 우선 그 국어에 의한 문학형식의 완성이라는 형식문제를 가지고 나왔었다"[42]고 하면서 이를 민족문학의 수립과 관련하여 논의한다.

한편 김기림이 글에 대한 말의 우위를 주장하면서 이론적 근거로 삼은 것은 전달을 중심으로 한 언어 이론이다. 해방 후 그의 언어관

---

40) 권보드레, 『한국근대소설의 기원』, 소명, 2000, p.131.
41) 김기림, 「우리 신문학과 근대의식」, 《인문평론》 1939. 10, 『전집』 2, p.46.
42) 김기림, 「민족문화의 성격」, 《서울신문》 1949. 11. 3, 『전집』 3 p.155.

은 '전달'을 강조하는 것으로 변화한다. '전달'에 대한 강조는 1930년
대 후반부터 조금씩 나타나기 시작하는데, 이것은 해방 후 뚜렷하게
자리한다. 특히 해방 후 쓴 『문장론신강』에서 그는 의미의 전달을 무
엇보다 강조한다. 그는 오그덴과 리차즈의 언어관을 참조로 하여 언어
와 대상과의 관계를 도표로 나타내기도 하였다.

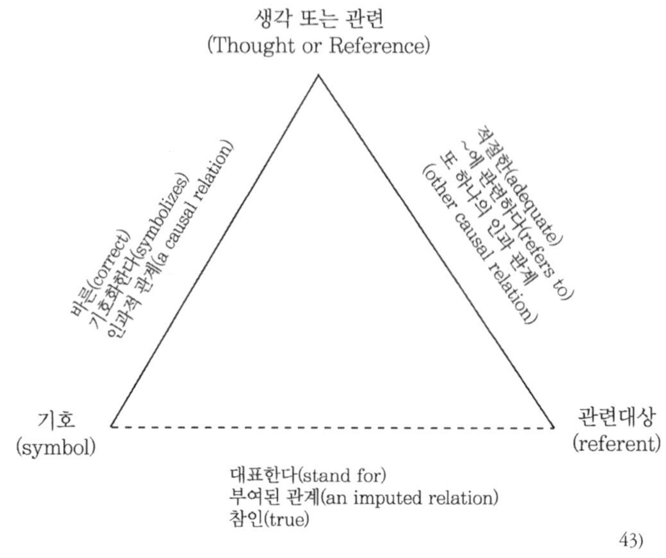

43)

김기림은 오그덴과 리차즈의 『의미의 의미』에 나오는 도표를 참조
하면서 객관세계는 우리의 의식에 반영되어 기호로서의 말에 연결된
다고 하였다. 즉 '생각 또는 관련', '기호', '관련대상' 등은 인과관계
로 맺어져 있다고 한다. 그리고 객관세계가 우리의 의식, 생각 또는
객관세계에 대한 연관으로서 비칠 때 그것은 어떤 임의로 또는 제멋
대로 꾸미는 관계가 아니라 필연적 관계가 된다고 한다. 이러한 논리

---

43) 김기림, 『문장론신강』, 민중서관, 1950, 『전집』 4, p.49.

속에서 언어의 미적 가공의 문제는 부차적인 것으로 돌려질 수밖에 없다. 생각 또는 관련, 기호와 관련대상 등은 모두 인과관계 속에 존재하기 때문에 기호들의 물질성은 더 이상 중요한 문제가 되지 않는다. 그는 이러한 언어의 인과관계를 더욱 확대하여 언어를 역사적·사회적 맥락 속에 위치시키기도 한다.

표현의 문맥

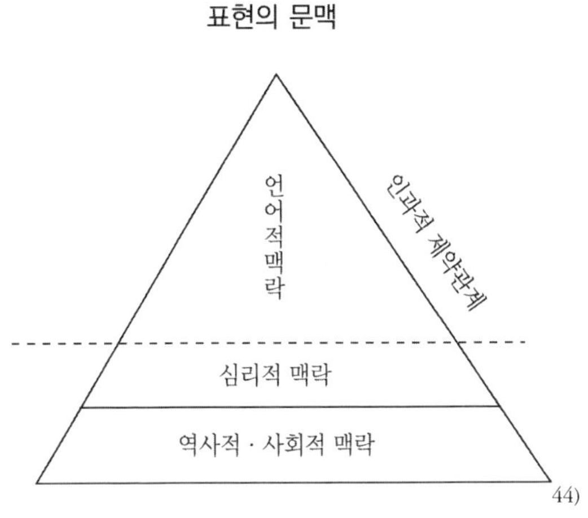

김기림에 따르면 언어의 표면에 나타나고 있는 것은 점선으로부터 위의 부분이다. 우리는 해석을 통하여 다시 그 다음 층, 즉 심리적 맥락관계로 내려가며, 거기서 다시 역사적·사회적 맥락의 맨 밑층에까지 내려간다. 각 층 사이의 관계는 어디까지든지 인과적인 엄밀한 제약성을 띤다. 여기서는 말과 글, 기표와 기의와의 관계, 이러한 문제들이 개입할 자리가 없다. 오로지 언어만이 존재할 뿐이다. 이러한 논의 속에서 사회에서 형성되는 언어의 의미 전달은 더욱 중요한 문

---

44) Ibid., p.63.

제가 된다. 김기림은 이러한 언어관에 기초하여 당시 의사소통의 수사학을 전개하기도 한다.45) 이와 같이 해방 후 김기림은 언어의 전달에 초점을 두고 합리적인 이성을 도출하고자 하였는데, 언문일치체의 지향도 이러한 모색의 일환이라 할 수 있다.

이 점은 언어를 중시하면서도 '표현'을 중심에 둔 이태준의 논의와 구별된다. 이태준은 '말하는 언어'의 범주가 아니라 '글쓰는 언어'를 위주로 논의한다. 그는 『문장강화』에서 일상어가 언문일치체에 해당되는 것이라면 그것은 한갓 실용정신에 지나지 않는 만큼 예술가가 취할 바가 아니라는 점을 강조하였다.46) 이러한 관점은 해방 후 그의 언어관을 집약적으로 드러내고 있는 글인 「문학과 언어」에도 동일하게 나타나고 있다. 이 글에서 이태준은 여전히 한국어의 미의식에 주목한다.

> 단일어족인 우리는 문학 건설에 있어서 우선 단일적인 것이다. 그리고 문학은 표현형식에 뿐 아니라 사고내용에까지 언어의 제약을 받는다. 조선어는 어음의 방사선적 무한성과 어의의 적정예리한 감각성은 문학용어로서 이상적 언어일 것이다.47)

그는 "한국어의 어의의 적정예리한 감각성"에서 이상적 문학어로서의 가능성을 찾고 있다. 조남현은 한국어에 대한 이러한 견해는 이태준의 날카로운 통찰력과 애정이 어우러진 끝에 나온 것48)이라고

---

45) 김기림은 해방 후의 혼란한 정치 상황을 맞아 민주적인 문화를 이루려는 의도에서 의사소통의 수사학을 전개하였다. 이에 대한 자세한 논의는 이 책 9장 참조.
46) 이에 대한 자세한 논의는 김윤식, 『해방공간 한국 작가의 민족문학 글쓰기론』, 서울대출판부, 2006, pp.95~110 참조.
47) 이태준, op. cit., p.75.
48) 조남현, 「이태준의 이론과 실천의 틈」, 『한국현대작가의 시야』, 문학수첩, 2005,

평가하였다.

그러나 김기림은 이태준과 달리 도구적 언어관, 실용적 언어관에 기초하여 민족어의 확립을 지향하였다. 언어의 문제를 더 이상 미적 가공이 아니라 전달에 두며 언어의 사회적인 연관을 강조한다. 물론 김기림의 언어관이 해방을 기점으로 갑자기 변화하는 것은 아니다. 1930년대 중반 이후 김기림은 모더니즘에 대해 비판하고 과학적 시학을 모색하는데 이 과정에서 언어의 '전달'을 중요시하게 된다. 이러한 생각은 1940년에 발표한 「시와 언어」(《인문평론》 1940. 5)에도 나타난다.

> 일찍기 우리는 시를 언어의 한 형태라 했다. 거기서 언어라고 한 것은 물론 구식 언어학자가 말하는 죽은 말의 집단이 아니고 산 말―다시 말하면 회화를 기초에 두고 한 말이다. 이런 의미에서 언어는 한 개의 사회적 행동이다. 역사적 사회라는 일정한 배경 아래서 바꾸어지는 사람과 사람의 교섭이다.
>
> 「가디너」는 일찍이 Languge와 Speech는 구별되어야 하며 언어학의 주요한 대상은 앞의 것이 아니고 실로 뒤의 것이라고 주장했다. 불란서 학자들이 말하는 Parole이라는 관념에서 따온 생각같다. Langue에서 Parole을 구별하는 생각의 뒤에는 언어를 한 고정된 실체로서 취급하는 낡은 문법 관념과 그 관념을 기초로 한 낡은 언어학에 대한 항의가 숨어있다.[49]

이 글은 김기림이 東北帝大 유학을 마치고 귀국한 후에 쓴 것인데 여기서 김기림은 언어를 사람과 사람의 교섭이라는 전달의 관점에서

---

p.251.
49) 김기림, 「시와 언어」, 《인문평론》 1940. 5. 『전집』 2, p.20.

논의한다. 그리고 시의 언어는 죽은 말이 아니라 산 말, 즉 회화에 기초를 둔 것으로서 파롤에 해당한다고 한다. 이것은 물론 소쉬르의 랑그와 파롤을 자의적으로 해석한 결과이다. 그러나 이러한 김기림의 논의에서 주목되는 것은 그가 바흐친이 말한 추상적 객관주의의 언어관을 비판하고 있다는 점이다. 바흐친은 일반 문법과 소쉬르, 발리 등의 이론이 랑그의 추상적인 형태만을 알고자 할 뿐 파롤을 연구대상에서 제외한다고 보고 이러한 경향을 추상적 객관주의라 하였고, 훔볼트, 보슬러와 스피처에 이르는, 언술의 사회적 성격을 간과하는 경향을 개인적 주관주의라 하였다. 그리고 이러한 두 가지 경향을 모두 비판하였다.50) 그런데 김기림은 랑그를 부정하고 파롤을 강조하는 입장을 보이고 있다.

그러나 김기림은 파롤을 지향한다고 하면서도 '개인적 주관주의'에 대한 비판으로 나아가지는 않는다. 또한 여전히 시의 언어가 지니고 있는 특성, 즉 인공성과 기술성을 강조한다. 동일한 글에서 그는 "주지주의의 시에서조차 그것이 관련하는 것은 지식이 아니고 지성(예를 들면 영상의 신기, 선명이라든지 메타포아 쌔타이어 유머―의 인지 등등)에서 오는 내부적 만족"51)이라고 함으로써, 인공어에 대한 지향을 버리지 않는다.

그런데 해방 후 김기림은 민중이 언어를 형성하는 주된 집단이라고 하면서 종래의 개인적 언어관에서 벗어난다. 이제 김기림은 무엇보다 언어의 '전달', 합리적인 의사소통으로서 언어의 전달 층위에 논의의 초점을 둔다. 그리고 이 과정에서 '글'에서 '말'로 언

---

50) M. 바흐친·V. N. 볼로쉬노프, 송기한 역, 『마르크스주의와 언어철학』, 흔겨레, 1988, pp.82~6 참조.
51) 김기림, 「시와 언어」, 《인문평론》 1940. 5, 『전집』 2, p.330.

어의 무게 중심을 이동시킬 뿐만 아니라 언어의 사회적 측면을 고려하게 된다.

2) 문화의 민주화와 우리말 운동

김기림은 『문장론신강』에서 구어를 최대한 살리는 글쓰기를 강조하며 새로운 우리말 문체의 확립을 주장한다. 그리고 우리말 운동을 민족문화를 달성하는 첫 걸음으로 이해하기도 한다. 그가 민족문화의 건설 또는 문화의 민주화를 위해 해결해야 할 과제로 드는 것은 민주적인 글자 기호의 확립과 문체의 민주화이다.

> 장차 세워야 할 우리 민족문화의 길닦이로서 긴급히 요청되면서도 아직도 해결되지 못한 중요한 일이 그대로 남아 있는 것이 있다. 그 하나는 쓰는 글자의 한글에의 통일이요, 또 하나는 우리말 본위의 문체(文體)를 세우는 일이다. 그리하여 글과 말을 통일한 하나로서의 우리말 체제를 확립하는 일이다.52)

김기림은 민족문화 건설을 위해 해결해야 할 과제로 쓰는 글자의 한글에의 통일과 우리말 본위의 문체(文體)를 세우는 일을 들고 있다. 이를 통해 글과 말을 통일한 하나로서의 우리말 체제를 확립하는 일을 우선 과제로 설정한다. 김기림은 해방 후 민족문화의 건설은 그 보존 전달을 위한 방편의 문제, 즉 민족문화의 형식 문제의 해결을 통해서 확보될 수 있다고 본다. 김기림은 이를 '우리말 운동'으로 규정한다. 그가 우리말 운동의 방향으로 제시하는 것은 다음과 같다.

---

52) 김기림, 「새 문체의 갈길」, 《신세대》 1949. 3.4월호 부록, 『전집』 4, p.165.

「우리말 운동」은

첫째 문자로서의 한글의 더 넓고 급속한 보급.

둘째 한자어의 정리(여기서 정리라 함은 그저 없애는 것을 의미하는 것은 아니다. 필요한 것과 불필요한 것, 피할 수 있는 것과 불가피한 것을 널리 일상 쓰는 말과 학술어·전문어 등에 걸쳐 캐어내는 것을 의미한다).

세째 일어(日語)와 일어에서 온 말을 정리할 것.

네째 한문투·일어투를 몰아내고 우리 말체를 확립하는 것.

다섯째 일상 말해지는 구어(口語)를 점근선(漸近線)으로 하고 늘 그것에 가까워갈 것.

등의 조목을 포함해야 할 것이다.53)

여기서 보듯 우리말 운동의 중심을 이루는 것은 한글의 보급, 한자의 정리, 일어와 일어에서 온 말의 정리, 한문투·일어투를 몰아내는 일, 구어에 가까워갈 것 등이다. 이것은 물론 언어는 말을 그 근원으로 삼아야 한다는 전제에서 나온 것이다. 이에 의거하여 그는 한자뿐만 아니라 의한문체, 국한문체 등도 모두 청산하고자 주장한다.

그가 이렇게 우리말 운동의 방향을 제시하면서 중심에 둔 것은 한자의 문제이다. 그는 한자를 특권층의 소유물로 파악한다. "한자어들은 이렇게 적지아니 주로 어떤 특권층의 표징이었던 흔적을 지니고 있는 것이다."54) "한자어는 한문화의 영향 아래서 생긴 것이며, 한문을 독점하고 있던 특권적 양반층이 그 주요한 산파요 또 전파자였다."55) 또한 한자의 큰 특징은 추상성에 있다. 김기림에 의하면 한자는 "특히 어떤 휘어잡을 수 없는 추상적인 개념(槪念)을 대표시키는

---

53) Ibid., p.169.

54) 김기림, 「한자어의 실상」, 《학풍》 1949. 10, 『전집』 4, p.254.

55) 김기림, 『문장론신강』, 민중서관, 1950, 『전집』 4, p.258.

데는 유다른 마술성을 발휘하기조차 하는 것"[56]이다. "漢民族이라고 하는 것은 참말 실제적인 면을 가졌음에도 불구하고 漢文化 자체는 굉장한 추상의 체계다."[57] 한자가 추상적일 뿐만 아니라 한문화 자체가 추상적이다.

> 사실 한자와 한문 덕으로 우리가 받아 가진 것이 무엇이냐. 뒤떨어진 봉건사회의 괴어빠진 웅덩이에 언제까지고 우리를 얽매 두기 위한 저 유교(儒敎) 사상을 조상과 우리 머리 속에 쑤셔넣은 것이 고작이 아니었더냐. 그 때문으로 잃은 것은 무엇이냐. 첫째로 그것은 우리말 문학, 즉 진정한 민족문학의 발생발전을 막아왔다. 특히 「유럽」의 새 문명을 어서 바삐 받아들여야 했을 적에 한사코 방해하였다. 새로운 과학과 기술의 수입을 훼방하고 저해했던 것이다.[58]

한자는 봉건적 이데올로기와 관련되며, 한자는 근대문명을 수용하는 데 방해가 되었다는 것이다. 따라서 한자로 대표되는 추상성을 극복하는 것은 지상 과제로 부각된다. 문화의 민주화를 지향하는 김기림에게 한자의 폐지는 언문일치체의 문제를 넘어서, 봉건적인 사상의 극복과 관련되는 문제로 인식되기에 이른다.[59]

> 조선에서 이 「르네상스」가 싸워야 할 첫 敵은 그것의 앞길에 완강하게 막아선 봉건적·유교적 구사상이었다. 그것은 이조 5백년간

---

56) 김기림, 「한자어의 실상」, 《학풍》 1949. 10, 『전집』 4, p.266.
57) 김기림, 「소설의 파격」, 《문학》 1950. 5, 『전집』 3, p.191.
58) 김기림, 「한자어의 실상」, 《학풍》 1949. 10, 『전집』 4, p.273.
59) 그가 우리말 운동의 방향을 봉건 잔재의 청산을 통한 민주화와 민족문화의 달성과 관련시킨 것은 그가 당시 가담하고 있었던 문학가동맹의 이념과 관련되는 것으로 보인다. 권영민, 『한국현대문학사』 2, 민음사, 2002, pp.42~5 참조.

조선사회의 골수에 맺히고 세포에 스민 치명적인 독소였다. 그러한 관념형태의 마술적 표현수단은 다름아닌 한문이었다.

「르네상스」의 가장 굳센 한쪽 날개였던 신문학은 구사상과 결전하는 데 있어서 그 새로운 무기로 채용한 새로운 표현수단은 이른바 언문이었고 口語였다. 반드시 곧 그대로 구어가 아니었다고 할지라도 적어도 구어에의 의욕이 밑에 숨어 과도기적 형태로서의 文語였다.[60]

김기림에 의하면, 한자는 봉건적·유교적 구사상이라는 관념 형태의 마술적 표현 수단이다. 그리고 한자는 문어로서, 근대화 과정에서 구어에 자리를 내어줄 수밖에 없다. 무엇보다 한자로 대표되는 추상적인 세계, 봉건적인 세계는 극복되어야 한다. "우리의 해방은 우선 정치적인 해방이었으나 동시에 그것은 우리의 민족적인 觀念主義의 고질에서 벗어나는 정신적인 해방이기도 해야 하였다."[61] 따라서 한자를 폐지하고 한글을 쓰는 일은 추상의 세계를 벗어나 생활의 세계에 기초한 첫 걸음이 되며 민주화를 달성하기 위한 전제이기도 하다. 새로운 문체는 추상의 세계가 아니라 구체적 현실에서 나와야 한다. 새로운 문체의 수립은 늘 보다 더 산 현실의 회화에서부터 출발해야 한다.

이렇게 글에는 말 이상의 인공성(人工性)과 기술성(技術性)이 있는 것이다. 노예사회 이래 오늘에 이르기까지 계급 분화가 있는 곳에서는 어떤 데서도 대체로는 글은 시간과 물질의 여유를 가진 특권층의 전유물(專有物)이었던 것이다."[62]

---

60) 김기림, 「우리 신문학과 근대의식」, 《인문평론》 1940. 10, 『전집』 2, pp.45~6.
61) 김기림, 「소설의 파격」, 《문학》 1950. 5, 『전집』 3, p.191.
62) 김기림, 「새 문체의 요망」, 《자유신문》 1948. 11, 『전집』 4, p.162.

그는 글이 말 이상의 인공성과 기술성을 지니고 있다고 한다. 때문에 글은 노예사회 이래 오늘에 이르기까지 계급 분화가 있는 곳에서 시간과 물질의 여유를 가진 특권층의 전유물이 되었다고 한다. 이와 같이 그는 언어를 말 중심으로 이해하고자 하며 그것을 민주적인 문화 건설과 관련시켜 논의한다. 마찬가지 이유에서 그는 8·15 이후의 일부 학자들이 한자어와 일어에서 온 가짜 한자어를 싫어하는 결벽에서 새 말을 내놓는 현상과 무조건 한자 폐지를 주장하는 태도를 비판한다.

> 날틀도 좋다. 배움집도 좋다. 맛모금도 세모꼴도 좋다. 다만 개인적인 제기의 방식으로 하라. 그렇지 않고 권력을 등에 엎고 그 사용을 강제하려고 들 때 다행히 우리 민족의 어감과 실용감에 그 말들이 맞으면 좋거니와 맞지 않을 경우에는 한 개인이나 좁은 집단이 민족적 언어생활에 부당한 간섭을 하는 게 된다. 그런 권한이 도대체 어디서 생겼을까.[63]

김기림은 기왕에 한자로 된 말들을 모두 순수 한글로 바꾸는 문제에 대해 비판적인 태도를 보인다. 그런데 그가 이를 비판하는 근거는 그 말들이 우리 민족의 어감과 실용감에 맞느냐의 여부이다. 김기림은 순수주의자들이 언어가 구체적 현실에 기반을 두어야 한다는 사실을 인식하지 못한다고 보고 이를 비판한다. 그는 어디까지나 민중 속에서 자연스럽게 산출되는 말들에 주목한다. "대중은 기실은 새말을 만드는 데 있어서 서투른 순수주의자들보다는 사뭇 천재인 것이

---

63) 김기림, 「새 문체의 갈길」, 《신세대》 1949. 3. 4월호 부록, 『전집』 4, p.173.

다.”64) 이러한 논의 역시 현실 속에 역동적으로 존재하는 언어에 대한 탐색에서 비롯된 것이라 할 수 있다. 사실 기호로서의 언어 형태에 대한 구성 요인이 되는 것은 신화와 같은 자기 동일성이 아니라 특유의 가변성이다.65) 언어가 살아 있는 한 그 분화와 다양성은 폭과 깊이를 더해나간다. 구심적 힘들과 나란히 원심적 힘들이 작업을 수행한다.66) 구심적 힘은 그 자체가 언어를 통일된 것, 공식적인 언어로 되게 한다. 반대로 원심적 힘은 언어의 통일성을 해체하며 언어학적 권위를 풀어버린다. 원심적인 힘은 예속과 합동과 대항하여 싸운다.67) 그런데 김기림은 우리말 운동을 전개하면서 언어의 구심적 힘뿐만 아니라 원심적 힘의 방향을 인식한다.

아울러 김기림은 새로운 문체를 확립하기 위해 문학인이 많은 역할을 해야 한다고 주장한다.

> 우리말 운동이 우리 민족문화 건설을 위한 기초공사가 되기 위하여서는 문자운동만이 아니고 언어운동으로서 전개되어야 할 것이다. 그러기 위해서는 그 가장 유력한 실천부면을 맡은 것이 문인이라는 것을 더 분명히 해야 하겠다.68)

김기림은 우리말 운동이 민족문화 건설을 위한 기초가 되기 위해서는 문자운동에 그치는 것이 아니라 언어운동으로 전개되어야 한다

---

64) 김기림, 「한자어의 실상」, 《학풍》 1949. 10, 『전집』 4, p.209.

65) M. 바흐친·V. N. 볼로쉬노프, op.cit., p.94.

66) Mikhail Baktin, 전승희 외역, 『장편 소설과 민중언어』, 창작과비평사, 1988, p.79.

67) Ann Jefferson, 여홍상 편역, 「야콥슨과 바흐친: 형식주의의 정치학」, 『바흐친과 문학이론』, 여홍상 편, 문학과지성사, 1997, p.66.

68) 김기림, 「새 문체의 갈길」, 《신세대》 1949. 3.4월호 부록, 『전집』 4, p.174.

고 한다. 그리고 이를 위한 실천에 문인이 적극 관여해야 한다고 주장한다.

그는 해방 공간이라는 과도기적 상황 속에서 언문일치체를 형성하는 과정에 문인의 역할이 지대하다고 판단하였다. 여기서 나아가 현대문학에 있어서도 문체의 문제는 중요하다고 주장하면서 새로운 문체를 산 현실의 회화에서 찾고자 한다.

> 또한 형식의 문제면에서도 중요한 것은 현대문학에 있어서의 文體의 문제다. 근세소설은 출발의 당시부터 문체의 문제를 口語體의 채용이라는 방식으로 해결하고 달려들었던 것이다. 시에 있어서는 자유시가 정형시의 기계성·부자연성·과장성에 불만을 품고 일상 회화에 근거를 둔 소위 內面律을 제의하였을 때 그것은 커다란 변혁임에 틀림없었다. 그 뒤로도 소설이나 시에 있어서 새로운 문체의 수립은 늘 보다 더 산 현실의 회화에 그 동력을 찾으려 했던 것이다.69)

김기림은 근대소설은 출발 당시부터 문체의 문제를 구어체의 채용으로, 시에 있어서는 자유시가 일상 회화에 근거하여 발전해왔다고 한다. 그 이후에도 현대문학의 새로운 문체의 수립은 늘 보다 더 산 현실에서 동력을 찾으려 하였다고 하면서, 이후 문체의 방향도 이러한 현실의 회화 속에서 찾아야 한다고 한다. 이것은 문학의 언어가 더 이상 문법 중심의 언어가 아니라 실생활에 토대를 둔 언어가 되어야 함을 의미한다. 언어의 구심적 힘은 일상 언어에서 나타난다. 공식적인 행사에서 쓰는 언어, 정치인의 연설과 법조문 등에 쓰는 언어는 언어의 단일성을 유지한다. 그러나 문학의 언어는 그렇지 않다.

---

69) 김기림, 『문학개론』, 신문화연구소, 1946, 「전집」 3, p.72.

그것은 언어의 원심적 힘을 확산시킨다.[70] 그런데 김기림은 현실 속에서 끊임없이 분화를 겪고 있는 언어들, 가령 언어학적 방언들, 사회 이념적 언어들, 여러 사회 집단의 언어들 혹은 여러 가지 직업적·장르적 언어들, 동시대에 존재하는 여러 세대들의 언어들의 다양성과 역동성을 인정한다. 그가 문학의 역할을 강조하고 새로운 문체의 확립과 관련하여 새로운 비유의 창안을 주장하는 것도 이러한 이유에서이다. 따라서 김기림의 우리말 운동에 대한 논의는 구체적 현실에 기초한 것이자 문화의 민주화를 위한 토대를 제시했다는 점에 그 의미가 있다고 하겠다.

4. 결론

이 장에서는 김기림의 언어관이 해방 전과 그 이후를 기점으로 크게 바뀐다고 보고 그 변화 양상을 고찰하였다. 해방 전 김기림의 언어관이 시의 근대성을 확보하는 데 초점이 놓여져 있었다고 한다면, 해방 이후에는 언문일치체에 초점을 두고 있었다. 그리고 이러한 변화는 말과 글의 대한 인식, 한자와 한글에 대한 인식 등의 변화와 긴밀한 관련을 가지고 있었다.

1930년대에 김기림은 모더니즘 시론을 전개하면서 언어의 미적 가공에 보다 많은 관심을 기울였다. 이와 관련하여 그는 인공어를 지향하였고, 시에서 회화성을 강조하였으며, 말보다 글을 우위에 놓고 언어를 논의하였다. 그는 근대시는 구술의 단계에서 문자의 단계로 이

---

70) Mikhail Bakhtin, op. cit., p.66.

동하였다고 보고, 시의 근대성을 확보하기 위해서는 전대의 상징주의 시를 극복하는 것이 무엇보다 중요하다고 생각하였다. 그는 파운드의 논의에 영향을 받아 한자의 형상성에 주목하였고, 한자를 전범으로 삼아 글의 시각성을 강조하였다.

그러나 해방 후 김기림은 문학의 언어가 아니라 일상어에 중심을 두고, 글에 대한 말의 우위를 주장하였다. 김기림이 글이 아니라 말의 우위를 주장하게 된 것은 현실에 대한 태도가 변화하였기 때문이다. 이 과정에서 그는 말을 중심으로 한 언문일치체를 주장하였는데, 이것은 해방 후 그가 민족문학, 민주주주의 문화를 모색한 사실과 깊은 관련이 있었다. 이 때 이론적 근거로 삼은 것은 '전달'을 중심으로 한 언어 이론이었다. 특히 해방 후 그는 구체적 현실 속에서 운용되는 말을 지향하였다. 그는 새로운 우리말의 형성에는 단일한 계층이 아니라 여러 계층의 다양한 목소리가 작용하여야 한다고 하였다.

이 장의 논의를 통해 김기림의 언어관이 어느 정도 드러났다고 할 수 있다. 그러나 김기림의 언어관이 동시대의 다른 담론들과 어떤 관계를 지니고 있는지에 대해 본격적으로 고찰하지 못하였다. 특히 해방기 언문일치체 논의나 우리말 운동 논의가 다른 어학자들의 논의와 어떤 관련을 지니고 있는지 밝히지 못하였다. 이후 이에 대한 보다 다양한 연구가 있어야 할 것으로 보인다.

(「우리말글」 40집, 2007.)

9장 『문장론신강』에 대한 수사학적 연구

1. 서론

최근 우리 사회에는 글쓰기에 대한 많은 책들이 나오고 있다. 시작법과 소설 작법과 같은 문학 창작에 대한 책에서부터 다양한 글쓰기에 대한 원론과 각론에 이르기까지 많은 종류의 책들이 다양하게 나오고 있다. 이와 함께 수사학에 대한 관심도 증대하고 있다. 이것은 그만큼 우리 사회가 다원화되었으며, 각자의 창의적인 사고가 중요하다는 인식이 확산되었음을 드러내는 징표이다.

이러한 현재의 관심에 기초하여 최근 한국 근대 문학에서의 문장론이나 수사학에 연구도 조금씩 진척을 보고 있다. 김기림의『문장론신강』에 대한 연구도 그 가운데 하나이다. 이 책은 해방을 기점으로 조선어가 이른바 국어의 지위를 획득하게 되고 학교 교육이 조선어 중심으로 재편되었던 상황의 산물이다. 『문장론신강』은 해방 후 한글의 통합과 함께 국가 건설이라는 시대적 과제를 일정 부분 반영하고 있어[1] 오늘날의 여러 글쓰기 책과 다른 면모를 지니고 있다.

또한 김기림의 『문장론신강』에는 해방 후 변모한 그의 문학관이 일정 부분 스며들어 있다. 이 책은 당시 민족문화, 민주주의 문화의 확립에 지대한 관심을 가지고 있었던 김기림의 현실에 대한 관심을 적극적으로 반영하고 있다. 해방 후 그는 조선문학가동맹에 가담하고 '진보의 시', '인민의 시'로 표방되는 시의 이념화를 지향하였고 그것을 새로운 민족국가 건설에 동참한다는 명분으로 합리화하고자 하였다.[2] 민주주의에 대한 관심 속에 노래체의 시를 선호하기도 하였는데, 『문장론신강』에는 이러한 문학에 대한 변화된 인식도 들어 있다.

뿐만 아니라 『문장론신강』은 한국 수사학사에서도 의미를 지니고 있다. 개화기에 최재학이 『실지응용작문법』(1909)을 낸 이래 한국에서 수사학에 대한 논의는 간헐적으로 이루어져왔다. 근대적인 글쓰기를 모색한 이태준의 『문장강화』는 그 대표적인 예이다. 그런데 이태준의 『문장강화』에서는 표현의 수사학이 중심이 되는 데 반해 김기림의 『문장론신강』에서는 설득의 수사학과 표현의 수사학이 모두 비중 있게 다루어지고 있다.

이제까지 『문장론신강』에 대한 연구는 지극히 소략하다. 이재선은 김기림의 『문장론신강』 속에 투영된 리차즈의 이론을 고찰하면서 김기림이 리차즈의 수사학에 과도하게 의존함으로써 이론적인 지식의 나열만을 제시하였다고 하였다.[3] 이후 김윤식은 김기림의 『문장론신

---

1) 박성창, 「말을 가지고 어떻게 할 것인가」, 『한국현대문학연구』 18집, 2005. 12, pp.161~2.
2) 권영민, 『한국현대문학사』 2, 민음사, 2002, p.87.

강』과 이태준의 『문장강화』를 비교하면서 이것이 각각 인공어와 민족어를 수립하고자 하는 시도라고 규정하였다.4) 박성창은 김기림의 『문장론신강』과 이태준의 『문장강화』를 '구조와 차이'라는 측면에서 다각도로 해명하고 이들을 본격적으로 분석하였다. 이들 연구를 통해 김기림의 『문장론신강』을 체계적으로 이해할 수 있는 토대가 마련되었다. 그러나 『문장론신강』의 수사학에 대해서는 깊이 있게 논의하지 못하였다. 『문장론신강』의 핵심적인 부분이 수사학이고, 한국문학사에서는 다소 낯선 의사소통의 수사학을 지향한다고 할 때, 이에 대한 본격적인 연구가 무엇보다 필요하다.

최근의 수사학은 고대 그리스 로마 시대 이래 오랜 전통 속에서 그 옛 영광을 되찾으려 한다. 즉 수사학적 맥락 안에서 서사학, 텍스트 언어학, 문체론, 커뮤니케이션학, 사회학, 변증법, 실용론 등과 교류하면서 수사학을 새롭게 정립하려는 경향을 보인다. 그것은 닫힌 체계 이론에서 탈피하려는 현대적 움직임과 동행한다.5) 이러한 상황을 고려하면, 『문장론신강』의 다양한 논의는 수사학 안에 포섭시켜 다양하게 분석될 필요가 있다. 더욱이 김기림이 제시하고 있는 의사소통의 수사학은 '논증하는 기술' 또는 '설득하는 기술'로서 규정되어 온 수사학의 측면에서 검토할 수 있다. 이러한 양상에 유의하여 이 장에서는 『문장론신강』의 수사학을 설득의 수사학과 표현의 수사학으로 나누어 살피고 그 의미를 부여하고자 한다.

---

3) 이재선, 「문장론 성립에 있어서의 서구의 영향: 김기림과 리차즈」, 『어문학』 17집, 1967.
4) 김윤식, 「민족어와 인공어」, 《문학동네》 15, 1998, 여름.
5) 우찬제, 『텍스트의 수사학』, 서강대출판부, 2005, pp.18~9.

2. 설득의 수사학

1) 의사소통의 수사학과 말 중심주의

김기림은 『문장론신강』에서 진술, 표현, 해석의 전 과정을 설명하는 종합적인 언어 이론의 기초 위에 말과 글의 실천적인 양식과 기술로서 새로운 수사학을 모색한다. 그는 『문장론신강』의 서두에서 말과 글의 전달 작용의 전모를 하나로 파악하는 종합적인 언어 이론이 필요하다고 보고 그 실천 형태로서 수사학을 강조한다. 그에 의하면 말은 단순히 표현만이 아니라 의사소통의 전 과정을 아우르는 것이다. 언어학 역시 이 과정 전체를 다루는 것이어야 하며, 수사학은 이에 기초하여 발전하여야 한다.

> 이리하여 진술(陳述), 표현(表現), 해석의 전 과정을 통한 말과 글의 전달(傳達)작용의 전모를 통일된 종합적인 언어이론의 기초 위에서 파악해야 할 것이다. 이 작은 책자 속에서 저자는 그러므로 처음에 일반적인 언어이론 다음에 말과 글의 실천의 여러 양식(樣式)과 기술(技術)을 캐어보는 것이 옳은 순서라고 생각했다.6)

이와 같이 김기림은 수사학이 진술, 표현, 해석의 전 과정을 통한 말과 글의 전달 작용 전체를 포괄하는 종합적인 언어 이론의 기초 위에서 출발해야 한다고 본다. 이것은 수사학이 말과 글의 실천적인 양식과 기술로 제시된다는 것을 의미한다. 새로운 의미의 수사학은 "언어의 과학으로서 언어학이 있는 한편" "말과 글의 실천의 모에 있

---

6) 김기림, 『문장론신강』, 민중서관, 1950, 『전집』 4, pp.9~10.

어서 언어학을 기초로 한 한 개의 응용과학”이어야 한다. 이렇듯 김기림에게 수사학은 종합적인 언어 이론의 기초 위에 자리한 하나의 응용과학이다. 따라서 그의 수사학에서 중심을 이루는 것은 비유 중심의 수사학, 문채 중심의 수사학이 아니라 합리적인 의사소통을 지향하는, 의사소통의 수사학이다.

이러한 의미에서 그가 종래의 수사학을 비판하는 것은 당연하다. 그는 “종래의 수사학이나 작문 교과서가 하려고 한 일은 주장 수단만을 떼어서 치례시키는, 말과 글의 화장술(化粧術)을 궁리해내서 그것을 기계적으로 배우는 사람의 머리에 쑤셔넣으려 드는 일이었다”7)고 하면서 이를 비판한다. 대신 진리의 전달이라는 관점에서 새로운 수사학의 목표를 제시한다.

> 진리를 가장(假裝)하지 말아라. 새로운 수사학은 그러한 사기술을 폭로할 것이다.
> 진리를 너무 경원치 말아라. 또는 지나친 의상으로 장식하려 들지 말아라. 진리는 소박할수록 더 좋다. 진리로 하여금 우리 곁에서 마음놓고 숨쉬게 하며, 수월한 말로 서로 말을 건너게 하자.
> 진리와 진실한 생각과 감정을 가장 잘 교환하는 길—그것 밖에 또 수사학의 딴 목표가 있을 리 없다.8)

그는 수사학을 사기술로 오해하는 태도를 비판한다. 이 연장선상에서 진리를 현실과 동떨어진 것으로 보는 태도나 진리를 장식하는 태도를 모두 부정한다. 그리고 진리는 소박할수록 더 좋다는 전제 위에 수사학의 목표를 “진리와 진실한 생각과 감정을 가장 잘 교환하는

---

7) Ibid., pp.79~80.
8) Ibid., p.11.

길"로 제시한다. 물론 김기림이 고전적 수사학 이래 수사학은 말의 장식으로 이해되어왔다고 한 것은 수사학의 역사에서 볼 때 과장된 측면에 있다. 서양에서 수사학은 비유 중심의 수사학으로 축소된 과정을 겪어왔지만9) 가장 일반적인 의미에서 수사학은 '화술', 즉 담화의 기술로 정의할 수 있기 때문이다.10) 올리비에 르불은 수사학의 본질이 문체도 논증도 아니고, 양자가 교차하는 명확한 지대에 있다고 하였다.11) 그런가 하면 토마스 알발라데호는 '예술로서의 수사학'과 '과학으로서의 수사학'을 기본적으로 구별하면서 이 양자를 모두 인정하였는데, 그의 이러한 노력은 현대 수사학을 위한 기초적인 참조틀을 이루었다. 그에 의하면 수사학은 두 가지 대상, 즉 수사학적 텍스트와 수사학적 행위 등으로 구분하여 설명할 수 있다.12) 이와 같이 현재, 수사학은 표현의 수사학과 함께 설득의 수사학이 동일한 비중을 지니고 있다. 이러한 사정을 고려할 때, 김기림이 『문장론신강』에서 의사소통의 수사학에 많은 부분을 할애한 것은 큰 의미를 지닌다.

그런데 김기림이 수사학의 목표로 진리의 전달을 제시하였다고 할 때, 그가 진리를 어떻게 파악하고 있는가 하는 점은 중요한 문제가 아닐 수 없다. 그에 따르면, 진리란 어디까지나 생활 속에 있는 것, 형이상학과 대립되는 자리에 있는 것, 과학으로 이해될 수 있는 것이다.

---

9) 제라르 쥬네트, 김경란 역, 「줄어드는 수사학」, 김현 편, 『수사학』, 문학과지성사, 1985, p.170.

10) 올리비에 르불, 박인철 역, 『수사학』, 한길크세주, 1999, p.10.

11) Ibid., p.49.

12) 호세 안토니오 외, 강필운 역, 『수사학의 역사』, 문학과지성사, 2001, pp.195~6.

사실 진리는 우리의 신변 가까운 데 딩굴고 있는 것이다. 그것은 마치 인간사회에 내려와서 살기를 좋아하던 「희랍」 신(神)들과도 같다. 어마어마한 개념(槪念)이나 술어(術語)를 늘어놓지 않고는 학문이 되지 않는다고 생각하는 것은 독일 관념철학(觀念哲學)의 좋지 못한 선물이다. 그러한 미신을 깨뜨릴 수만 있다면 이 책은 무엇보다도 먼저 그 일에 달라붙어야 할 것이다. 진리는 오히려 우리의 일상 생활 속에 섞여서 그것을 위하여 보탬이 되기가 소원이다.13)

김기림이 말하는 진리는 초월적인 것이 아니라 우리의 신변 가까운 데 존재하는 것이다. 그것은 독일 관념철학으로 대표되는 서양 형이상학에서의 개념의 나열이 아니다. 그는 수사학을 비판한 소크라테스나 플라톤의 진리관을 부정한다. 소크라테스는 수사학의 필요성을 전적으로 부정했으며 플라톤 역시 수사학이란 일종의 말의 치장술에 불과할 뿐, 진리 발견과는 상관없는 것이라고 하였다. 사실 서양의 형이상학은 데리다에 의해 백색신화로 비판받기도 하였는데14) 그것은 수사학을 철학과 대립된 자리에 놓고 진리와 동떨어진 것으로 본 사실과 밀접한 관련을 지닌다. 그런데 김기림은 생활과 유리된 형이상학적 진리를 비판함으로써 서양의 형이상학적 진리관을 비켜가고 있다.

그렇다고 해서 김기림이 "진리란 무엇인가, 그것은 은유와 환유, 그리고 신성을 인간중심화시키면서 이루어진 움직이는 이동부대"15)라고 한 니체식의 사고를 지니고 있는 것도 아니다. 김기림은 객관적 진리가 존재하고 그것을 인식할 수 있다고 본다는 점에서 진리 자체

---

13) 김기림, op. cit., p.24.
14) 자크 데리다, 김보현 편역, 『해체』, 문예출판사, 1996, p.171.
15) Ibid., p.176.

를 망상으로 본 니체와 다른 진리관을 지니고 있다. 오히려 진리는 일상생활 속에 있는 것으로서 어디까지나 일상생활에 도움이 되기 위해 존재한다. 이러한 인식의 배경에는 과학을 우위에 두는 사고가 깔려 있다.

그가 수사학을 극도로 배격하였던 근대 합리주의자, 베이컨의 이론을 장황하게 소개하는 것도 이러한 이유에서이다. 서양 철학에는 한편으로는 논리를 중시하는 전통이 굳게 자리 잡고 있는 반면, 다른 한편으로는 이에 맞서 수사에 무게를 싣는 소피스트 전통이 버티고 서 있었다. 그 동안 활시위처럼 팽팽한 긴장과 갈등을 겪어온 논리학과 수사학의 싸움은 지금까지 서양 철학이 발전해 오는 데 중요한 동력이 되었다.16) 수사학을 달갑지 않게 여기는 태도는 17세기의 합리주의 철학자들과 경험주의 철학자들에게서 가장 뚜렷이 드러난다. 그런데 "진실한 목적, 즉 지식의 범위와 임무는 그럴싸하거나 유쾌하며 존귀하고 칭찬할 만한 담론이나 만족할 만한 논쟁에 있는 것이 아니라, 영향을 미치고 일을 하며 그 이전까지는 드러나지 않았던 것을 발견하는 데 있다"고 한 베이컨의 주장은 새로운 과학적 담론의 등장을 알려주는 하나의 표지였다.17) 이 과정에서 베이컨은 수사학을 폄하하였는데,18) 김기림은 수사학을 논의하는 자리에서 오히려 베이컨의 이론을 강조한다.

일찌기 「베이콘」(Bacon)은 사실을 가려버리는 환상이나 편견을

---

16) 김욱동, 『은유와 환유』, 민음사, 1999, p.19.

17) John Bender · David E. Wellberry, ed., *The End of Rhetoric*, Stanford University Press, 1990, p.5.

18) 호세 안토니오, op. cit., p.130.

「우상」(偶像, Idola)이라고 불러 경계하였다.

　…(중략)…

　17세기의 첫무렵에 그가 이 우상을 파괴하기 위하여 과학정신의 봉화를 높이 든 후 3백년이 지난 오늘까지도 이러한 도깨비들은 아직도 우리 주위에서 무수히 떠돌고 있는 것이다.19)

김기림은 베이컨이 사실을 가려버리는 환상이나 편견에 대한 우상을 파괴하려 한 것을 높이 평가한다. 그리고 그가 지향한 과학정신을 옹호한다. 그런데 김기림이 베이컨의 이론을 소개하면서 과학정신을 강조한 것은 물론 1930년대부터 지속된 과학에 대한 지향에서 비롯하는 것이다. 과학에 대한 옹호는 『문장론신강』에서 의사소통의 수사학을 위한 전제조건이 된다. 해방 후, 김기림은 과학을 통해 세상의 질서를 바로 세우는 일을 중요하게 생각하였다. 당시 그는 혼란한 상황에서 과학을 통해 합리성을 확보하는 일이 무엇보다 중요하다고 판단하였고, 수사학은 여기에 따라야 한다고 생각하였다. 『문장론신강』에서 김기림은 무엇보다 합리적인 의사소통을 지향하였기 때문에 과학정신을 강조하는 베이컨의 이론을 자세히 소개하였던 것이다.

이와 같이 김기림은 『문장론신강』에서 과학에 기초한 진리관을 보여준다. 그리고 이를 통해 형이상학적 진리관을 극복하고자 한다. 김기림은 무엇보다 과학의 영역을 구분하고자 하였다. 특히 형이상학이 과학인 채 가장하고, 과학의 영역에 침범하는 경향을 비판한다. 형이상학은 "세계와 인생에 대한 말하는 편의 의견이요 견해요 때로는 「유토피아」의 투영(投影)에 지나지 않는다." 그것은 사실에 근거하지 않는다. "형이상학의 의견으로서의 본질, 평론으로서의 본령을 밝혀서 그

───────────

19) 김기림, op. cit., p.18.

일 몫을 정해주어 과학의 영역을 침범하지 못하도록 하는 것은 문장론의 한 과업일지도 모른다."[20] 그만큼 형이상학에 대한 비판은 문장론과 관련하여서도 큰 의미를 지닌다.

> 오늘 유무식을 결정하는 표준에 되는 지식이라고 하는 것은 세계와 제몸에 대한 객관적이요 실천적인 지식으로서 그것을 가지고 세계와 자신을 통어할 수 있는, 말하자면 사실에 기초를 둔 지식이요 그것이 곧 과학인 것이다. 전에와 같이 사서삼경을 읽고 못읽은 게 문제가 아니다.[21]

김기림에 따르면, 지식이라는 것은 세계와 제 몸에 대한 객관적이요 실천적인 지식으로서, 세계와 자신을 통어할 수 있는, 말하자면 사실에 기초를 둔 것이다. 그것은 과학으로서, 근대 과학정신에 근거한 것이다. 따라서 무엇보다 형이상학이 사실인 듯 문장에서 쓰이는 것은 지양하여야 한다. 마찬가지 이유에서 사서삼경과 같은 전통적인 지식도 부정하여야 한다. 지식은 말이나 글로써 명료하게 전달될 수 있고 이성으로 파악될 수 있고 오해 없이 해석되고 이해될 수 있어야 한다.

이러한 전달에 대한 관심은 1930년대 후반부터 비롯된 것인데, 『문장론신강』에서도 수사학과 관련하여 중요한 의미를 지닌다. 여기에는 물론 리차즈의 영향이 상당 부분 작용하고 있다. 김기림은 1930년대에 리차즈의 이론을 주로 과학적 시학과 관련하여 수용하였지만, 『문장론신강』에서는 수사학의 방법으로 그것을 수용한다. 리차즈는 『수사학의 철학(*The Philosophy of Rhetoric*)』에서 "수사학의 여러 문제에 대한

---

20) 김기림, op. cit., p.102.
21) Ibid., p.275.

꾸준한 연구는 말의 잘못된 해석의 원인과 방식을 적발하여 가는 동안에 더 심각하고 더 우려스러운 혼란을 밝히며 그것을 고치는 훈련"이라고 하였는데[22], 김기림 역시 『문장론신강』에서 수사학의 목표를 "일상 생활에서의 말의 오해와 그 치료법의 연구"라고 규정한 리차즈의 이론을 일정 부분 따르고 있다.

이와 같이 수사학의 목표가 실속과 능률에 놓이게 됨에 따라 『문장론신강』에서는 말과 글 가운데 말, 특히 말의 전달과 해석에 논의의 초점을 둔다. "적어도 말의 주요한 임무, 또 일의 대부분은 객관세계와 생활의 주체로서의 사람과의 연관, 특히 그 지배와 통어를 위한 일"이다.[23] 말 중심주의를 견지함에 따라 김기림은 글쓰기의 과정에 작용하는 무의식의 영역, 말과 글의 차이에 대해 섬세하게 고려하지 않는다. 다만 말은 투명하게 글에 반영되고, 또 그 글은 말의 형태로 다른 이에게 전달될 수 있는 것으로 상정되고 있다. 중요한 것은 말이 오해 없이 상대방에게 전달되고 이해되는 것이다. 그러기에 말을 과학적으로 하고, 그 말을 똑바로 알아듣고 보는 능력을 훈련하는 일이 무엇보다 중요하게 된다.

> 요컨대 우리는 있는 것을 있다고 하고 없는 것을 없다고 하며, 자기의 희망과 사실을 혼돈하지 않고 잘 가려 말하는 버릇을 길러야 할 것이다. 또 그보다도 더 중요한 것은 남의 말을 똑바로 알아듣고 보는 재간을 훈련해야 하겠다. 무엇보다도 거짓과 참말을 잘 분간할 줄 알며, 말에 속지 않을 줄 알며, 또 감동할 만한 말에는 충심으로 감동할 줄 알아야 하겠다. 이러한 버릇과 훈련이 덜된 데서 과학과 과학 아닌 것, 사실과

---

22) I. A. Richards, 박우수 역, 『수사학의 철학』, 고려대출판부, 2001, p.3.
23) 김기림, op. cit., p.50.

허구, 참과 거짓이 혼동되어 세상을 혼란케 만드는 것이다.24)

　김기림은 의사소통이 제대로 되지 않아 과학과 과학 아닌 것, 사실과 허구, 참과 거짓이 혼동되는 현상을 비판한다. 그리하여 말을 분명히 하고 남의 말을 정확하게 들을 수 있는 능력, 참말과 거짓말을 구분할 수 있고 말에 속지 않고 또 감동할 만할 때에는 감동할 줄 아는 능력을 길러야 한다고 하였다. 이러한 능력을 길러주는 것이 바로 수사학이다. 이와 같이 김기림은 의사소통의 수사학을 모색함으로써 세상의 혼란을 줄이려는 의도를 드러낸다. 이것은 해방 후의 정치 상황에 대한 대안을 모색하는 과정에서 나온 것으로서, 합리적인 이성을 도출하는 정치적 의미를 지니고 있다.

2) 설득의 수사학과 선전

　김기림은 전달의 수사학을 전개하는 한편, 수사학의 본령이 설득에 있다고 보고 설득의 수사학을 전개하였다. 서양의 수사학에서는 퀸틸리안이나 퐁타니에 이르기까지 설득의 수사학이 유지되어 왔다. 설득의 수사학은 청중들의 나이와 기질, 교육 정도, 그리고 발화자의 지위와 위치 등을 고려하는 발화의 기술이다. 김기림 역시 설득의 출발점은 이쪽의 의견이나 의도를 상대편이 받아들여 변화하는 것이라고 하여 이러한 관점을 견지하고 있다.

　　우리의 첫째 관심은 어떻게 우리는 정확하게 진실(眞實)을 말할 수가 있나 하는 일에 있어야 한다. …(중략)…

----

24) Ibid., p.18.

둘째로는 어떻게 효과적으로 이 편의 감정을 저 편에 반응시킬
까. 또는 이 편이 의도하는 감정적 반응을 저 편에 불러일으킬 수
있을까 하는 것이 우리의 과제겠다.25)

이와 같이 그는 말을 통해서 감정을 전달하고 그러한 감정적 반응
을 불러일으키는 것을 수사학의 중요한 과제로 보았다. 그러나 설득
을 강조할 때, 그것은 비단 감정적인 측면에만 한정되는 것은 아니다.
오히려 그는 현대에 와서는 지적인 측면에서의 설득이 더욱 중요하
다는 점을 강조한다.

이와 같이 우리가 말로써 나타내고 싶은 것은 비단 사실에 대한
진술 뿐이 아니다. 그보다도 훨씬 더 많이 우리들의 감정과 의지를
직접 전하고 싶어지는 것이다. 다만 미개한 사회일수록 그 말에 정
의적인 측면이 더 압도적이요 지적 측면이 그것에 비해서 매우 무
게가 적다는 것은 사실이다. 문명의 진도가 높을수록 말은 사실을
알리는 기능을 훨씬 더 많이 맡아 하게 되는 것같다.26)

김기림은 문명의 진도가 높을수록 말은 사실을 알리는 기능을 훨
씬 더 많이 지니게 된다고 한다. 즉 과거에는 말의 정의적 측면이 더
욱 압도적이었으나 현대에 올수록 지적인 측면이 더욱 강조된다는
것이다. 따라서 과거의 수사학이 주로 표현의 기교에 주력한 데 그쳤
는데 이제는 지적인 측면에서의 설득의 방법에 대해서도 유의하여야
한다.

---

25) Ibid., p.80.
26) Ibid., pp.91~2.

> 우리가 우리의 의사·판단·의견을 말로써 상대편에게 전달하는
> 것은 결국 같은 사태에 대한 상대편의 정세판단·가치판단·사건처
> 리 태도에 자기의 생각을 반영시켜서 일정한 방향으로 이끌어가고
> 자 하는 때문이다.27)

그리고 우리의 의사 판단, 의견을 말로써 전달하는 것은 결국 자기의 생각을 반영시켜서 상대편을 일정한 방향으로 이끌어가고자 하는 의도, 즉 설득을 지향하게 된다고 한다. 이와 같이 언어의 전달 과정에서의 설득을 강조하면서 김기림은 자신의 의견을 상대방에게 설득하는 방식에 대해 주목한다.

아리스토텔레스는 수사학을 주어진 대상에 대한, 모든 가능한 설득의 방법을 발견하는 능력 혹은 기술이라고 정의하였다. 그러나 르네상스 이후 수사학에서는 고전 수사학에 포함되어 있던 논리적 판단과 발견의 문제를 수사학에서 분리하여, 수사학을 단지 문체론적인 입장이나 심리주의의 관점에서 이해하려 하였다. 이로 인해 설득과 확신, 의견과 지식, 이해와 확신 등이 별개의 것으로 취급되어 왔는데 최근에는 이것들을 다시 수사학의 범주에 포함시키고자 하였다. 특히 페렐만은 새로운 수사학을 모색하면서 수사적 상황을 고려하여 합리적인 이성을 도출하려고 하였다. 즉 사람들은 정치적 연설, 법정 연설, 제시적 연설의 형태로 구체화되는 수사적 상황을 고려하여 의견을 개진하고 받아들여야 한다는 것이다. 모든 논의는 청중을 조건으로 해서 발전하며 사람들의 마음을 붙잡는 것을 목적으로 하기 때문에 심리적인 조건들과 사회적인 조건들을 무시하면 그 논의 자체가 무의미하며 아무런 결과도 초래하지 못하게 된다. 여기서는 기호

---

27) Ibid., p.88.

논리학적인 자명한 진리란 존재하지 않고 또한 의미도 없기 때문에 수사적 논리학이 필요하다.28) 따라서 페렐만이 말하는 합리적인 이성은 하버마스의 의사소통적 합리성에 비견된다고 할 수 있다.

이러한 현대 수사학의 흐름을 고려할 때, 김기림이 설득의 양상을 고찰하고 수사적 상황에서의 여러 조건을 고찰한 것은 중요한 의미를 지닌다. 이와 관련하여 김기림이 『문장론신강』에서 비중을 두어 서술하고 있는 부분은 선전이다.

> 누구는 현대는 「프로파겐다」(Propaganda) 즉 선전(宣傳)의 시대라고 말하였다.
> 어떤 사실 또는 의견을 자연스러운 상태에서 발표하며 교환하는 데 그치지 않고 더 적극적으로 기회와 장소와 수단을 찾아 이용하여 더 널리 그것을 퍼트리려고 하는 일체의 행동은 모두 선전 속에 들어가는 것이라 하겠다.29)

김기림은 현대 사회는 선전의 시대라고 말한다. 그리고 선전을 어떤 사실이나 의견을 더 적극적으로 널리 퍼뜨리려고 하는 일체의 행동이라고 규정함으로써 그 범위를 광범위하게 둔다. 그는 현대에 와서 말이 가장 그 위력을 발휘하고 있는 것을 선전이라고 한다. 선전은 정치가 있는 곳에 반드시 있어 왔는데 고대의 선전은 소문의 형식을 띠고 있었으나 현재의 선전은 신문과 라디오의 형식에 주로 의존한다고 한다.

---

28) 미에치슬라브 마넬리, 손장권·김상희 역, 『페렐만의 신수사학 – 새로운 세기의 철학과 방법론』, 고려대출판부, 2006, pp.81~2.
29) 김기림, op. cit., p.144.

그런데 오늘 이 선전의 방편으로 제일 많이 쓰여지는 것에 둘이 있다. 하나는 신문이요 다른 하나는 「라디오」다. 영화도 물론 적지 아니 이 방면에 쓰여지며 어떤 나라에서는 「텔레비젼」이 차츰 이용되어 가는 모양이다.
그러나 여기서 우리의 관심을 끄는 것은 특히 신문과 「라디오」를 통한 말과 글에 의한 선전이다. 그것은 적극적인 목적을 가진 의식적인 행동이요 조직인 까닭으로 해서 말과 글의 가진 효과를 다 자각하고서 이용하려 든다. 그런 의미에서 문장론의 입장에서도 등한히 할 수 없다.[30]

김기림은 신문과 라디오를 통한 말과 글에 의한 선전에 주목하면서 이들 매체를 활용한 선전은 의식적인 행동이요 조직으로써, 말과 글이 가진 효과를 다 자각하고서 이용하는 특징을 지닌다고 한다. 여기서 나아가 그는 문체의 측면에서도 신문과 라디오가 문장에 미친 영향을 무시할 수 없다고 한다. 신문은 그 문체가 다른 형태의 글에까지도 지대한 영향을 미치고 있는데, 문장 중심의 문어체에서 구어체로의 변화에는 신문 문체의 영향이 가장 크다고 한다. 이에 반해 말의 아름다움을 연마해 가는 데 있어서는 라디오가 제일이라고 하였다. 따라서 이후 "「라디오」 말체는 신문 문체와 아울러, 새 문체를 만들어 가는 두 가장 중요한 온상이 될 것"[31]이라고 한다.
이와 같이 그는 『문장론신강』에서도 근대기술매체를 활용하는 문제를 거론하고 있다. 그는 이들 근대기술매체를 선전에 봉사하는 도구로 활용하거나 우리말 문체를 형성하는 문제와 관련하여 논의한다. 이것은 해방 전 그가 근대기술매체를 활용하여 미적 가공의 혁신을

---

30) Ibid., p.144.

31) Ibid., p.115.

의도한 것과 사뭇 다른 양상이다.

해방 후 김기림에게 수사학은 결국 민주주의를 위한 초석을 세우는 일에 해당된다. 여기서는 자신의 의견을 상대방에게 설득하는 과정 또한 필수적이다. 이는 그가 해방 후 조선문학가동맹에 가담한 데 따른 결과라 할 것이다. 해방이 되자 김기림은 임화, 김남천, 이태준 등과 조선문학가동맹 결성에 가담하였다. 조선문학가동맹 중앙집행위원으로 시분과위원장을 겸한 김기림은 과거의 한국시를 모두 부정하면서 정치와 시의 적극적인 결합을 모색하기도 하였다.[32] 사정이 이렇다 보니 그는 무엇보다 정치적 선전에 관심을 기울이지 않을 수 없었던 것으로 보인다.

> 말로써 우리는 충분히 자기 의사를 발표할 자유를 가지는 것이다. 적어도 가져야 하는 것이다. 민주주의라는 말은 껍질뿐인 화석(化石)이 아니라 그 속에는 이러한 의사발표의 자유와 같은 조목도 내용의 한 구석으로 들어 있어야 할 것이다. 희망은 민중의 꿈이다. 그러니까 아름다운 꿈을 가지는 것도 그들의 자유의 하나라야 할 것이다.[33]

우리는 김기림의 『문장론신강』 여기저기에서 이러한 민주주의에 대한 염원을 엿볼 수 있다. 김기림에게 말을 자유롭게 발표하고 자신의 의견을 개진하는 것은 민주주의를 위한 초석을 세우는 일에 해당한다. 그것은 해방 후의 정치 상황에 대응하는 것으로서, 수사적 상황에서 합리적인 이성을 도출하는 정치적 의미를 지니고 있었다. 문화의 민주화, 또는 민주문화의 건설과 관련하여 문체의 문제를 언급

---

32) 권영민, op. cit., p.88.
33) 김기림, op. cit., p.88.

한 것도 이와 동일선상에 있다.

> 문화의 민주화 또는 민주문화의 건설은 그러므로 그 전파 방편
> 의 관점에서 말과 글의 문체에 관련해서 아래의 두 문제를 구체적
> 으로 제기해야 할 것이다.
> 하나, 민주적인 글자 기호의 확립과 또 대중화.
> 둘, 문체의 민주화.[34]

김기림에 의하면 문화의 민주화, 또는 민주문화의 건설은 당면 과제인데 이를 위해서는 우선 민주적인 글자 기호의 확립과 대중화, 문체의 민주화 등을 이루어야 한다. 구체적으로 한글의 철저한 사용과 보급은 시급한 과제이다. 그가 구어체 중심의 문체를 확립하려 한 것도 여기서 비롯한다. 무엇보다도 언문일치체를 확립하는 동시에 우리 말에 가장 잘 맞는, 쉽고 합리적이고 쓸모 있는 우리 글로 통일하는 것이 문화의 민주화를 위한 선결조건이라는 것이다. 『문장론신강』에서는 이러한 부분에 대해서도 거론하고 있다. 이와 같이 해방 후 김기림에게 수사학은 민주문화의 건설을 위해 필수적인 것으로 제시되고 있다.

3. 표현의 수사학

1) '묘사'의 지향과 근대 과학정신

『문장론신강』에서 김기림은 문학 역시 전달을 중심으로 이해하였

---

34) Ibid., p.163.

다. 여기서 그는 문학은 지적 기능을 중시하는 기호 언어를 그 대상으로 하는 것이 아니라 정적 기능을 중시하는 정서적 언어 또는 생활 언어를 그 대상으로 한다고 한다. 특히 시는 언어의 정적 기능이 가장 잘 드러나는 언어의 한 형태이다. 시는 상대편에게 어떤 정서적 반응을 일으키기 위해서 쓰이는 말의 특수한 형태이다. 시는 쓰는 사람의 정의가 표현되는 수단일지라도 주관의 테두리를 벗어나 다른 사람과 교섭의 단계로 들어가는 것으로 간주된다.

이와 같이 『문장론신강』에서 문학은 구어적 의사소통의 특수한 양상으로 이해된다. 문학의 재료는 실제의 생활세계에서 직접적이고 포괄적으로 쓰이는 말이지 그로부터 유리된 추상적인 글이 아니다. 또한 문학은 전달에 기초한 것으로 사회적, 역사적 관계망 속에 위치한다. 문학에 대한 이러한 설명은 해방 전 언어의 미적 가공을 강조하고 말이 아니라 글을 중심으로 문학을 논의한 것과 아주 다르다. 그에게 이제 문학은 전달의 또 다른 방식일 뿐이다. 이 과정에서 그는 리얼리즘에 대한 지향도 보이게 된다.

> 또 사실(事實)이라느니보다는 가상(假像)과 형상(形象)에 중점을 둔 문학작품은 오직 비유관계로 또는 한 전형(典型)으로서 사실을 간접적으로 반영하고 있는 것이라는 한계 안에서 문학은 다루어져야 할 것이다.
> 크게 갈라서 기호적 기능을 목표로 한 것인가, 정적 반응을 일으키기 위한 것인가, 즉 무엇을 알리기 위한 것인가, 무엇을 느끼게 하기 위한 것인가를 따라서 우리는 글을 분간해서 받아들일 줄을 알아야 하겠다.[35]

---

35) Ibid., p.156.

김기림은 문학의 특징은 가상과 형상에 있으며, 그것의 목적은 정적 반응을 일으키는 데 있다고 한다. 그리고 이 가상과 형상을 이루기 위해 문학은 비유관계로 또는 한 전형으로서 사실을 간접적으로 반영하고 있다고 한다. '사실'을 반영하되, 그것이 가지는 형상성에 문학이 본질이 있다는 것이다. 이것은 그가 객관 현실의 반영이라는 리얼리즘의 원리를 문학을 설명하는 데 원용하게 되었음을 의미한다. 실제 그는 '전형'에 대해 구체적으로 언급하기도 한다. 그는 '유형'과 '전형'을 구분하면서 "가장 구체적인 형상에 있어서 개의 본질적인 성질을 일일이 살릴 적에 그것은 한 전형적인 개가 될 수 있을 것"[36]이라고 하여 리얼리즘에서의 전형을 설명하기도 한다. 물론 여기서 '비유관계'라는 별도 항목을 설정하여 문학의 형상에 수사학이 중요한 측면을 이룬다는 것도 언급하고 있다. 그러나 김기림이 비중을 두는 것은 사실에 근거를 둔 형상이다. 그 구체적인 예로 그가 비유의 기능을 폄하하고 사실적 수법을 강조한 것을 들 수 있다.

> 비유와 상징은 회의와 황혼과 회색의 분위기에 보다 더 잘 맞는 것이라면 사실적인 수법은 어떤 역사적 앙양기(昻揚期)의 극적 사태를 배경하였을 적에는 한층 더 크고 넓은 공명과 반향을 일으킬 수 있다. 그것은 소품(小品)적인 제재보다는 기념비(紀念碑的, Monumental)적인 「테마」에 더 잘 들어맞는 듯하다. 그리고 오늘이야말로 그러한 기념비적 예술을 불같이 차중하는 것이나 아닐까.[37]

김기림은 비유와 상징은 회의와 황혼과 회색의 분위기에 더 맞는

---

36) Ibid., p.105.
37) Ibid., p.108.

것이라면 사실적인 수법은 어떤 역사적 앙양기의 극적 사태를 배경하였을 때 더 적합한 것이라고 한다. 또한 비유와 상징이 소품적인 제재에 맞는 것이라고 한다면 사실적인 수법은 기념비적인 예술에 적합하다고 한다. 그런데 오늘은 바로 이 기념비적인 예술에 치중하는 시기라고 한다. 이와 같이 그는 사실적인 수법을 옹호하는데, 이때 부각되는 것이 '묘사'이다.

> 우선 대상을 똑바로 노려보는 것에서 시작해야 할 것이다. 눈으로 보아서 바로 붙잡아 놓은 것을 있는 그대로 그리는 것—그것이 근대(近代)의 이른바 관찰(觀察)의 정신이요 묘사(描寫)의 정신인 것이다. 인류의 문화가 신화와 형이상학의 유치한 단계를 벗어나서 「콩트」가 말한 실증적·과학적 단계에 들어서게 된 근대의 이른바 근대 정신의 최대의 발로인 자연과학은 실로 대상을 뚫어지게 노려보는 일에서 시작된 것이다.38)

김기림은 '묘사'를 별 수식 없이 간결하게 그려내는 것으로 설명한다. 그리고 묘사는 관찰에서 비롯하는 것으로, 근대의 과학정신, 보다 구체적으로 말하면 실증정신에서 연유한다고 본다. 때문에 그는 묘사를 이상적인 문학의 기술 방법으로 제시한다. 어떻게 보면 근대 과학의 발달 역시 묘사의 바탕을 이루는 관찰에서 나온 것이라고 할 수 있다. 즉 "관찰은 이렇게 과학의 첫걸음이면서도 문학의 첫걸음인 것"이며 "근대과학과 근대문학은 같은 정신에서 출발하였다."39) 이와 같이 김기림이 설명하는 묘사는 철저히 근대 과학정신, 실증정신에 기초한 것으로서 이태준이 『문장강화』에서 말한 예술적 묘사와 구별

---

38) Ibid., pp.94～5.
39) Ibid., p.96.

된다.[40]

해방 이전, 김기림은 문학을 설명할 때 표현에 중심을 두고 있었다. 그러나 해방 후 그는 전달을 강조한다. 김기림은 초기 시론에서 언어의 미적 가공과 이를 실현하기 위한 기술로서 수사학을 강조하였다. 그러나 해방 후 그는 수사학의 여러 기법을 나열하여 설명하기보다는 리얼리즘의 이론을 설명하고 그것에 미학적 의의를 둔다. 이렇게 볼 때 『문장론신강』에는 해방 후 변모된 김기림의 문학과 정치에 대한 신념이 상당 부분 투영되어 있음을 알 수 있다.

2) 비유의 수사학과 기교주의 비판

김기림에게 문학은 어디까지나 기술이며 훈련이다. 김기림에 따르면 문학은 특별한 재능을 지닌 천재의 산물이 아니다. 문학 작품을 쓰는 것을 무슨 천재의 선천적으로 타고난 신비스러운 재주나 소질만으로 되는 것으로 알고 있는 것은 그릇된 사고방식이다. 중요한 것은 '훈련'이다. 그리고 이러한 훈련이 수사학이라고 할 때, 그의 문학론에서 수사학은 핵심적인 위치를 차지하고 있음을 알 수 있다.

그런데 『문장론신강』에서 기술과 훈련은 기교 차원에 제한되지 않는다. 그것은 인격의 완성과 함께 하는 전체적인 것이다. 그는 문학에서 수사학이 기교 차원으로 떨어지는 것을 반대하며, 대신 '구조'와 '구성'의 개념을 중심으로 문학의 유기체적 성격을 강조한다.

기술은 훈련을 통하여 인격과 함께 성장하는 것같다. 다시 한번

---

40) 박성창은 김기림이 말하는 관찰이 이태준이 강조하는 예술가의 기본적인 자질로서의 눈치와 대비된다고 한다. 이에 대한 자세한 논의는 박성창, op. cit., p.379 참조.

「뷔퐁」의 말대로『글은 사람인 것이다』. 말이나 글의 기술자라는 말에는 어디라없이 성실치 못한 인상이 붙어있는 것같다. 끊임없이 읽고 생각하고 관찰하고, 체험을 통하여 읽은 결과와 관찰하고 생각한 결과를 생활의 실천에 살리는 그러한 전 인간적 인격적 훈련이 글을 위한 훈련의 기초에 있어야 할지 모른다.[41]

문학에서 기술은 인격의 성장과 무관하지 않다. 오히려 생활의 실천에 살리는 전인간적, 인격적 훈련이 글을 위한 훈련의 기초에 있어야 한다. "부분에서 독립한 의미를 찾는다든지 붙여주는 것은 전달의 수단으로서의 말이나 글의 작용을 그르치는 기교주의로 타락하는 첩경이 되는 것"이다.[42] 전달의 수단으로서의 말이나 글의 작용이 온전히 이루지지 않는 경우, 기교주의로 떨어진다. 이와 같이『문장론신강』에서 기교주의 비판은 문학의 문제에 그치지 않고 수사학의 교육적 기능[43]과 관련한 논의로 이어진다.

그런데 종래의 수사학이나 작문 교과서가 하려고 한 일은 주장 수단만을 떼어서 치례시키는, 말과 글의 화장술(化粧術)을 궁리해내서 그것을 기계적으로 배우는 사람의 머리에 쑤셔넣으려 드는 일이었다.

그들은 사람의 마음이란 처음에는 텅빈 창고와 같은 것으로 교육이 하는 일은 그 창고 속에 무수한 지식의 조목을 하나하나 채워넣는 일이라고 생각하는, 낡은 교육 이론의 종이 되어 있는 그릇된 교육 실천에서 갈려나온 한 파생물인 것이다.[44]

---

41) 김기림, op. cit., p.128.

42) Ibid., p.66.

43) 고대로부터 19세기에 이르기까지 수사학은 본질적인 기능을 받아들여왔는데, 그것은 바로 교육적인 기능이다. 수사학의 목표는 스스로 글을 쓸 수 있도록 하는 것이다. 이에 대한 자세한 논의는 올리비에 르불, op. cit., p.45 참조.

그는 기교만을 가르치는 수사학은 그 바탕에 잘못된 인간관과 교육관을 깔고 있다고 한다. 이러한 입장을 지니고 있는 이들은 사람의 마음이란 텅 빈 창고와 같은 것으로 교육이 하는 일은 그 창고 속에 무수한 지식의 조목을 하나하나 채워넣는 일에 있다는 논리를 가정한다는 것이다. 이에 반해 김기림은 사람의 마음이란 끊임없이 자라가는 한 유기체와 같은 것이며, 교육은 그것이 잘 자라도록 도와가는 일이라고 규정한다.45) 따라서 수사학은 이러한 원리에 기초하여야 한다. 수사학에서의 기술이나 기교는 유기체적인 과정으로 이해하여야 한다.

기교가 아니라 구성과 구조를 강조하는 태도는 언어에 대해서도 적용된다. 『문장론신강』에서 그는 말이 전하는 의미는 단순한 것이 아니며 항상 전체적인 의미연관 속에 있다고 한다. 의미를 나타내는 낱말 하나하나는 그것이 들어 있는 구절 속에서만 그 뜻이 정해지는 것이다. 말은 구절의 전체로서의 의미연관을 파악할 때 이해될 수 있다. 따라서 글 쓰는 사람들은 "한 유기체로서 가장 충실하면서도 어수룩한 데가 없는 탄력있고 팽팽한 체격"46)이라는, 글의 이상을 지녀야 한다. 형식이나 기술 문제는 그 주제의 요구 및 예술적 정신과 떼어서 생각할 수 없다.

물론 『문장론신강』에는 1930년대 이래 김기림이 전개한 표현의 수사학에 대한 논의들도 들어 있다. 가령 여러 가지 수사법에 대한 논의, 은유에 대한 이론 등이 그것이다. 그러나 전체적으로 보았을 때,

---

44) 김기림, op. cit., pp.79~80.

45) Ibid., p.80.

46) Ibid., p.143.

이러한 논의는 전달의 수사학에 종속되고 있다. 우선 『문장론신강』에서 은유 역시 이미지의 형성 방식이나 말의 은유로 제한되지 않는다. 그것은 일상어 속에서 광범위하게 퍼져 있는 것으로 이해된다. 그는 오늘날에 와서 은유는 보다 더 광범하게 한 나라 말 속에 흩어져 있으며, 우리가 사상이라고 부르는 것조차가 넓은 은유 활동에 속한다고 주장한다.

> 그런데 비유는 결코 어떠한 말의 특수한 현상이 아니고 우리의 일상 대화 속에 수두룩하게 일어나는 현상이다. 그리하여 앞에서도 말한 것처럼 전에는 비유였던 것이 현재 의미의 이중성을 잃어버려 벌써 비유로 느껴지지 않는 말하자면 비유의 화석(化石)이 한 나라 말 속에는 무수히 있는 동시에 우리는 또 새로운 비유를 자꾸만 발명해서 한 나라 말 속의 비유의 총재산을 끊임없이 갱신해 가는 것이다.[47]

이와 같이 김기림은 비유를 일상어 속에 존재하는 것으로 본다. 사실 일상어라는 것도 좀더 꼼꼼히 따져 보면 한낱 죽은 비유에 지나지 않는다. 모든 언어는 처음에는 비유로서 시작하였다고 주장하는 학자도 적지 않다. 그들은 일상어를 '죽은 비유의 무덤'이니 '죽은 비유의 공동묘지'니 하고 부른다.[48] 이러한 사실을 고려할 때, 김기림이 언어의 기원을 비유로 본 것은 나름대로 의미가 있다. 그러나 그는 비유를 생활과 관련하여 설명할 뿐, 비유로 인간 존재의 근원을 해명하려 하지는 않는다. 그는 "예술제작에 있어서 이 의식(意識)을 초월한 무의식적 충동적 활동의 부분, 즉 때때로는 설계를 배반하고까지 나

---

47) Ibid., p.136.
48) 김욱동, op. cit., p.38.

가는 자기 발전의 부분에 대한 해명은 아직은 우리 힘에 넘는 일"[49] 이라고 하여 은유에 대한 이론이 무의식의 해명과는 별개의 자리에 있음을 분명히 한다. 이것은 그의 은유론이 라캉 등의 무의식의 수사학과는 철저하게 다른 자리에 서 있음을 뜻한다.

대체로 김기림은 리차즈의 이론에 기대어 비유를 주로 은유로 설명한다. 김기림은 아리스토텔레스가 '전이'와 '유사성'을 중심으로 비유를 설명한 것에 그치지 않고 리차즈의 소론을 빌어 비유와 매체의 상호작용으로 비유를 설명한다. 은유에 대한 이론은 그것의 원리를 설명하는 방식에 따라 크게 1) 치환 이론 2) 상호작용 이론 3) 개념 이론 4) 맥락 이론 등으로 구분할 수 있다. 이 가운데 리차즈의 이론은 상호작용 이론에 해당한다. 리차즈에 따르면 은유가 본래 이루어진 언어의 테두리나 전이, 변형을 가능케 한 경우, 그 어느 한쪽에 봉사하는 것이 아니다. 주지와 매체의 상호작용 관계는 비유의 본질이 될 뿐만 아니라 그 성격도 결정한다.[50] 이러한 리차즈의 이론을 김기림은 대체적으로 소개하고, 은유를 상호작용의 원리로 설명한다.

> 이리하여 비유는 말의 의미를 보통 의미에서 새로운 의미로 이전시키는 것으로 같은 말을 가지고 그것의 액면(額面)에 나타난 의미 말고 다른 의미를 나타내도록 하는 것이다. 여기서 주의할 것은 그 하나를 다른 하나가 기계적으로 대표한다는 의미에서 관계맺는 것이 아니라 두 계열의 호상작용 사이에서 새로운 의미가 생겨난다는 것이다.[51]

---

49) 김기림, op. cit., p.119.

50) 리차즈는 아리스토텔레스 이래 유사성의 원리로 은유를 설명해온 방식을 부정하고 은유는 유사성 못지 않게 '불일치'도 작용한다고 하였다. 이에 대한 자세한 논의는 I.A.Richards, op. cit., pp.107~118 참조.

51) 김기림, op. cit., p.137.

김기림은 상호작용 이론으로 은유를 설명하면서, 이를 통해 말이 새롭게 생성될 수 있는 차원도 모색한다. 김기림에 따르면, 새 문체의 확립은 국문체 운동과 함께 문필인들의 철저한 노력에 의해서 달성될 수 있다. 이 때 은유의 활용이 중요한 영역을 차지한다. 특히 문필인들이 새 문체를 확립한다고 할 때, 그것은 단순히 말을 만드는 것에 의해서가 아니라 은유를 통해 달성될 수 있다. 문학인들의 관심은 산 말에 있으며, 말의 화석이나 조화에 있지 않다. 문학인들은 말을 새로 만드는 것이 아니라 은유가 지니고 있는 상호작용 원리에 따라 말의 새로운 경지를 펼쳐보여야 한다는 것이다.

또한 『문장론신강』에서 김기림은 여러 가지 수사법을 설명하면서 그것을 감정과 관련지어 설명한다. 가령 아이러니나 풍자를 설명할 때, 그것을 '악의'라든가 '분노'와 같은 감정과 결부시켜 논의한다. 이것은 여러 가지 수사법이 감정의 전달을 목표로 삼는다는 것을 의미한다.

> (1) 기지에 약간 가벼운 악의가 섞여서 표면의 뜻과 실상 뜻하는 바가 반대일 경우에는 「아이러니」가 생긴다. 즉 빈정대는 말씨다. 거짓말장이를 향해서 「아 위대한 실속있는 사람……」하고 불렀다면 그것은 적지아니 악의에 찬 반의(反意)인 것이다.52)

> (2) 그 어느 것보다도 강한 분노를 그 뿌리에 두고 있는 것이 풍자(諷刺, Satire)다. 정면으로 대상의 약점을 지적하고 질책하는 것이 아니라, 대상 자체는 가장 건강하다고 생각하거나 아무 자각 없이 지나치는 면에서 병집을 들추어 내고 약점을 꺼내 보여서 대상을

---

52) Ibid., p.141.

매우 거북하고도 우스꽝스러운 입장에 서게 하는 것이다.53)

　아이러니는 기지에 약간 악의가 섞여서 이루어지는 것이며, 풍자는 그 어느 것보다도 강한 분노를 그 뿌리에 두고 있다는 것이다. 이러한 설명 방식은 그가 문학을 감정의 전달로 파악한 것과 궤를 같이한다. 『문장론신강』의 논의에 따르면 예술적 의도를 가진 글은 무엇보다 상대편에게 어떤 정적(情的) 반응 태도를 불러일으키려는 목적을 가진다. 이 때 정적 효과를 거두기 위해서 사실적 묘사를 떠나서 일부러 대상의 모양을 왜곡(歪曲)한다.54) 그런데 이것은 수사법으로 구체화된다. 수사학에 대한 이러한 설명방식은 물론 수사법을 기계적으로 나열하는 종래의 태도를 지양한 점에서 의미가 있다. 전통 수사학에서는 쥬네트가 말한 '명명의 맹위'(rage de nommer)와 비유적 언어의 완전한 목록을 작성하는 경향을 지닌다.55) 그러나 김기림은 수사법의 분류에 집착하지 않고 다양한 수사법의 원리를 '감정'의 전달이라는 차원에서 해명하고 있다. 이것은 해방 후 그가 문학에서 '감정'을 무엇보다 중요하게 생각하였기 때문이다.

　　그러나 8·15는 이러한 희박하고 섬세하고 유연한 정서의 세계에 던져진 큰 격동이었다. 황혼이나 미명과 같은 희박한 분위기는 그 이상 유지할 수가 없었다. 그리하여 정서의 시대는 일시에 물러가고 감정의 시대가 온 것이다. 어찌 보면 상징주의의 퇴각이오 낭만주의의 복귀라고도 할 수 있을 것이다. 그러니 감정의 내용에는 한 개의 변환이 왔다. 첫째 말할 수 없는 희열과 감격의 파도가 밀

---

53) Ibid., p.141.
54) Ibid., pp.139〜140.
55) 박성창, 『수사학과 현대프랑스 문화이론』, 서울대출판부, 2002, pp.47~8.

려오는 앞에서 시인은 우선 그것을 노래해야 했다. 시인은 그러나 그것을 말할 화술이나 화법의 준비가 되지 않았었다. 그들은 오랜 동안 애수와 비통과 우울과 회의를 알리는 가냘픈 속삭임 밖에는 가지지 못했던 것이다.56)

그는 해방 이후를 '감정'이 시의 새로운 대상으로 떠 오른 시대로 규정한다. 즉 '정서'의 시대는 물러가고 '감정'의 시대가 왔다는 것이다. 그런데 이러한 시대 변화 속에서 시인들은 그러한 감정 자체를 노래하는 데 그쳤고 이러한 변화에 맞춘 새로운 화술이나 화법을 준비하지 못했다고 한다. 그렇다면 이제 애수와 비통, 우울과 회의를 알리는 방법이 아니라 희열과 감격을 표현하기 위한 새로운 수사학이 필요하게 된다. 이러한 새로운 화술과 화법에 대한 탐색은 『문장론신강』에도 일정하게 반영된 것으로 보인다.

4. 결론

김기림은 『문장론신강』에서 진술, 표현, 해석의 전 과정을 설명하는 종합적인 언어 이론의 기초 위에 말과 글의 실천적인 양식과 기술로서 새로운 수사학을 모색하였다. 그는 종래의 수사학을 "말과 글의 화장술"로 비판하고 의사소통의 수사학을 제시하였다. 또한 그는 진리란 어디까지나 생활 속에 있으며, 그것을 효과적으로 전달하는 데 수사학의 목표가 있다고 하였다. 김기림은 말과 글은 오해 없이 명료하게 전달될 수 있어야 한다고 하였다. 그리고 말과 글 가운데 중요한 것은

---

56) 김기림, 「시와 민족」, 『신문화』, 1947, 『전집』 2, p.152.

말이며 수사학에서 중요한 것은 말의 전달과 해석이라고 하였다.

또한 김기림은 수사학의 본령이 설득에 있다고 보고 설득의 수사학을 전개하였다. 그는 과거의 수사학이 표현의 기교에 주력한 것을 비판하고 논증을 중심으로 한 설득의 양상들을 고찰하였다. 특히 현대에 와서는 지적인 측면에서의 양상이 더욱 중요하다는 점을 강조하였다. 이와 관련하여 김기림은 선전을 강조하였다. 김기림에게 자신의 의견을 개진하고 남을 설득시키는 일은 민주주의를 위한 초석을 세우는 일에 해당된다. 이것은 해방 후의 정치 상황에 대한 대안을 모색하는 과정에서 나온 것으로서, 합리적인 이성을 도출하는 정치적 의미를 지니고 있었다.

『문장론신강』에서 김기림은 문학 역시 전달을 중심으로 이해하였다. 그는 문학을 정서의 전달로, 의사소통의 특수한 양상으로 이해하였다. 그는 문학의 본령은 비유관계와 함께 형상에 있다고 하였다. 그리고 전형에 대해 구체적으로 언급하기도 하고 사실적 수법을 강조하였다. 이와 관련하여 근대 과학정신, 구체적으로 말하자면 실증정신에 기초한 '묘사'와 '관찰'을 강조하였다.

김기림에게 문학은 어디까지나 기술이며 훈련이었다. 그런데『문장론신강』에서 그는 기술과 훈련이 기교 차원에 제한되지 않고, 인격의 완성과 함께 하는 전체적인 것이라고 하였다. 표현의 수사학에 대해서도 주로 전달의 관점에서 설명하였다. 이에 따라 다양한 수사법들을 전달을 효과적으로 하기 위한 수단으로 논의하였고, 은유 역시 새로운 말의 형성과 관련하여 논의하였다.

『문장론신강』에서 김기림은 해방 후의 정치 상황에서 민주적인 문화를 이루려는 의도에서 다양한 설득의 수사학을 모색하고 표현의 수사학을 새롭게 정립하고자 하였다. 아직까지 한국 문학 연구에서 수사학에 대한 연구는 소략하다. 그러나 김기림의『문장론신강』이 보여주듯 수사학이 합리적인 이성을 찾아가는 방법을 제시할 수 있다고 한다면, 혹은 인간의식을 이루고 있는 언어 자체가 수사적이라고 한다면, 수사학을 문학 연구에 활용하는 것은 나름의 의미가 있다고 할 것이다. 이를 위해 우선 한국 근대 수사학에 대한 구체적인 해명과 분석, 문학 텍스트에 대한 다양한 수사학적 읽기 등이 요구된다.

(『한국현대문학연구』 20집, 2006.)

10장 수사학의 측면에서 본 김기림의 시론

1. 서론

김기림은 한국의 대표적인 시론가의 한 사람이다. 그의 시론은 종전의 인상주의적 비평에 기초한 시론, 내용 위주의 시론 혹은 이념 일변도의 시론을 극복하고, 과학적 시론을 지향한 것으로 평가받고 있다. 그는 서구의 시론을 수용하면서도 한국의 현실에 기초하여 자신의 독자적인 시론을 발전시켜나갔다. 그리고 이를 일반화시켜 시의 원리를 해명하고자 한 야심 찬 기획을 보이기도 하였다. 한국 근대시사에서 시론에 관한 한 김기림을 제외한 어떤 논의도 충분하지 못하다고 할 수 있다.

이에 따라 많은 연구자들이 김기림의 시론을 연구해왔고, 그 대체적인 모습을 밝혀왔다. 최근까지도 다양한 각도에서, 그의 시론이 가지고 있는 폭과 깊이를 드러내었다. 김기림의 주지주의 시론, 전체시론, 과학적 시학, 그리고 해방기 시론 등은 그 자체로 한국 근현대사의 굴절과 함께 한 것이고 그만큼 역동적인 것이기도 하다. 많은 연구자들이 그것의 이론적인 구조를 해명하면서 사상적 배경이나, 연원, 비교문학적 영향 관계 등에 주목해왔다.

김기림 시론의 출발점은 무엇보다 자연발생적 시의 극복이었다. 그는 초기 모더니즘 시론을 전개할 당시부터 종래 낭만주의 시론과 프로 시론을 극복하고자 하였는데, 이것은 이들 시론이 뚜렷한 방법론에 의거하고 있지 않다고 생각하였기 때문이다. 그리고 이러한 방법론에 대한 탐색을 '기술'을 중심으로 논의하였는데, 그것은 수사학으로 구체화되었다.

이제까지 김기림의 수사학에 대해서는 깊이 있는 논의가 이루어지지 않았다. 최근 김기림의 수사학에 대한 논의도 대체로 『문장론신강』에 중심을 두고 있다.[1] 시론의 경우 수사학적 측면에서의 논의는 풍자론에 국한되었을 뿐[2], 김기림 시론을 전반적으로 다루는 경우는 거의 없었다. 문혜원은 김기림의 시론에 시인과 독자가 연계되어 있는 실용론의 관점이 일관되게 나타나고 있다[3]고 하였는데, 이러한 결론은 넓은 의미에서 수사학적 연구에서 나온 것이라 할 수 있다. 그러나 작품을 실용론적 측면에서 보는 입장 자체가 고전 수사학 이론에서 유래한 것이라고 하면서도 김기림의 시론이 수사학과 어떤 식으로 연결되어 있는지 밝히지 못하였다. 이에 따라 김기림이 얼마나 폭넓게 수사학을 수용하고 시론과 작품론에서 구체화하는지에 대해 논의하지 않았다.

---

1) 박성창, 「말을 가지고 어떻게 할 것인가」, 『한국현대문학연구』 18집, 2005.
   이 책 9장 참조.
   박성창, 「한국 근대 수사학의 수용」, 『비교문학』, 20집, 2007.
2) 이 책 5장 참조.
3) 문혜원, 「김기림 시론에 대한 고찰」, 『한국현대시와 모더니즘』, 신구문화사, 1996.

  이 장에서는 김기림의 시론에서 수사학이 어떤 의미를 차지하는지, 각 시기별로 수사학이 어떻게 변모하였는지, 그 특징은 무엇인지 고찰하고자 한다. 이를 통해 김기림 시론의 한 측면을 새롭게 조명해보고자 한다.

2. 수사학과 기술, 이미지즘의 수사학

  1930년대에 김기림은 시는 우선 제작되어야 하며, 시적 가치를 의욕하고 기도하는 방법론이 있어야 한다는 전제 하에 시론을 전개한다. 이러한 전제 하에 김기림은 무엇보다 시에서 '기술'을 강조한다. 그는 전대의 낭만주의 시가 기술을 중시하지 않은 것을 비판하고, 시의 근대성을 확보하기 위해 '기술'을 강조한다.

  김기림은 1931년에 쓴 글에서 이미 감정을 배제한 시, 감각 우위의 시를 현대시의 방향으로 제시한다. 그리고 시를 '기술'로 설명한다.

  3. 蛇性
  「포에시」는 자기의 정열까지를 객관적으로 구상화하는 철저한
  기술이다.
  「포에시」는 배암과 같이 차다.

  …(중략)…

  6. 「포에시」
  「포에시」라고 하는 것은 모—든 순간에 灼熱하는 감각 위에 瞑
  目하는 꿈의 發花가 아닐까.4)

여기서 주목되는 것은 시를 기술로 규정한 대목이다. 이것은 시는 '기술'을 통해 제작되어야 한다는 것으로 그 기술은 자기의 정열까지를 객관적으로 구상화하는 방식을 뜻한다. 그런데 시를 '기술'로 인식하는 것은 곧 주지적 태도에 해당한다.

> 시인은 한개의 목적=가치의 창조로 향하여 활동하는 것이다. 그래서 의식적으로 의도된 가치가 시로서 나타나야 할 것이다. 이것은 소박한 표현주의적 방법에 대립하는 전연 별개의 시작상의 방법이다. 사람들은 흔히 그것을 主知的 태도라고 불러왔다.[5]

시인이 한 개의 목적을 가지고, 방법을 가지고 시작에 임하는 것은 소박한 표현주의적 방법에 대립하는 주지적 태도라 할 수 있다. 이러한 태도는 시를 "감정의 자연스러운 유로"로 이해해오던 종전의 방식과 구분된다. 김기림은 시는 나뭇잎이 피는 것처럼 물이 흐르는 것처럼 자연스럽게 쓰여져서는 안된다고 주장한다. 피는 나뭇잎, 흐르는 시냇물을 지배하는 것이 자연의 법칙이라면, 시는 우선 「지어지는」 것이다. 시적 가치를 의욕하고 기도하는 의식적 방법론이 있지 않으면 아니된다.[6] 물론 시가 주지적 태도로 제작된다고 했을 때, 이것이 감정을 전적으로 배제한 시라고 할 수 없다. 여기서 주지적이라는 말은 제작 태도를 말하는 것으로서, 대상을 의미하는 것은 아니다. 오히려 그것은 기술의 문제를 아우르는 것이다. 그것은 문학 재료의 가

---

4) 김기림, 「「피에로」의 독백, ―「포에시」에 대한 사색의 단편」, 《조선일보》 1931. 1. 27, 『전집』 2, pp.299~300.
5) 김기림, 「시의 방법」, 《조선일보》 1932. 4, 『전집』 2, pp.78~9.
6) Ibid., p.79.

공과 기술 혁신 쪽에 중점을 둔 것으로서 문학 형식의 실험과 언어 감각의 혁신을 강조하는 모더니즘의 태도라고 할 수 있다.[7] 이와 같이 김기림은 시를 영감의 산물로 보지 않고 시를 제작하는 의식적인 방법론을 강조하는데, 그 논의의 중심에 '기술'이 자리하고 있다.

사실 근대사회에서 '기술'은 자연에 대한 대립물로서 중요하게 대두한다. 이제 사람들은 더 이상 자연과 조화롭게 살 수 없다. 벤야민에 의하면 인간이 자연과 조화를 이루면서 살아가고 있다고 믿을 수 있는 시기는 완전히 종말을 고했으며, 쉴러 역시 이러한 시기를 세계사의 단순소박한 시의 시기라고 불렀다. 서정적이고 목가적인 순진한 시는 현대 자본주의 사회와는 어울리지 않을 뿐만 아니라 시대착오적이다. 근대에는 도구적이고 조작적인 태도가 지배적으로 된다. 현대성이란 자연이 인간 지배에 의해 완전히 복종되는 것을 의미하는데, 여기서 기술은 오만한 지배 속에서 무정하고 냉담한 인간의 도구가 된다.[8]

김기림이 말하는 기술 역시 근대사회에 떠오른 것으로서, 시 제작과 관련되는 것이다. 그런데 김기림은 기술 문제를 인식의 각도 전환에 국한하지 않고 언어의 속성에 대한 이해를 바탕으로 언어 사용 기술을 중심으로 논의한다.

> 數만흔 單語를 起用하야 詩人이 그의 魂의 입김을 부러너허서 別다른 사러잇는 言語로서 그의 目的을 위하야 躍動하게 하는 것이 「포에시」나 詩의 技術이다. 그의 詩는 엇더한 程度로던지 그 詩人의 魂의 呼吸을 들려주지 아니하여서는 아니 된다.[9]

---

7) 서준섭, 『한국 모더니즘 문학 연구』, 일지사, 1988, p.21.
8) 그램 질로크, 노명우 역, 『발터 벤야민과 메트로폴리스』, 효형출판, 2005, p.181.

김기림은 시의 기술을 시인이 그의 목적을 위하여 수많은 단어를 사용하여 별다른 언어로써 움직이기 하는 것으로 규정하고 있다. 사실 미적 가공의 대상으로서의 언어에 대한 관심은 1931년에 발표한 「「피에로」의 獨白－「포에시」에 대한 사색의 단편」(《조선일보》 1931. 1. 27)에 이미 나타나고 있다.

> 2. 제2의 의미
> 단어가 가지고 있는 제2의(숨은) 의미와 단어와 단어 사이의 제2의 (숨은) 관계, 전연 생각하지 않던 어떤 단어와 단어 사이의 새로운 관계, 이러한 방면에 시인을 기다리는 영역이 처녀림대로 가로 누어 있는 것이 아닐까.[10]

여기서 그는 단어가 가지고 있는 의미와의 관계, 즉 기표와 기의의 관계뿐만 아니라 단어와 단어 사이의 새로운 관계, 즉 기표와 기표의 관계에 대해서도 시인들은 고려하여야 한다고 주장한다. 이러한 언어에 대한 고도의 자의식은 이전의 시론에서는 볼 수 없었던 것으로서, 모더니스트로서 김기림이 언어에 대해 지니는 새로운 면모라 할 수 있다. 이후 김기림은 "우리들의 세기에 들어와서 가장 큰 발견 속에 단어의 발견이 있다"[11]고 하여 언어에 대한 자의식은 곧 근대의 산물이라고 하기도 한다. 이것은 주체의 작업 도구인 매체 그 자체에 각별한 주의를 기울인 것으로서, 그가 보여주고 있는 언어 기술은 단

---

9) 김기림, 「시의 기술, 인식, 현실 등 제문제」, 《조선일보》 1931. 2. 12, 윤여탁 편, 『김기림 문학비평』, 푸른사상, 2002, p.25.
10) 김기림, 「「피에로」의 獨白－「포에시」에 대한 사색의 단편」, 《조선일보》 1931. 1. 27, 『전집』 2, p.299.
11) Ibid., p.300.

순한 문학의 기술 이상의 기술의 문학으로 육박한다[12]고 할 수 있다. 이와 같이 김기림은 언어의 특수한 결합방식으로 시의 기술을 규정하고 있는데, 이것은 곧 수사학으로 구체화된다.

> 전결합에서 규정되어 오는 개개의 말의 가치, 특수한 결합방식 및 배치에 의하여 거기는 영상, 상징, 隱喩, 직유, 기지, 속도, 비약, 구성미, 「유머」, 「아이로니」, 풍자, 운동감, 「몽타쥬」, 對位, 역설 등의 온갖 관념 무용의 효과가 빚어지는 것이다.[13]

그는 시가 언어의 예술이며, 시의 효과는 언어의 뜻, 소리, 모양 등의 전 결합에서 오는 말의 가치, 특수한 결합방식 및 배치에 의해 이루어진다고 한다. 말하자면, 언어의 의미 외의 다른 요소들을 다루는 기술에서 시적 효과가 발생한다는 것이다. 그런데 그가 나열하고 있는 항목 가운데는 상징, 은유, 직유, 기지, 유머, 아이러니, 풍자, 역설 등 수사법이 상당하다. 이것은 김기림이 시에서 '기술'을 말할 때, 그것은 수사학으로 구체화된다는 것을 의미한다.

1930년대에 김기림은 이미지즘 시론을 전개하면서 이미지의 형성을 수사학과 관련시키기도 한다. 김기림은 이미지 자체가 수사학으로 이루어진다고 한다. 즉 "광범한 어휘 속에서 그의 「엑쓰타시」를 불러 일으킨 「이미지」에 대하야 가장 본질적인 유일한 단어가 가려져서 그 「이메지」를 대표할 것"[14]이라고 하며, 또 이 일은 시작 상에 있어서 가장 지적인 태도라고 한다.

---

12) 한상규, 「1930년대 모더니즘 문학에 나타난 미적 자의식에 관한 연구-이상, 김기림을 중심으로」, 서울대 석사학위논문, 1989, pp.1~3.
13) 김기림, 「말의 의미」, 《조선일보》 1935. 9. 17~10. 4, 『전집』 2, p.192.
14) 김기림, 「시의 「모더니티」」, 《신동아》 1933. 7, 『전집』 2, p.82.

시는 어떠한 시대에도 자라간다. 그것은 사람과 함께 사는 까닭
이다. 시는 한개의 「엑스타시」의 發電體와 같은 것이다. 한개의 「이
미지」가 성립한다. 회화의 온갖 수사학은 「이미지」의 「엑스타시」로
향하여 유기적으로 戰慄한다.15)

김기림은 한 개의 이미지가 성립하는 데에는 회화의 온갖 수사학
이 작동한다고 한다. 이미지즘 시는 수사학을 통해서 이루어지며, 수
사학은 "이미지의 엑스타시로 향하여 유기적으로 전율"한다는 것이
다. 실제 이미지는 수사학으로 존재한다. 그것은 이미지가 대상의 단
순 모방이 아니라 인간의 조작이 개입되었다는 의미에서의 재현이기
때문이다.16) 이러한 점을 고려할 때, 김기림이 이미지의 형성을 수사
학과 관련시킨 것은 시의 근대성을 확보하기 위한 중요한 논의임을
알 수 있다.

이와 같이 김기림은 시에서 이미지를 형성하는 것은 수사학이며,
그것은 시의 기술에 해당한다고 한다. 그가 말하는 주지적 태도의 시,
제작으로서의 시도 결국 이미지의 수사학을 말하는 것이다. 김기림은
수많은 단어를 선택하고, 그것을 별다르게 시인의 목적에 맞게 운용
하는 것이 시의 기술이며, 이 기술은 무엇보다 이미지를 제작하는 기
본 장치가 된다고 한다. 시의 기술이 종래 낭만주의 시를 극복할 수
있는 중요한 장치가 되는 것도 이러한 이유에서이다. 시는 기술, 즉
수사학을 통해 감상성을 벗어날 수 있으며 이미지를 형성할 수 있다.

그런데 1930년대에 김기림은 이미지즘 시론을 전개하면서 '메타포

---

15) Ibid., p.80.
16) 롤랑 바르트, 김인식 편역, 『이미지와 글쓰기』, 세계사, 1993, p.87.

어', 즉 은유를 내세운다. 1930년대 그의 비평에서 '이미지'와 '메타포
어'는 흔히 함께 거론된다.

> 우리들의 대부분은 單純을 사랑하는 버릇을 좀체로 떨어버리
> 지 못했다. 그래서 여기서부터 단순과 단조에 대한 착각이 일어
> 났다. 즉 단순은 시작상 지극히 고귀한 미덕이나 그러나 그것은
> 시 속에 쓰여진 개개의 「이미지」나 「메타포어」가 지극히 명확하
> 고 直裁한 것을 의미하는 것이고 시는 오직 다만 한 개의 「이미
> 지」나 「메타포어」를 가져야 된다는 말은 1「퍼센트」도 의미하지
> 않는다.17)

가령 김기림은 이미지즘 시에서 '단순'은 지극히 고귀한 미덕이라
는 것, 그것은 시 속에 쓰여진 개개의 이미지와 메타포어가 지극히
명확하고 직재한 것을 의미한다는 것, 그러나 이 말이 시는 오직 다
만 한 개의 이미지나 메타포어를 가져야 된다는 말은 결코 아니라고
하는데, 이 때에도 '메타포어'는 이미지와 함께 논의된다.

그가 '은유'를 내세울 때, 이것은 전대의 '상징'을 강조한 상징주의
시를 염두에 둔 것이다. 김기림은 상징주의 시를 현실 도피의 시로
규정하고 상징주의 시의 '리듬'을 비판한다. "「리듬」은 시의 귀족성이
며 형식주의다."18) 실제 프랑스 상징주의 시의 수용과 그 영향은 20
년대에 그치는 것이 아니며, 그 이후로도 지속된다.19) 그러나 김기림
은 프로 시들과 상징주의 시들을 모두 부정한다.

---

17) 김기림, 「각도의 문제」, 《조선일보》 1935. 6. 4, 『전집』 2, p.170.
18) 김기림, 「피에로의 독백」, 《조선일보》 1931. 1. 7. 『전집』 2, p.303.
19) 이에 대한 자세한 논의는 박노균, 「1930년대 한국시에 있어서의 서구 상징주의
　　수용 연구」, 서울대 박사학위논문, 1992 참조.

한국 근대시는 상징주의의 수용과 함께 본격화되었다. 이 과정에서 '상징'은 근대시가 지녀야 할 필수적인 요건으로 간주되었다. 구체적으로 말하자면, 한국 근대시는 '음악'과 '감정'의 강조와 함께 미적 근대성을 확보하게 되는데, 이 때, 상징은 이 두 가지 요건을 모두 충족시킬 수 있는 수사법으로 부각된다.

> 象徵主義란 무엇이냐? 象徵派詩人들은 잡기 어려운, 理解를 쒸여나는 神秘的 解答을 우리에게 提供한다, 마는 「記述을 말아라, 다만 神秘로운 暗示」. 그것인 듯하다. 象徵은 神秘의 換意라고도 생각할 슈 잇다.(…중략…) 象徵派의 特色은 意味에 잇지 안이하고 言語에 잇다. 다시 말하면 音樂과 갓치, 神經에 닷치는 音響의 刺戟 그것이 詩歌이다. 그러기에 이 點에서는 (官能의 藝術)이다. 刹那刹那에 刺戟되는, 感動되는 情調의 音律 그 自信이 象徵派의 시가이기 째문에 自然 「朦朧」안이 될 수 없다.[20]

김억은 상징을 시의 음악성과 정조와 결부시켜 논의한다. 그리고 상징을 언어의 문제로, 특히 '음률(音律)'의 문제로 파악한다. 이러한 김억의 생각은 1920년대의 다른 시인들이 공유하고 있는 것이기도 하다. 그것은 박현수의 지적대로 상징 혹은 상징주의를 주로 미학적인 측면이 아니라 수사학적인 측면으로 이해한 데 따른 현상이라고 할 수 있다.[21] 또한 '상징'을 시의 음악성과 '감정'과 결부시킨 것은 1920년대 한국 근대 서정시의 한 특징을 이루는 것이기도 하다. 그런데 김기림은 이미지의 형성 원리로 은유를 내세우면서 종전의 수사학을 극복하고자 하였다.

---

20) 김억, 「스핑스의 고뇌」, 『폐허』 창간호, p.117.
21) 박현수, 「1920년대 상징의 탄생과 숭고한 '애인'」, 『한국현대문학연구』 18집, 2005, p.205.

3. 풍자론과 전체시의 지향

1935년을 전후하여 김기림은 더 이상 은유를 강조하지 않고, 풍자를 강조한다. 그리고 수사법을 논의하면서 파토스를 거론한다. 이것은 그가 시작에서 주지적 태도를 고수하던 데서 벗어나 고전주의와 낭만주의의 종합, 지성과 감성의 종합이라는 전체시론을 지향한 것과 밀접한 관련이 있다.

> 이제부터의 시인은 선인들의 노력에 의하야 발견한 새로운 방법들을 종합하여 한 개의 전체로서의 시를 파악하여야 할 것이다.
> 인공적이라는 한 가지 이유로 선인의 공적을 전부 부정하는 것은 야만에의 복귀다.[22]

그는 시의 기술에서 강조되는 여러 요소, 가령 음악성과 회화성, 의미 등을 종합하는 전체로서의 시를 새로운 시의 방향으로 내세운다. 기술에 대한 인식 역시 단순히 기술의 종합적 파악을 의미하는 것이 아니며, 시적 정신의 변모, 현실에 대한 태도의 변화와 함께 해야 한다고 한다.

1930년대 중반, 김기림은 근대가 무한히 진보할 것이라는 사고에 대해 회의적인 태도를 보인다. 이제 그는 더 이상 근대문명에서 명랑성만을 읽어내지 않고 그 부정적인 측면을 보기 시작한다. 현대의 시인은 드디어 시대에 대한 부정자, 비판자, 풍자자로서 등장했다. 이것

---

22) 김기림, 「현대시의 기술」, 《여원》 1935, 2, 『전집』 2, p.107.

은 김기림이 근대의 이성에 대해 반성하기 시작하였다는 것을 의미
한다. 1930년 중반에 이르러 김기림이 근대에 대한 근본적인 성찰을
시작한 것은 「「모더니즘」의 역사적 위치」(『인문평론』, 1939. 10)에서
1930년대 전반기의 문학에 대해 회고하는 데서도 확인된다.

> 그러나 「모더니즘」은 30년대의 중쯤에 와서 한 위기에 다닥쳤다.
> 그것은 안으로는 「모더니즘」의 말의 重視가 이윽고 그 말류의
> 손으로 언어의 말초화로 타락되어가는 경향이 어느새 발현되었고,
> 밖으로는 그들이 명랑한 전망 아래 감수하던 오늘의 문명이 점점
> 심각하게 어두워가고 이지러가는 데 대한 그들의 시적 태도의 재정
> 비를 필요로 함에 이른 때문이다.23)

김기림은 1930년대 중반에 이르러 모더니즘에서의 말의 중시가 언
어의 말초화로 타락하게 되었고 문명은 점점 심각하게 어두워가고
있었다고 한다. 이에 새로운 시적 태도의 재정비가 필요하였다고 설
명하고 있다. 즉 1930년대 전반기 '기술'을 중심으로 언어의 미적 가
공에 주력해온 현상과 함께, 1930년대 중반을 전후한 시기에 나타난
근대의 위기 등이 모더니즘 문학의 방향전환을 모색하는 계기로 작
용하였다는 것이다.

이 시기에 그는 이미지즘 시론의 바탕을 이루었던 '수단으로서의
이성' 대신 '비판의 정신'을 내세우는데, 그가 말하는 수단으로서의
이성은 '도구적 합리성'으로 이해된다면 '비판의 정신'은 본질적 이성
으로 볼 수 있다. 호르크하이머와 아도르노는 이성을 도구적 이성과
본질적 이성으로 나누고 도구적 이성의 폐해에 대해 논의하였다. 이

---

23) 김기림, 「「모더니즘」의 역사적 위치」, 《인문평론》 1939. 10, 『전집』 2, p.57.

들은 산업 혁명 이래 서구 문명은 모든 부분에서의 도구적 이성의 우위와 심화로 요약되며, 이 현상이 근대 서구 사회가 직면하고 있는 여러 위기들의 근본 이유가 된다고 주장하였다.24) 따라서 도구적 이성 대신 본질적 이성을 회복하는 것이 무엇보다 중요한 문제가 되는데, 김기림 역시 '비판의 정신'을 내세워 수단으로서의 이성의 한계를 극복하고자 한다. 이미지즘 시론을 전개하면서 김기림이 '수단으로서의 이성'을 언급하였을 때, 그것은 자연과 사물을 시적 주체의 목적에 맞게 이용한다는 측면을 가지고 있었던 것이다.

> 아무리 반시대적인 예술일지라도 자연발생적으로는 시대의 어느 부분적인 病症일망정 대표하는 것이 사실이다. 이에 반하여 시 속에서 시인이 시대에 대한 해석을 기도할 때에 거기는 벌써 비판이 나타난다. 나는 그것을 문명비판이라고 불러왔다.
> 이 비판의 정신은 어느새에 「새타이어」(풍자)의 문학을 胚胎할 것이다.25)

이 시기 김기림의 시론에서 '풍자'는 근대문명 비판과 관련된다. 원래 모더니즘은 어떤 경우이건 제국주의 시대 이후 자본주의에 대한, 나아가 그를 낳은 근대성 일반에 대한 거부에 기초하고 있다. 그런데 김기림은 초기 이미지즘 시론을 모색하면서 근대에 대한 일방적인 경사를 보였는데, 이러한 태도는 그의 '오전의 시론'의 바탕을 이루는 것이다. 소위 동양의 센티멘탈리즘에 대한 거부와 '명랑성'으로 표현되는 근대적 감각에 대한 경사가 그것이다. 그러나 1930년대 중반에 들어서 그는 근대에 대해 양가적인 태도를 보인다. 풍자는 이

---

24) 윤평중, 『푸코와 하버마스를 넘어서』, 교보문고, 1990, pp.38~40.
25) 김기림, 「시의 시간성(상)」, 《조선일보》 1935. 4. 21, 『전집』 2, p.157.

러한 그의 태도 변화에서 나온 것이다.

그런데 이 시기 김기림의 수사학에서 주목되는 것은 수사학을 파토스와 결부시켜 논의하고 있다는 점이다. 가령 풍자를 설명하면서도 그는 '조소'라는 파토스와 관련시켜 논의한다. 그가 풍자를 '조소'를 중심으로 설명하는 것은 물론 엘리어트 등 신고전주의 이론의 영향에 기인하는 것이지만26) 아울러 당시 김기림이 수사학 일반을 파토스와 관련시킨 논의의 연장선상에 있는 것이기도 하다. 이 시기에 김기림은 모든 수사법에 대한 논의를 할 때, 분노라든가 기쁨 등 인간의 정서와 결부시켜 논의한다. 가령 정지용의 시, 「귀로(歸路)」에 대해 비평하면서도 종전과 달리 '영탄'이라는 시인의 주관적인 감정을 중심으로 논의를 펴나간다.

> 「歸路」에서는 지용씨의 시풍을 일관하고 있는 어떠한 詠嘆이 그 속에서 흐르고 있는 것을 느낄 것이다. 씨는 그의 시 「海邊의 午前二時」 속에서
> 　　서러울 리 업는 눈물을 少女져름 짓자.
> 하고 노래하였다. 씨의 시를 읽을 때마다 우리는 항상 그 속에서 떨리는 일종의 영탄의 감염에서 자유로울 수는 없다 (그것은 아무도 근대문명으로부터 쫓겨난, 영혼의 고향을 잃은 근대인의 영구한 고독에서 오는 것인지 모른다). 그러나 그 영탄은 淫奔한 「센티멘탈리즘」과는 다르다. 근대적 애수의 가장 「리얼」한 숨결이다.27)

이와 같이 김기림은 지용의 시를 비평하면서 "우리는 항상 그 속에서 떨리는 일종의 영탄의 감염에서 자유로울 수는 없다"고 한다.

---

26) 이에 대한 자세한 논의는 이 책 5장 참조.
27) 김기림, 「현대시의 발전」, 《조선일보》 1934, 7. 20, 『전집』 2, pp.330~1.

이러한 비평 태도는 종래 그가 시에서 차디찬 이미지를 보려고 했던 것과 아주 다른 것이다. 물론 그는 이러한 일종의 영탄이 종래 시의 센티멘탈리즘과 다르다는 점을 지적하기도 하지만 시 속에서 애수를 읽어내려 한 점은 이전에 볼 수 없었던 면모이다. 뿐만 아니라 김기림은 정지용의 시가 더 이상 시각에 호소하지 않고 청각에 호소한다고 하기도 한다.

> 지용씨의 시는 또한 우리들의 시각에 「아필」하다느니보다는 차라리 우리의 청각에 「아필」한다. 그러므로 시의 독자는 이러한 시에서는 그 시의 음악성을 즐길 줄 알아야 한다. 그러나 그 음악성은 소박한 자연발생적인 시인들의 시의 역시 소박한 음악성과는 달라서 작자의 作詩術 속에서 개개의 말은 가장 주밀하게 취사 선택되어서 그 개개의 말이 가진 특이한 音響을 가지고 적당한 위치에 배열되어 효과를 나타내고 있는 것을 발견하리라.[28]

그는 시각성을 근대시의 표지로까지 이해하던 입장에서 벗어나 정지용 시를 논하면서 '시각'이 아니라 '청각'에 논의의 초점을 두고 있다. 물론 이것이 모더니즘에 대한 태도 자체를 바꾸는 것으로 나아가는 것은 아니다. 김기림은 동일한 지면에서 여전히 정지용 시의 음악성이 소박한 자연발생적인 시인들의 그것과는 달리 작가의 작시술 속에서 인공어로서 제작된 가운데 나온 것이라고 한다. 그러나 시에서 감정과 청각을 주목한 태도는 이전에는 없었던 것이다.

이것은 김기림이 시에서 '인간성'의 회복을 강조하고 전체시론을 지향한 사실과 깊은 관련이 있는 것으로 보인다. 사실 김기림이 이미지즘 시론의 이론적 기반으로 삼은 신고전주의는 부르주아 문명의

---

28) Ibid., p.331.

영속적 혈통과 서구 제국주의의 영구적 진리를 주장하는 이데올로기이다.[29] 그것은 19세기에 출현한 근대성의 한 갈래로서 산업주의의 여명기에 풀려난 집단적 판타지가 원과거로 거슬러 올라가는 경향을 대표하는 것 중 하나이다. 여기서는 시간적 차원에서 서양 문명의 고대적·신화적 기원을 나타내는 이미지가 지배적이다.[30] 따라서 신고전주의에서 근대성의 동인은 꿈 소망의 왜곡된 형식으로서 과거를 복원하려는 문제점을 지니고 있다. 김기림 역시 이러한 문제점을 인식하고 신고전주의를 비판한다.

> 비인간화한 수척한 지성의 문명을 넘어서 우리가 의욕하는 것은 지성과 인간성이 종합된 한 새로운 세계다. 우리들 내부의 「센티멘탈」한 「東洋人」을 깨우쳐서 우리는 우선 지성의 문을 지나게 하여야 할 것이다. 만약에 시가 피동적으로 현대문명을 반영함으로써 만족한다면 「흄」이나 「엘리엇」의 고전주의가 바른 것이 될 것이다. 그러나 우리의 시 속에 현대문명에 대한 능동적인 비판을 구한다면 그것은 그 속에 현대문명의 발전의 방향과 자세를 제시하고야 말 것이다.[31]

김기림은 흄과 엘리어트 등의 신고전주의가 현대문명을 반영하는데 그친다고 한다. 그런데 시 속에 현대문명에 대한 능동적인 해석과 비판을 구하기 위해서는 현대문명의 발전 방향과 자세를 제시하여야 한다. 따라서 다른 대안이 필요하다. 이 때 그가 제시하는 구체적인 방향은 고전주의와 낭만주의, 지성과 인간성의 종합으로서의 전체시

---

29) 수잔 벅 모스, 김정아 역, 『발터 벤야민과 아케이드 프로젝트』, 문학동네, 2004, p.46.
30) Ibid., p.193.
31) 김기림, 「고전주의와 낭만주의」, 《조선일보》 1935. 4. 26, 『전집』 2, p.165.

이다.

> 고전주의에 의하여 대표되는 지성을 시의 골격이라고 하면 육체
> 로서 대표되는 「휴매니즘」은 근육이요 혈액일 것이다. 완전한 시란
> 결국은 골격과 근육과 혈액이 한 개의 전체로 통일된 건강한 체격
> 을 연상시킨다.[32]

김윤식은 김기림의 전체시론이 경향시와 모더니즘 시의 단순한 산출적 종합에 그친 형식 논리라고 비판하였는데,[33] 물론 김기림이 신고전주의의 한계를 인식하면서 낭만주의를 기계적으로 결합하고자 한 것은 문제를 지닌다. 그것은 낭만주의 역시 계몽주의에 대항하여 신화의 부활을 주장하지만, 신화를 재생하는 원천을 대체로 익명적이고 점차로 정교한 기술과 결합하는 산업주의의 창조력으로 가정한 것이 아니라 예술로 가정하는 오류를 범했기 때문이다.[34] 김기림이 이후 과학에서 유토피아의 지향을 찾고자 한 것도 고전주의와 낭만주의의 기계적인 결합으로는 새로운 현실에 대한 대응을 구할 수 없었던 데 연유하는 것으로 보인다.

어쨌든 낭만주의, 인간성의 회복 등을 주장하면서 김기림은 수사학의 측면에서도 종전과 다른 식으로 논의를 전개한다. 이전에 그는 시에서 주지적 태도를 강조하고 감정을 배제하는 시를 추구하였다. 그러나 이제 그는 메마른 이미지, 감각에 치우친 은유 중심의 시가 갖

---

32) Ibid., pp.163~4.

33) 김윤식, 「전체시론」, 『한국근대문학사상사』, 한길사, 1984.

34) 셸링은 이를 다른 것을 의미하는 동시에 자체로 존재하는 자연의 사물들에 기초한 새로운 보편 상징이라 불렀다. 벤야민에 따르면, 20세기에는 이미 산업문화라는 새 자연이 이러한 낭만주의자가 바라마지 않았을 보편 상징의 모든 신화의 힘을 생성한다. 이에 대한 자세한 논의는 수잔 벅 모스, op. cit., p.330 참조.

게 되는 한계를 인식하게 된다. 이에 따라 정지용 시의 은유를 분석하면서도 시어의 문제를 넘어 시인의 내면을 문제 삼기 시작한다.

> 그래서 거기는 「이미지」(영상)의 비약이라든지, 결합에서 오는 美라느니보다는 「메타포어」(은유)의 미가 더욱 뚜렷하게 눈에 뜨인다. 「가버리는 제비」나 「숨은 薔薇」는 아마 이 시인의 청춘·행복, 지나가버린 모든 아름다운 과거의 「메타포어」이며 「마음이 안으로 차는 喪章」은 잃어버린 모든 것, 그리고 분열과 환멸에 느껴우는 일근대인의 실망의 가장 아름답고 또한 전연 누구의 모방이 아닌 독창적인 「메타포어」의 미를 가지고 있다고 생각한다.[35]

김기림은 바로 '영탄'이라는 시인의 감성에 의거하여 정지용 시의 은유를 설명한다. 여기서 '영탄'이라는 주관적인 감성은 정지용 시에 나타난 은유를 설명하는 가장 중요한 개념이 되고 있다. 이러한 논의는 수사학적 측면에서 보았을 때, 파토스에 중심을 둔 것으로서[36] 궁극적으로는 사회에 대한 어떤 시각을 나타낸다. 초기 이미지즘 시론을 전개할 당시 김기림은 시인과 대상을 분리하였다. 그러나 이제 김기림은 정지용의 시가 지니고 있는 기술적인 측면보다는 시인의 파토스에 초점을 두고 은유를 논하며, 은유의 내면성을 강조한다.

김기림은 당시 다른 이들의 시에 대해 비평할 때에도 시인의 감성에 대해 언급한다. 그리고 시의 수사법을 설명할 때에도 이와 관련지

---

35) 김기림, 「현대시의 발전」, 《조선일보》 1934. 7. 12~7. 22, 『전집』 2, p.331.
36) 아리스토텔레스는 수사학에서 열네 개의 파토스, 구체적으로 예를 들자면, 평정과 분노, 부끄러움과 파렴치함, 두려움과 자신감, 선망과 경쟁심, 멸시와 연민, 호의와 분개, 그리고 사랑과 미움 등을 나열한 바 있다. 미셸 메이에르는 이 열정들 각각은 사회적 동일성과 차이의 어떤 시각을 나타내는 것으로 간주한다. 이에 대한 자세한 논의는 미셸 메이에르, 전성기 역, 『열정의 레토릭』, 고려대출판부, 2004, p.34 참조.

어 논의한다.

<blockquote>
그 위에 전편을 향기와 같이 싸고 있는 부드러운 「유머」와 결코 냉혹하지 아니한 「아니(이-인용자)러니」는 차디찬 지성과 감성의 圭角을 감추는 미끈한 육체다.

「프로이드」는 「유머」와 「에스프리」에 무의식의 작용을 인정하였다고 한다. 이 시의 고상한 「유머」와 「아이러니'는 아마도 시인의 무의식 세계의 발현인 것 같다.[37]
</blockquote>

여기서도 유머와 아이러니는 각각 "부드러운 「유머」", 혹은 "냉혹하지 아니한 「아이러니」" 등으로 언급된다. 그리고 이것이 나타나는 양상을 지성과 감성의 결합으로 논의하고 있다. 또한 그는 프로이드의 이론을 빌어 유머와 아이러니를 무의식 세계의 발견으로 설명하기까지 한다. 이와 같이 그가 무의식의 영역을 수사학과 관련시킨 것은 주목할 만하다. 그러나 그는 무의식 자체를 기표의 물질성으로 이해하거나, 무의식의 수사학을 전개하는 수준[38]까지 나아가지는 않는다. 이것은 김기림이 수사법을 감성과 결부시켜 설명한 것이 어디까지나 주체의 동일화를 전제로 한 데 기인한다. 김기림은 어디까지나 '의미' 중심의 주사학을 내세웠지, 무의미가 의미를 형성하는 과정에 대해서는 주목하지 않았다.

이와 같이 김기림은 기교주의를 비판하고 전체시론을 모색하면서

---

37) 김기림, 「현대시의 발전」, 《조선일보》 1934. 7. 21, 『전집』 2, p.333.

38) 라캉은 무의식을 기표의 활동으로 보고 있다. 즉 "무의식은 언어와 같이 구조되어 있다." 무의식은 무엇보다도 비유적·수사적 언어와 같이 구조되어 있다고 할 수 있다. 따라서 무의식에 대한 해명은 수사학과 긴밀한 관련을 지닌다. 이에 대한 자세한 논의는 자크 라캉, 민승기 역, 「무의식에 있어 문자가 갖는 권위(주장)」, 권택영 엮음, 민승기·이미선·권택영 역, 『욕망이론』, 문예출판사, 1994, pp.70~94 참조.

풍자를 내세우고 시인의 감성에 많은 관심을 기울인다. 이것은 그가
이전에 시의 기술을 강조하고 형식이 갖는 객관화의 지향을 보인 것
과 뚜렷이 구별되는 현상이다.

4. 과학적 시학과 의사소통의 수사학

김기림은 1930년대 후반에 들어서 과학적 시학을 구상한다. 그는
1935년에 이미 비평은 철학이 아니라 과학이라고 주장하였다. 과학적
시학은 미라든지 영감 혹은 초시간적 가치라든지, 형이상학적 술어를
한 마디로 쓰지 않고 쓰여야 한다. 여기서 과학은 일종의 가치 개념
을 지니고 있다.

> 어떠한 시기에 어떠한 시인이나 시단이 혼미에 빠져 있다면 그
> 원인의 적지 않은 부분은 시에 대한 과학적 추구의 부족에 있을 것
> 이다. 물론 과학으로서의 시학은 이미 확립된 것은 아니다. 시의 역
> 사적·사회적 관련의 연구는 사회학에 속하고 시적 경험에 대한 구
> 체적 해명은 심리학에 속할는지도 모른다. 그래서 그 사이에 시학을
> 위한 일의 영역이 혹은 없을는지도 모른다. 그럴지라도 우리는 그처
> 럼 실망할 것은 없다. 왜 그러냐 하면 우리의 목적은 시학의 구제에
> 있는 것이 아니고 시의 진정한 인식을 얻는 데 있는 까닭이다.[39]

김기림은 당시 시인이나 시단이 혼미에 빠져 있다면, 그 원인은 시
에 대한 과학적 추구의 부족에 있다고 주장한다. 물론 그가 말하는

---

39) 김기림, 「과학과 비평과 시」, 《조선일보》 1937. 2. 21, 『전집』 2, p.27.

과학은 하나의 방법에 그치는 것이 아니다. 과학, 과학적 방법, 과학적 태도는 새로운 세계관, 인생관, 생활태도를 의미한다. 과학은 사실에 기초한 것으로서, 형이상학에서 비롯하는 몽매, 허상, 거짓 등을 비판할 수 있는 긍정적인 측면을 지니고 있다. 과학적 태도는 시인의 새 모랄이며, 세계가 요구하는 유일한 진정한 인생 태도이다.

그런데 김기림은 과학적 시학에 필요한 것으로 우선 고전적 시학에 깃들여 있는 형이상학적 요소의 제거와 한 개인이나 유파의 주장에 불과한 시론과 시학과의 구별을 들고 있다. 그는 시학의 파탄은 철학이 과학인 체하는 데서 온다고 하면서 시에 대한 관념과 과학을 구별해야 한다고 한다. 따라서 시를 과학의 대상으로 취급하기 위해서는 우선 오랫동안 지속되어 온 시에 관한 형이상학적 환영을 물리쳐야 한다.

> (1)다만 시론은 체계의 완비 때문에 더 많이 상상이 들어가는 시의 형이상학보다도 시인의 작시상의 경험에서 빚어나온 암시가 풍부한 점에서 더 유용한 경우가 많다.40)

> (2)시의 형이상학과 시론의 존재 이유와 가치를 어느 정도로 인정하면서도 그것들은 과학은 아니라는 이유로 해서 우리의 시학의 설계에서 몰아내야 할 것이다.41)

김기림은 시와 관련하여 이데아나 이념, 혹은 감정을 우위에 두는 것이 아니라 시의 사실을 그 자체로 보고자 하였다. 이제 그는 시에 대해 '무엇'이나 '왜'와 같은 존재론적 질문에서 '어떻게'라는 방법론

---

40) 김기림, 『시론』, 백양당, 1947, 『전집』 2, p.13.
41) Ibid., p.13.

적 질문으로 바꿔 물어야 한다고 한다. 시학이 문제 삼아야 할 것은 '시의 일반적 사실에 대한 인식', 즉 시란 어떻게 씌어지고 읽혀지는 가이다. 김기림이 종래 시학에서 필요한 부분으로 언급하고 있는 내용도 이러한 목적에 부합하는 것이다. 이에 따라 과학적 시학에는 또 다른 차원에서 수사학에 대한 논의가 상당한 부분을 차지하게 된다.

> 새로운 詩學을 위해서 미리부터 準備된 몇 가지 便宜가 있다. 그 것은 그것들은 賢明하게 利用할 것이다. 첫재는 이전의 뭇 形而上 學的 詩學속에 간간이 흩어져 있을 詩의 事實에 맞는 陳述을 뽑아 서 自身의 體系속에 活用할 것이다. 假令 「아리스토텔레쓰」의 詩學 以後 「호레이시어쓰」, 「보왈로」 等等의 詩에 관한 陳述은 우에서 말 한 것과 같은 意圖 아래서 다시 精選될 것이다. 「아리스토텔레쓰」 나 「호레이시어쓰」나 「보왈로」가 各各 具體的으로 取扱되고 또 되 어야 하는 것은 詩史에 있어서의 일이다. 詩學이 問題삼는 것은 다 만 이러한 特殊한 事件이 아니고 詩의 一般的 事實에 대한 認識이 다.42)

김기림은 과학적 시학을 위해 우선 필요한 일은 형이상학적 시학 속에 흩어져 있을 시의 사실에 맞는 진술을 뽑아서 자신의 체계 속에 활용하여야 한다고 주장한다. 그런데 여기서 주목되는 것은 그가 종래의 시학에서 계승해야 할 부분으로 언급하고 있는 이론이 수사학에 관한 것이라는 점이다. 그는 아리스토텔레스, 호라티우스, 보왈로 등의 시에 관한 진술이 참조할 가치가 있다고 주장한다. 그런데 아리스토텔레스는 『수사학』을 썼고, 호라티우스는 영시의 전통에서 풍자의 대가로 계승되고 있는 인물이다. 보왈로 역시 '이성, 양식, 질

---

42) 김기림, 「과학으로서의 시학」, 《문장》 1940. 12. 23, 윤여탁, op. cit., p.312.

서' 등으로 대변되는, 수사학이 시학의 중심을 이루고 있었던 고전주의 이론을 완성한 인물이다.[43] 김기림은 과학적 시학의 체계를 형성하면서 형이상학을 부정하였지만 수사학의 전통은 수용하고자 하였음을 알 수 있다. 당시 김기림은 실제비평을 하면서도 수사학자들을 거론하였다.

> 「아리스토텔레스」·「롱기너스」·「호레이시어스」·「보왈로」·「드라이든」·「애디슨」·「워즈워스」·「콜릿지」·「칼라일」·「매듀·아놀드」와 약간의 다른 현대의 저술가들의 제일 유명한 논설의 몇몇 표본을 보임으로써만도 이 주장이 옳다는 것을 밝힐 수 있을 것이다.[44]

김기림이 언급하고 있는 아리스토텔레스는 말할 것도 없고 시의 중요 목적을 쾌락으로 본 호라티우스, 심리학을 토대로 수사학의 교훈적인 특성을 시의 쾌락성에 종속시킨 드라이든[45] 등 이들은 모두 수사학자들이다. 수사학자에 대한 관심은 과학적 시학을 전개하면서도 지속된다. 사실 서구의 철학사에서 수사학은 형이상학을 부정하는 위치에 있었던 만큼 형이상학을 부정한 김기림이 수사학자에 관심을 가지는 것은 자연스러운 일이라고 할 수 있다.

그런데 과학적 시학은 '전달'을 지향하고 있다. 과학적 시학에서 중요한 내용을 이루는 것은 시는 시인과 독자 사이의 심리적 교섭이라는 사실이다. 시의 심리적 교섭은 늘 일정한 역사적 사회에 형성되는 문화와 상호 교류의 작용을 가진다. 이러한 심리적 교섭과 역사적

---

43) 이경식, 『아리스토텔레스의 『시학』과 신고전주의』, 서울대출판부, 1997, p.276.
44) 김기림, 『시의 이해』, 을유문화사, 1950, 『전집』 2, pp.200~1.
45) 이승훈, 『시론』, 고려원, 1983, pp.30~5.

사회와의 상호 교류의 측면 때문에 심리학과 사회학이 반드시 필요하다. 그런데 이 양 측면을 연결할 수 있는 것은 바로 언어이다. 이 때의 언어는 표현이 아니라 어디까지나 전달에 중심을 둔 것이다. 따라서 과학적 시학은 전달에 초점을 둔 언어학을 근간으로 삼아야 한다. 과학적 시학은 과학의 업적에서 그 부분적 진리를 빌려올 뿐만 아니라 기초개념을 참고해야 한다. 그것은 언어학, 심리학, 그리고 사회학이다. 그런데 종래 여러 연구자들이 자세히 고찰한 대로 과학적 시학에서는 세 가지 이론 중에서도 언어학이 여타의 이론들을 포괄하는 방식을 취하고 있다. 말하자면 의의학이 시의 심리학과 시의 사회학을 연결하는 연결고리인 것이다.[46] 김기림은 시의 언어적 기능을 명확히 하는 데에만 집중하면 종래의 시학이 가져온 혼란을 해결할 수 있으리라 믿었다.

이렇게 김기림은 과학적 시학을 전개하면서 언어를 더 이상 '표현'이 아니라 '전달'을 중심으로 설명한다. 물론 김기림은 이미 1933년 경 모더니즘의 중요한 방법으로 '전달'에 주목한 적이 있다.

> 예술의 역사에 있어서 눈에 띄는 부면은 방법의 변천이다. 낡은 「로맨티스트」는 이야기(「나리에이트」) 하였다. 낡은 사실주의자는 묘사하였다(있는 그대로 묘사할 수 있다는 그릇된 전제 위에 서서). 표현주의자들은 표현하였다. 「모더니스트」는 전달(「커뮤니케이트」) 하려고 한다.
>
> 표현주의의 열병을 지나온 지 오랜 우리에게는 「모더니스트」의 의견이 시간적으로도 우리와 가깝거니와 지금에 나는 그것이 가장 방법론의 眞論에 부딪쳤다고 생각한다.[47]

---

46) 김유중, 『한국모더니즘 문학의 세계관과 역사의식』, 태학사, 1996, p.245.
47) 김기림, 「예술에 있어서의 「리얼리티」・「모랄」 문제」, 《조선일보》 1933. 10. 21~

그는 예술의 역사에서 방법은 변천해왔다고 하면서 로맨티스트는 이야기를, 사실주의자는 묘사를, 표현주의자들은 표현을, 모더니스트는 전달(커뮤니케이트)을 중요한 방법으로 삼아왔다고 지적한다. 그는 모더니즘을 '전달'과 관련시켜 논의하였다. 그러나 당시 그는 이 '전달'의 문제를 치밀하게 탐구하지 않았고, '표현'을 더욱 강조하였다. 그는 언어를 미적 가공의 대상으로 보고 있었고 언어의 자율성을 지향하고 있었다.

1930년대에 김기림이 모더니즘의 방향으로 내세웠던 사항, 즉 시는 "말의 음으로서의 가치, 시각적 영상, 의미의 가치, 또 이 여러가지 가치의 상호작용에 의한 전체적 효과를 의식하고 일종의 건축학적 설계 아래서" 씌어진다[48]고 한 논의 속에서는 전달에 초점이 놓여 있지 않다. 여기서 언어는 갖가지 기능적 단면들, 가령 음운론적·형태론적·의미론적 측면들을 골고루 분석적으로 활용하고 그 위에서 그들 상호간의 결합을 이루는 것으로 존재한다. 이것이 그가 말한 참된 의미에서의 말의 가치 발견이다. 그리고 말의 가치 발견은 곧 시적 언어의 자율성에 대한 자각, 곧 예술의 자율성에 대한 정초를 뜻한다고 할 수 있다.[49]

그러나 과학적 시학을 모색하면서 그는 '전달'을 단지 모더니즘 시의 한 방법으로서가 아니라 시의 일반적인 방법으로 제시한다. 이러한 변화는 그가 '과학'을 지상의 가치로 내세운 데 따른 것이다. 과학

---

10. 24, 『전집』 3, p.117.

48) 김기림, 「「모더니즘」의 역사적 위치」, 《인문평론》 1940. 12, 『전집』 2, p.56.

49) 한상규, 「김기림 문학론과 근대성의 기획」, 한계전·홍정선·윤여탁·신범순 외, 『한국 현대시론사 연구』, 문학과지성사, 1998, p.184.

에 대한 이러한 지나친 옹호는 1935년 중반 이후 비판적 지성을 모색한 사실에 비추어 수세적인 입장에서의 논의라고 할 수 있다. 그의 논의는 사회적 의미가 아닌 과학에 한정하여 근대의 가치를 인정하는 것이었다. 즉 그는 근대성에 대한 소극적인 대안으로 '과학'을 옹호한다. 이 과정에서 그는 시민적 언어론에 해당하는 '전달'을 중심으로 한 언어관을 강조한다. 물론 '전달'에 대한 구체적인 논의는 당시 과학적 시학을 전개하면서 폭넓게 수용한 리차즈의 영향과도 밀접한 관련을 지닌다.50) 리차즈는 전달 이론을 중심으로 시론을 전개하였는데, 김기림 역시 그의 이론에 영향을 받으면서 시를 설명한다. 이에 따라 시에 대한 설명 역시 종전과 달라진다. 이제 시는 "말을 그 표현(表現) 전달의 수단으로 삼는 예술의 한 형태"이다.51)

> 시란 요컨대 시인이 겪는 처음에는 산만하던 어떤 정의(情意)의 경험이 뭉쳐서, 그 뭉치가 다시 조정되고 조직이 되어가는 동안에 차츰 말이라는 기호(記號) 조직으로 객관화해 가서는 그것을 통해서 다른 사람에게 그 경험이 전해짐으로써 이루어지는 사람과 사람의 특수한 교섭인 것이다.52)

시는 시인이 겪는 경험이 조직되어 말이라는 기호로 객관화되고 다시 다른 사람에게 그 경험이 전해지는 "사람과 사람의 특수한 교섭"으로 규정된다. 시가 갖고 있는 사회적 연관은 시인의 경험 세계에 흡수되고 집중되었다가 무수한 독자들의 경험 세계로 발산한다.

---

50) 오세영은 김기림의 「방법론 시론」에서의 논의들이 리차즈 시론의 핵심을 다룬 것이라고 지적한다. 오세영, 「과학으로서의 시학과 새로운 시」, 『한국현대시인연구』, 월인, 2003, p.138.
51) 김기림, 『시의 이해』, 을유문화사, 1950, 『전집』 2, p.198.
52) Ibid., p.226.

이것이 시의 경험이 지니는 특징의 하나를 이루는 전달성이다. 전달로서 시를 이해함으로써, 시에서의 기술 역시 전달을 유효하게 하는 수단이라는 관점에서 논의된다. 이 때 기술은 그 자체를 위한 통제나 자율적인 조직 활동이 아니라 어디까지나 일정한 목적을 향한 수단일 뿐이다. 시의 수사학 역시 전달을 달성하기 위한, 그러한 의도의 실현을 위한 수단이라는 관점에서 거론된다. 이것은 언어의 미적 가공을 통한 인공적인 미를 지향하였던 1930년대 모더니즘 수사학과는 상당히 거리가 있는 것이다.

이에 따라 그의 시학 체계에서 무엇보다 중요한 것은 시인과 독자의 관계이고, 전달이다. 전달은 언어로 이루어지고, 전달은 개인의 심리와 사회를 연결하는 통로가 된다. 전달에 대한 이러한 관심은 해방기의 시론에도 나타난다.

> 이번 대전의 마지막 몇해 동안 적이 이 땅에서 저지른 문화의 악마적 침략과 파괴 속에서 우리 시도 그 표현의 전통적 수단이었던 말을 약탈당하였고 자유로운 시의 정신은 학살당하였던 것이다. 그 동안 시의 정신을 팔음으로써 표현수단으로서의 민족의 말의 餘命을 보존하려는 일부의 계획도 있었으나 이는 드디어 수단과 정신을 둘 다 적의 수중에 넘겨주는 결과를 가져왔던 것이다.[53]

그는 해방 이후 식민지 시대 동안 '민족의 말'이 약탈당하였던 사실을 지적한다. 그리고 여기서 민족의 말을 표현수단으로 보는 관점을 드러내고 있다. 이에 근거하여 김기림은 시의 수사학을 새롭게 모색한다. 해방 후 김기림은 시쓰기보다 적극적인 참여의 길을 택했던

---

53) 김기림, 「우리 시의 방향」, 『전국문학자대회에서의 강연』, 1946. 2. 8, 『전집』 2, p.136.

정지용과 달리, 창작적 실천을 통하여 문학의 현실 참여를 모색하였
다.54) 또한 창작적 실천을 위한 수사학도 전개한다.

> 동기에 있어 보이는 새로운 의도는 반드시 효과에 있어서 그대
> 로 실현된다고 기약키는 어렵다. 동기와 효과 사이에 同價의 관계
> 가 성립되려면 시인은 그 동기에 알맞은 새로운 화술을 체득해야
> 할 것이다. 여기 시의 대중화의 과제와 관련된 새로운 문체의 수립
> 이 문제되어 오는 것이다.55)

그는 해방 후 개인으로부터 민족으로 강조점이 이동한 상황에서
시의 대중화를 모색한다. 수사학도 대중화의 과제와 관련한 논의들을
구체화하여야 하는 것이다. 이것은 그가 근대의 주체에 대해 종전과
다른 주체, 즉 집단을 내세우게 되었기 때문이다.

> 「르네상스」가 발견한 인간은 문화적 인간이며 세계적 인간을 이
> 상으로 하였다. 그러나 그것은 그 특이한 역사적·사회적 제약 때
> 문에 할 수 없이 利益人으로서의 면이 압도적이 되고 말았다. 인제
> 우리가 새 나라와 새 시대에 기도하는 새 인간은 利益人을 완전히
> 지양한 집단인·과학인·세계인·문화인일 것이다.56)

김기림은 이미지즘 시론을 전개하면서 근대적 '주체'를 전제하고
있었다. 그는 근대 시인은 활자의 매체로 등장한 것이라는 점, 즉 귀

---

54) 윤여탁, 「역사적 사회적인 실천으로서의 시론」, 『김기림 문학비평』, 푸른사상,
2002, p.529.
55) 김기림, 「시와 민족」, 《신문화》 1947, 『전집』 2, p.154.
56) 김기림, 「우리 시의 방향」, 『전국문학자대회에서의 강연』, 1946. 2. 8, 『전집』 2,
p.140.

로서가 아니라 눈으로서 시를 대한다는 점, 시의 제작이 무엇보다 중
요하다는 점 등을 강조한다. 사실 그가 내세운 이미지즘은 더 이상
운율이 아니라 이미지를 중시한다는 점에서 근대적인 미학의 성격을
가장 잘 드러내는 것이기도 하다.

그런데 해방 후 그는 '대중'에 대한 새로운 해석 속에서 민족 공동
체를 강조하고 '대중'을 중심으로 시의 수사학을 펼쳐 나간다.57) 그
가 '전달'의 기능을 강조한 것도 이러한 맥락 속에서 기능을 발휘한
다. 그는 이제 대중을 대변하고 계도하는 적극적인 대중화 방안으로
수사학을 모색한다.58) 의도에 맞는 효과를 달성하고자 하는 것, 동기
에 알맞은 새로운 화술을 체득하는 것, 대중화의 과제와 관련된 새로
운 문체의 수립을 도모하는 것, '대중'을 중심으로 문체의 방향을 모
색하는 것이 곧 진정한 민족의 시를 확립하는 과정이 된다. 그리고
이러한 방향 속에서 수사학의 방향도 변화한다.

5. 결론

김기림의 시론은 전형적인 근대 이성중심주의에 기초한 것으로서,
여기서는 무엇보다 '질서'와 '형식'이 중요시 되고 있다. 그는 종래의
시론을 형이상학에 근거한 것으로 규정하고 시와 시론을 일정하게
체계화시켜 파악하고자 하였다. 이러한 형식 탐구를 통해 문학의 과
학화를 지향하고자 하였다.

---

57) 해방기 김기림의 활동에 대한 자세한 논의는 김용직, 『해방기 한국 시문학사』,
　　민음사, 1989, pp.130~146 참조.
58) 이에 대한 자세한 논의는 이 책 9장 참조.

> 문학에 있어서 형식에 대한 여러가지 문제가 자못 열의를 가지
> 고 신중하게 논의되는 것은 發展體로서의 일국의 문학이 어느 정도
> 까지 성년의 시기에 도달한 후의 일이다. 내용만이, 그리고 내용과
> 관련된 문제만이 문학상의 논제로서 취급되는 것은 문학의 「로맨티
> 시즘」시대여서 문학으로서는 소년기에 있다는 증거다.[59]

김기림은 1930년대 초에 이미 문학에서 형식에 대한 논의는 한 나라의 문학이 어느 정도까지 성년의 시기에 도달한 후의 일이라는 것, 내용에 대한 문제만이 문학상의 논제로서 취급되는 것은 문학으로서는 소년기에 있다는 증거라고 주장하였다. 김기림의 이러한 지적에 주목한다면, 그의 시론에 대한 논의는 반드시 '형식'에 대한 논의를 거칠 때 온전히 이해될 수 있다고 하겠다. 그리고 '질서'와 '형식'에 대한 그의 탐색은 궁극적으로는 수사학으로 구체화되고 있다. 이 장에서는 그의 시론에 나타나는 수사학의 양상을 시기별로 구분하여 살펴보았다. 김기림은 시론의 변모 과정에도 항상 수사학에 대한 논의를 지속적으로 하고 있었다.

그는 '제작으로서의 시'를 강조하면서부터 수사학에 지대한 관심을 보여 왔다. 그는 근대시의 요건으로 기술을 강조하고 주지적 태도를 강조하였는데, 이것은 수사학으로 구체화되었다. 그리고 이미지의 형성 방법으로 수사학을 제시하였다. 김기림은 이미지즘 시론을 전개하면서 은유를 강조하였다.

1930년대 중반을 전후하여 김기림은 종래 이미지즘 시론과 은유 중심의 이론 대신 풍자론을 내세웠다. 이것은 그가 수단으로서의 이

---

59) 김기림, 「「스타일리스트」 이태준을 논함」, 《조선일보》 1933. 6. 25~27, 『전집』 3,
op. cit., p.171.

성에 대해 근본적으로 반성하기 시작하였음을 의미하는 것이었다. 이 때 그는 전체시론을 지향하는 입장에서 수사학의 파토스를 강조하기도 하였다.

이후 과학적 시학을 모색하면서 김기림은 전달의 수사학을 강조하였다. 과학적 시학을 전개하면서 그는 서구의 형이상학적 시학을 비판하면서도 서구적인 전통 속에 남아 있는 수사학에 대해서는 계승해야 한다는 입장을 지니고 있었다. 이러한 관심은 해방 후 의사소통의 수사학을 강조하면서 문화의 민주화를 지향하는 것으로 나타났다.

(『개신어문연구』 25집, 2007.)

참고문헌

1. 기본자료

권영민 편, 『한국현대문학비평사』(자료집 III), 단국대출판부, 1982.
권영민 편, 『한국현대문학비평사』(자료집 IV), 단국대출판부, 1984.
김기림, 『기상도』, 장문사, 1936.
김기림, 『태양의 풍속』, 학예사, 1939.
김기림, 『김기림 전집』 2~6, 심설당, 1988.
윤여탁 편, 『김기림 문학비평』, 푸른사상, 2002.
《동아일보》, 《예술집단》, 《조선일보》, 《조선중앙일보》, 《철필》

2. 국내논저

강심호, 「김기림의 시와 수필에 나타난 바다 이미지 고찰: 작가의 도시
　　　체험을 중심으로」, 『한국 근대문학 연구』 3권2호, 2002.
권보드레, 『한국근대소설의 기원』, 소명, 2000.
권승혁, 「현대영미시의 시각화에 대하여」, 『영어영문학 연구』 46권 1호,
　　　2005.
권영민, 『한국현대문학사』 2, 민음사, 2002.
금동철, 「정지용 시론의 수사학적 연구」, 『한국시학연구』 4집, 2001.

기시까와 히데미, 「『주지주의 문학론』과 『주지적 문학론』」, 국제어문학회 편, 『한국 근대문학의 형성과 발전』, 보고사, 2004.

김길웅, 「미적 현상과 시대의 매개체로서의 알레고리」, 『현대비평과 이론』 14집, 1997, 가을·겨울.

김동석, 『예술과 생활』, 박문출판사, 1947.

김동식, 「철도의 근대성— <경부철도노래>와 <세계일주가>를 중심으로」, 『돈암어문학』 15집, 2002.

김보현, 「드만과 데리다: 허무의 유희와 포월(包越)의 광기」, 『비평과 이론』 11권 2호, 2006, 가을·겨울.

김상환, 「데리다와 은유」, 한국기호학회 엮음, 『은유와 환유』, 문학과지성사, 1999.

김승구, 「김기림 수필에 나타난 대중의 의미」, 『동양학』 39집, 2006.

김영철, 『한국근대시론고』, 형설출판사, 1988.

김옥수, 「17, 8세기 영시의 풍자 전통」, 『밀턴과 근세영문학』 15집 1호, 2005.

김용직, 『한국현대시 연구』, 일지사, 1974.

김용직, 『한국근대문학론고』, 서울대출판부, 1983.

김용직, 『문예비평용어사전』, 탐구당, 1985.

김용직 편, 『상징』, 문학과지성사, 1988.

김용직, 『현대시원론』, 학연사, 1988.

김용직, 『해방기 한국 시문학사』, 민음사, 1989.

김용직, 「1930년대 김기림과 황무지— 김기림의 비교문학적 접근」, 『현대문학연구』 1집, 1991.

김용직, 『김기림—모더니즘과 시의 길』, 건국대출판부, 1997.

김용직, 『한국 현대문학의 사적 탐색』, 서울대출판부, 1997.

김우창, 『궁핍한 시대의 시인』, 민음사, 1977.

김욱동, 『은유와 환유』, 민음사, 1999.

김유중, 『한국모더니즘문학의 세계관과 역사의식』, 태학사, 1996.

김유중, 『한국 모더니즘 문학과 그 주변』, 푸른사상, 2006.

김윤식, 『한국근대문학사상사』, 한길사, 1984.

김윤식, 「민족어와 인공어」, 『문학동네』 15호, 1998, 여름.

김윤식, 『일제말기 한국 작가의 일본어 글쓰기 문제』, 서울대출판부, 2004.

김윤식, 『해방공간 한국 작가의 민족문학 글쓰기론』, 서울대출판부, 2006.

김윤정, 『김기림과 그의 세계』, 푸른사상, 2005.

김재홍, 「한국 현대시 형성고」, 『현대문학』 1976. 11.

김준환, 「영미 모더니즘 시와 한국 모더니즘 시 비교 연구」, 『비평과 이론』 8권 1호, 2003, 봄.

김진송, 『서울에 딴스홀을 허하라』, 현실문화연구, 1999.

김춘수, 『한국현대시형태론』, 해동문화사, 1958.

김춘수, 『전집』 2, 문장, 1986.

김학동, 『김기림평전』, 새문사, 2001.

김홍중, 「발터 벤야민의 파상력 연구」, 『경제와 사회』 73호, 2007.

나희덕, 「김기림의 영화적 글쓰기와 문명의 관상학」, 『배달말』 38집, 2006.

문덕수, 『한국 모더니즘시연구』, 시문학사, 1981.

문혜원, 『한국 현대시와 모더니즘』, 신구문화사, 1996.

문혜원, 『한국 근현대시론사』, 역락, 2007.

박노균, 「1930년대 한국시에 있어서의 서구 상징주의 수용연구」, 서울대 박사학위논문, 1992.

박성창, 『수사학』, 문학과지성사, 2000.

박성창, 『수사학과 현대프랑스 문화이론』, 서울대출판부, 2002.

박성창, 「말을 가지고 어떻게 할 것인가」, 『한국현대문학연구』 18집, 2005.

박순원, 「기상도연구」, 『한국시학연구』 9호, 2003.

박윤우, 『한국현대시와 비판정신』, 국학자료원, 1999.

박현수, 「1920년대 상징의 탄생과 숭고한 '애인'」, 『한국현대문학연구』 18

집, 2005.

방민호, 「김기림비평의 문명비평론적 성격에 관한 고찰」, 『우리말글』 34
　　호, 2005.

배개화, 「<문장강화>에 나타난 문장(文章) 의식」, 『한국현대문학연구』 16
　　집, 2004.

범대순·박연성, 『W. H. 오든』, 전남대출판부, 2005.

서준섭, 『한국 모더니즘 문학 연구』, 일지사, 1988.

송기한, 「김기림 문학 담론에 나타난 과학과 유토피아 의식」, 『한국현대
　　문학연구』 18집, 2005.

송　욱, 『시학평전』, 일조각, 1963.

신광현, 「알레고리」, 『현대비평과 이론』 7호, 1994, 봄·여름.

신범순, 『한국 현대시사의 매듭과 혼』, 민지사, 1992.

신범순, 『한국현대시의 퇴폐와 작은 주체』, 신구문화사, 1998.

오세영, 「한국모더니즘 시의 전개와 그 특질」, 『예술논문집』, 대한민국예
　　술원, 1986.

오세영, 「김기림의 '과학으로서의 시학'」, 『한민족어문학』 41집, 2002.

오세영, 『한국현대시인연구』, 월인, 2003.

우찬제, 『텍스트의 수사학』, 서강대출판부, 2005.

윤여탁, 「역사적 사회적인 실천으로서의 시론」, 『김기림 문학비평』, 푸른
　　사상, 2002.

윤평중, 『푸코와 하버마스를 넘어서』, 교보문고, 1990.

윤희수, 「수사적 절제의 시학: 파운드, 스티븐슨, 스나이더」, 『영어영문학』
　　46권 3호, 2000.

이경식, 『아리스토텔레스의 『시학』과 신고전주의』, 서울대출판부, 1997.

이명찬, 『1930년대 한국시의 근대성』, 소명, 2002.

이보경, 「한·중 언문일치 운동과 영미 이미지즘」, 『중국현대문학』 31호,
　　2004.

이숭원, 『한국현대시인론』, 개문사, 1993.

이승훈, 『시론』, 고려원, 1983.

이양숙, 「최재서 문학비평 연구」, 서울대 박사학위논문, 2003.

이재선, 「문장론 성립에 있어서의 서구의 영향: 김기림과 리차즈」, 『어문학』 17집, 1967.

이정일, 「에즈라 파운드의 혁명적 언어관」, 『외국문학』 1996, 가을.

이정호, 「T.S. 엘리엇의 알레고리적 상상력」, 『비평과 이론』 1권, 1996.

이창남, 「벤야민의 인간학과 매체이론의 상관관계」, 『독일언어문학』 35집, 2007.

이태준, 『이태준문학전집』 17, 서음출판사, 1988.

임　화, 『문학의 논리』, 학예사, 1940.

장경렬, 『미로에서 길찾기』, 문학과지성사, 1997.

전정구, 「김기림 시에 나타난 근대성 −<기상도>를 중심으로」, 『한국문학논총』 24집, 1999.

전홍실, 『영미 모더니스트 시학』, 한신문화사, 1990.

정지용, 『정지용전집』 2, 민음사, 1988.

정지용, 정정덕 역, 「William Blake의 시에 있어서 상상력」, 同志社大學 학사학위논문, 『한양어문연구』 13집, 1995.

정홍섭, 「채만식 문학의 풍자 양식 연구」, 서울대 박사학위논문, 2003.

정효구, 『20세기 한국시의 정신과 방법』, 시와시학사, 1995.

조남현, 『한국현대작가의 시야』, 문학수첩, 2005.

조영복, 『한국 모더니즘 문학의 근대성과 일상성』, 다운샘, 1997.

조영복, 「김기림의 언론활동과 초기 글들의 성격」, 『한국시학연구』 11호, 2004.

조창환, 『한국시의 넓이와 깊이』, 국학자료원, 1998.

조해옥, 「도시공간과 빈민의 시−김기림의 시」, 『한국문학이론과 비평』 23집, 2004.

정순진, 『김기림 문학연구』, 국학자료원, 1991.

주은우, 『시각과 현대성』, 한나래, 2003.

최문규, 「"바로크"와 알레고리―발터 벤야민의 언어이론」, 『뷔히너와 현대문학』 16집, 2001.

최승호, 『서정시의 이데올로기와 수사학』, 국학자료원, 2002.

최재서, 『문학과 지성』, 인문사, 1938.

피종호, 「벤야민의 매체이론」, 『브레히트와 현대연극』 7집, 1999.

한계전, 『한국현대시론연구』, 일지사, 1983.

한계전, 「시학과 수사학」, 『현대시』 2집, 1985. 4.

한상규, 「1930년대 모더니즘 문학에 나타난 미적 자의식에 관한 연구―이상, 김기림을 중심으로」, 서울대 석사학위논문, 1989.

한상규, 「김기림 문학론과 근대성의 기획」, 한계전·홍정선·윤여탁·신범순 외, 『한국 현대시론사 연구』, 문학과지성사, 1998.

허윤회, 「언어의 물질성과 초월의 가능성―현대시와 모더니즘의 관련 양상에 대하여」, 민족문학사연구소 편, 『민족문학사연구』 2000, 상반기.

현영민, 「에즈라 파운드의 이미지스트 시학」, 『영어영문학 연구』 47권 1호, 2003.

3. 국외논저

데리다, 자크, 김보현 편역, 『해체』, 문예출판사, 1996.

데리다, 자크, 김성도 역, 『그라마톨로지』, 민음사, 1996.

라캉, 자크, 권택영 엮음, 민승기·이미선·권택영 역, 『욕망이론』, 문예출판사, 1994.

로티, 리차드, 김준현 역, 「연대로서의 과학」, 박우수·양태종 외역, 『인문과학의 수사학』, 고려대출판부, 2003.

루카치, G., 김혜원 역, 『루카치 문학이론』, 세계, 1990.

르불, O., 박인철 역, 『수사학』, 한길크세주, 1999.

리차즈, I.A., 박우수 역, 『수사학의 철학』, 고려대출판부, 2001.

마넬리, 미에치슬라브, 손장권·김상희 역, 『페렐만의 신수사학』, 고려대
　　출판부, 2006.

맥퀸, 존, 송낙헌 역, 『알레고리』, 서울대출판부, 1983.

메이에르, 미셸, 전성기 역, 『열정의 레토릭』, 고려대출판부, 2004.

바르트, 롤랑, 김인식 편역, 『이미지와 글쓰기』, 세계사, 1993.

바흐친, M., V.N. 볼로쉬노프, 『마르크스주의와 언어철학』, 훈겨레, 1988.

바흐친, M., 전승희 외역, 『장편소설과 민중언어』, 창작과비평사, 1988.

버만, 마샬, 윤호병·이만식 역, 『현대성의 경험』, 현대미학사, 2004.

벅 모스, 수잔, 김정아 역, 『발터 벤야민과 아케이드 프로젝트』, 문학동네,
　　2004.

벤야민, 발터, 반성완 편역, 『발터 벤야민의 문예이론』, 민음사, 1983.

벤야민, 발터, 박설호 편역, 『발터 벤야민－베를린의 유년시절』, 솔, 1992.

벤야민, 발터, 조형준 역, 『아케이드 프로젝트』 I, 새물결, 2006.

벤야민, 발터, 조형준 역, 『아케이드 프로젝트』 II, 새물결, 2006.

벤야민, 발터, 조형준 역, 『일방통행로』, 새물결, 2007.

볼츠, N.·빌렘 반 라이엔, 김득룡 역, 『발터 벤야민: 예술, 종교, 역사철
　　학』, 서광사, 2000.

뷔르거, 페터, 최성만 역, 『전위예술의 새로운 이해』, 심설당, 1986.

셀던, 레이먼, 현대문학이론 연구회 역, 『현대문학이론』, 문학과지성사,
　　1987.

슬레먼, 스티븐, 강규한 역, 「제국의 기념비들－탈식민적 글쓰기의 알레
　　고리와 반언술행위」, 『외국문학』 31호, 1992, 여름.

아레스토텔레스, 김재홍 역, 『시학』, 평민사, 1983.

안토니오 호세 외, 강필운 역, 『수사학의 역사』, 문학과지성사, 2001.

옹, 월터 J., 이기우·임명진 역, 『구술문화와 문자문화』, 문예출판사,

1995.

이스톱, 엔터니, 박인기 역, 『시와 담론』, 지식산업사, 1994.

제퍼슨, 앤, 여홍상 편역, 『바흐친과 문학이론』, 문학과지성사, 1997.

쥬네트, G., 김경란 역, 「줄어드는 수사학」, 김현 편, 『수사학』, 문학과지
성사, 1985.

지마, P.V., 『텍스트사회학』, 허창운 역, 민음사, 1991.

질로크, 그램, 노명우 역, 『발터 벤야민과 메트로폴리스』, 효형출판, 2005.

칼리니스쿠, M., 이영욱·백한울·오무석·백지숙 역, 『모더니티의 다섯
얼굴』, 시각과언어, 1993.

코울리지, S.T., 장경렬 역, 「상상력, 그 비밀을 찾아서」, 『현대비평과 이
론』 12집, 1996, 가을·겨울.

폴라드, A., 송낙헌 역, 『풍자』, 서울대출판부, 1978.

프라이, N., 임철규 역, 『비평의 해부』, 한길사, 1982.

호르크하이머, M·Th.W. 아도르노, 김유동·주경식·이상훈 역, 『계몽의
변증법』, 문예출판사, 1995.

흄, T.E. 「낭만주의와 고전주의」, 데이비드 로지 엮음, 윤지관·이동하·
김영희 역, 『20세기 문학비평』, 까치, 1984.

Auden, W. H., *The English Auden*, Edward Mendelson, ed., New York: Random
house, 1977.

Bender, John·David E. Wellberry, ed., *The End of Rhetoric*, Stanford University
Press, 1990.

Benjamin, Walter, John Osborne, trans., *The Origin of German Tragic Drama*,
Verso, 1977.

Bloomfield, Morton W. ed., *Allegory, Myth, and Symbol*, Harvard University Press,
1981.

Bradbury, Melcom·James Mefarlance, *Modernism*, Penguin Books, 1976.

De Man, Paul, *Blindness and Insight*, Metheun Co., Ltd, 1983.

Dixon, Peter, *The World of Pope's Satire: An Introduction to the Epistles and Imitations of Horace*, London:Methuen, 1968.

Norris, C., *Paul de Man*, Routledge, 1988.

Schleifer, Ronald, *Rhetoric and Death*, Illinois Univ. Press, 1990.

가라타니 고진, 박유하 역, 『일본근대문학의 기원』, 민음사, 1996.

짱 롱시, 정진배 감수, 백승도 외역, 『도와 로고스』, 강, 1997.

찾아보기

∴ 용 어

㉠

감정   21, 268, 269, 269, 270, 275

경험(Erfahrung)   94, 178, 183, 195, 206

고전주의   128, 129, 130, 134, 136, 137, 138, 283, 288

공상(Fancy)   29, 30, 51, 61, 62, 63, 68, 71, 76, 82

과학   249, 250, 251, 253, 289, 292, 293, 297, 298

과학적 시학   78, 117, 231, 251, 273, 292, 293, 294, 295, 296, 297, 298

군중   84, 89, 92, 98, 111, 139

근대기술매체   13, 14, 56, 57, 84, 88, 91, 92, 182, 184, 191, 196, 257

근대문명   14, 88, 96, 103, 110, 111, 113, 129, 134, 144, 164, 168, 198, 199, 285

근대성   32, 92, 94, 120, 151, 152, 170, 171, 203, 210, 215, 218, 240, 275, 280, 288

글   53, 78, 210, 214, 215, 218, 220, 222, 223, 224, 226, 227, 229, 233, 237, 240, 245, 246, 251, 252, 257, 260, 265

기교주의   264, 292

기상(conceit)   51, 54, 55, 71

기술   52, 53, 82, 84, 216, 275, 277, 283, 284, 292

기의   50, 51, 54, 55, 73, 225, 229

기표   50, 51, 54, 55, 225, 229, 291

• 저자 이미순

서울대학교 인문대학 국어국문학과 졸업. 동 대학원 문학박사 학위 취득.
하버드 옌칭 연구소 객원연구원 역임. 현재 충북대학교 국어교육과 교수.
저서로 『한국 현대시와 언어의 수사성』, 『한국현대문학비평과 수사학』 등
이 있음.

김기림의 시론과 수사학

초판인쇄 2007년 11월 15일
초판발행 2007년 11월 20일

지은이 • 이 미 순
펴낸이 • 한 봉 숙
펴낸곳 • 푸른사상사

등록 제2−2876호
서울시 중구 을지로3가 296−10 장양B/D 701호
대표전화 02) 2268−8706(7) 팩시밀리 02) 2268−8708
메일 prun21c@yahoo.co.kr / prun21c@hanmail.net
홈페이지 //www.prun21c.com
ⓒ 2007, 이미순

ISBN 89−5640−589−6−93810

값 20,000원

☞ 21세기 출판문화를 창조하는 푸른사상에서 좋은 책 만들기에 노력하고 있습니다.
저자와의 합의에 의해 인지 생략함.